Die Vergangenheit stirbt nicht

Die Vergangenheit stirbt nicht

von

Enno Reins

Ein Lozen-Graham-Fall

TWENTYSIX

Bibliografische Information der Deutschen Nationalbibliothek:

Die Deutsche Nationalbibliothek verzeichnet diese Publikation in der Deutschen Nationalbibliografie; detaillierte bibliografische Daten sind im Internet über http://dnb.dnb.de abrufbar.

TWENTYSIX – Der Self-Publishing-Verlag
Eine Kooperation zwischen der Verlagsgruppe Random House und BoD – Books on Demand

Herstellung und Verlag:
BoD – Books on Demand, Norderstedt

ISBN: 9783740727239

1.

Die blonde Frau griff nach dem Colt. Sie richtete die Waffe auf den grimmig dreinblickenden Cowboy, der zu ihr auf die Anhöhe geklettert war. Der Mann hatte keine Angst. Im Gegenteil, er schüttelte sich vor Lachen. Sein Oberkörper kippte übertrieben nach vorne und hinten. Die Selbstsicherheit hatte einen Grund. Hinter der Frau tauchte sein Kumpan auf. Lüstern blickte der sein Opfer an und zwirbelte dabei den buschigen Schnauzbart. Er schlich sich an die ängstliche Frau heran und nahm ihr mit einem Griff den Colt ab. Die Frau schrie. Kein Ton war zu hören. Eine Schrifttafel erschien auf der Leinwand. Auf der stand in Englisch geschrieben: Bill wird mich retten. Die Männer lachten lautlos und wippten wieder mit den Oberkörpern übertrieben hin und her. Der Mann, der ihr die Waffe abgenommen hatte, warf die Frau mit einer kraftvollen Bewegung über die Schulter. Er schleppte sie den Abhang hinunter und schleuderte sie auf einen Pferderücken. Wieder ein stummer Schrei der Frau.

Schrifttafel: Bill wird mich retten.

Schnitt. Ortswechsel: Sand, Steine, Staub und Kakteen. Ein Schurke mit einer Winchester beobachtete Cowboy Bill, der im Galopp den Hügel hochritt.

Schrifttafel: Bill in großer Gefahr.

Der Schurke mit der Winchester legte an. Als er abdrücken wollte, verschwand Cowboy Bill hinter einem Felsen. Er sprang unbemerkt vom Pferd und kletterte den Abhang hoch. Irritiert blickte der Schurke mit der Winchester auf das reiterlose Pferd, das hinter dem Felsen hervorkam.

Dr. Jeff Chandler von der Academy of Motion Picture Arts & Sciences blickte auf die Leinwand, auf diesen kinematografischen Schatz aus der Stummfilmzeit. Neben ihm saß Esteban Ruiz, der Leiter des argentinischen Filmmuseums in Buenos Aires. Dr. Chandler mochte ihn nicht. Ruiz war feist, selbstgefällig und roch nach Lavendel.

Er hatte Dr. Chandler angerufen und eingeladen. Ruiz war der als verschollen gegoltene Western von der amerikanischen Regielegende Basil Warden Bond unverhofft in den Schoß gefallen.

Cowboy Bill sprang den Bösewicht mit der Winchester von hinten an. Eine wildes Gerangel, dann schlug Cowboy Bill seinen Gegner nieder und sprang aufs Pferd, das vorbeitrabte.

Schnitt. Ortswechsel: Eine Grenzstadt. Wind. Viel Staub. Die Main Street nicht asphaltiert. Ein Dutzend bewaffneter Männer stand um drei Ford T.
Schrifttafel: In Wind City ist der Sheriff stets bereit, einen Verbrecher zur Strecke zu bringen.
Cowboy Bill kam in die Stadt geritten, gestikulierte wild mit seinen Armen. Der Sheriff und seine Leute sprangen in die Wagen und fuhren los. Einige verloren dabei ihre Ten-Gallon-Cowboyhüte. Bill gab dem Pferd die Sporen und galoppierte in die entgegengesetzte Richtung.

Dr. Chandler fragte Ruiz nach dem Namen des Hauptdarstellers.

»Will Kess steht im Abspann«, sagte der Museumsdirektor.

Der Name sagte Dr. Chandler nichts. Aber das Gesicht. Er war sich anfangs nicht sicher gewesen. Erst nach der Nahaufnahme von Cowboy Bill, während des Gesprächs mit dem Sheriff, gab es keine Zweifel mehr. Dr. Chandler nahm sein Smartphone und machte Fotos. Immer dann, wenn eine Nahaufnahme des Hauptdarstellers zu sehen war. Der Amerikaner bemerkte den irritierten Blick von Ruiz. Er ignorierte ihn. Dr. Chandler erinnerte sich an frühere Tage, als er sein Geld damit verdiente, aus Geheimnissen Neuigkeiten zu machen. Nur würde er in diesem Fall umsonst arbeiten. Es war ein Freundschaftsdienst.

Ein Tross bewegte sich durch eine Schlucht im Grand Canyon. Cowboys trieben mit Peitschen ärmliche Chinesen vorwärts. Die Frau saß auf einem Pferd. Hilflos musste sie die lüsternen Blicke der zwei Cowboys ertragen. Der eine zwirbelte wieder diabolisch an seinem Schnauzbart. Cowboy Bill ritt derweil auf einen Flugplatz. Er sprang in einen startbereiten Doppeldecker und befahl dem Piloten zu starten. Schnell erreichten sie den Grand Canyon. Cowboy Bill suchte den Boden nach den Schleppern ab, die illegal chinesische Einwanderer in die USA brachten. Wütend musste er feststellen, dass sie das Lager vom Vortag verlassen hatten. Cowboy Bill gab dem Piloten Handzeichen weiterzufliegen. Klein, wie ein Moskito, wirkte das Flugzeug, als es über die beeindruckenden Canyons flog. Der Bandit, der das Mädchen entwaffnet hatte, bemerkte das Flugzeug und wurde unruhig. Zeitgleich sah Cowboy Bill den Treck der illegalen Einwanderer. Sein Gesicht verwandelte sich in eine grimmige Maske, als er die blonde Frau entdeckte. Er rief dem Piloten etwas zu.

Schrifttafel: »Zum Fluss. Da steige ich aus.«

Cowboy Bill befestigte eine Strickleiter und warf sie aus dem Doppeldecker. Er kletterte bis zur untersten Leiste. Als das Flugzeug über den Fluss flog, ließ er los und fiel ins Wasser. Der Doppeldecker drehte ab. Bill schwamm mit kräftigen Zügen ans Ufer.

Dr. Chandler hatte gerade ein weiteres Foto gemacht, als Cowboy Bill einen Schlepper aus dem Sattel hob, sich aufs Pferd schwang, mit dem Lasso zwei Schurken fing und fesselte, vom Pferd absprang und die Frau befreite. Dr. Chandler blickte zu dem jungen Mann, der neben Ruiz saß und gelangweilt auf die Leinwand schaute. Gabriel war Praktikant des Filmmuseums von Buenos Aires. Ruiz hatte den Jungen in den Keller geschickt, um ihn zu beschäftigen. Es gab dort eine Unzahl von zugestellten Räumen, die seit Jahrzehnten niemand betreten hatte. Der Praktikant sollte aufräumen.

Zufällig war Gabriel auf die verrostete Kiste gestoßen. Als Student der Filmwissenschaften hatte ihn die ausgeblichene Beschriftung Basil Warden Bond neugierig gemacht. Ironischerweise konnte der junge Mann nichts mit Stummfilmen und Western anfangen. Cowboy Bill verfolgte derweil den Oberschurken. Eine wilder Jagd durch Flüsse und über steile Abhänge. Das Pferd des Helden strauchelte und überschlug sich. Cowboy Bill landete hart auf dem Boden. Pferd und Reiter erhoben sich benommen. Etwas mühsam zog sich der Held in den Sattel.

»Das war bestimmt kein geplanter Stunt, sondern ein Unfall, den sie reingeschnitten haben. Damals haben die Stars so was selber gemacht«, stellte Ruiz begeistert fest. Der Student grunzte anerkennend. Dr. Chandler machte ein Foto von Cowboy Bills angestrengtem Gesicht.

Cowboy Bill holte den Schurken ein, sprang, riss den Bösewicht aus dem Sattel und fiel mit ihm zu Boden. Die Pferde galoppierten weiter. Es gab einen dramatischen Faustkampf, den erwartungsgemäß der Held gewann. In der Schlussszene erhielt Cowboy Bill vom Vater der Geretteten die Erlaubnis, sie zu heiraten. Der Held ging zur Frau, die abseits wartete. Dr. Chandler machte eine letzte Aufnahme.

Schrifttafel: Darf ich dein Beschützer bis zum Ende unserer Tage sein?

Die Frau nickte so stark, dass Dr. Chandler sich Sorgen um ihr Genick machte. Vor der Kulisse des Grand Canyons gab es den Schlusskuss.

Dr. Chandler blickte zu Ruiz, der leicht lächelte. Wahrscheinlich träumte er davon, dass jemand Berühmtes aus Hollywood sich melden würde. Dr. Chandler war Ruiz vor ein paar Jahren in Los Angeles begegnet. Wie sein Praktikant konnte er nichts mit Western anfangen. Er hielt sie für reaktionären Ami-Scheiß, für die Verherrlichung des US-amerikanischen Imperialismus, für abstoßende Monumente amerikanischer Gewalttätigkeit. Ab dem heutigen Tag würde sich das ändern, da war sich Dr. Chandler sicher. Ab jetzt waren sie für Ruiz bedeutende Stücke der Filmgeschichte.

»Wie hat ihnen der Film gefallen?«, fragte Ruiz.

»Faszinierend«, sagte Dr. Jeff Chandler.

Der Amerikaner war mit seinen Gedanken woanders. Er musste einen alten Freund warnen und ihm ein Foto des

Stummfilmcowboys schicken. Die eigentliche Sensation war nicht der Filmfund. Sondern etwas ganz anderes.

2.

Arvist Bungers Smartphone klingelte. Er konnte die
Rufnummer nicht lesen. Das Display des Telefons war
kaputt. Weil er dachte, es wäre die Online-Redaktion, für
die er als Reporter arbeitete, nahm er den Anruf an. Ein
Fehler. Es war seine Mutter. Er verfluchte das defekte
Display.

»Hallo Arvist.«

»Ich habe keine Zeit.«

»Wo bist du?«

»Filmfestspiele von Cannes. Ich habe gleich ein
Interview mit Hollywoodstar Kevin Keener. Über seinen
neuen Film Ivanhoe.«

»Das ist doch ein Ritterfilm. Gab es den nicht schon mal
in den 50ern?«

»Mutter, was willst du?«

»Du musst unbedingt die Nachrichten anschauen.«

»Mutter, ich bin bei der Arbeit. Worum geht es?«

»Schau ins Internet.«

»Ich kann nicht.«

»Es ist eine tolle Geschichte.«

»Ich interessiere mich nicht für Geschichten.«

»Geschichten sind das Leben.«

»Mutter.«

»Es dauert nur ein paar Minuten.«

Eine der Organisatorinnen des Interviews winkte Arvist zu sich. Endlich, dachte er. Arvist und die anderen zwanzig Journalisten aus aller Welt saßen seit zwei Stunden in dem überfüllten und schlecht belüfteten Hotelzimmer und warteten auf den Hollywoodschauspieler. Das Gerücht ging um, Keener hätte am Vorabend zu heftig mit der komischen Nebenrolle gefeiert.

»Mutter, ich muss Schluss machen.«

»Arvist ...«

Arvist legte auf. Die Organisatorin führte ihn durch den Hotelflur zu einer Suite.

»Sie haben vier Minuten«, informierte sie ihn. Die Organisatorin und Arvist betraten die Suite und gingen einen halbdunklen Gang entlang. Der mündete in ein hell ausgeleuchtetes Zimmer. Kevin Keener saß in Shorts, schwarzem T-Shirt und Strumpfsocken vor dem Filmplakat von Ivanhoe. Seit dem Ende der Dreharbeiten hatte er mindestens 5 Kilo zugelegt, schätzte Arvist. Links neben dem Hollywooddickerchen saß der Kameramann.

Arvists Smartphone klingelte. Er stellte es aus. Keener schüttelte gelangweilt seine Hand. Der Reporter stellte seine Fragen, hörte mit halbem Ohr zu, als sein berühmtes Gegenüber meinte, dass diese Zeit Helden wie Ivanhoe bräuchte. Mut, Ehrlichkeit, Aufrichtigkeit, Patriotismus – vergessene Tugenden, die es dringend bräuchte im Kampf gegen feige Terroristen, korrupte Politiker und betrügerische Wirtschaftsbosse. Er machte aus dem Action-Streifen ein bedeutendes Epos, dessen Moral nur von der Bibel übertroffen wurde. Amen, Bruder, dachte Arvist. Als die vier Minuten Interviewzeit abgelaufen waren, überreichte der Kameramann ihm die Disc mit den Aufnahmen.

Arvist verließ das Hotel und ging die Croisette entlang zu seinem Hotel in der Altstadt. Auf dem Weg stellte er das Smartphone an. Vier Anrufe in Abwesenheit. Er hörte die Mail-Box ab. Vier Mal seine Mutter, die um Rückruf bat. Er hatte keine Zeit. Er musste den Bericht fertigstellen. Arvist Bunger war freiberuflicher Filmjournalist. Bei den Filmfestspielen von Cannes war er im Auftrag des Westdeutschen Rundfunks.

Angekommen in seinem Hotelzimmer, zog er die Datei mit dem Interview auf den Laptop. Mit dem Schnittprogramm montierte er aus den Gesprächsaufnahmen, Bildern vom Foto-Call am Vormittag und Filmausschnitten einen 90sekündigen Beitrag. Anschließend lud er ihn auf den FTP-Server und informierte per Mail den zuständigen Redakteur. Der Beitrag würde erst bei den TV-Nachrichten laufen und dann auf die Kulturseite des Senders gesetzt werden. Im Anhang befand sich der Beitragstext für den Sprecher. Das Smartphone klingelte. Wie zuvor dachte er, es wäre die Redaktion, wieder verfluchte er das defekte Display, als er die Stimme seiner Mutter hörte.

»Hast du schon nachgesehen?«

»Mutter!«

Arvist legte wieder auf. Er musste noch arbeiten. Der Filmjournalist besaß eine eigene Internetseite. Sie hieß Drifter. Auf der ging es, neben Kino und Kultur, hauptsächlich um Arvist selbst. Sein biografisch geprägter Blog hatte hohe Klickzahlen. Für seine multimedialen Beiträge, die eine geschickte Verknüpfung von Text, Fotos und Web-Videos waren, hatte er vor zwei Jahren einen Preis gewonnen. Seitdem schalteten Filmverleiher und Kinoketten Werbung und namhafte Sender buchten ihn als Freelancer. Arvist schrieb auf seinem Blog, der unter dem Namen Dumm und dümmer lief: Warum es mich entspannt, an der Cote D' Azur auf eine Hollywoodgröße zu warten: Es ist Zen pur. Die Ungeduld der Kollegen ist mein Mantra. Die gelassenen Gesichter der Interview-Organisatoren, denen der Unmut der Journaille am Arsch vorbeigeht, sind meine Meister.

Freunde da draußen, bleibt mir gewogen. Der kurze Text wurde durch ein Video ergänzt, das 10 Minuten dauerte und – in einer Einstellung – die wartenden Journalisten in dem Hotelzimmer zeigte. Arvist hatte es heimlich mit seinem Smartphone gedreht.

Nach getaner Arbeit setzte sich Arvist in ein Straßencafé, bestellte Bier, Steak-Frites und fuhr das Laptop hoch. Von seinem Platz aus konnte er auf eine Monitorwand sehen, auf der live die Bilder vom roten Teppich des Filmpalastes gezeigt wurden. Die schön hergerichteten Stars flanierten und gaben den Klatschblättern die Bilder, die sie wollten. Arvist ging auf die Nachrichtenseite News-Block: Berlin:

Deutsche Fußballnationalmannschaft spielt unentschieden gegen Kolumbien, Ägypten: Amerikanische Flagge vor der US-Botschaft in Kairo verbrannt, Irak: Anschlag in Bagdad, USA: Shannon Warwick – Präsidentschaftskandidatin der Demokraten gibt auf, Argentinien: Verschollener Basil-Warden-Bond-Film aufgetaucht.

Die letzte Schlagzeile interessierte Arvist. Nicht nur, weil es sich um den amerikanischen Regisseur Basil Warden Bond handelte, dessen Westernklassiker Lakota er sehr mochte. Zu jeder Schlagzeile gehörte ein Foto. Von dem unter der Basil-Warden-Bond- Schlagzeile konnte Arvist seinen Blick nicht lösen. Es zeigte einen grimmigen Stummfilmcowboy mit breitkrempigem Hut und Schnauzbart, der zwei Colts in den Händen hielt, aus denen Rauchwolken austraten. Er begriff, warum seine Mutter aufgeregt war.

Arvist erkannte auf dem Foto seinen Ururgroßvater Alphonse. Es gab einen Grund, warum er das Gesicht gut kannte. Im Wohnzimmer seiner Eltern hing eine alte, braun-weiße Fotografie von ihm. Es zeigte einen schlanken, blonden Mann mittleren Alters mit hoher Stirn, Segelohren, Seitenscheitel, die Haare akkurat gegelt, der ernst dreinblickte und in einer schlechtsitzenden Uniform steckte. Arvists Mutter mochte den alten Charakterkopf. Arvist hatte das Foto als

Kind eine Höllenangst gemacht. Das lag an den zu Schlitzen zusammengepressten Augen, die ihn anstarrten, egal, wo er sich im Raum befand.

Arvist wusste wenig über seinen Ururgroßvater. Er hieß Alphonse Kessel, war in die USA ausgewandert, hatte im amerikanischen Bürgerkrieg gekämpft und kehrte später nach Deutschland zurück. Seine Mutter war eine Nachfahrin. Keine aufregende Geschichte. Er las die Nachricht, zu der das Foto gehörte: Ein verloren geglaubtes Frühwerk des bekannten Western-Regisseurs Basil Warden Bond (1884-1963) war in Argentinien entdeckt worden. Der Film mit dem Titel Sunset erzählte die Liebesgeschichte eines Cowboys mit einer texanischen Rancher-Tochter. Beim Hauptdarsteller handelte es sich um einen unbekannten Schauspieler namens Will Kess. Der 1917 entstandene Stummfilm war im Keller des argentinischen Filmmuseums entdeckt worden. Das Museum und die amerikanische National Film Preservation Foundation wollten nun in Zusammenarbeit mit der Academy of Motion Picture

Arts & Sciences an der Erhaltung und Restaurierung arbeiten.

Arvist versuchte, im Netz mehr über Will Kess herauszufinden. Obwohl er ein Meister des Google Fu war, fand er kaum etwas. Der Name tauchte in der Internet Movie Database und anderen relevanten Filmdatenbanken bei zwei weiteren Stummfilmen von Basil Warden Bond auf. Einem One-Reeler – Einakter auf einer Rolle Film von circa 11 Minuten Länge – und einem Two-Reeler – Zweiakter auf zwei Rollen Film von insgesamt circa 20 Minuten Länge. William, the Patriot hieß der Zweiakter. Der Einakter trug den Titel Mr. Kelly, USA. Es gab keine weiterführenden Informationen über Kess. Keine Angaben zum Geburtstag, Todestag, zu Auszeichnungen. Alte Filmkritiken fand Arvist ebenfalls keine.

Arvist bestellte beim Kellner einen Pastis und rief einen Bekannten bei der Academy of Motion Picture Arts & Sciences an. Vor ein paar Jahren hatte er Dr. Jeff

Chandler beim Filmfest in Venedig auf einer Premierenfeier kennengelernt. Ein alkoholreicher Abend, der am Strand vom Lido endete. Der Regisseur, Chandler und Arvist feierten den Aufgang der Sonne mit Whiskey. Seither mailten sie sich regelmäßig. Arvist wollte von seinem amerikanischen Bekannten wissen, ob er mehr über den Schauspieler wusste.

»Wow, Arvist, was für eine Geschichte. Dein Grandgrandgranddad ein Hollywoodschauspieler«, sagte Dr. Chandler.

»Wahnsinn, oder?«

»Ja.«

»Weißt du mehr über ihn, als im Internet steht?«

»Nein. Leider nicht. Als ich die Meldung von dem aufgetauchten Film gelesen habe, habe ich recherchiert. Der ist ein unbeschriebenes Blatt. Die drei Filme, das war's. «

Arvist war enttäuscht. Er schrieb auf seinem Blog Dumm und dümmer: Warum mich der wiedergefundene Basil-Warden-Bond-Film persönlich betrifft: Der

Hauptdarsteller gehört zu meiner Familie. Statt Alphonse Kessel nannte er sich Will Kess. Den kennen nicht mal amerikanische Filmexperten. Verrückt. Freunde da draußen, bleibt mir gewogen.

3.

Arvist sprang aus der Straßenbahn. Es war die Endhaltestelle. Arvist überquerte die Straße, passierte den Kiosk, vor dem zwei alte Männer und eine dicke Frau Kölsch aus der Flasche tranken, und ging stadtauswärts. Spießige Vorgärten mit und ohne Gartenzwerg, langweilige Einfamilienhäuser, übergewichtige Bewohner. Cannes-Köln: Arvist spürte, wie ein kleiner Kulturschock ihn erschütterte. Die Filmfestspiele waren vorbei. Er war müde. In den vergangenen 11 Tagen hatte Arvist 11 Berichte produziert. Vor sechs Stunden hatte er Cannes verlassen. Nachdem Arvist in Köln gelandet war, hatte er das Gepäck in seiner Wohnung abgestellt, ein neues Smartphone gekauft und war in die Straßenbahn gestiegen. Seine Mutter hatte darauf bestanden, dass er unverzüglich vorbeikam.

Seine Eltern lebten in einem Reihenhaus am Stadtrand. Zögernd betrat Arvist den Garten. Ein Jahr hatte er sich nicht blicken lassen. Familiäre Anlässe – wie Geburtstage, Hochzeiten, Taufen, Beerdigungen, Jubiläen und anderer bürgerlicher Schnickschnack – besaßen für ihn keine Bedeutung.

Arvist ertrug die stürmische Begrüßung seiner Mutter und genoss den formellen Handschlag seines Vaters. Seine Mutter war aufgeregt. Auf dem Weg ins Wohnzimmer erzählte sie Arvist ihre neuste Erkenntnis: Der Stummfilm-Cowboy auf dem Foto konnte nicht der Ururgroßvater von Arvist sein. Alphonse Kessel war 1836 geboren worden. Das Foto aus dem Film zeigte einen Mann Mitte, Ende dreißig und war 1917 entstanden. Zur Zeit der Aufnahme wäre Alphonse Kessel 84 Jahre alt gewesen. Das passte nicht. Simple Mathematik. Diese Offensichtlichkeit war Arvist entgangen.

Zu dritt saßen sie auf dem Sofa im Wohnzimmer und verglichen die Fotografie an der Wand mit der des Stummfilm-Cowboys, die Arvist auf dem Laptop aufgerufen hatte. Sie fanden Unterschiede. Der Cowboy hatte kleinere Segelohren, kürzere Koteletten und ein schmaleres Gesicht.

»Trotzdem ist die Ähnlichkeit erstaunlich«, sagte Arvists Mutter.

»Es gibt zwei Möglichkeiten«, sagte Arvists Vater in der ihm eigenen Sachlichkeit, »entweder handelt es sich um einen unglaublichen Zufall oder Ahne Alphonse hatte einen Sohn, von dem wir bisher nichts wussten.«

»Oder es handelt sich um eine Reinkarnation«, sagte Arvists Mutter, die eine esoterische Ader hatte.

»Hast du andere Fotos von Alphonse, Claudia?«

Die Bungers redeten sich auf Wunsch der Mutter mit Vornamen an. Wenn Claudia ihn nervte, so wie in Cannes, benutzte Arvist das Wort Mutter – um sie zu ermahnen.

»Nein. Es gibt Briefe und Tagebücher aus Amerika.«

»Was steht drin?«

»Keine Ahnung. Ich hab sie mal überflogen. Das war vor 20 Jahren.«

»Und wo sind die Sachen?«

»Ich habe die Schriftstücke einem befreundeten Historiker überlassen. Er verfasst Bücher und Artikel über Deutsche in den USA und baut eine Sammlung mit Auswandererbriefen auf.«

»Dann sollten wir uns mit ihm in Verbindung setzen.«

»Ich ruf ihn an.«

Arvists Mutter ging zum Telefon. Sie erreichte den Historiker, legte ausführlich dar, worum es ging, und machte – ohne Arvist zu fragen – einen Termin.

»Dr. Sigel ist noch drei Tage auf einem Historiker-Kongress in Zürich. Du triffst ihn am Donnerstag in der Uni«, sagte Claudia, als sie aufgelegt hatte.

»Du kommst doch mit?«, fragte Arvist.

»Ich kann leider nicht. Morgen beginnen die Proben fürs neue Stück.«

Claudia arbeitete als Schauspielerin am Kölner Schauspielhaus.

»Rainer?«

»Ich muss auch arbeiten.«

Rainer war Anwalt.

»Es ist dein Abenteuer«, sagte Claudia.

Arvists Mutter hatte einen Hang zum Theatralischen. Er mochte das nicht.

4.

Die Sonnenstrahlen schafften es kaum durch die schmutzige Fensterfront. Der Ventilator an der Decke bewegte die heiße Luft. Kühlung brachte er keine. Eine Fliege setzte sich auf den Rand des vollen Aschenbechers. Als eine haarige Hand eine Zigarette ablegte, flog die Fliege weg. Aus dem alten Radio schepperte ein uralter Guns and Roses-Song. Die Frau mit den langen, schwarzen Haaren kannte das Lied nicht, obwohl sie Axl Rose mochte. Trotz der Hitze trug sie ein schwarzes Männerhemd über dem weißen Tanktop. Es verdeckte die Waffe im Hosenbund. Die Frau stand vor der rostigen Kasse einer Tankstelle. Der Besitzer nahm die Zigarette aus dem Aschenbecher und steckte sie in den Mundwinkel. Er sah mit seinen langen, fettigen Haaren, dem schwarzen T-Shirt und der abgewetzten Bluejeans wie ein Rocker aus. Er schwitzte. Neben der Frau stand ein ölverschmierter Mann im Blaumann, der sie unverhohlen anstarrte. Die Frau bezahlte das Benzin und zwei warme Flaschen Wasser. Die Kühltruhe in der Tankstelle funktionierte nicht.

Der Besitzer gab ihr das Wechselgeld. Die Fliege landete auf seiner Stirn. Er reagierte nicht. Die Frau setzte die Sonnenbrille auf und ging nach draußen. Keine Wolke am Himmel. Es war heiß. Die schmale Straße, die an der Tankstelle vorbeiführte, drohte vom Sand überdeckt zu werden. Es gab keinen Verkehr. Es gab keine Bäume. Es gab keine Häuser. Die Tankstelle befand in der Wüste Arizonas. In der Ferne waren Berge zu sehen. Die Frau setzte sich unter das Vordach der Tankstelle auf den Boden. Durch die schmutzige Fensterfront beobachtete sie der Typ im Blaumann. Die Frau trank einen Schluck Wasser. Ihr Handy klingelte. Sie kannte die Nummer.

»Was willst du?«, fragte sie.

»Klassische Ermittlungsarbeit.«

»Ich höre.«

»Eine kleine Reise nach Deutschland. Verfolgen – Überwachen. Das Übliche. «

»Wer ist die Zielperson?«

»Ein Blogger. Ein kleines Licht. Ich schick dir die Details.«

»2000 pro Tag, plus Spesen. Ich schick Ronan.«

»Nicht Ronan. Du. Es ist eine heikle Angelegenheit. Ich will, dass jemand, dem ich vertraue, die Sache macht.«

»Seit wann vertraust du mir?«

»Ich zahle 3000.«

»Deal.«

»Danke, Ma`am.«

»Du warst schon witziger.«

»Ab wann kannst du? Es ist eilig.«

»Morgen. Schließ heute einen Auftrag ab.«

Sie beendete das Gespräch.

Der Typ im Blaumann kam aus dem Tankstellengebäude, warf einen Blick auf die Frau, ging an der einzigen Zapfsäule vorbei zu einem Pickup. Die Frau stellte die Wasserflasche auf den Boden, zog die Waffe aus dem Hosenbund und folgte ihm.

»Mr. Kaine«, sagte sie.

Der Typ im Blaumann wirbelte herum. In seiner Hand ein Messer.

»Mr. Kaine«, sagte die Frau erneut und zeigte ihm die Waffe. Resigniert ließ Kaine das Messer fallen. Er war kein Schläger. Er war Angestellter einer Software-Firma und hatte ein wichtiges Projekt an die Konkurrenz verkauft. Harry Kaine war aufgeflogen und untergetaucht. Der Firmenboss wollte mit Kaine darüber sprechen. Die Polizei auch.

»Umdrehen. Hände auf den Rücken.«

Kaine folgte der Anordnung. Die Frau fesselte ihn mit einem Kabelbinder.

»Zum Wagen.«

Die Frau war mit einem schwarzen SUV gekommen. Sie schubste Kaine auf die Rückbank und schloss die Tür. Anschließend schrieb sie eine SMS: Nick, ich hab Kaine. Kurz darauf kam die Antwort: Dann schick ich die Rechnung ab.

5.

Dr. Carl Sigel, Jahrgang 1960, Professor für anglo-amerikanische Geschichte, entsprach nicht Arvists Vorstellung von einem Historiker. Stoppelhaarschnitt, Boxernase, ein grauer Bismarck-Backenbart, ein tätowierter Stiernacken, den Oberkörper eines Turners, der in einem alten Ed-Hardy-T-Shirt steckte. Der Historiker erinnerte an einen in die Jahre gekommen Türsteher. Das Äußere täuschte nicht ganz. Arvists Mutter hatte erzählt, dass der Gelehrte sein Studium in den USA durch Boxkämpfe finanziert hätte.

Dr. Sigel führte seinen Gast in die Bibliothek der Universität. Arvist fühlte sich unwohl. Universitäten mochte er nicht. Ungern erinnerte er sich an die Studienzeit. Mangels Zukunftsideen hatte er Geschichte und Philosophie studiert und sich gelangweilt. Nicht weil er mit den Inhalten nichts anfangen konnte, sondern mit wissenschaftlichem Arbeiten. Er war Polemiker. Behauptungen zu belegen, lag ihm nicht.

»Natürlich sind die meisten der rund 10.000 Briefe und Tagebücher, die wir besitzen, digitalisiert. Aber diese alten, historischen Dokumente in der Hand zu haben, das Papier zu sehen und zu riechen, das ist Geschichte erleben«, sagte Dr. Sigel.

Um den Wissenschaftler nicht zu beleidigen, willigte Arvist ein, die alten Papiere und nicht die Computerdateien zu sichten, auch wenn ihm Letzteres lieber gewesen wäre. Er fand Bücher zum Anfassen entsetzlich altmodisch und las ausschließlich E-Books.

Der Historiker führte Arvist durch die Bibliothek, zu einer hölzernen Tür, die ins Kellergeschoss führte, in dem Originalquellen gelagert wurden. Arvist war vom Anblick des Archivs enttäuscht. Er ging an billigen Metallregalen vorbei, in denen beschriftete Kartons standen. Er kam sich vor wie in einer gigantischen Abstellkammer. Vor einem Regal blieb Dr. Sigel stehen. Er zeigte auf einen Karton.

»In dem finden Sie, was Sie suchen«, sagte er und drückte Arvist ein Bündel Ausdrucke in einer

Klarsichtfolie in die Hand: »Fakten, die nicht in den Briefen stehen und die wir aus anderen Quellen gefiltert haben.«

Arvist bedankte sich. Nachdem sich die Männer für den Abend in einem Brauhaus verabredet hatten, ließ der Historiker Arvist alleine. Arvist nahm den Karton aus dem Regal. Mit einem dicken Filzstift hatte jemand den Namen Alphonse Kessel auf die Pappe geschrieben. Arvist konnte keinen Tisch oder Stuhl entdecken. Er setzte sich auf den Boden. Hinter einem Regal stand die dunkelhaarige Frau in Jeans und schwarzer Lederjacke. Sie beobachtete ihn. Arvist bemerkte die Frau nicht.

Arvist war neugierig. Wie kam sein Verwandter in einen Stummfilm-Western und was für ein Verwandter war das? Er starrte auf den ungeöffneten Karton. Neues Wissen bedeutete neue Geschichten. Die konnten gut oder schlecht ausgehen. Er erinnerte sich an einen Film, in dem eine Waise feststellte, dass sie keine Waise war, sondern die Eltern den Jungen in die Babyklappe gesteckt hatten, woraufhin er sich daranmachte, rauszufinden, wer er war, woher er kam, und als er es wusste, so angeekelt war, dass er sich auf drastische Weise zu einer echten Waise machte. Arvist wollte kein Film-Held sein.

Er öffnete den Karton. Der Geruch von altem Papier stieg in seine Nase, obwohl jedes Blatt in einer Klarsichthülle steckte. Vorsichtig nahm er die Briefe heraus. Sie waren auf Deutsch verfasst. Die Schrift seines Vorfahren war seltsam in die Länge gezogen. Einige Briefe waren auf einfachem Papier geschrieben, andere besaßen einen Briefkopf von der amerikanischen Unionsarmee. Mehrere waren mit lokalpatriotischen Darstellungen von New York verziert. Hübsche Vignetten zeigten öffentliche und kommerzielle Gebäude. Die drei Tagebücher waren handgroße, schmucklose Ledereinbände.

Arvist warf einen Blick auf die Ausdrucke von Dr. Sigel. Der Historiker hatte Passagierlisten, Bürgerverzeichnisse, Steuerunterlagen, Zeitungen und ähnliche Quellen aus Deutschland und den USA aufgetrieben und analysiert.

Sie ergänzten die Angaben der Briefe und Tagebücher. Alles in allem würde er nicht länger als drei Stunden brauchen, um die Briefe, Tagebücher und Ergänzungen zu lesen, schätzte Arvist.

Alphonse Kessel wurde 1838 in Ahrensburg bei Hamburg geboren. Zusammen mit seinem älteren Bruder Ferdinand begann er nach der Schule in Kiel ein Studium der Geisteswissenschaften. Bald hoch verschuldet, beschlossen sie auszuwandern. Da ihnen die Mittel fehlten, brachen sie den Schreibtisch des Vaters auf. Arvist benutzte die Notizfunktion des Smartphones. Dieb tippte er.

Am 1. März 1857 reisten die Brüder mit dem Segler Sir Isaac Newton von Hamburg nach New York. Die erste Zeit in der Stadt war nicht leicht. Als die Brüder das Schiff verließen, wurden sie Opfer eines Deutschen, der neu ankommende Landsleute in ein überteuertes Gasthaus führte und dafür eine Prämie kassierte. Alphonse geriet kurz darauf in eine Auseinandersetzung mit Nativisten. Arvist sah auf sein Smartphone, stellte fest, dass er Netz-Empfang hatte und schlug den Begriff bei Wikipedia nach. Er erfuhr, dass es sich bei Nativisten um Amerikaner handelte, die keine Deutschen und andere Einwanderer in den USA haben wollten. Das erinnerte ihn an Martin Scorseses Film Gangs of New York.

Alphonse erschlug einen Nativisten. Er und sein Bruder befürchteten Ärger und verließen New York. Ein Bürgerverzeichnis aus Texas belegte, dass die Brüder sich in dem kleinen Ort Comfort, in der Nähe von San Antonio niederließen. Als Beruf der Brüder war Händler angegeben. Laut des Verzeichnisses starb Ferdinand ein Jahr nach Ankunft in Amerika an einem Schlangenbiss.

Am 12. April 1861 brach mit der Beschießung Fort Sumters durch die Konföderierten der amerikanische Bürgerkrieg aus. Er veränderte das Leben von Alphonse Kessel. Als Einwohner von Texas sollte er den Eid auf die Konföderation schwören und in die militärischen

Dienste des Südens gezwungen werden. Wer das nicht tat, dem wurde mit dem Verlust des Eigentums gedroht. Alphonse Kessel floh mit Nachbarn in die Berge. Arvist fand in den Unterlagen keinen Hinweis, warum Kessel in die Berge ging. Weder in den Briefen noch im Tagebuch sprach er sich gegen die Sklaverei aus. Sklavengegner?, tippte Arvist ins Smartphone.

Kessel und seine Nachbarn wurden vom Feind gestellt. Nur Kessel wurde nicht erschossen. Weil er sich während des Gefechts absetzte und in einer Höhle wartete, bis der Kampf vorbei war. Was ist dieser Alphonse Kessel für ein Mann, fragte sich Arvist. Er ließ seine Kameraden einfach im Stich. Feigheit oder gesundere Pragmatismus, durch den er überlebte, notierte er.

Alphonse Kessel schlug sich durch Texas und das Indianerland nach Kansas durch, das zu den Nordstaaten gehörte. Anfang 1963 trat er den Unionstruppen bei. In dieser Zeit entstand das Foto, das im Haus der Bungers hing. Alphonse Kessel erwähnte es in einem Brief an seine Eltern: »Anbei übersende ich Euch ein Portrait von mir. Die Uniform gehörte einem Kameraden, dem der Feind in den Kopf geschossen hat. Kleidung ist knapp in der Armee. Die Uniform passt nicht. Ich muss sie bald umschneidern lassen ...«

Erstaunt stellte Arvist fest, dass Alphonse Kessel ein Lügner war. In den Briefen an seine Eltern erweckte er den Eindruck, als regulärer Soldat zu kämpfen. Aber die Unterlagen von Dr. Sigel belegten, dass Alphonse zu den Jayhawkern gehörte, laut Wikipedia eine berüchtigte Guerillaeinheit, die hinter den feindlichen Linien agierte, sich durch Raubzüge versorgte, wegen ihre Brutalität berüchtigt war und verantwortlich für einige der schlimmsten Gräueltaten des Bürgerkriegs. Arvist kam sich vor wie Johnny Depp im Film Die Siebte Pforte, in dem die Suche nach einem Buch mit der Begegnung mit dem Teufel endete. Lügner, Kriegsverbrecher, tippte Arvist.

Nachdem General Lee am Appomattox Court House kapituliert hatte und Jefferson Davis, der Führer der Konföderierten, gefangen genommen worden war, blieb Alphonse zwei Jahre bei der Armee und kämpfte gegen die Sioux. Anschließend quittierte er den Dienst und zog ziellos durch die Gegend. Er hielt sich mit Pharo und anderen Glücksspielen über Wasser, arbeitete zwischendurch als Croupier und Rausschmeißer in Saloons. Letzteres offenbar mit einem gewissen Vergnügen, wie Arvist in einem Tagebucheintrag lesen musste: »Ein beschränkter Trapper hat heute Ärger gemacht. Ich hab ihm zwei Kugeln in den Wanst geschossen. Hab ihn mit Joe zu Schlitzaugen-Chang gebracht. Der hat ihn zu den Schweinen geworfen. Die Tiere hatten Hunger...«

Über die Zeit zwischen 1870 und 1880 fand Arvist nichts in den privaten Papieren. Die Auskünfte in Dr. Sigels Unterlagen waren spärlich. In den Jahren 1873, 1875 bis 1882 fand sich Alphonse Kessels Name im Adressverzeichnis von New York City. 1881 schrieb

Arvists Vorfahre seinen Eltern, dass er mit einem Deutschen namens Joseph Zweigert – genannt Joe – in der Lower East Side einen Saloon eröffnet hatte, der den Familiennamen des neuen Freundes trug. Der nächste Brief stammt aus dem Sommer 1882. Alphonse und Joe hatten New York verlassen und das Zweigert der Obhut von Joes Schwester Mary – eigentlich Marie – überlassen. Aus dem Tagebuch erfuhr Arvist, dass sein Vorfahre ein Verhältnis mit dieser Mary hatte. »Sie war ein Weib, das seinen Mann stehen konnte. Voller Tatendrang verrichtete sie ihre Arbeit im Zweigert. Sie war nicht sehr hübsch, aber mit Charme und Witz. Auch wenn sie nicht die Art Frau war, die mir gefiel, ließ ich mich mit ihr ein.«

Die Männer zogen nach Tombstone. Arvist musste auflachen, als er das las. Ausgerechnet in die legendäre Grenzstadt, in der die amerikanische Westernlegende Wyatt Earp sein berühmtes Duell am O. K. Corral ausgetragen hatte, der Wyatt Earp, der über die Jahre von Stars, wie Henry Fonda, Burt Lancaster, James Garner,

Kevin Costner und Kurt Russell im Kino verkörpert worden war. Was für ein absurder Zufall.

Der Aufenthalt im Tombstone blieb nur eine Episode. 1883 lebte Alphonse Kessel wieder in New York. Im Sommer 1884 kehrte Alphonse Kessel überraschend nach Deutschland zurück. Das Tagebuch erzählte Arvist den Grund:

Am 3. März 1884

.Joes Schwester Mary ist von mir schwanger. Werde sie nicht ehelichen. Sie ist nicht die Richtige. Joe ist furchtbar aufgeregt wegen der Angelegenheit ...

Am 5. März 1884

Mary ist meine Ehefrau. Wir haben in New York geheiratet. Joe hat mir keine Wahl gelassen. Mit einem Bowie-Messer im Rücken sagt man schnell JA ...

Am 6. März 1884

Habe beschlossen, abzuhauen. Ohne Mary. Joe stellte sich mir in dem Weg. Mit seinem riesigen Bowie-Messer. Ich habe auf ihn geschossen und getroffen. Keine

Ahnung, ob er überlebt. Ich hab den Tresor ausgeräumt und bin weggeritten …

Am 14. April 1884

Erfahre, dass Joe lebt. Er sucht mich. Ich denke, es ist Zeit, nach Hause zu fahren ...

Arsch, tippte Arvist.

Nach dem 14. April 1884 gab es keine Briefe und Tagebucheinträge mehr. Laut der Passagierliste einer Reederei reiste Kessel drei Tage später zurück nach Deutschland. Arvist packte die Papiere zurück in den Karton und stellte ihn ins Regal.

Was für eine Geschichte, dachte er, und sie ist noch nicht vorbei. Arvists Neugier war gewachsen. Er wollte mehr über den Stummfilm-Cowboy, über den bisher unbekannten Sohn von Alphonse Kessel wissen. Dieser Drang überraschte Arvist. Familiengeschichte hatte ihn bisher nicht interessiert. Er kannte nicht einmal die Geburtstage seiner Großeltern. Egal ob väterlicher- oder mütterlicherseits.

Arvist schrieb auf seinem Blog Dumm und dümmer: Hab alte Briefe meines Verwandten Alphonse gelesen. Hat im Wilden Westen gelebt. Das ist cool. Er war kein Held. Eher das Gegenteil. Das ist höllisch verstörend. Und interessant. Ich bleib dran. Freunde da draußen, bleibt mir gewogen.

6.

Die dunkelhaarige Frau in Jeans und schwarzer Lederjacke saß im Lesesaal der Kölner Bibliothek und überflog am Computer die digitalisierten Briefe und Tagebucheinträge von Alphonse Kessel. Sie war zwei Meter entfernt gewesen, als Professor Sigel Arvist von den digitalen Kopien erzählt hatte. Als die Männer im Keller verschwanden, folgte sie ihnen. Es war langweilig, Leute zu verfolgen, die in einer Welt lebten, in der Beschattungen im Kino, nicht in der Realität vorkamen. Als der Professor Arvist die Kiste mit den Unterlagen reichte, konnte sie den Namen lesen, der auf dem Deckel stand. Sie war zurück in die Bibliothek gegangen und hatte sich an einen Rechner gesetzt, von dem sie die Kellertür sehen konnte.

Die Frau hatte lange keinen Text auf Deutsch gelesen. Es dauerte, bis der alte Fluss wieder da war. Sie besaß ein Talent für Fremdsprachen. Sie lernte sie nicht. Sie las keine Anleitungen. Sie schnappte Sprachen auf. Durch Zuhören und Praxis. Ihre Spanisch-Kenntnisse hatte sie von einem mexikanischen Mechaniker, der ihre erste Liebe gewesen war. Arabisch lernte sie durch Gespräche mit einheimischen Ordnungskräften während ihrer Einsätze in Afghanistan und im Irak. Deutsch hatte sie sich während ihrer Stationierung in Stuttgart in den Kneipen der Stadt angeeignet.

Aus dem Rucksack holte sie ein Tablet, öffnete den Mail-Account und schrieb eine Nachricht, in der sie den Computertyp und den Standort des Bibliotheksrechners angab. Von der Homepage der Universität hatte sie Name und E-Mail-Adresse des Netzwerk-Administrators. Diese Angaben trug sie ebenfalls in die Mail ein. Die schickte sie an einen Mitarbeiter ihre Firma: Nick.Davout@Graham-Security.com. Nachdem sie die Nachricht abgeschickt hatte, kopierte sie Kessels Schriften, hängte die Dateien an eine zweite Mail und verschickte auch sie.

Die Frau verließ die Bibliothek und rief ihren Auftraggeber an.

»Lozen, wie läuft's?«, fragte der Mann.

»Gut«, sagte Lozen Graham, »hab dir eben eine Mail mit den Dateien der Briefe und Tagebücher geschickt.«

»Worum geht's?«

»Du hast mich nicht zum Lesen engagiert. Sag du es mir.«

»Es geht um Geschichte. Um bald vergessene Geschichte, wie ich hoffe.«

7.

Arvist saß auf dem Boden. Vor ihm stand das Laptop, neben dem ein Tablet lag. Er surfte. Arvist lebte in einer geräumigen 1-Zimmer-Wohnung, in der es nur eine Matratze, einen Kleiderständer und einen Flachbildschirm gab. In seinem Blog stand die Begründung: Warum meine Wohnung leer ist: Haptisches ist out. Imaginäres und Virtuelles sind in. Wenn man das konsequent denkt und lebt, bleibt nur eines: eine leere Wohnung. Freunde da draußen, bleibt mir gewogen.

Arvists Festnetz-Telefon klingelte. Er nahm ab.

»Bunger.«

»Ich bin's, Claudia.«

»Wie geht`s?«

»Ich kann es immer noch nicht fassen. Der eigene Ururgroßvater ein Dieb und Totschläger, das ist eine schockierende Erkenntnis.«

Arvist hatte seiner Mutter aus der Bibliothek eine Mail geschrieben, in der er die Erkenntnisse über Alphonse Kessel zusammengefasst hatte.

»Ja. Echt schockierend.«

»Hast du entschieden, was du jetzt machst?«

»Ja, die Nachfahren der Zweigerts in den USA finden.«, sagte Arvist.

»Hast du dafür die Zeit?«

»Ja. Ist der Vorteil, wenn man als Freiberufler unterwegs ist.«

»Kannst du dir denn eine Auszeit leisten?«

»Ich hab in Cannes gut verdient. Außerdem glaube ich, dass sich aus der Suche ein interessantes Projekt machen lässt, das den einen oder anderen Euro abwerfen könnte.«

»Könnte?«

»Mutter.«

»Ich würde die Briefe gerne lesen. Hast du Ausdrucke der Briefe und Tagebücher schon abgeschickt?«

»Nein. Noch nicht.«

»Dass du sie nicht als Datei hast.«

»Wie gesagt: Sigel hat sie von seiner Assistentin ausdrucken lassen.«

»Wie altmodisch.«

»Was erwartest du von einem, der mit der Vergangenheit sein Geld verdient.«

»Du bist so zynisch.«

»Mutter.«

»Schickst du die Ausdrucke morgen los?«

»Sicher.«

Die Ausdrucke lagen vor Arvist auf dem Boden.

»Danke.«

Nach dem Telefonat fuhr Arvist das Laptop runter und legte es auf die Matratze. Anschließend packte er das Tablet in den Rucksack und verließ die Wohnung. Er fuhr mit der Straßenbahn in die Innenstadt zum Treffen mit Prof. Sigel. Das Päffgen-Brauhaus war voll und laut. Arvist schnappte kölsche, hochdeutsche, englische, chinesische und russische Sprachfetzen auf. Er ging durch den Hauptsaal auf der Suche nach dem Historiker. Jemand rief seinen Namen. Arvist schaute sich um und entdeckte Dr. Sigel. Er saß an einem Tisch für vier Personen. Ein Platz war noch frei. Arvist setzte sich.

»Haben Sie vom Brand im Filmmuseum von Buenos Aires gehört?«, fragte der Professor nach der Begrüßung.

»Nein. Was ist passiert?«

»Ein Feuer ist ausgebrochen. Dabei ist der aufgetauchte Warden- Bond-Film verbrannt. Eine Tragödie.«

Das theatralische Wort Tragödie amüsierte Arvist. Mit dem Smartphone ging er auf News-Block. Unter der Rubrik Kultur fand er die Meldung. Er erfuhr nicht mehr als das, was ihm schon der Historiker gesagt hatte. Die argentinische Polizei ermittelte. Die Ursache des Feuers war ungeklärt. Esteban Ruiz, der Leiter des Museums, sprach von einem unersetzlichen Verlust. Der Brand gab der Angelegenheit etwas Mysteriöses, fand Arvist.

Ein Kellner kam vorbei und stellte ungefragt zwei Kölsch auf den Tisch. Prof. Sigel und Arvist stießen an und leerten die kleinen 0,2-l- - Gläser, die für die Rheinmetropole typisch waren.

»Der Film ist zerstört. Schade. Ich hätte ihn gerne gesehen«, sagte Arvist.

»In der Tat.«

»Aber immerhin hat der Filmfund dazu geführt, dass ich herausgefunden habe, dass Alphonse Kessel tatsächlich ein Kind gehabt hat, von dem bisher nichts bekannt war.«

»Wirklich? Erzählen Sie.«

Der Kellner stellte ungefragt zwei Kölsch auf den Tisch.

Angetrunken kehrte Arvist spät am Abend zurück in seine Wohnung. Der Historiker hatte sich als unterhaltsamer Gesprächspartner und extrem trinkfest erwiesen. Mit Mühe zog Arvist den Schlüsselbund aus der Hosentasche, suchte und fand den Haustürschlüssel, zielte damit aufs Schloss – und verfehlte. Es spielte keine Rolle. Die Tür ließ sich aufdrücken. Sie war aufgebrochen worden.

Arvist schob die Tür auf und schaltete das Licht an. Die Matratze war aufgeschlitzt. Das Laptop lag in Einzelteilen daneben. Drumherum viele kleine

Papierschnipsel. Arvist betrat den Raum und schloss die Tür. Der dadurch entstandene Luftzug wirbelte die Papierschnipsel in die Luft. Arvist schaute sich um. Der Kleiderständer: umgeworfen. Hosen, Hemden und T-Shirts lagen verstreut auf dem Dielenboden. Der Flachbildschirm an der Wand war zerschlagen. An ihm klebte eine rote Masse. Weiße Flüssigkeit tropfte auf ein zersplittertes Marmeladenglas und eine zersplitterte Milchflasche am Boden. Der Einbrecher war offenbar in die Küche gegangen, hatte die Lebensmittel aus dem Kühlschrank geholt und sie gegen den Fernseher geworfen. Arvist ging in die Küche, in der es nur eine Spüle und einen Kühlschrank gab, auf dem Geschirr und eine Einzelkochplatte standen. Hier hatte der Verbrecher nicht gewütet.

Arvist ging zurück ins Zimmer und setzte sich auf die Matratze. Aus seinem Rucksack holte er das Tablet, ging ins Netz und schrieb in seinem Blog über den Einbruch. Erst als er damit fertig war, begriff Arvist, dass die Papierschnipsel die Tagebücher- und Briefkopien waren.

Arvist rief die Polizei. Zwei übernächtigte Uniformierte erschienen 20 Minuten später. Sie schauten sich gelangweilt um und riefen den kriminaltechnischen Dienst, der eine Stunde später an der Tür klingelte und die Spurensicherung vornahm. Eine ältere Frau machte Fotos, ein Typ rannte mit einem Pinsel durch die Gegend. Bei CSI kommt das irgendwie cooler, dachte Arvist. Die Polizisten baten ihn, eine Liste der gestohlenen Gegenstände zu machen, und blickten enttäuscht drein, als sie erfuhren, dass nichts gestohlen worden war. Gegen 5 Uhr morgens zogen die Beamten ab.

Arvist überlegte, ob er zu seinen Eltern fahren sollte, um zu schlafen. Aber er war zu aufgedreht. Er schleppte nacheinander die zerschnittene Matratze und den zerschlagenen Flachbildschirm aus der Wohnung. Er wusste, dass zwei Straßen weiter ein Container vor einer Baustelle stand. In den warf er Matratze und Bildschirm und deckte beides mit Schutt zu. Anschließend ging er in eine Bäckerei, die bereits geöffnet hatte. Er bestellte Kaffee und zwei Croissants.

Als die Geschäfte öffneten, kaufte sich Arvist ein neues Laptop und eine neue Matratze, brachte sie mit einem Lastentaxi in die Wohnung, reinigte die Dielen, bezog die Matratze und legte sich hin. Er war todmüde, aber einschlafen konnte er nicht.

8.

»Etwas zu trinken?«, fragte die Flugbegleiterin.

Arvist saß zwei Tage nach dem Einbruch im Flieger nach New York. Er war froh, eine Zeit lang nicht in seiner Wohnung schlafen zu müssen. Seit dem Einbruch und der Verwüstung fühlte er sich unwohl in dem Raum. Er hatte in Internetforen recherchiert. Das durchlebten viele Einbruchsopfer. Willkommen bei den Neurotikern. Arvist fragte sich, was der Einbrecher gedacht hatte, als er in der leeren Wohnung stand. Wohl Wut. Weil es nichts zu klauen gab. Das würde die Marmelade auf dem Flachbildschirm und die zerrissenen Unterlagen erklären.

»Einen Rotwein", sagte Arvist zur Flugbegleiterin.

Sie stellte ihm das Getränk auf den Klapptisch. Arvist nippte am Plastikbecher, blickte tiefenentspannt aus dem Fenster und verlor sich im Anblick der weißen Wolken. Er hatte vor dem Abflug einen Joint geraucht. In dem berauschten Zustand hatte er einen Aufsager für seine Homepage gemacht, den er mit der Kamera seines neu gekauften Laptops aufgezeichnet hatte. In diesem

Aufsager hatte er die Suche nach seinem unbekannten Vorfahren zum Web-Event erklärt und angekündigt, ein tägliches Update der Suche auf seiner Homepage und auf verschiedenen sozialen Netzwerken zu posten.

Arvists Seite war klar strukturiert. Es gab ein aktuelles Hauptbildelement, meist ein Video. Es besaß, wie die übrigen Videoelemente, eine gerahmte, abgerundete Form, die an die Muster der 1970er erinnerte. Der Eindruck wurde durch den gelb-braunen Hintergrund der Seite verstärkt. Über dem Hauptbildelement gab es die Möglichkeit auf die Buttons Biografie, Film und Serien, Dumm und dümmer, Kontakt zu klicken. Die Typo erinnerte ebenfalls an die 1970er und fand sich auch in den Video- und Blog-Überschriften. Links unter dem Hauptbildelement standen die Webvideos, für die er prämiert worden war, rechts die aktuellen Blog-Einträge. Für den Web-Event hatte er das Design der Homepage leicht verändert, indem er seinen Storify-Account in die Seite integriert und eine Überschrift über das Hauptbildelement positioniert hatte. The Search stand dort. Der knallige Schrifttyp erinnerte an die Filmplakate von Exploitation-Streifen.

Arvist nahm einen Schluck Rotwein. Genoss das warme Gefühl im Bauch, dass er auslöste. Er hatte eine Spur. Nachdem er im New Yorker Online-Telefonbuch keinen Zweigert gefunden hatte, suchte er mithilfe von Suchmaschinen, Personensuchmaschinen und über soziale Netzwerke nach Nachfahren von Mary und Joe Zweigert. Gemeldet hatte sich über Facebook eine Amerikanerin namens Amy Miller:

- Habe eine Bar. Das Swaggerts. Ganz, ganz früher hieß es Zweigert.

Arvist hätte vor Freunde fast geschrien. Das Zweigert, die Kneipe, die Alphonse Kessel und sein Kumpel Joe gegründet hatten, existierte noch. Hektisch tippte er die Antwort.

- Warum wurde die Bar umbenannt?
- Keine Ahnung. Muss ich meine Grandma fragen.
- Habe keine Zweigerts in New York gefunden.

- Es gibt dem Namen nach keine Zweigerts mehr. Meine Grandma hat als junge Frau einen Ben Witter geheiratet und weg war der Name.
- Du heißt aber Miller.
- Wie mein dämlicher Ex-Mann.
- Verstehe.
- Auch geschieden?
- Bisher noch nicht.
- Mein Tipp: Heirate nie den Barkeeper deiner Bar.
- Mach ich.
- Warum willst du das alles wissen?
- Dauert, das zu erklären. Skype?
- Klar.

Arvist kontaktierte Amy Miller via Skype. Er war aufgeregt, eine echte Zweigert zu sehen. Amy war eine in Schwarz gekleidete Mittdreißigerin mit langen, roten Haaren, roten Augen und einem jungen Gesicht. Von dem Raum, in dem sie saß, war wegen der schlechten Qualität ihrer Kamera wenig zu erkennen. Arvist erklärte, warum er auf der Suche nach den Zweigerts war, und fragte, ob er sie besuchen dürfe. Er würde gerne mit ihr persönlich sprechen, weil er eine Web-Doku plane. Amy Miller hatte damit kein Problem. Deshalb war er auf dem Weg nach New York. Die Aktion war etwas überstürzt, musste er zugeben, aber gründliches Planen und Recherchieren entsprachen nicht Arvists Natur.

Arvist war euphorisch. Wie zuletzt vor zwei Jahren, als er die preisgekrönten multimedialen Beiträge entwickelt hatte. Seitdem hatte er sich treiben lassen, auf den Lorbeeren ausgeruht. Er hatte gutes Geld verdient, aber nichts Kreatives auf die Beine gestellt. Aus der Suche nach den Vorfahren ließ sich etwas Großes machen. In seinem Blog hatte er geschrieben: Man versteht sich selber nur, wenn man seine Vorfahren kennt. Es gibt eine genetische Verbindung und eine mimetische. Es geht ums Verhalten. Der Mensch übernimmt Verhaltensmuster von den Menschen, bei denen er aufwächst. Das heißt, ich habe was von meinem Vater übernommen, der von seinen und der wiederum von seinen. Freunde da draußen, bleibt mir gewogen.

Arvist würde auf zwei Ebenen über seine Suche berichten. Einmal in Textform in seinem Blog. Dazu gab es reportageartige Webvideos, in denen er selbst als Reporter im Mittelpunkt stand. Arvist atmete durch. Gerne hätte er einen zweiten Joint geraucht. Er nahm sich vor, einen Blog zu schreiben, in dem er für die Gründung einer Kiffer-Airline plädierte.

Fünf Reihen vor Arvist saß Lozen Graham. Sie hatte den Facebook-Dialog zwischen Arvist und Amy Miller verfolgt, den Blog-Eintrag gelesen und den Aufsager angesehen, in dem der Deutsche den Beginn seiner Suche verkündete. Daraufhin informierte sie ihren Auftraggeber. Der war nicht begeistert gewesen, dass der Blogger seinen Vorfahren suchte. Er verlängerte den Auftrag. Das hatte Lozen Graham weder gefreut noch geärgert. Trotz des Einbruchs in die Wohnung des Deutschen war dies ein Routineauftrag. Wenn er länger dauerte, gut, wenn nicht, war das auch nicht schlimm.

Lozen trank ein Glas Orangensaft und las auf ihrem Smartphone einen alten Blog-Eintrag von Arvist: Warum ich tumbe Badeurlaube in den Gettos der Pauschalurlauber mag: Ich steh auf Nichtorte, deren einziger Zweck die Beherbergung von Touristen ist. Ich beobachte den stillen Wettkampf um Hautkrebs zwischen dicken Männern und dicken Frauen, die unter der Mittagssonne auf dem Wasser treiben. Diese Menschen sind meine Idole. Freunde da draußen, bleibt mir gewogen.

»Der Typ ist ein Freak«, dachte Lozen.

9.

Arvist filmte mit einer kleinen Kamera aus dem Fenster des Yellow Cab und streamte die Aufnahmen direkt ins Netz. Arvist war direkt am Flughafen in das Taxi gestiegen. Der Fahrer fuhr über die Queensboro Bridge zur Jackson Avenue. Der Weg kam Arvist wie ein Umweg vor. Aber er sagte nichts. Er war schon ein paar Mal in New York gewesen, doch das reichte nicht, um sich mit einem Taxifahrer anzulegen.

Das Yellow Cab hielt vor einem roten Backsteingebäude. Links ein Laden für geistige Getränke, rechts der Eingang zum Blend, eine Mischung aus Café und Restaurant. Amy Miller hatte ihm den Namen und Adresse per SMS geschickt. Arvist zahlte, stieg aus, filmte das Backsteingebäude, drehte die Kamera auf sich und sagte mit dramatischer Stimme: »In diesem Restaurant wartet Amy Miller, die Nachfahrin der Zweigerts und damit eine entfernte Cousine von mir.«

Arvist schaltete die Kamera aus und betrat das Blend. Es war Mittagszeit und der Laden voll. Er schaute sich um.

Amy Miller saß in der hintersten Ecke. Sie sah aus wie beim Skype-Gespräch.

Amy und Arvist machten anfangs Small Talk über betrügerische Taxifahrer und lästige Flugsicherheitskontrollen in Zeiten des Kriegs gegen den Terror. Als die Kellnerin erschien, bestellte Amy Miller Soba-Nudeln mit Gurken, Bohnensprossen, Pilzen, angemacht mit einer Soja-Ingwer-Sauce, dazu eine Diet Coke. Arvist, der sich fast ausschließlich vegetarisch ernährte, folgte ihrem Beispiel.

Während sie auf das Essen warteten, erzählte Arvist von Alphonse Kessels Briefen. Amy Miller hörte mäßig interessiert zu. Arvist fragte, ob sie etwas dagegen hätte, wenn er die Kamera anstellen würde. Amy Miller war einverstanden. Er holte sie aus dem Rucksack und stellte sie an. Arvist erkundigte sich, ob sie Fotos und andere Dinge besäße.

»Ich habe nichts. Mich interessieren die alten Geschichten nicht. Grandma wüsste bestimmt mehr darüber.«

»Ist es möglich, mit ihr zu sprechen?«

»Sie kommt erst in zwei Tagen zurück. Sie kurvt mit ihrem Wohnmobil durchs Land und wirft nur selten einen Blick aufs Handy.«

»Frag sie doch bitte, ob sie mit mir sprechen will. Ich fliege erst in vier Tagen zurück.«

Eine Großmutter, das klang doch gut.

»Ich frage sie. Grandma wird bestimmt gerne mit dir sprechen. Wie alle alten Leute redet sie gerne von der Vergangenheit.«

Die Kellnerin brachte die Nudeln und die Coke. Arvist blieb mit der Kamera auf Amy Miller.

»Aber wenn du Lust hast, einen Ausflug zu machen: Ich habe vor Jahren ein Haus in den Pocanos, in Stroudsburg, renoviert, das meiner Grandma gehört und jetzt vermietet ist«, sagte Amy, »auf dem Dachboden habe ich eine Kiste entdeckt, in der jede Menge altes Zeug ist.«

»Was genau?«

Pocanos, Dachboden, eine Kiste plus eine Großmutter, das klang verheißungsvoll.

»Keine Ahnung. Ich hab nur kurz reingeschaut.«

»Das schaue ich mir gerne an. Klingt nach einem Geheimnis, das gelüftet werden muss.«

»Wenn du meinst.«

Die hervorstechende Eigenschaft von Amy Miller war ihr Phlegma, fand Arvist.

»Kennst du einen Mann namens Charles Becker, Arvist?«, fragte Amy Miller.

»Meinst du den korrupten New Yorker Bullen, der Anfang des 20. Jahrhunderts hingerichtet wurde?«

»Nein, von dem hab ich noch nie gehört. Der Becker, von dem ich spreche, lebt noch.«

»Dann kenn ich ihn nicht. Warum?«

»Er kam gestern ins Swaggerts. Wollte etwas über die Vergangenheit der Bar und meiner Familie wissen.«

Pocanos, Dachboden, eine Kiste plus eine Großmutter, plus einem mysteriösen Typen, der wie ein korrupter

Bulle aus der Vergangenheit von New York hieß. Supergeil.

»Was hast du ihm erzählt?«, fragte Arvist.

»Nichts. Er war ein aalglatter Typ. Hatte was vom Anwalt oder Banker. Ich mochte ihn nicht.«

»Verstehe.«

»Möchtest du das Swaggerts heute sehen? Oder willst du dich erst hinlegen? Wegen Jetlag und so.«

»Ich bin nicht müde.«

»Dann fahren wir nach dem Essen hin. Du wirst das Swaggerts mögen. Es steckt voller alter Geschichten.«

Als Amy und Arvist das Blend verließen, folgte ihnen Lozen Graham, die Kirschkaugummi kauend gegenüber dem Restaurant gewartet hatte. Sie fuhren mit der Subway nach Manhattan. Lozen saß keine zwei Meter von ihnen entfernt und las eine Zeitung.

Das Swaggerts lag im Kellergeschoss. Ein langer Schlauch mit einer dunklen Theke.

»Nur das McSorley ist älter«, behauptete Amy Miller, als sie eintraten. Die Bar war gerade erst geöffnet worden. Es gab keine Gäste. Arvist stellte die Kamera an. Amy gab eine Tour durch die Bar und ratterte historische Fakten runter, wie sie es wahrscheinlich schon für Tausende Touristen getan hatte. Arvist filmte, wie Amy dem massigen Barkeeper zunickte und die Theke entlang auf das WC-Zeichen zuging. Neben dem Zeichen führte eine Tür in ihr Büro. Die Barbesitzerin zeigte ihm den alten Schreibtisch aus Holz, von dem ihre Großmutter behauptete, er stünde seit den 20er-Jahren in dem Raum. An der Wand hingen geschichtsträchtige Schwarz-Weiß-Fotos. Wie der Tisch schienen sie überwiegend aus den 1920ern zu stammen.

Arvist filmte die Fotos ab, suchte nach einer Aufnahme von Alphonse Kessel oder seinem Sohn. Aber er konnte keine entdecken.

»Wer sind die Leute auf den Bildern?«, fragte Arvist, während er filmte.

»Da kann ich dir nicht viel sagen. Außer zu dem da.«

Amy Miller zeigte auf einen kräftigen Kerl mit gegeltem Haar und Backenbart. Arvist zoomte auf die Aufnahme. Der Mann war um die 60. Er trug ein weißes Hemd, Hosenträger und schwarze Hosen. Im Bund steckte ein großes Messer. Der konnte bestimmt Eisenstangen mit der bloßen Hand verbiegen, dachte Arvist. Im Hintergrund war eine Theke zu sehen. Es war die des Swaggerts. Sie hatte sich in den vergangenen hundert Jahren kaum verändert.

»Der Mann heißt Joseph Zweigert und hat diese Bar gegründet«, sagte Amy Miller.

»Genannt Joe. Alphonse Kessel erwähnt ihn in seinen Briefen und Tagebüchern.«

Amy Miller sah Arvist gelangweilt an.

»Gibt es ein Bild seiner Schwester Mary?«

»Ja. Es ist das links daneben.«

Das Foto zeigte eine hagere Frau mit grauem oder blondem Haar. Das Gesicht war kantig. Sie trug ein schlichtes, schwarzes Kleid. Sie lächelte. Neben ihr stand ein dicker Mann mit Schnauzbart und Pfeife. Er trug eine zu enge Jacke und eine karierte Weste. Für Arvist sah er bayrisch aus.

»Wer ist der Dicke?«

»Keine Ahnung. Irgendein Typ.«

»Kann ich mir das Bild näher ansehen?«

»Tu dir keinen Zwang an.«

Arvist nahm das Foto von der Wand und zog es aus dem Rahmen. Er schaute auf die Rückseite. Auf der stand etwas geschrieben. Arvist hatte Schwierigkeiten, die Handschrift zu lesen. Die Schreiberin hatte Sütterlin benutzt. Ich und Günther Billigmeier von der Deutschen Botschaft. New York, Sommer 1915. Arvist machte ein Bild von der Rückseite, tat das Foto zurück in den Rahmen und hängte es an die Wand.

»Noch jemand, den du kennst?«, fragte Arvist.

Amy Miller schaute auf die Fotos. Sie suchte eine Aufnahme, entdeckte sie und zeigte drauf. Erneute zoomte Arvist. Ebenfalls ein kräftiger Mann. Größer und jünger als Joe. Ende vierzig vielleicht. Er steckte in einem schlecht sitzenden Anzug. Ein markantes, faltiges Gesicht, umrahmt von grau-schwarzen Haaren. Ein Indianer.

»Wer ist das?«

»Seinen Namen habe ich vergessen. Er war Anwalt und Stammgast, hat mir meine Großmutter erzählt.«

»Ein Indianer und Anwalt?«

»Ja und?«

»In den 1920ern sicherlich eine Besonderheit.«

»Wenn du es sagst.«

Lozen stand gegenüber dem Swaggerts. Sie schickte eine Mail an ihren Auftraggeber, in der sie ihm den Aufenthaltsort des Freaks mitteilte. Ein Müllwagen hielt vor Lozen und versperrte die Sicht. Dadurch entgingen ihr die zwei Anzugträger, die die Bar betraten. Der eine ein braun gebrannter Kleiderschrank mit Glatze, der andere ein gut aussehender Enddreißiger.

»Hallo, Mr. Becker«, begrüßte Amy den Enddreißiger. Sie und Arvist standen mittlerweile an der Bar und tranken Rotwein.

»Haben Sie noch mal über meine Fragen nachgedacht?«, fragte der Mann. Die Freundlichkeit, die sein Lächeln ausstrahlte, beeindruckte Arvist, genauso wie die Leuchtkraft des blonden Haares.

»Ich kann Ihnen wirklich nicht helfen, Mr. Becker.«

Charles Becker wählte einen übertrieben enttäuschten Gesichtsausdruck.

»Schade.«

Er drehte sich zu Arvist.

»Wir hatten noch nicht das Vergnügen.«

»Ich bin heute in New York angekommen.«

»Charles Becker.«

»Verwandt mit …"

»Nein, Namensvetter.«

»Das ist gut.«

»Und Sie sind?«

»Arvist Bunger, Journalist, ich arbeite an einer Geschichte über New Yorker Kneipen.«

»Ist das so?«

»Ja.«

Arvist wusste nicht, warum er gelogen hatte. Es war eine intuitive Handlung gewesen. Wie Amy war ihm der Typ unsympathisch. Er roch zu gut. Frisur und Anzug saßen zu perfekt. Eine Werbefigur, die erfunden worden war, um bei den Leuten Vertrauen zu erwecken. Der ideale Schwiegersohn. Ein Erfolgsmensch. Schrecklich.

Arvist lächelte Becker an, verabschiedete sich von Amy und verließ das Swaggerts. Lozen spuckte das Kirschkaugummi aus und folgte ihm. Sie hoffte, der Freak würde eine Pause einlegen. Der Jetlag machte ihr zu schaffen. Lozen war müde. Als der Freak ein Hotel ansteuerte, war sie erleichtert.

10.

Stroudsburg, Pennsylvania lag in den Pocono Mountains, wenige Autostunden entfernt von New York. Die Mittagssonne brannte und überstrahlte die Farben der Häuser und parkenden Wagen, die dadurch blass und gelblich wirkten wie die schlechte Kopie eines Spielfilms aus den 1970er-Jahren. Das gefiel Arvist. Auf den Straßen herrschte kaum Verkehr. Die Gehsteige waren menschenleer. Kein Ort, den man gesehen haben musste, dachte Arvist. Nicht schön, nicht hässlich. Er entdeckte nichts Besonderes. Eine amerikanische Kleinstadt, wie er sie aus unzähligen Filmen und Serien kannte.

Er parkte den Mietwagen vor einem roten Backsteingebäude, holte die Kamera aus dem Rucksack und filmte die Umgebung, bevor er die North 7th Street hinunter Richtung Monroe Street ging. Dabei blickte er sich um. Seit er New York verlassen hatte, bildete er sich ein, verfolgt zu werden. Das Gefühl beunruhigte ihn. Gleichzeitig musste er über sich selber lachen. Wie oft hatte er mit Freunden darüber geredet, wie unsinnig er

Szenen in Kriminalromanen fand, in denen der Held seinen Verfolger aufgrund eines Bauchgefühls spürte, entdeckte und abhängte. Dieser Charles Becker war an dem Verfolgungswahn schuld. Er hatte Arvist seltsam angeschaut, als er das Swaggerts verlassen hatte.

Im Hotelzimmer hatte Arvist den Mann gegoogelt. Dabei war er auf Beckers Homepage gestoßen. Eine beeindruckende Seite, schick, übersichtlich, die Grafik hervorragend. Becker schien eine Art Berater zu sein. Mit Büros in Los Angeles, Washington D.C. und New York. Namhafte Firmen und bekannte Politkernamen – überwiegend Republikaner – standen in der Kundenliste. Er hatte 11.000 Freunde auf Facebook, seine verschiedenen Social Media-Accounts lasen sich extrem kurzweilig und verrieten trotzdem nichts. Er ließ die von einem Autor schreiben, mutmaßte Arvist, der sich früher mit solchen Jobs über Wasser gehalten hatte. Ansonsten fand der Google Fu – Meister wenig über Charles Becker im Netz. Fotos von offiziellen Anlässen in Washington. Der Name wurde in ein paar Artikeln erwähnt, das war's, nichts Substanzielles. Dieser Mann suchte nicht die Öffentlichkeit.

An der Ecke 7th Street/Monroe Street befand sich ein weißes Haus aus Holz, einstöckig, mit der klassischen amerikanischen Veranda, die bei Arvist ein Gefühl von Heimeligkeit auslöste, was er der lebenslangen Überdosis an amerikanischen Spielfilmen zuschrieb. Arvist machte mit der Kamera eine Aufnahme und mit dem Smartphone ein Foto, das er seiner Mutter schickte. Mit dem Hinweis, dass dies das Gebäude wäre, in dem sich möglicherweise Spuren befänden, die das Rätsel des Stummfilm-Cowboys lösen könnten. Damit sie nicht andauernd anrief, schickte er täglich eine SMS oder MMS oder eine E-Mail, um sie auf dem Laufenden zu halten. Überraschenderweise funktionierte das bisher ausgezeichnet. Wahrscheinlich war sie wegen der Theaterproben beschäftigt.

Nach dem Foto machte Arvist einen Aufsager für seine Homepage. Er war auf Spannung getextet:

»Was befindet sich hinter diesen Wänden? Was werde
ich finden? Aufschlussreiche Fotos? Und wenn ja, was ist
darauf zu sehen? Aufregende Briefe, pikante
Tagebücher? Und wenn ja, was steht drin?«
Wegen Becker hatte Arvist gezögert, die Suche weiterhin
im Netz zu dokumentieren. Aber warum? Beckers
Absichten waren unklar und als Amerikaner kontrollierte
er bestimmt keine deutschsprachigen Internetseiten.

Die drei Stufen, die auf die Veranda führten, knarrten.
Eine attraktive Frau Mitte dreißig in grünem T-Shirt und
Jeans öffnete Arvist, bevor er klingeln konnte. Amy hatte
die Bewohnerin von Arvists Kommen informiert. Die
Frau an der Haustür hieß Susan Hoberman, eine
alleinerziehende Mutter eines 9-jährigen Jungen, der
Arvist nicht begrüßte, weil er in der Computerwelt einen
fremden Planeten eroberte und deshalb den Besuch nicht
bemerkte. Susan führte Arvist durch das unordentliche
Wohnzimmer an die Theke der amerikanischen Küche.
Limonade, Gespräche über seine Reise, die Bedeutung
von Familie und Herkunft, ein Tipp, wo Arvist gut zu

Abend essen konnte, der Hinweis, dass sie, Susan, nichts am Abend vorhabe.

Susan führte ihn in den ersten Stock. Im Flur lehnte ein Holzstock an der Wand. Am Ende war ein Metallhaken. Damit zog Susan die Falltür des Dachstuhls nach unten, an der sich eine ausziehbare Leiter befand. Arvist kletterte nach oben. Unbewusst gespeicherte Bilder aus unzähligen Spielfilmen schossen durch seinen Kopf, als er sich umsah: Sonnenlicht fiel durch ein schmutziges Fenster in den Raum. Staubpartikel flogen durch die Luft. Die Pappkartons, der alte Kinderwagen, das Holzpferdchen, die Kleiderpuppe, das Shoulderpad einer Football-Ausrüstung, die kaputte Stehlampe – all die Gegenstände schienen braun getüncht. Ein Spinnennetz warf einen schönen Schatten. Was für eine Kulisse, dachte Arvist und filmte sie.

Schau nach einer alten Holzkiste aus den 50er-Jahren. Sie ist grün, mit dem Gesicht und dem Namen von Davy Crockett, hatte Amy ihm gesagt. Arvist entdeckte sie hinter der Kleiderpuppe. Er zog die Kiste heraus, setzte sich auf den staubigen Dielenboden und öffnete sie. Ein modriger Geruch kam ihm entgegen. Die Film-Flashbacks kehrten zurück: vergilbte Papiere, eine Kinderzeichnung, eine alte Postkarte, ein Stück Strick, eine Streichholzschachtel, lose Fotos, zwei dicke Fotoalben.

The Goonies, Bridges of Madison County? Arvist konnte die Flashbacks keinem Film zuordnen. Er nahm eines der Fotoalben und blätterte es durch. Familienbilder. Ausgehend von den Farben der Aufnahmen und der Kleidung der Fotografierten schätzte er, dass sie in den 1960ern und 1970ern gemacht worden waren. Falsche Zeit. Er schaute sich das zweite Album an. Die Fotos waren schwarz-weiß und stammten aus den 50er-Jahren. Die halfen ihm auch nicht weiter.

Arvist räumte die Kiste Stück für Stück leer. Er glaubte schon, dass der Ausflug in die Pocanos ein Reinfall wäre, als er auf dem Boden der Kiste einen DIN-A3-großen

Ledereinband entdeckte, der von einem groben Band zusammengehalten wurde. Er hob den Fund aus der Kiste. Vorsichtig zog er am Band. Es war brüchig und zerfiel. Arvist legte den Einband auf den Boden und schlug ihn auf. Eine leserliche, etwas steife Handschrift. Er überflog die ersten Seiten. Dann wusste er, dass er gefunden hatte, was er suchte. Arvist machte eine Siegerfaust. Er filmte die Kiste und seine Inhalte, dann nahm er den Einband, drehte die Kamera auf sich und stellte die Frage. »Was steht auf diesen Blättern? Was werde ich über meinen Vorfahren erfahren? Bald werde ich es wissen.«

Ein Impuls ließ ihn zum Fenster gehen. Er blickte auf die 7th Street. Erwartet hatte er, den Begleiter von Becker zu entdecken. Außer einem Jogger, der – trotz Mittagshitze und entsprechender Ozonwerte – an seiner Fitness arbeitete, sah er niemanden. Ob er seinen Verfolgungswahn in den Web-Auftritt einfließen lassen sollte? Ein mysteriöser Gegner würde die Sache spannender machen. Arvist nahm die Kamera und filmte aus dem Fenster die nun menschenleere Straße. Er schüttelte über sein Verhalten den Kopf, ging zur Falltür und kletterte hinunter. Susan lag im Wohnzimmer auf dem Sofa und las eine Zeitschrift. Sie lächelte ihn an.

11.

Lozen Graham saß in einem alten Ford. Die Hände lagen auf ihrem Schoß. Harder Than You Think von Public Enemy lief im Radio. Auf dem Beifahrersitz lagen zwei leere Wasserflaschen und eine angebrochene Packung Kirschkaugummi. Sie parkte auf der Monroe Street, von wo sie das Haus sehen konnte, in dem der Freak verschwunden war. Drei Wagen vor ihr parkte ein grauer Chevrolet. Der Wagen war Arvist von New York bis nach Stroudsburg gefolgt. Soweit Lozen sehen konnte, saßen zwei Männer in dem Chevy. Profis, schätzte Lozen, überhebliche Profis. Darauf vertrauend, dass sie einem Amateur folgten, hatten sie sich nicht sonderlich unauffällig verhalten. Die gesamte Strecke fuhren sie direkt hinter dem Freak. Dadurch hatte Lozen sie problemlos identifiziert. Sie überlegte, ob ihr Auftraggeber ohne ihr Wissen eine zweite Firma auf den Freak angesetzt hatte. Unwahrscheinlich, aber nicht unmöglich, dachte sie.

Lozen nahm das Telefon und rief ihren Auftraggeber an.

»Lozen, wo bist du?«

Lozen hörte im Hintergrund Menschenstimmen und Gläserklirren.

»Du sitzt auf jeden Fall in einer Kneipe und es ist erst Mittagszeit.«

»Ich bin im Hallmann und warte auf einen Senator.«

»Ist das Hallmann keine Kneipe?«

»Schön, wenn eine trockene Alkoholikerin einem anderen trockenen Alkoholiker Vorwürfe macht. Wann warst du das letzte Mal bei einem AA-Treffen?"

Lozens letzter Besuch bei einem Treffen der Anonymen Alkoholiker lag zwei Jahr zurück. Die Treffen machten sie depressiv. Den Alkohol hatte sie zurzeit unter Kontrolle. Sie trank nach Dienstschluss. Drei Gläser Whiskey. Nicht mehr. Es sei denn, dass Leben schlug hart wie Iron Man zu.

Lozen wechselte das Thema.

»Der Freak wird beschattet. Gibt es da etwas, was ich wissen sollte?«

Der Auftraggeber schwieg.

»Erde an Harvey Farossi: Hören Sie mich?«

»Nein. Es gibt da nichts.«

»Sicher?«

»Woher das Misstrauen?«

»Das weißt du genau.«

Vor zwei Jahren hatte Lozen in Harvey Farossis Auftrag einen Senator beschützt. Zwei Männer versuchten, den Politiker zu töten. Lozen erschoss die Attentäter. Was Farossi ihr vorenthalten hatte, war der Umstand, dass der Politiker sich an einer Minderjährigen vergangen hatte. Bei den Attentätern handelte es sich um die Brüder. Als Lozen davon erfuhr, war sie in Farossis Büro gestürmt und hatte es kurz und klein geschlagen. Ein Jahr später vergriff sich der Senator erneut an einer Minderjährigen. Diesmal wurde die Sache öffentlich. Der Senator tauchte unter.

»Ich wiederhole die Frage: Der Freak wird beschattet. Gibt es da etwas, was ich wissen sollte?«

Harvey Farossi zögerte mit der Antwort.

»Also?«

»Becker interessiert sich für die Sache.«

Lozen fluchte. Charles Becker – das Phantom. Weil man nicht wusste, wo er war und warum er etwas tat. Sein Name sagte den wenigsten etwas. Je nachdem, wen man aus der kleinen Gruppe, die ihn kannte, fragte, erhielt man entweder die Beschreibung eines Gutmenschen oder des personifizierten Bösen. Auf der Visitenkarte gab Becker seinen Beruf mit Berater an. Eigentlich war er in der gleichen Branche wie Farossi: der nationalen Politik.

»Mein Tagessatz hat sich gerade verdoppelt«, sagte Lozen.

»Lozen!«

»Ja oder nein?«

»Ja.«

»Willst du mir sagen, was Becker an dieser Sache interessiert?«

»Seit wann bist du neugierig?«

»Seitdem du versuchst, mir Dinge zu verheimlichen, Harvey.«

»Lozen, mach deinen Job. Mehr musst du nicht wissen.«

Wütend beendete Lozen das Gespräch.

Das Fahrerfenster des Chevrolets wurde heruntergelassen. Ein dicker, behaarter Arm kam ins Freie. In der Hand qualmte eine Zigarette. Lozen wusste nicht, was für Typen für Becker arbeiteten. Sie nahm ihr Smartphone, schrieb Nick Davout eine SMS mit der Bitte, die Frage zu recherchieren.

Eine halbe Stunde später kam der Freak aus dem Haus. Er trug einen Einband in der linken Hand. Mit der rechten filmte er das Haus und die winkende Bewohnerin auf der Veranda. Der Freak stieg in den Mietwagen und fuhr los. Der Chevy hängte sich an ihn dran. Lozen Graham folgte. Es war eine kurze Fahrt. Der Freak fuhr zu einem Hotel in der Nähe, parkte auf dem Hotelparkplatz und ging ins Gebäude. Der Chevy hielt fünf Parkbuchten entfernt. Zwei Männer in schwarzen Trekking-Jacken und Jeans stiegen aus und gingen mit zackigen Schritten ins Hotel. Sie sind wirklich überheblich, dachte Lozen. Als Verfolger wohnte man nicht im gleichen Hotel wie die Zielperson. Eine Regel, die man in diesem Geschäft wissen sollte.

Sie rief in der Firma an. Nick sollte mittlerweile etwas herausgefunden haben. Für Recherchen dieser Art hatte sie ihn angestellt.

»Nick, was hast du?«

»Becker holt sich seine Leute bei Hudson International. Gegründet von Maximilian Hudson. War früher ein hohes Tier bei Blackwater.«

»Ich weiß.«

»Die Leute von Hudson International haben einen guten Ruf.«

»Die hier sind Durchschnitt. Wirken wie Soldaten, die den Grundkurs Verfolgung und Ermittlung auf der Schule für angehende Detektive belegt und nur knapp bestanden haben.«

»In der Tat beschäftigt Hudson International viele Ex-Militärs. Hauptsächlich Amerikaner. Ein paar Briten. Es …«

»Schon gut, Nick.«

Lozen beendete das Gespräch. Sie hatte Lust auf einen Drink. Sie nahm die Kaugummipackung vom Beifahrersitz, nahm eines heraus, warf es mit einer eleganten Bewegung in den Mund und begann zu kauen. Der schrecklich künstliche Kirschgeschmack vertrieb die Lust auf einen Drink. Ihre vorletzte Affäre hatte sie auf die Idee gebracht. Er war Koch in einem Bio-Restaurant gewesen. Künstliche Aromen würden den Appetit auf alles Natürliche zerstören, hatte er gesagt, und was gab es Natürlicheres als Whiskey und Bier. Lozen schloss die Augen und überlegte. Wenn die Hudson-Typen den gleichen Auftrag hatten wie sie, würden sie – wenn der richtige Zeitpunkt gekommen war – ins Zimmer des Freaks einbrechen und den Einband klauen.

Lozen Graham fuhr das Seitenfenster runter und spuckte das Kaugummi aus. Auf der Rückbank des Wagens lagen ein Rucksack und eine Sporttasche. Sie nahm den Rucksack, öffnete ihn, nahm einen Schlagring und ihre Pistole heraus – eine Heckler und Koch P9S mit der Modifikation für einen Schalldämpfer. Die Waffe hatte ihr ein Navy Seal geschenkt, nachdem sie ihm in Afghanistan den Arsch gerettet hatte. Lozen steckte die HK P9S in die rechte und den Schlagring in die linke Tasche der schwarzen Lederjacke.

Lozen holte die Sporttasche von der Rückbank und öffnete auch sie. Eingewickelt in einer Decke befand sich eine Schrotflinte Kaliber 12. Lozen legte die Sporttasche auf den Beifahrersitz. Sie hatte beschlossen, in die Offensive zu gehen.

12.

Die Autofahrt von Susan Hobermans Haus zum New
Hampton Hotel hatte vier Minuten gedauert. Arvist saß
im Hotelzimmer auf der braunen Couch, die neben dem
Bett stand. Vor ihm lag der Einband. Es war eine
Autobiografie. Auf dem Deckblatt stand der Titel: „Das
Leben von Wilhelm Albert Kessel. Von ihm selbst
erzählt." Arvist blätterte den Einband durch. Die
Autobiografie besaß kein Ende. 1945 brach sie einfach
ab. Arvist öffnete eine Flasche Wasser und las die erste
Seite. Zu Beginn erklärte Arvists Vorfahre sein
Unterfangen:

»Oft dachte ich darüber nach, meine Vergangenheit
niederzuschreiben, in der Hoffnung, dass mein Sohn, und
später sein Sohn, sich dafür interessieren. Ich befand
mich lange im Zwiespalt, dies zu unternehmen. Aber jetzt
habe ich beschlossen, es zu tun. Für mich, der gegen das
Vergessen kämpft, und meine Nachfahren. Als ich den
Grundstein unseres Wohlstandes und unseres Einflusses
legte, waren noch Abenteurer gefragt, Männer, die etwas
gewagt haben, Männer, die unentdeckte Gebiete

eroberten, in denen es ähnlich rau und gesetzlos zuging wie in den Grenzstädten, in denen mein Onkel Joe sein Glück gesucht hatte. Meine Geschichte soll Ansporn sein für meine Nachfahren, es mir gleichzutun und mit Willen, Wissen, und Verstand ihren Teil der Welt zu erobern. Ich habe nichts an meiner Lebensgeschichte geschönt oder verändert. Ich habe das ergriffen, was das Leben mir geboten hat. Ich kämpfte mit den zur Verfügung stehenden Mitteln. Hart, aber fair. Wie es sein sollte.

Arvist hätte die Seiten des Einbandes gerne eingescannt. Bei elektronischen Texten war es einfacher, Markierungen zu machen. Er machte sich klar, dass er sich in der Pampa befand und es ewig dauern würde. Arvist begann, auf die altmodische Art zu lesen.

Nach 30 Seiten unterbrach Arvist die Lektüre. Er war mit Susan Hoberman zum Abendessen verabredet und wollte vorher noch duschen. Auf Anhieb hatte ihm die Frau gefallen. Er wusste nicht, warum. Es spielte auch keine Rolle. Sie Stroudsburg, er Köln – das wäre sinnlos. Wie eine Fernbeziehung mit Star-Wars-Prinzessin Padme Amidala von Naboo.

Arvist holte sich ein Bier aus der Mini-Bar. Was er bisher gelesen hatte, war interessant. Wilhelm Albert Kessel wurde in New York geboren. Aufgezogen von seiner Mutter Mary und seinem Onkel Joe, eigentlich Joseph Zweigert. Wie sein Vater Alphonse startete er seine Laufbahn als Totschläger. 1903, mit 16, wurde Wilhelm in seiner Geburtsstadt New York in einen Kampf verwickelt, in dessen Verlauf er einen Mann erstach. Weil der Tote einen Bruder hatte, der Rache wollte, verschwand Wilhelm aus der Stadt. Arbeitete als Rausschmeißer in einem Saloon und landete als Cowboy und Messerwerfer bei einer Wild-West-Show. Mit dem Geld, das er verdiente, eröffnete er ein Lichtspielhaus in der Provinz. Später folgten weitere, auch in New York. Parallel dazu drehte er Filme. One-Reeler, wie es damals gang und gäbe war. An einer Stelle wurde ein indianischer Anwalt namens William Chato erwähnt. Arvist erinnerte sich an das Schwarz-Weiß-Foto von dem großen Mann mit dem markanten Gesicht, das im Büro des Swaggerts hing. Er googelte den Namen und bekam tatsächlich ein Foto. Es war derselbe Mann.

Dass, was Arvist über die USA zu Beginn des 20. Jahrhunderts wusste, stammte von Dr. Sigel. Der Historiker hatte beim Abend im Brauhaus darüber einiges erzählt. Arvist fischte zusätzliche Informationen aus dem Netz und schrieb in seinen Blog: Randbemerkung zur Suche nach meinem Vorfahren: USA 1903, eine wilde Zeit voller Widersprüche, in der mein Vorfahre Wilhelm Albert Kessel gelebt hat. Wäre gerne dabei gewesen. Die Indianerkriege gerade erst vorbei und schon entstehen in New York Hochhäuser und Untergrundbahnen. In Oklahoma reiten die Menschen auf Pferden, in New York rollen Autos auf den Straßen. Western-Zirkusse tingeln durchs Land, während im Big Apple die ersten Kinos entstehen. Es wirkt wie die durchgedrehte Fantasie eines bekifften Steampunk-Autoren. Freunde da draußen, bleibt mir gewogen.

Arvist beschloss, seiner Mutter eine Mail zu schreiben. Als er den Account auf seinem Smartphone öffnete, entdeckte er eine Nachricht von Dr. Sigel. Der Historiker informierte ihn, dass die Briefe und Tagebücher von Alphonse Kessel aus der Bibliothek gestohlen und die digitalen Kopien von einem Hacker aus dem System gelöscht worden wären. Arvist starrte auf den Einband. In was bin ich hier hineingeraten, fragte er sich.

Das Smartphone klingelte. Es war Amy Miller.

»Ich glaube, ich habe einen fürchterlichen Fehler begangen, Arvist«, sagte sie.

»Was? Warum?«

»Grandma ist zurück. Ich habe von dir und deinem Projekt erzählt und dass du dir die Kiste in Stroudsburg angeschaut hast. Sie ist ausgeflippt. Hat mich angeschrien. Sagte was von der Büchse der Pandora.«

Arvist setzte sich auf das Bett, auf dem das Manuskript lag.

»Verstehe ich nicht.«

Arvist überlegte, ob er von den Diebstählen berichten sollte, entschied sich aber dagegen. Er wollte die alte Dame nicht verschrecken.

»Ich auch nicht, aber sie will dich treffen. Hättest du Zeit?«

»Klar. Ich könnte morgen zurück nach New York fahren.«

»Um eins im botanischen Garten von Brooklyn. Passt das?«

»Klar.«

»Bis dann.«

Büchse der Pandora, hatte die Großmutter zu Amy gesagt. Klang wie ein Zitat aus einem schlechten Film. Arvist war auf das Treffen mit der alten Frau gespannt. Während er sich anzog, grübelte Arvist, was er in seinem nächsten Aufsager erzählen sollte. Er entschied sich, ihn allgemein zu halten und keine Namen zu nennen. Deshalb erzählte Arvist von Cowboys, von Stroudsburg und attraktiven Bewohnerinnen der Stadt. Aber er sagte auch, dass er das Gefühl habe, dass noch jemand sich für die Zweigerts interessiere. Aus den Aufnahmen von Susan Hobermans Haus und vom Dachboden schnitt Arvist ein dreiminütiges Webvideo. Er war mit dem Ergebnis nicht zufrieden. Er stellte es trotzdem auf seine Seite.

Sein Verhalten kam Arvist paranoid vor, aber paranoid war richtig. Der Brand im Filmmuseum von Buenos Aires, die Einbrüche in seine Wohnung und in die Universität und das Auftauchen von Charles Becker – jedes Ereignis für sich konnte ein Zufall sein. Wenn man sie addierte, musste man sie ernst nehmen. Die Spannung, die ihn erfasst hatte, mochte Arvist. Die Suche abbrechen? Niemals. Die Einträge seiner Suche wurden häufig geklickt und kommentiert. News-Block hatte in der Rubrik Net-World einen Artikel über seine Reise veröffentlicht. Das gefiel ihm. Genauso wie die Andeutung eines befreundeten Lektors, dass sein Verlag an einem Buch über die Suche interessiert wäre, wenn es ein erfolgreiches Ende gebe. Ein Reiseunternehmen, das sich auf Rundreisen durch die USA spezialisiert hatte, bot an, Werbung auf der Seite zu schalten. Auch das gefiel Arvist. Denn das brachte Geld. Die Suche konnte sich zu einer großen Sache entwickeln. Diese Aussicht war es wert, ein Risiko einzugehen.

Er schaute auf seine Website. Die Andeutungen eines mysteriösen Gegners kamen gut an. Bereits nach 10 Minuten gab es sechs Kommentare. Eine Diskussion entstand, wer der Gegner sein könnte. Das war gut. Eine Diskussion bedeutete Interesse. Interesse bedeutete höhere Klickzahlen. Höhere Klickzahlen lockten weitere Werbekunden an.

13.

Der Freak verließ das Hotel. Die Frau aus dem Haus an der Ecke 7th Street/Monroe Street holte ihn ab. Zwei einsame Herzen auf dem Weg zum schnellen Sex, dachte Lozen.

Sie stieg aus. Lozen Graham trug die langen Haare zu einem Zopf gebunden und eine Sonnenbrille mit kleinen, runden Gläsern. Auf ihrem Rücken hing die Sporttasche. Die HK P9S und der Schlagring steckten in der Jackentasche. Sie durchquerte die Lobby, ohne dass der Abendrezeptionist sie bemerkte.

Lozen Graham klopfte an der Zimmertür mit der Nummer 203. Für 100 Dollar hatte der Tagesrezeptionist ihr die Zimmernummern der Hudson-Typen und vom Freak gegeben. In der linken Hand hielt sie die Schrotflinte. Ein braun gebrannter Kleiderschrank mit kahlgeschorenem Schädel öffnete die Tür und schaute sie fragend an. Lozen erkannte den haarigen Arm, der aus dem Chevy geschaut hatte. Sie schlug dem Mann gegen den Adamsapfel. Der Kleiderschrank ging röchelnd in die

Knie. Lozen stieß ihn ins Zimmer. Der zweite Hudson-Mann saß auf dem Bett. Er besaß dickere Muskeln als der Kleiderschrank am Boden. Erstaunt blickte er auf die Frau mit Sonnenbrille, die über seinen Kollegen stieg und mit einer Schrotflinte auf ihn zielte.

Lozen drückte ab. Der Schuss war nicht laut. Die Waffe war mit XREP-Geschossen geladen. Die Abkürzung stand für Wireless eXtended Range Electronic Projectile. Es handelte sich um Elektroschockprojektile. Treffersicherheit bis zu 65 Fuß.

Das Elektroschockprojektil traf den Mann im Bauch. Zitternd brach er zusammen. Lozen drehte sich und schloss die Zimmertür. Der Mann mit dem behaarten Armen lag nach Luft schnappend am Boden. Sie trat ihm gegen das Kinn. Er verlor das Bewusstsein. Lozen blickte zum zweiten Mann. Er versuchte, aufzustehen. Erstaunlich für einen Mann, der von einem XREP-Geschoss getroffen worden war. Lozen feuerte erneut.

Getroffen bäumte sich das Muskelpaket auf, bevor es regungslos auf den Teppich fiel.

Lozen holte Kabelbinder aus der Sporttasche. Sie fesselte und knebelte die ohnmächtigen Männer. Anschließend steckte sie die Schrotflinte in die Sporttasche, hängte sie über die Schulter, nahm das Bitte-nicht-stören-Schild, öffnete die Tür, hing das Hinweis-Schild auf die Klinke und schloss die Tür. Lozen war zufrieden. Die Hudson-Männer konnten ihr nicht mehr dazwischenfunken.

Lozen joggte die Treppen hoch in den dritten Stock, in dem Arvists Zimmer lag. Die Tür hatte sie schnell geöffnet. Auf dem Bett lag das Manuskript. Sie nahm den Einband, schob ihn in eine Klarsichtfolie und verließ auf demselben Weg das Hotel, den sie gekommen war. Aus dem Wagen rief sie Farossi an.

»Du solltest dich erinnern, dass ich um diese Uhrzeit beim Treffen der Anonymen Alkoholiker bin«, sagte er zur Begrüßung.

»Seit wann gehst du regelmäßig zu den Treffen?«

»Seitdem du nicht mehr kommst.«

»Wie charmant.«

»Wann hattest du deinen letzten Absturz?«

»Vor drei Monaten.«

»Schön, dass es dir gut geht.«

»Arschloch.«

»Wie sind wir eigentlich im Bett gelandet?«

»Ich hab dich mir schön getrunken.«

Farossi lachte.

»Ich hab das Buch«, sagte Lozen, »schicken oder bringen?«

»Bringen. Bin auch morgen in D.C. Erinnerst du dich an den Treffpunkt?«

»Du gehst mehrmals die Woche zu den AA-Treffen?«

»So oft ich kann, wenn ich in D.C. bin.«

»Weil deine Therapeutin neuerdings die Anwesenheitslisten kontrolliert?«

»Bis morgen.«

Lozen fuhr zu ihrem Hotel und setzte sich an die leere Hotelbar. Auf dem Fernseher über der Theke ritt ein einsamer Cowboy über einen Highway voller Autowracks in eine Großstadt, in der Zombies hausten. Lozen bestellte einen doppelten Whiskey und studierte auf ihrem Smartphone die Route nach Washington D.C. Auf der Monroe Street nach Westen, vorbei an Bethlehem, York und Baltimore. In viereinhalb Stunden war sie da. Die Barkeeperin brachte den Whiskey. Sie nahm einen kleinen Schluck, genoss das Brennen im Mund und das warme Gefühl im Magen. Ein gut aussehender Provinzler am anderen Ende der Bar lächelte ihr zu. Lozen hatte keine Lust. Sie kippte den Whiskey runter, bestellte einen zweiten. Sie holte das Manuskript aus dem Rucksack, schaute es an, überlegte, es zu öffnen, tat es nicht und legte den Einband zurück in den Rucksack. Lozen wusste, dass sie an diesem Abend nicht vernünftig sein würde. Sie wusste, dass dem dritten Whiskey ein vierter folgen würde.

14.

Arvist und Susan gingen in ein Restaurant namens Sals Street Grill & Bar. Es gab Sushi, Steaks und Pasta, Wein aus den USA, Australien und Europa, eine Drittel davon aus biologischem Anbau. Susan erwies sich als eine charmante und kluge Person. Ihr, durch ein Stipendium finanziertes, Harvard-Studium musste sie wegen Schwangerschaft abbrechen.

»Ich hab römisches Roulette gespielt und verloren«, sagte sie scherzhaft.

Sie arbeitete als Buchhändlerin in einer Mall in der Nähe von Stroudsburg. Arvist mochte seine Begleitung und das Restaurant, dass sie gewählt hatte. Als sie mit dem Essen fertig waren, bestellten sie eine zweite Flasche Wein. Irgendwann betrat eine regionale Musikgruppe namens Pocono Power Duo die kleine Bühne des Restaurants und sang eine Coverversion des Cake-Songs Sheep go to heaven. Im Verlaufe des Gesprächs bemerkte Arvist Susans Sommersprossen, die kleine Narbe an ihrem Hals und eine zweite am Busenansatz. Aus der Fremden wurde eine Person, aus der Person eine Frau. Als das Pocono Power Duo eine weitere Cake-Coverversion sang, küssten sie sich. Susan schlug vor, in Arvists Hotel zu gehen. Bei ihr würde die Babysitterin stören. Arvist beeilte sich, zu bezahlen.

Als sie sein Hotelzimmer betraten, verschwand Arvists erotische Stimmung. Er sah sofort, dass das Manuskript nicht auf dem Bett lag. Er rannte zum Mann an der Rezeption.

»Aus meinem Zimmer ist etwas gestohlen worden.«

»Ausgeschlossen, Sir.«

»Ausgeschlossen? Von wegen.«

»Was ist abhanden gekommen?«

»Ein Buch. Ein Familienerbstück.«

»Sind Sie sicher, dass Sie es nicht verlegt haben?«

»Es lag auf meinem Bett, als ich gegangen bin. Rufen Sie bitte die Polizei.«

»Die Polizei?«

»Ich bestehe darauf.«

Eine halbe Stunde später erschien ein müder Deputy-Sheriff, der eine blaue Weste mit einem aufgenähten gelben Sheriffstern über einem zerknitterten, blauen Hemd trug. Er ließ sich das Zimmer zeigen, nahm die Anzeige auf und versprach, die Angestellten des Hotels zu vernehmen. Arvist wusste, dass das zu nichts führen würde. Warum sollte sich ein Provinzbulle für ein altes Buch abrackern?

Frustriert stellte er fest, dass Susan nach Hause gefahren war. Arvist setzte sich an die Hotelbar. Auf dem obligatorischen Fernseher über der Bar lief eine uralte Folge von The Walking Dead, die er kannte. Der Held ritt alleine einen Highway entlang, in eine mit Zombies verseuchte Großstadt. In wenigen Minuten würden die Untoten sein Pferd auffressen. Arvist bestellte ein Bier und einen Whiskey. Es war einer dieser seltsamen Zufälle, dass die Diebin und ihr Opfer gleichzeitig in einer Hotelbar saßen und sich betranken.

Es stand für Arvist außer Frage, dass jemand nicht wollte, dass er über seine amerikanischen Wurzeln recherchierte. Büchse der Pandora, hatte Amy Millers Großmutter gesagt. Er kam sich vor, wie die Helden des klassischen Paranoia-Kinos der 70er-Jahre. Wie welcher? Im Kopf ging er die wichtigsten Filme durch: 3 Days of the Condor, The Conversation, All the Presidents Men, Klute, Parallax View. Der letzte war's. Warren Beatty als Reporter Joe Brady, der einer riesigen Polit-Verschwörung auf die Spur kommt. Er starb allerdings am Schluss. Deprimierend. Arvist bestellte sich einen zweiten Whiskey und später einen dritten. Dabei summte er einen Song von Jimmie Witherspoon: One scotch, one bourbon, one beer. Please Mr. Bartender, listen here. I ain`t here for trouble, so have no fear. One scotch, one bourbon and one beer.

15.

Verkatert checkte Lozen Graham am späten Vormittag aus dem Hotel aus, setzte sich ans Steuer und fuhr die knapp 230 Meilen nach Washington. Ohne Unterbrechung. Sie ärgerte sich über das Besäufnis vom Vorabend. Mit dem Trinken hatte sie angefangen, nachdem sie die Special Forces verlassen und als Ermittlerin beim CID, dem United States Army Criminal Investigation Command, begonnen hatte. Es dauerte, bis sie realisierte, dass sie morgens öfter verkatert aufwachte als nicht. Der erste Psychologe brabbelte was von typischen Stress-Syndromen eines Kriegsveteranen. Lozen hielt das für Unsinn. Sie wechselte den Arzt. Der zweite Kopfdoktor bot ihr eine alternative Erklärung für den Alkoholismus an. Sagte, sie wäre zu ichbezogen, deshalb beziehungsunfähig, deshalb einsam und depressiv. Das machte für Lozen Sinn. In unregelmäßigen Abständen besuchte sie Psychologe Nummer zwei.

Lozen fuhr zu dem kleinen Apartment, das sie Downtown gemietet hatte. Sie legte sich auf das Bett und schlief zwei Stunden. Als sie aufwachte, nahm sie den Rucksack mit der Autobiografie, verließ das Apartment, aß in einem Diner einen Hamburger und trank vier Tassen Kaffee. Müde begab sie sich zum Treffpunkt. Sie war zu früh. Das Treffen der Anonymen Alkoholiker hatte noch nicht begonnen. Sie stellte sich in eine dunkle Seitenstraße und beobachtete den Hauseingang. Dies war ein Treffpunkt für Säufer aus der politischen High Society. Der Ort war ein offenes Geheimnis, das von der Presse gewahrt wurde, was in der Regierungshauptstadt eine Seltenheit war. Abgeordnete, Kabinettsmitglieder, Lobbyisten, hochrangige Militärs und Geheimdienstgrößen besuchten das Treffen. Lozen machte mit ihrem Smartphone Fotos von den Personen, die das Gebäude betraten, und schickte sie Nick. Man wusste nie, wozu man die Bilder benutzen konnte.

Harvey Farossi kam wie üblich zu spät. Er stieg aus einem Taxi und humpelte ins Gebäude. Vor zwei Jahren hatte er sturzbetrunken seinen Chevy gegen einen Baum gesetzt. Seitdem hatte er eine Therapeutin, die er belog, Treffen bei den Anonymen Alkoholikern, bei denen er mehr Bekannte traf, als er vermutet hätte, und ein steifes Bein, das ständig schmerzte.

Lozen schaute auf ihre Armbanduhr. Sie hatte eine Stunde Zeit. Sie ging in eine Bar in der Nähe und trank zwei Bier, die ihren Zustand erheblich verbesserten. Nach vierzig Minuten stand sie Kaugummi kauend wieder in der Seitenstraße. Weitere zwanzig Minuten später verließen die ersten Säufer das Treffen. Noch mal zwanzig Minuten später betrat Lozen das Gebäude. Es war am Tag eine öffentliche Schule. Die Säufer trafen sich in der Turnhalle. In der saß Farossi auf einem billigen Klappstuhl, der Teil eines Kreises aus Klappstühlen war. Nur die Notbeleuchtung brannte. Er rauchte und tippte etwas in sein Smartphone. Sein schwarzer Trenchcoat lag neben ihm.

Lozen blieb am Eingang stehen, ohne dass Farossi sie bemerkte. Sie schaute sich in der Halle um. Um herauszufinden, ob er alleine war oder ob er Rückendeckung mitgebracht hatte. In der hinteren Ecke der Halle bewegte sich jemand. Ein Bodyguard. Lozen beschloss, ihn zu ignorieren.

»Ganz allein. Mutig!«, rief sie, als sie die Halle betrat.

»Warum sollte ich Angst vor dir haben?«

Lozen ging zu Farossi, zog das Manuskript aus dem Rucksack und gab es ihm.

»Das Geld sollte bis Monatsende auf meinem Konto sein«, sagte sie.

»Sicher«, antwortete Farossi, »du siehst müde aus, Lozen. Bist du versackt?«

»Geht dich einen Scheißdreck an, Farossi.«

»Früher hast du mich Harvey genannt.«

»Harvey war schon für Jimmie Stewarts Freunde unsichtbar.«

»Ich wusste nicht, dass du alte Filme magst.«

»Was weißt du schon.«

»Ich weiß, wo dein Muttermal sitzt.«

Farossi grinste. Lozen ignorierte beides: die Feststellung und den Gesichtsausdruck.

»Was interessiert dich ein altes Buch von einem deutschen Einwanderer?«

»Oh, zum zweiten Mal ein Zeichen für Neugier. Lässt du nach, Lozen?«

Lozen nickte zum Abschied, drehte sich um und verließ die Halle. Sie stellte sich erneut in die Seitenstraße. Als Farossi nach einer halben Stunde nicht aus dem Gebäude gekommen war, schlich Lozen zurück in die Schule. Die Sporthalle war mittlerweile hell erleuchtet. Farossi saß auf dem Stuhl und las im Einband. Neben ihm beschäftigte sich ein fülliger Mann mit krausem, grauem Haar mit seinem Smartphone. Es sah aus, als würde er spielen. Der Mann hatte ein leichtes Doppelkinn und dicke Falten um die Augen. Lozen schätzte ihn auf Mitte 50. Er trug einen blauen Anzug und Krawatte. Lozen kannte den Mann. Er hieß Jack Manusco. Kam aus New York. Es war dort Assistant Director in Charge, was bedeutete, dass er das New Yorker FBI-Büro leitete. Manusco arbeitete für Farossi.

Farossi erhob sich kopfschüttelnd. Er zog ein Handy aus der Seitentasche des Jacketts. Lozen wusste, dass er zwei Mobiltelefone bei sich trug: ein Smartphone und ein PrePaid-Handy, das er alle zwei Wochen wechselte. Eine Taktik, die er von Drogendealern übernommen hatte. Es machte eine Überwachung schwieriger.

Farossi telefonierte. Lozen war zu weit entfernt, um ihn zu verstehen. Das Gespräch dauerte nicht lang. Farossi steckte das Handy weg, griff den Mantel und rief Manusco etwas zu. Sie bewegten sich auf den Ausgang der Sporthalle zu. Lozen ging zurück in die Seitenstraße. Von dort beobachtete sie, wie Farossi und Manusco das Schulgebäude verließen. Die Männer blieben am Straßenrand stehen. Sie warteten. Nach zehn Minuten fuhr eine dunkle Limousine vor. Am Steuer saß eine blonde Frau. Auch sie kannte Lozen. Es handelte sich um Helen Kyvig. Ex-Marine, Ex-NYPD, ein Schlagetot zum

Mieten. Wenn sie an einem Ort auftauchte, gab es kurz darauf Ärger, richtigen Ärger. Lozen hatte genug gesehen. Sie ging zurück in ihr Apartment. Sie hätte eine Kopie des Manuskripts machen sollen. Als Absicherung.

16.

Arvist packte seine Sachen, ging zur Rezeption und zahlte die Hotel-Rechnung. Er sah, wie zwei kräftige Männer, der Deputy-Sheriff und ein Hotelangestellter, aus dem Fahrstuhl traten. Die Kleiderschränke wirkten sehr aufgeregt.

»Ein Skandal«, sagte der Glatzkopf, »man wird in diesem Hotel überfallen und keiner merkt es. Wir werden Sie verklagen.«

Ein weiterer Überfall. Seltsamer Zufall, dachte Arvist. Er ging zum Mietwagen und fuhr zum Haus von Susan Hoberman. Er war enttäuscht, als er sie nicht zu Hause antraf. Nachdem er sich in einem Supermarkt zwei Flaschen Diet Coke gekauft hatte, fuhr er nach New York. Für die rund 75 Meilen brauchte Arvist wegen starken Verkehrs drei Stunden. Angekommen, gab er den Mietwagen ab und fuhr mit der U-Bahn zu dem Hotel in der Nähe des Chrysler- Buildings, in dem er reserviert hatte.

Arvist ging eine Pizza essen und fuhr anschließend mit der Subway zum botanischen Garten von Brooklyn, wo er mit Amy Millers Großmutter verabredet war. Mary Susan Witter geborene Zweigert saß mit ihrer Enkelin auf einer Bank im Japanese Hill-and-Pond Garden. Die alte Dame hatte ein runzliges Gesicht mit einem kämpferischen Blick.

»Wussten Sie, dass dies der erste japanische Garten in einem öffentlichen Park in den USA war? Er wurde 1915 eröffnet. Wäre es nicht vorstellbar, dass unsere Vorfahren an diesem Ort ihre Sonntagsspaziergänge gemacht haben?«, fragte Mary Susan Witter. Sie sprach Deutsch. Langsam. Mit starkem amerikanischen Akzent. Manchmal machte sie Pausen, wenn ihr ein Wort nicht sofort einfiel. Manchmal benutzte sie einfach den englischen Ausdruck. Offenbar sprach Mary Susan Witter nicht oft Deutsch.

»Wäre gut möglich«, sagte Arvist.

Mary Susan Witter trug weiße Turnschuhe, eine beige Stoffhose, eine blaue Blousonjacke aus Segeltuch und eine schwarze Baskenmütze, unter der silber-violettes Haar funkelte. Amy Miller hatte Arvist während ihres ersten Treffens erzählt, dass ihre Großmutter das ganze Leben im Swaggerts verbracht hatte. Die alte Frau gefiel ihm.

»Sie haben also Wilhelms Manuskript gelesen?«, fragte Mary Susan Witter. Sie hatte eine tiefe, feste Stimme.

»Ja.«

»I'm sorry. Das hätte nie passieren dürfen.«

»Was meinen Sie?«

»Das Manuskript war ein Familiengeheimnis. A forgotten one. Ein vergessenes«, sagte die alte Frau.

»Ich habe es nicht ganz lesen können«, sagte Arvist.

»Hast du es dabei?«, fragte Amy.

»Nein. Es wurde mir gestohlen.«

»Was?«, sagte Mary Susan Witter.

Arvist erzählte von den Einbrüchen der vergangenen Tage. Mary Susan Witter hörte zu, ohne ihn zu unterbrechen.

»Das ist ja schrecklich«, sagte die alte Frau, als Arvist fertig war.

»Die Angelegenheit ist sehr mysteriös. Wer sollte sich für diese alte Geschichte interessieren? Die ist doch völlig wertlos.«

Die alte Frau zog die eh faltige Stirn kraus. Arvist konnte die Reaktion nicht deuten.

»Wie weit haben Sie gelesen?«

»Bis er die ersten Kinos gegründet hat.«

»Das ist nicht sehr weit.«

»Leider.«

Mary Susan Witter lächelte ihn an.

»Darf ich Sie was fragen, Frau Witter?«

»Fragen Sie. Nur nicht, was auf den Seiten steht, die Sie nicht gelesen haben.«

»Warum?«

»Manche Dinge sollten vergessen bleiben.«

Mary Susan Witter lächelte Arvist an.

»Darf ich Sie filmen?«

»In meinem Alter stellt man sich nicht mehr vor eine Kamera. Also, ask your questions, fragen Sie, junger Mann.«

»Wie kam Ihre Familie in den Besitz des Manuskriptes?«

»My Grandmother, meine Großmutter, Wilhelms Cousine Marie, besuchte ihn 1971. Wenige Monate vor seinem Tod. Wilhelm war damals bettlägerig und nicht mehr klar im Kopf. Als sie sein Schlafzimmer betrat, hatte er das Manuskript auf der Bettdecke liegen. Sie las es. Sie begriff, was es war, und nahm es mit.«

»Und wie kamen Sie in den Besitz des Manuskriptes, Ms. Witter?«

»Meine Großmutter gab es mir auf dem Sterbebett. She told me, sie erzählte, wie sie dazu gekommen war und warum sie es behalten hatte. Mit meiner Großmutter starb die letzte Verbindung zwischen den Familienzweigen.«

»Ich frage mich, warum die Autobiografie 1945 endet«, sagte Arvist.

»Haben Sie nicht gesagt, Sie hätten sie nicht zu Ende gelesen?«

»Ich hab zur letzten Seite geblättert.«

Die alte Frau schien erleichtert.

»Wissen Sie, warum die Autobiografie 1945 endet?«, fragte Arvist.

»Ganz einfach. Die Demenz verhinderte, dass Wilhelm weiter schreiben konnte.«

Arvist nickte.

»Warum hat er sie geschrieben?«, fragte Arvist.

»I can only guess. Ich kann nur vermuten. Weil er seine eigene Geschichte nicht vergessen wollte.«

»Warum haben sich die Familienzweige eigentlich getrennt?«

Die alte Frau schaute auf die sichelförmige Drum Bridge, die über den japanischen Teich führte.

»Haben Sie eine Zigarette, junger Mann?«

Arvist gab ihr eine.

»Schlechte Angewohnheit«, sagte Mary Susan Witter.

»Schlechte Angewohnheit.«

Arvist gab der alten Frau Feuer.

»Rauchst du noch, Amy?«

»Grandma!«

»Das heißt JA. Du weißt, dass man davon Brustkrebs bekommt.«

»Grandma!«

Mary Susan Witter blies gekonnt zwei Rauchkreise in die Luft.

»Um Ihre Frage zu beantworten«, sagte alte Frau, »die Kettles und die Zweigerts waren und sind eine Familie. Wir wahren die Geheimnisse von Wilhelm. Das ist das Vermächtnis meiner Großmutter Marie. Familie ist wichtig, auch wenn meine Enkelin das anders sieht.«

»Grandma!«

»Ist doch so, Amy.«

Großmutter und Enkelin duellierten sich mit Blicken. Die jüngere Frau hatte keine Chance. Verärgert ging sie zum Ausgang des Parks. Arvist wollte etwas sagen, aber wusste nicht, was. Mary Susan Witter blies erneut zwei Rauchkreise in die Luft.

»Sie haben eben Kettle gesagt, nicht Kessel. Hat Wilhelm sich so später genannt? Kettle?«

Mary Susan Witter zog an ihrer Zigarette.

»Von Kessel zu Kettle. Einfach ins Englische übersetzt«, sagte Arvist.

»Ich habe selten die Gelegenheit, Deutsch zu sprechen. Da bringe ich, wie Sie hören, Deutsch und Englisch gelegentlich durcheinander.«

»Ihr Deutsch ist ausgezeichnet.«

»Danke.«

»Gibt es noch lebende Nachfahren von Wilhelm?«, fragte Arvist.

Die alte Frau zog wieder die faltige Stirn kraus.

»Nein«, sagte sie und zog an der Zigarette, »Wilhelm Albert Kessel starb kinderlos.«

»Schade.«

»Damit endet wohl Ihre Suche, junger Mann.«

»Es sieht so aus.«

»Seien Sie nicht enttäuscht. Sie haben herausgefunden, dass es Alphonse und Wilhelm gegeben hat und Sie haben mich und Amy gefunden. Das ist doch eine Menge.«

»Da haben Sie recht.«

Die alte Frau stand auf. Sie blickte Arvist direkt in die Augen.

»Passen Sie auf sich auf«, sagte sie und ging zum Ausgang, wo ihre Enkelin wartete. Arvist filmte die Frauen heimlich mit seinem Smartphone.

Frustriert verließ Arvist den Park. Er war verwirrt. Offenbar gab es ein Familiengeheimnis. Aber die alte Frau wollte es ihm nicht sagen. Sie schien auch zu ahnen, wer hinter den Diebstählen stand. Aber auch das wollte sie nicht mitteilen. Seltsam. Aber er konnte daran nichts ändern. Letztendlich hatte Mary Susan Witter recht. Die Suche war zu Ende. Schneller, als er gedacht hatte. Er musste ein gutes Ende für seine Web-Erzählung finden. Gedankenversunken wanderte er durch die Stadt.

17.

Scheiße, wo will der noch überall hingehen, dachte Lozen. Sie folgte Arvist bei seinem ziellosen Spaziergang durch New York. Nachdem sie Helen Kyvig in der Limousine gesehen hatte, war sie in der Nacht zurück nach Stroudsburg gefahren und hatte sich an Arvist rangehängt. Auch wenn Lozen nicht sagen konnte, mit welcher Absicht. Es war eine intuitive Handlung gewesen.

Nick rief zweimal an. Sie ging nicht ran. Sie wusste, dass er ihr Verhalten nicht gutheißen würde. Nick Davout war zwar ihr Angestellter, aber ein besonderer Angestellter. Einer, der nicht sofort den Arsch zusammenkniff. Einer, der nur aus Rationalität bestand. Wie ein Roboter. Wie Spock aus Star Trek. Wie Sheldon Cooper aus The Big Bang Theory.

Arvist wich einem Fahrradboten aus und überquerte eine überfüllte Kreuzung. Lozen folgte ihm. Ihr Telefon vibrierte. Gut, Nick, du hast gewonnen. Zeit für die

Stunde der Wahrheit. Sie nahm ab und kam ohne Umschweife auf den Punkt. Nick mochte keine Umwege.

»Nick, die Sache wird immer verworrener. Farossi hat Kyvig engagiert.«

»Interessant. In diesem Fall passt nichts zusammen. Ein unbedeutender, deutscher Blogger, ein altes Einwanderer-Schicksal, Charles Becker, Harvey Farossi, Jack Manusco und nun Helen Kyvig.«

»Was machen wir?«

»Machen? Was für eine Frage. Nichts. Wir sind bezahlt worden. Der Auftrag ist erledigt. Du kommst nach Hause. Welche Probleme Farossi hat und was er plant, geht uns nichts an.«

»Ich hätte das Manuskript lesen sollen.«

»Wir mischen uns nicht in die Belange des Klienten ein. Das gehört zu unserem Geschäft.«

»Ich weiß.«

»Ich weiß, dass du es weißt. Deshalb bin ich beunruhigt, dass du einen solchen Gedanken hast.«

Lozen grunzte.

Nick hatte als Agent und Analytiker für die CIA gearbeitet. Er war ein Genie. Mit 14 Jahren war er eingeschriebener Student in Harvard. Mit 18 hatte er einen Doktortitel. Mit 19 hatte das Computer-As sich gelangweilt, deshalb seine Vergangenheit getilgt, sich einen neuen Namen und einen neuen, normaleren Lebenslauf gegeben und beim Geheimdienst angeheuert. Wie sich herausstellte, waren regelmäßige Arbeitszeiten, strenge Hierarchien, viel Bürokratie, wenig Freizeit und kleine Büros nicht Nicks Ding. Er kündigte nach 5 Jahren und ging zu Lozen, die kurz zuvor ihre Firma gegründet hatte.

Nick Davout mochte Lozen, weil sie ehrlich und unkonventionell war. Weil sie bei ihrer ersten Begegnung begriffen hatte, was er war. Sie – Major bei den Special Forces – kam von einem Auslandseinsatz, mit Bildern von ägyptischen Überwachungskameras, die die Entführung eines amerikanischen Geschäftsmannes zeigten. Nick – noch CIA-Agent – wertete die Bilder in einer Stunde aus. Konnte Verdächtige und mögliche

Schlupfwinkel präsentieren. Nicht, weil er Computerakten durchforstete. Sondern weil er ein fotografisches Gedächtnis besaß. Weil seine Gedanken schneller flogen als Superman. Viel zu schnell. Keiner glaubte ihm. Lozen schon. Sie sah es in seinen Augen. Erkannte die Überzeugung. Erkannte den Schmerz, in einer Welt zu leben, die viel zu langsam für ihn war. Lozen flog zurück an den Nil. Sie befreite den Geschäftsmann. Aufgrund der Hinweise von Nick.

»Wo bist du, Lozen?«

Lozen antwortete nicht.

»Es ist laut. Ich höre Menschen. Ich höre Straßenverkehr. Ich höre Polizeisirenen.«

Lozen folgte Arvist in eine U-Bahn-Unterführung.

»Der Klang ändert sich. Die Straßengeräusche entfernen sich. Du betrittst ein unterirdisches Gewölbe. Weiterhin viele Menschen. Hört sich nach U-Bahn an. Nicht nach der von Washington D.C.«

Lozen wusste, dass Nick in spätestens 30 Sekunden erraten würde, wo sie war. Sie wollte ihm diesen Erfolg nicht gönnen. Nick war im Normalzustand schon überheblich genug.

»Ich bin in New York.«

»Was machst du da?«

»Ich bin Arvist gefolgt.«

»Kein logisches Verhalten. Wie gesagt: Der Auftrag ist beendet. Hier wartet Arbeit auf dich. Sich weiter mit dem Deutschen zu beschäftigen, ist im höchsten Maße unprofessionell. Abgesehen davon, dass du Farossi verärgern könntest, wenn er das mitbekommt. Das wollen wir nicht.«

»Scheiß auf Farossi.«

»Verlass New York, Lozen. Du bist Profi. Handle auch so.«

»Nick, du weißt schon, dass ich dein Boss bin, oder?«

»Boss, verlass New York.«

Lozen folgte Arvist auf einen Bahnsteig.

»Verdammt, du hast ja recht.«

Lozen legte auf.

Eine U-Bahn fuhr ein. Menschen stiegen aus. Arvist schob sich in den Zug. Er bekam einen Sitzplatz. Lozen stieg nicht ein. Die Türen schlossen sich. Die Bahn fuhr ab und verschwand im Tunnel.

Viel Glück, Freak, dachte Lozen.

18.

Zurück auf dem Hotelzimmer bearbeitete Arvist seine verschiedenen Accounts auf den sozialen Netzwerken, sah, dass auf seiner Website die Diskussion über seinen mögliche Gegner regen Zulauf bekommen hatte, und überprüfte seine Mails. Neben vier Nachrichten seiner Mutter entdeckte er eine Botschaft von einer unbekannten E-Mail-Adresse. Er hätte sie für Spam gehalten, wenn nicht Kessel im Betreff gestanden hätte. Arvist öffnete die Nachricht. Ein Charles Wilkey schrieb, dass er von Arvists Suche von einem Facebook-Freund gehört habe, aus New York stamme und ihm weiterhelfen könne. Er schlug ein Treffen vor. Arvist stieß einen lauten Begeisterungsschrei aus. Die Suche war noch nicht vorbei. Ein neuer Ansatz. Im schlimmsten Fall ein abschließendes Kapitel.

In seiner Antwort bedankte sich Arvist überschwänglich für die Meldung und fragte, wann und wo sie sich treffen könnten. Charles Wilkey antwortete 10 Minuten später und schlug ein Treffen für den Abend vor. Arvist akzeptierte und erkundigte sich nach dem Treffpunkt. Charles Wilkey schrieb, er werde ihn um 18 Uhr abholen. Arvist müsse ihm nur die Adresse seines Hotels mitteilen.

Um kurz vor sechs klingelte das Telefon. Die Frau von der Rezeption teilte Arvist mit, dass ein Charles Wilkey am Empfang auf ihn warte. Arvist nahm seine Jacke und den Rucksack, eilte zum Fahrstuhl und fuhr ins Erdgeschoss. An der Rezeption stand ein sympathisch wirkender Afroamerikaner im schwarzen Anzug.

»Ich bin Arvist Bunger.«
»Nett, Sie kennenzulernen. Ich bin Charles Wilkey.«
Wilkey führte Arvist zu einem grünen Toyota im Parkhaus des Hotels. Arvist stieg ein. Charles Wilkey war ein gesprächiger Mann. Erzählte von der Bedeutung von Familie und Herkunft und versprach, Arvist etwas zu zeigen, was ihn begeistern würde, ohne dabei konkreter zu werden. Nach zwanzig Minuten fuhr der Wagen in ein abrissreifes Industriegebäude am Rande von Brighton Beach. Das innere war eine lang gezogene Halle. Licht

fiel durch die verschmutzten Dachfenster. Der Boden war mit Müll und Unrat bedeckt, der durch das einfahrende Auto aufgewirbelt wurde. Wilkey stoppte den Toyota. Die Halle war leer. Bis auf einen Wagen, vor dem eine kräftige Frau mit blonden Haaren und ein Typ mit einem schmalkrempigen 60er-Jahre-Frank-Sinatra-Hütchen standen. Ein merkwürdiger Ort, dachte Arvist. Er konnte die Halle nicht einordnen. War es früher eine Fabrik oder eine Lagerhalle gewesen?

»Steig aus«, sagte Charles Wilkey.

Arvist verließ den Wagen. Er bemerkte eine Waffe in der Hand des Hutträgers.

»Was soll das?«, fragte Arvist erstaunt.

Die blonde Frau schüttelte grinsend den Kopf.

»Erklärungen dieser Art gibt es außerhalb des Kinos nicht«, sagte sie.

Der Hutträger legte auf Arvist an.

19.

Das Gesicht des Killers zeigte keine Emotion. Arvist starrte auf die Waffe. Die Öffnung des Laufes kam ihm klein und harmlos vor. Der Tod war eben nichts Großes. Er schwitzte. Wunderte sich, dass er sich nicht in die Hose machte. Arvist hörte ein zischendes Geräusch. Der Hutträger kippte um. Als er auf dem Boden aufkam, flogen Staub und Abfall in die Luft. Arvist bemerkte, dass die blonde Frau und Charles Wilkey auf etwas schauten, was hinter ihm passierte. Er drehte sich um und sah eine Frau mit Pferdeschwanz in einer abgewetzten Lederjacke, die mit einer Pistole mit Schalldämpfer auf die blonde Frau zielte.

Arvist hörte wieder das Zischen. Die Blonde zog eine Waffe und warf sich in den Dreck. Die Kugel streifte sie an der linken Schulter. Sie schrie auf und ließ die Waffe fallen.

»Bunger, gehen Sie in Deckung!«, rief die Frau mit dem Pferdeschwanz. Sie sprach Deutsch mit schwäbischem Akzent. Arvist folgte dem Befehl. Er sprang hinter einen

Metallpfeiler. Dabei warf er einen Eimer mit einer undefinierbaren Flüssigkeit um.

Charles Wilkey zog eine Waffe. Helfen tat ihm das nicht. Die Frau mit dem Pferdeschwanz schoss ihm in die Brust und den Kopf. Er wurde gegen die Limousine geworfen und blieb auf der Motorhaube liegen. Die Frau mit dem Pferdeschwanz ging zu der angeschossenen Blonden. Sie sah die Angreiferin mit hasserfülltem Blick an.

»Sag Farossi, dass sein kleiner Scheißplan schiefgegangen ist«, sagte Lozen Graham, »Mord gibt es bei mir nicht.«

Lozen hatte nicht abfahren können. Sie war zu Arvists Hotel gefahren. Als der Freak Wilkey in der Lobby traf, wusste Lozen, dsas Bunger sterben sollte. Der Mann hieß eigentlich Thomas Markus und war ein freiberuflicher Killer, der öfters für Kyvig arbeitete. Lozen fühlte sich erleichtert. Nun war klar, was sie tun musste. Leute ausspionieren und Unterlagen stehlen, gehörte zu ihrem

Geschäft. Da kannte sie keine Skrupel. Es war ein Krieg zwischen Profis. Aber dazu gehörte Arvist Bunger nicht.

Farossi ging in diesem Fall zu weit. Bunger war in eine Tretmine getreten und wusste es nicht. Worum ging es? Auch Lozen kannte die Antwort nicht. Nur Farossi. Sie hätte den Auftrag nicht annehmen sollen. Farossi war ein intriganter Arsch, dem Menschenleben nichts bedeuteten. Ihn interessierte nur der Erfolg. Der Erfolg seines aktuellen Klienten. Das wäre zurzeit der Gouverneur von New York. Aber wie passte der in die Affäre? Sie hätte aus dem Auftrag mit dem Senator lernen sollen. Stattdessen hatte sie nur an das leicht verdiente Geld gedacht. Scheiße. Sie war eine Idiotin. Nicht besser als Kyvig.

»Steh auf, Bunger, und komm mit«, sagte Lozen zu Arvist. Er stand auf und schaute sich entsetzt um.
»Vielen Dank. Sie haben mein Leben gerettet«, sagte er.
»Noch lange nicht«, sagte Lozen zu dem Freak.

Sie zerrte Arvist aus dem Gebäude zu ihrem Auto, schob ihn auf den Beifahrersitz, schnallte ihn an, lief zur Fahrerseite, startete den Wagen und fuhr im gemäßigten Tempo los. Geschickt lenkte Lozen den Wagen durch den starken Nachmittagsverkehr von New York.

»Warum bist du mit Markus in die Halle gefahren?«, fragte Lozen Graham.

»Wer ist Markus?«

»Der Afroamerikaner.«

»Er nannte sich Wilkey.«

»Warum bist du mit Wilkey in die Halle gefahren?«

»Ich suche Vorfahren meiner Familie und er hat behauptet, er könne mir helfen.«

»Er hat sich bei dir gemeldet, nachdem das Manuskript gestohlen wurde?«

»Richtig. Woher wissen Sie von dem Manuskript?«

»Ich bin die Diebin.«

Arvist sah die schöne Frau mit dem entschlossenen Gesicht an.

»Ich verstehe nicht.«

»Später. Wie hat Wilkey mit dir Kontakt aufgenommen?«

»Mit einer Mail.«

Lozen setzte einen Blinker und fuhr in eine Nebenstraße.

»Worum geht es bei dieser Sache?«, fragte Arvist.

»Nur die Ruhe. Zuerst müssen wir dich in Sicherheit bringen.«

»Sie haben mich beklaut und nun wollen Sie mich in Sicherheit bringen?«

»So ist es«, sagte Lozen und grinste Arvist an.

Sie fand den Freak irgendwie süß. Wobei sie nicht wusste, wann sie das letzte Mal einen Typ mit dem Adjektiv süß betitelt hatte. Wahrscheinlich in der Pubertät. Obwohl sie schon als Kind süß nicht als Adjektiv für Menschen benutzt hatte. Nur für ihre Ratte Geronimo.

»Hab ich eine Wahl?«, fragte Arvist.

»Klar. Aussteigen und sterben.«

Lozen fuhr den Wagen in eine Parkgarage, nahm den Rucksack und die Sporttasche, stieg aus und schob den zögerlichen Arvist in den Fahrstuhl. Im obersten Stock stiegen sie aus. Gegenüber vom Fahrstuhl befand sich die Eingangstür eines Penthouses. Lozen benutzte es als Safe House. Der Besitzer war ein zufriedener Kunde von Graham Security und verlangte die symbolische Bezahlung von 150 Dollars im Monat. Die tatsächliche Miete hätte ihr Budget überstiegen.

Lozen öffnete die hübsch verzierte Penthousetür mit einer Magnetkarte. Dahinter lag ein dunkler Flur, an dessen Ende sich eine Stahltür befand. Über ihr hing eine Kamera. An der linken Seite befand sich eine Tastatur. Lozen gab den achtstelligen Code ein. Arvist hörte, wie sich ein Schloss öffnete. Aus ihrer Jacke zog Lozen einen Schlüssel, öffnete das mechanische Schloss und drückte die schwere Tür auf.

Sie betraten die Wohnung. Lozen warf ihre Jacke über einen Stuhl, stellte Rucksack und Sporttasche auf den

Boden, setzte Arvist an die Küchentheke, holte aus dem Kühlschrank ein Sechserpack Bier und aus der Bar eine Flasche Whiskey. Unter der Jacke trug sie ein schwarzes Tank Top. Arvist betrachtete neugierig die durchtrainierten Arme. Auf dem linken war eine Tätowierung. Ein schwarzer, stilisierter Drache, der sich über die Schulter zog und wahrscheinlich den Rücken bedeckte. Er mochte Tätowierungen bei Frauen. Seine Freunde machten sich lustig darüber. Sie fanden tätowierte Frauen asozial.

Lozen öffnete zwei Dosen Bier und goß Whiskey in zwei Gläser.

»Also? Was ist los?«, fragte Arvist, nachdem er das Bier fast in einem Zug ausgetrunken hatte.

»Nicht so schnell trinken«, sagte Lozen, »du stehst unter Schock, da wirkt Alkohol anders.«

Arvist blickte in die Augen der Frau, die ihm das Leben gerettet hatte.

»Sie lenken ab«, sagte er.

Lozen grinste ihn an.

»Ehrlich gesagt: ich habe keine Ahnung. Ich wurde engagiert, dich zu überwachen.«

»Von wem?«

»Einem Mann namens Harvey Farossi.«

»Kenn ich nicht.«

»Ein Tänzer auf dem politischen Parkett von Washington.«

»Warum sollten Sie mir folgen?«

»Warum ist keine Frage, die man in meinem Geschäft stellt. Er gab mir deinen Namen. Ich sollte mich an dich ranhängen. Als du die Tagebücher und Briefe von Alphonse Kessel gefunden hast, bekam ich die Anweisung, sie zu zerstören, nachdem ich ihm zuvor eine digitale Kopie geschickt hatte. Bei der Autobiografie von Wilhelm A. Kessel war es ähnlich.«

»Haben Sie das Manuskript gelesen?«

»Nein. Neugier ist nicht gut in meinem Geschäft.«

»Seltsames Geschäft.«

Lozen trank einen Schluck vom Whiskey.

»Warum haben Sie mir überhaupt geholfen?«

»Sagen wir es so: Mord ist nicht mein Geschäft. Es sei denn, er ist gerechtfertigt.«

»Es gibt gerechtfertigten Mord?«

Lozen sah Arvist an, als wäre er eine schrecklich naive Doris-Day-Blondine aus den chauvinistischen 60er-Jahren.

»Hast du eine Ahnung, warum Harvey Farossi dich entsorgen will?«, fragte Lozen.

»Nein.«

»Was stand in dem Manuskript?«

»Es ist die Autobiografie von Wilhelm Albert Kessel, dem unehelichen Sohn von meinem Ururgroßvater Alphonse.«

»Details.«

»Ich hab nur einen kleinen Teil gelesen.«

»Weil dir das Date mit der kleinen Hoberman wichtiger war.«

Lozen grinste den erstaunten Arvist an.

»Was stand in dem Teil, den du gelesen hast?«

Arvist erzählte es und berichtete ungefragt vom Treffen mit Mary Susan Witter.

»Das bringt uns nicht weiter«, sagte Lozen, als Arvist fertig war, »nichts von dem, was du erzählt hast, erklärt Farossis Engagement.«

Lozen ging in die Küche und holte aus einer Dose einen Joint. Sie zündete ihn und reichte ihn Arvist.

»Gehen wir in die Details. Oft sind es Kleinigkeiten, die einen weiterbringen.«

Arvist nahm einen tiefen Zug.

»Fangen wir von vorne an: Wem hast du von deiner Verbindung zu dem Stummfilmcowboy erzählt?«

»Der Welt. Ich hab`s ins Netz gestellt.«

»Du hast im Vorfeld mit keiner Einzelperson gesprochen?«

»Doch. Dr. Jeff Chandler.«

»Jeff Chandler? «

»Ja. Von der Academy of Motion Picture Arts & Sciences.«

»Ein ehemaliger Rechercheur von Farossi. Interessant. Weiter.«

Lozen verhörte Arvist. Chronologisch fragte sie die Ereignisse ab, seit Arvist von dem Filmfund erfahren hatte. Lozen erfuhr von der Entsorgung der Matratze und des Flachbildschirms, die sie zerstört hatte, von den Fotos im Swaggerts, dem Abend mit Susan Hoberman, ihrer Narbe am Brustansatz und anderen Belanglosigkeiten. Schließlich waren sie wieder beim Treffen mit Mary Susan Witter. Arvist erzählte, wie beeindruckt er von der alten Frau war, wie gut diese Ringe in die Luft blasen konnte und wie gut ihr Deutsch war.

»Sie hat sich kaum versprochen«, sagte Arvist, »einmal hat sie statt Kessel Kettle gesagt.«

»Was?«

»Kettle, das englische Wort für Kessel.«

»Ich weiß, ich spreche Deutsch.«

Aber nicht so gut, wie ich glaubte, dachte Lozen. Sie hätte auf die Übersetzung kommen sollen. Die Angelegenheit begann, Sinn zu machen. Auch wenn das Warum unklar blieb, war das Wer geklärt.

»Hast du schon mal von William A. Kettle gehört?«, fragte Lozen.

»Nein.«

Lozen sah ihn an.

»Denk nach.«

Arvist wollte erneut Nein sagen, als er es begriff.

»Ins Englische übersetzt, ist es der Name meines Vorfahren.«

»Google den englischen Namen.«

»Warum?«

»Tu es.«

»Soviel ich weiß, gibt es keine lebenden Nachfahren.«

»Tu es.«

Arvist nahm das Laptop aus dem Rucksack. Er googelte den Namen. Zu seiner Überraschung fand er einen ausführlichen Wikipedia-Artikel. Ein William Albert Kettle lebte von 1884 bis 1971 in New York. War irisch-amerikanischer Abstammung. Die irische Familie Cochran wanderte, laut Eintrag, 1846 nach Amerika aus. 1880 heiratete Roisin Cochran den New Yorker

Polizisten John Kettle, dessen Vater noch Ó Céitinn geheißen hatte. Sie hatten einen Sohn: William Albert Kettle.

»Das kann nicht der richtige William Albert Kettle sein. Dieser ist Ire«, sagte Arvist.

»Lies den Eintrag zu Ende.«

Arvist las weiter. William Albert Kettle gründete in den 1910er-Jahren eine Kinokette und produzierte Filme. Das passte zu dem Teil der Autobiografie, die er gelesen hatte. In den 1920er gründete Kettle eine der ersten Radiostationen in New York. Das Medienimperium hatte bis heute Bestand. Arvist kannte Kettles Produktionsfirma Geronimo Pictures. Sie hatte Keeners Ivanhoe herausgebracht.

Kettle war laut des Eintrages mit Regisseur Basil Warden Bond befreundet gewesen. Das passte. Als weiterer Freund wurde ein deutscher Schauspieler namens Karl Thiele genannt. Der Name sagte Arvist etwas. Der Name war in blauer Schrift. Arvist klickte auf den Hyperlink und landete auf dem Wikipedia-Eintrag über Thiele. Arvist sprang auf die Filmographie und entdeckte die drei Stummfilme mit William Kess. Wilhelm, William. Kess, Kessel, Kettle. Wie verdammt einfach und ich hab's übersehen, dachte Arvist.

»Das ist unheimlich«, sagte Arvist.

»Lies weiter.«

William A. Kettle war zwei Mal verheiratet. Zuerst mit einer Mexikanerin namens Pilar Munoz, dann ab 1946 mit der zwanzig Jahre jüngeren Radiosprecherin Louise Jameson. Er starb 1971 mit 87 Jahren. War in den 1920ern Wahlkampfmanager des New Yorker Bürgermeisters Jimmie Gone. Saß im US-Senat. William Albert Kettle sorgte dafür, dass sein Sohn Michael Alexander Bürgermeister und später Gouverneur von New York wurde. 1968 und 1972 kämpfte Michael Alexander vergeblich um die Nominierung zum Präsidentschaftskandidaten der Demokraten. 1973 starb er bei einem Flugzeugabsturz. William Albert Kettles Enkel kam 1951 zur Welt und wurde nach seinem

Großvater benannt. William Albert Kettle jr. studierte Jura und wurde später Direktor des CIA. Vor zehn Jahren ging er in Pension. Vor einem Jahr war er verstorben.

Die Familienchronik blieb nicht ohne Skandal. William Albert Kettle jr. schwängerte mit 17 eine drei Jahre ältere Mitschülerin, die seinen Sohn Adam A. Kettle zur Welt brachte und die er später heiratete. Arvist klickte mit der Maus auf den Namen Adam A. Kettle. 51, verheiratet, zwei Kinder, Gouverneur von New York State, bemühte sich aktuell, Präsidentschaftskandidat der Demokraten bei den kommenden Wahlen zu werden.

Arvist begriff, dass Mary Susan Witter ihn im Park belogen hatte. Wahrscheinlich wollte sie ihn damit schützen. Das Manuskript war gestohlen, sie hatte ihm die offenen Fragen beantwortet und hoffte, dass er nach Hause führe, was er auch getan hätte, wenn Wilkey nicht aufgetaucht wäre.

»Begreifst du, wo du da reingeraten bist?«, fragte Lozen.

»Nicht so richtig.«

»Die Kettles sind eine der einflussreichsten Familien der USA. Ihr irisches Erbe gehört zu ihrem Mythos. Adam A. Kettle will US-Präsident werden. Harvey Farossi ist sein Wahlkampfmanager.«

»Du meinst, Adam A. Kettle, Gouverneur von New York State, will mich umbringen.«

»Naheliegend.«

»Aber warum?«

»Weiß ich nicht. Es muss was in dem Manuskript stehen, was die Familie so diskreditiert, dass es die Wahl gefährdet und allein die Kenntnis davon einen Mord rechtfertigt.«

»Sie haben gesagt, die Kettles pflegen ihr irisches Erbe.«

»Ja.«

»Reicht es nicht, dass das Manuskript die irisch-amerikanische Familiengeschichte infrage stellt und einen Deutschen als Gründervater präsentiert?«

»Der Umstand würde sicherlich die Vorwahlen gefährden. Doch da muss mehr sein. Sonst hätte Farossi nicht sofort die Killer losgeschickt. Er hätte zuerst mit dir gesprochen. Dir Geld angeboten. Er besticht lieber, als das er ersticht.«

»Was für ein Wortspiel.«

Arvist nahm sich ein weiteres Bier.

»Auf Joe Brady«, sagte er.

»Wer ist Brady?«

»Nicht wichtig.«

Arvist leerte die Flasche.

»Polizei?«, fragte er.

»Wir können nichts beweisen.«

»Wenn ich Farossi anrufe und erkläre, dass ich das Manuskript gar nicht gelesen habe?«

»Wird dir Farossi nicht glauben.«

»Und wenn ich nach Deutschland fliege und die Sache vergesse?«

»Die wollen auf Nummer sicher gehen. Sonst hätten sie Schweigegeld angeboten. Diesen Schritt haben sie ausgelassen.«

»Und jetzt?«

»Weiß ich nicht. Ich muss nachdenken.«

»Gibt es keine Musik?«, fragte Arvist.

Lozen stand auf, ging zur Musikanlage und steckte ihr Smartphone auf die Docking Station. Eine Mischung aus Hip-Hop und R&B drang aus den Boxen.

»Okay?«, fragte sie.

»Okay.«

Lozen nahm die Whiskeyflasche und ihr Glas und ging auf den Balkon. Von dem konnte man problemlos auf das tiefer gelegene Dach des nächsten Hauses springen. Knapp zwei Meter trennten die beiden Häuser. Das war mit einer der Gründe, warum Lozen dieses Apartment als Safe House gewählt hatte. Ein zweiter Ausgang war in einer Notsituation nicht mit Geld aufzuwiegen.

Arvist beobachtete Lozen, wie sie sich an die Brüstung stellte und auf die Skyline blickte. Er hatte den Eindruck, dass sie öfters auf dem Balkon stand und trank. Er nippte am Bierglas. Ein US-Politiker und sein Wahlkampfmanager wollten ihn aus dem Weg räumen, damit dunkle Familiengeheimnisse ihnen nicht die Wahl vermasselten. Eine absurde Situation. Er verfluchte seine Mutter. Ohne ihren Anruf in Cannes hätte er die Meldung von dem Basil- Warden-Bond-Film vielleicht verpasst. Er würde in seiner wundervoll leeren Wohnung sitzen und das sich ausbreitende Vakuum im Kopf genießen. Stattdessen war er der Held einer Geschichte, die ihm gar nicht gefiel. Er überlegte, die Ereignisse der vergangenen Stunde aufzuschreiben und ins Netz zu setzen. Idiot, sagte er zu sich selbst. Schreib doch gleich Kettle eine Mail mit der Adresse des Safe Houses.

Arvist beschimpfte sich noch mal als Idiot. Er hatte Amy und ihre Großmutter vergessen. Wenn dieser Harvey Farossi jeden aus dem Weg räumte, der das Manuskript gelesen haben könnte, waren sie ihn Gefahr. Arvist wählte Amys Nummer. Die Mailbox sprang an. Mist. Was jetzt? Das Swaggerts. Der Barkeeper ging ran. Arvist fragte nach Amy. Sie war da. Gott sei Dank. Der Barkeeper reichte den Hörer weiter.

»Arvist. Was kann ich für dich tun?«

Atemlos erzählte Arvist von den Ereignissen in der Industriehalle in Brighton Beach.

»Das ist ja schrecklich.«

»Du und deine Großmutter müsst untertauchen.«

»Was?«

»Sprich mit ihr. Und dann ruf mich zurück.«

»Okay.«

»Am liebsten würde ich gerne noch mal mit deiner Großmutter sprechen.«

»Ich frag sie.«

»Danke.«

»Ich weiß nicht, ob ich dir danken soll.«

»Ich auch nicht.«

Arvist las ein zweites Mal den Wikipedia-Eintrag über William A. Kettle und Adam A. Kettle. Dann googelte er Harvey Farossi. Er besaß keine Homepage. Dafür Accounts auf Facebook, Google+, Instagram und weiteren sozialen Netzwerken. Sie waren professionell geführt. Ähnlich wie bei Becker gab es nur wenige Artikel und Fotos über den Wahlkampfmanager im Netz zu finden. Arvists Hand fing an, zu zittern. Er atmete schwer. Was ist das hier? Eine Scheißpanikattacke?

Das Zittern nahm zu. Arvist schwitzte. Er versuchte, seinen Atem zu kontrollieren. Es misslang. Mit zitternder Hand schaffte er es, den Download eines seiner Lieblingsfilme von Basil Warden Bond abzuspielen. Den Western Lakota hatte er vor seiner Abreise nach New York runtergeladen. Bonds einziger Film, in dem er die Seite der amerikanischen Ureinwohner einnahm. Er erzählte vom letzten Kampf der Sioux. Felix Keener, der Großvater von Kevin Keener, spielte eine der Hauptrollen. Arvist konzentrierte sich auf das Geschehen auf dem Bildschirm. Nach einer Viertelstunde zitterte er nicht mehr und sein Atem ging normal. Es lebe die meditative Macht des Kintopps. Er stoppte den Film.

Lozen stand nach wie vor an der Brüstung. Als hätte sie sich nicht bewegt. Arvist wollte aufstehen und zu ihr gehen, als Amy zurückrief.

»Hast du deine Großmutter erreicht?«

»Ja. Ich fahr zu ihr rüber.«

»Was sagt sie?«

»Dass du recht hast.«

»Kann ich mit ihr sprechen?«

»Nein, das möchte sie nicht.«

»Aber ich muss wissen, was in dem Manuskript steht.«

»Sie hat gesagt, dass es auch in deiner jetzigen Situation besser ist, dass du es nicht ganz kennst.«

»Man will mich umbringen.«

»Das ist irgendeine beschissene Familien-Loyalität. Sorry, Arvist. Ich kann dir da nicht helfen.«

»Hat sie eine Idee, was ihr macht?«

»Weiß ich nicht. Ich melde mich.«

»Alles klar. Und frag deine Großmutter bitte noch einmal.«

»Ich versuch's. Aber mach dir keine große Hoffnung.«

Amy beendete das Gespräch.

Arvist fluchte. Er nahm das Glas und ging zu seiner Retterin auf den Balkon. Polizeisirenen, Autolärm und Musikfetzen lagen in der Luft. Die Dämmerung setzte ein. Die illuminierten Wolkenkratzer sahen beeindruckend aus und gaukelten Unzerstörbarkeit vor. Lozen blickte Arvist an. Sie stießen an.

»Lozen«, stellte sie sich vor.

»Seltsamer Vorname. Mexikanisch?«

»Ich bin Apachin.«

»Verstehe.«

»Ich bin Arvist.«

»Auch ein komischer Name.«

»Kommt aus dem deutschen Mittelalter.«

»Du bist Filmkritiker, oder?«, fragte sie.

»Manchmal.«

»Was ist dein Lieblingsfilm?«

»The Fugitive«, antwortete er grinsend.

Sie lachten.

20.

Harvey Farossi war angespannt. Er hatte nichts von Helen Kyvig gehört. Dabei sollte der Job in der Tiefgarage längst gelaufen und Arvist Bunger Geschichte sein. Farossi schob die Sorgen zur Seite und konzentrierte sich aufs Jetzt. Gouverneur Adam A. Kettle war beim Sparring. Sein Gegner machte es ihm schwer. Er täuschte an, wechselte abrupt die Auslage, schlug ansatzlose Jabs. Kettles Kontrahent war erfahrener und spielte diesen Vorteil aus. Er sah Attacken voraus und wich ihnen leichtfüßig aus. Deshalb hatte ihn Farossi engagiert. Er wollte sehen, wie sich der Kandidat unter Druck verhielt. Der Sparringspartner schoss erneut eine harte Gerade ab. Kettle geriet ins Wanken, fing sich und schlug mit gleicher Härte zurück. Farossi war zufrieden.

Der Sparringspartner war zweimaliger Gouverneur von Washington State, sechsfacher Senator und Kabinettsmitglied bei George W. gewesen. Ein echter Profi, ein Vollblutpolitiker. Er und der Kandidat standen in einem Raum, der dem Studio nachgebildet war, in dem das nächste TV-Duell stattfand. Zwei Kameras nahmen das Sparring auf. Adam A. Kettle trainierte für Debatten. Sein Sparringspartner feuerte die Argumente des Gegenkandidaten ab und Kettle sollte adäquat reagieren. So, dass die Fernsehzuschauer ihn überlegen, kompetent, durchsetzungsfähig und gleichzeitig höflich und fair wahrnahmen. Ein schwieriges Unterfangen. Eines, das wie der Auftritt eines Schauspielers geplant werden musste.

Adam A. Kettle war kein filigraner Taktiker und Techniker. Wie sein Gegner in der kommenden Debatte war der Sparringspartner ihm auf diesen Gebieten überlegen. Adam A. Kettle besaß andere Stärken. Er war ein Kämpfer, schlagfertig, einer, der Lücken in der Deckung erkannte und sofort ausnützte. Farossi hatte Statistiken erstellen lassen und ausgewertet. Die belegten, dass der Kandidat zu Beginn einer Debatte oft schlecht wegkam. Je länger ein Gefecht dauerte, desto mehr Punkte sammelte er. Adam A. Kettle erinnerte Farossi an den Kinoboxer Rocky. An einen, der viel einstecken konnte und immer zurück in den Kampf kam.

Der Sparringspartner machte eine zu allgemeine Bemerkung über Steuerkürzungen, Adam A. Kettle sprang in diese Lücke und haute ihm drei Zahlen um den Kopf, die den Sparringspartner inkompetent dastehen ließen. Farossi sah auf die Uhr. In zwanzig Sekunden war das Training vorbei. Es dauerte so lang wie das angesetzte TV-Duell.

Ein schrilles Klingeln beendet das Sparring. Der Kandidat hatte sich gut geschlagen. Farossi bedankte sich beim Sparringspartner, der an seine Bezahlung erinnerte und sich verabschiedete. Adam A. Kettle setzte sich auf einem Klappstuhl, zog das Jackett aus und lockerte die Krawatte. Er blickte dem Sparringspartner hinterher, der zur Tür ging und den Raum verließ.

»Der alte Hund war ein Höllengegner«, sagte Adam A. Kettle.

Der Kandidat war knapp über eins achtzig. Das leichte Übergewicht wurde vom Anzug verschleiert. Er sah sportlich und gesund aus. Das Haar strahlte blond, die Gesichtshaut saß straff auf dem Schädel. Er sah nicht wie 51, sondern wie Anfang vierzig aus. Seit er die 30er hinter sich gebracht hatte, fuhr Adam A. Kettle regelmäßig nach Deutschland und ließ einen verschwiegenen Schönheitschirurgen am Bodensee seine Fassade überarbeiten. Durch die Regelmäßigkeit fielen niemandem die Korrekturen auf. Das war wichtig. Die chirurgische Kosmetik passte nicht zu seinem Image als irisch-amerikanischer Naturbursche. Und das kam an.

»In der Debatte wird es nicht leichter«, sagte Farossi

»Heute keine Analyse, ich brauch einen Drink.«

Am Vorabend hatte der Kandidat von Farossi erfahren, dass er deutsche, nicht irische Wurzel hätte. Das hatte ihn aus der Bahn geworfen. Er feierte jedes Jahr den St. Patrick`s Day. Das tat seine Familie, seit es sie gab. Adam A. Kettle war, wie sein Vater mit ihm, mit seinen Kindern nach Irland gefahren, um ihnen das Land ihrer

Vorväter zu zeigen. Farossi öffnete seinen Aktenkoffer und holte eine Whiskeyflasche und zwei Gläser heraus.

»Das nenne ich Service«, sagte Adam A. Kettle.

Farossi schenkte ein. Sie tranken schweigend. Der Kandidat brauchte nach einem harten Sparring einige Minuten, um sich zu erholen. In dieser Zeit sprach man ihn am besten nicht an, überließ ihn seinen Gedanken, ließ ihn Luft holen. Wenn er zu Atem gekommen war, würde er sich melden.

Kettle nahm die Flasche, die Farossi auf den Boden gestellt hatte, und schenkte nach.

»Ich hab die Autobiografie gelesen. Sie war faszinierend.«

Adam A. Kettle trank einen Schluck.

»Werd nicht romantisch«, sagte Farossi, »auch wenn ich mich wiederhole: Wenn der Inhalt rauskommt, kannst du künftig als Schuhverkäufer arbeiten.«

»Ich weiß. Du hast recht.«

Farossi erinnerte sich, als vor ein paar Tagen sein Freund Dr. Jeff Chandler aus Buenos Aires angerufen hatte. Der Wahlkampfmanager war guter Dinge gewesen. Die schärfste Konkurrentin von Adam A. Kettle bei den anstehenden Vorwahlen der Demokratischen Partei war ausgeschieden. Es hatte sich herausgestellt, dass die verheiratete Shannon Warwick bisexuell war und während ihrer Studienzeit mit einer Frau zusammengelebt hatte. In den prüden USA reichte das, um eine Karriere auszulöschen. Farossi besaß ausgezeichnete Dreckwühler, die sich in die Vergangenheit seiner Gegner fraßen. Und er unterhielt exzellente Kontakte zu den Medien, die die ausgegrabenen Erkenntnisse verbreiteten.

Chandler war einer von Farossis Dreckwühlern gewesen. Vor dem Doktor-Titel. Der Wahlkampfmanager war nicht sofort überzeugt von dem, was der Filmexperte erzählte. Auch das Foto des Stummfilm-Cowboys, das Chandler geschickt hatte, half nicht. »Bist du sicher?«, hatte Farossi gefragt. Er kannte Bilder des alten Kettle.

Dr. Chandler versicherte ihm, dass es sich um William A. Kettle handele. Er hatte seine Doktorarbeit über Geronimo Pictures geschrieben. Das wäre das Gute bei der Sache, erklärte er Farossi, A: Der Alte wäre kostümiert. B: Es gäbe nur wenige Fotos aus der Zeit.

Richtig beunruhigt war Farossi gewesen, als Chandler ein zweites Mal anrief und ihm vom Anruf eines deutschen Journalisten namens Arvist Bunger berichtete. Erst jetzt hatte Farossi den Kandidaten über Chandlers Erkenntnisse informiert. Der Politiker begriff. Die Geschichte konnte gegen ihn eingesetzt werden.

Adam A. Kettle trank einen zweiten Schluck.

»Wo stehen wir?«, fragte er Farossi.

»Das Aufspüren der Basil-Warden-Bond-Filme mit William Kess als Hauptdarsteller läuft. Bald gibt es keine mehr. Die Leute, die ich engagiert habe, arbeiten sehr effizient.«

»Und Bunger?«

»Bin dran.«

Die Republikaner würden eine Millionensumme für das Manuskript zahlen. Der Wahlkampfmanager stellte sich vor, wie es wäre, das Geschäft zu machen. Ein Gedankenspiel. Das Paradoxe war, dass sein Job als Manipulator, Intrigant und Erpresser nur funktionierte, wenn die Männer und Frauen, für die er arbeitete, von seiner Loyalität überzeugt waren. Wenn bekannt wurde, dass er seine Auftraggeber hinterging, war die Karriere vorbei. Außerdem besaß der Kandidat politisches Potenzial. Geschichtsbewusste Journalisten verglichen ihn mit seinem berühmten Urgroßvater, dem US-Senator William A. Kettle. Selbst wenn es nicht mit der Präsidentschaft klappen würde, stand dem Kandidat eine verheißungsvolle Karriere bevor. Adam A. Kettle durfte nicht durch eine solch dumme Sache aus der Bahn geworfen werden.

Harvey Farossi musterte skeptisch den Kandidaten. Er fragte sich, wie viel Adam A. Kettle wusste. Der Wahlkampfmanager hielt ihn, wenn nicht für einen

Lügner, zumindest für einen Schauspieler. Der Kandidat bemerkte Farossis Blick.

»Vertrau mir, Harv. Ich kann nur wiederholen: Für mich ist die Geschichte auch neu. Ich wusste nichts von einem deutschen Erbe.«

Farossis Smartphone klingelte. Er nahm ab. Es war Kyvig. Der Wahlkampfmanager hörte sich den Bericht der Söldnerin an. Helen Kyvig erklärte, dass Lozen Graham die Sache vermasselt hätte.

»Finde sie«, sagte Farossi, bevor er aufhängte.

Der Kandidat schaute Farossi fragend an.

»Alles in Ordnung«, sagte der Wahlkampfmanager.

Farossi bedauerte, dass er Lozen engagiert hatte. Dabei war sie auf dem Papier die ideale Wahl. Bevor sie ihre eigene Sicherheitsfirma gründete, war Lozen Graham Scharfschützin bei den Special Forces der US-Armee und später Ermittlerin beim CID gewesen. Ein Profi. Farossi setzte sie selten ein, weil ihr moralischer Anspruch für viele seiner Aufträge zu hoch war. »Für mein Land begebe ich mich in die Illegalität, nicht für irgendeinen karrieregeilen Politiker«, hatte die Patriotin aus gegebenem Anlass erklärt. Moralischer Anspruch bedeutete Verlässlichkeit und Ehrlichkeit. Dinge, die in dieser Angelegenheit für Farossi wichtig und schwer zu finden gewesen waren. Deshalb hatte er sie genommen. Rückblickend-ein Fehler.

»Ist dieser Bunger wirklich eine Gefahr?«, fragte der Kandidat.

»Bunger ist Journalist, ein Profi im Suchen und Finden.«

»Er bespricht Filme, Harv. Im Internet. Er ist ein gottverdammter Kinofreak, kein Bob Woodward.«

»Das heißt: Unter Umständen ist er unzufrieden mit dem derzeitigen Stand seiner Karriere und sucht eine Chance, Schlagzeilen zu machen, um in den Journalisten-Olymp zu kommen.«

»Ich bin müde, Harv. Lass uns die Flasche leeren und ins Hotel fahren.«

Adam A. Kettle starrte auf den Boden.

»Glaubst du, dass mein Dad – Gott hab ihn selig – was von dem deutschen Erbe wusste?«

»Es gibt nichts, was William A. Kettle jr. nicht wusste. Geheimnisse waren sein Job.«

»Dann hätte er mich mein Leben lang angelogen, Harv.«

Farossi sagte nichts. Er füllte die Gläser. William A. Kettle jr. war Direktor der CIA gewesen. Die Wahrheit war für einen solchen Mann ein dehnbarer Begriff, etwas sehr Geheimes, vorbehalten einer kleinen Elite. Zu der gehörte der Kandidat nicht zwangsweise.

21.

»Lozen, was soll der Unsinn?«, fragte Farossi.

»Ich frage dich, was der Unsinn soll.«

Laut ihrer Anrufliste hatte es Farossi das erste Mal um 8
P.M. versucht. Danach hatte er stündlich angerufen. Um
12 Uhr mittags hatte Lozen abgenommen. Noch
mitgenommen von der Nacht. Sie und Arvist hatten sich
am Abend auf dem Balkon betrunken. Sie hatten viel
gelacht. Über ihre Namen, ihre Länder, ihre Herkunft,
Filme, seine Musik und seinen Internetauftritt
gesprochen. Sie hatte gespürt, dass der Freak irgendwann
darüber nachdachte, sie zu küssen, aber es gelassen hatte.
Dabei war sie nicht abgeneigt gewesen. Idiotin, dachte
sie später im Bad, er hat gesehen, wie du zwei Typen
abgeknallt hast. Da hat er natürlich Hemmungen.

»Dein Auftrag war erledigt«, sagte Farossi.

»Ich hab es dir schon mal gesagt: Diebstahl ja, Mord
nein.«

Beide schwiegen.

»Wie geht es weiter, Lozen?«

»Lass ihn in Ruhe.«

»Keine Chance.«

Lozen legte auf. Keine zehn Sekunden später klingelte ihr Telefon. Sie nahm nicht ab. Farossi sollte im eigenen Saft schmoren. Sein Anruf war der Beginn des Spiels: Erpressung, Betrug, Bluffen. Ausgang: ungewiss. Farossi war ein ernst zu nehmender Gegner. Gegen einen aus seiner Gewichtsklasse war sie bisher nicht angetreten.

Lozen hörte Geräusche aus der Küche. Arvist war aufgestanden und machte Frühstück. Angesichts der Umstände hielt sich der Freak beachtlich. Lozen mochte Männer, die im Sitzen pinkelten, die kochen konnten, die Kultur besaßen, die gegenüber den sinnlichen Dingen des Lebens offen waren. In ihrem Berufsumfeld gab es nicht viele davon. Sie kannte nur einen. Einen General. Sonst mied sie Männer, die beim Militär waren. Selbst bei One-Night-Stands – die Kategorisierung machte eigentlich keinen Sinn, weil es bei Lozen fast immer nur auf eine Nacht hinauslief – ließ sie Soldaten außen vor, obwohl die einfacher zu haben waren. Sie wusste, warum sie auf

Softie-Typen stand. Weil sie kein Kochtalent besaß, einen Rembrandt nicht von einem Rodin unterscheiden konnte und nicht in Tränen ausbrach, wenn bei American Idol ein dicker, hässlicher Mann Verdi-Arien sang. Lozen funktionierte nach dem Ergänzungsprinzip. Was sie nicht konnte, schätzte sie bei anderen. Wenn ein Kerl zu ihr sagte: Wir haben so viel gemeinsam, schickte sie ihn in die Wüste. In Monument Valley hatte sie einen solchen Typen aus dem Auto geworfen.

Lozen bedauerte Arvist. Er hatte nur etwas über seine Vorfahren herausfinden wollen und nun wurde er von Killerkommandos gejagt. Lozen verstand Arvists Motivation. Die Familiegeschichte war Teil der eigenen Identität. Lozen war nach einer entfernten Verwandten benannt. Der Schwester vom berühmten Kriegshäuptling Victorio, die nach dem Tod ihres Bruders an der Seite von Legenden wie Nana und Geronimo gekämpft hatte. Seit 1898 lebte ihre Familie in der San Carlos Indian Reservation. Dieses Leben verabscheute ihr Großvater. Er verließ die Reservation 1969 und ging nach New

York. Studierte, kämpfte für die Rechte der Ureinwohner, war 1973 in Wounded Knee dabei, das Ogalala Lakota und AIM-Aktivisten besetzt hatten. Später kehrte er nach New York zurück, verliebte sich in eine Kommilitonin, eine Weiße. Aus dieser Beziehung entsprang Lozens Vater, der wiederum eine Apachin heiratete, die er kennenlernte, als er in New Mexico stationiert gewesen war. Ihr Erbe war selten ein Problem gewesen. Außer während ihrer Schulzeit in Albuquerque – wo die Sinne der Rassisten feiner zu sein schienen als anderswo – und während der Grundausbildung – wo ihre Herkunft in den Akten stand – machte sich kein Weißer über sie lustig.

Lozen sprach selten über ihre Familie. Als Soldatin war sie eine amerikanische Patriotin, eine Bürgerin der USA. Gleichzeitig fühlte sie sich als Chiricahua-Apachin. Was sie nicht als Widerspruch empfand. Sie besuchte regelmäßig ihre Verwandten. Jedes Jahr zog sie zu Pferd für zwei Wochen durch New Mexico, Arizona, Süd-Colorado und Texas, die ehemaligen Siedlungsgebiete der Apachen. Seit Lozen selbstständig war, gab sie im

Sommer Selbstverteidigungskurse für Frauen im Reservat. Von ihrer Achselhöhle bis zu ihrem Hüftknochen hatte sie den Schriftzug Apache Nation tätowiert. Diese Zugehörigkeitserklärung war ihr erstes Tattoo gewesen. Sie hatte es sich vor ihrem ersten Einsatz machen lassen.

»Mit wem hast du telefoniert?«, fragte Arvist.

»Farossi.«

»Und?«

»Wir sind im Leichtgewicht und haben soeben den Weltmeister im Schwergewicht herausgefordert.«

22.

Lozen Graham stand im Wohnzimmer und führte eine Kata aus. Die Bewegungen waren schnell und präzise. Arvist sah fasziniert zu. Bis Mitte zwanzig hatte er Karate trainiert. Das war es mit seiner Sportlichkeit gewesen. Danach übte er sich in Bierkrugstemmen und Joint-Inhalieren. Arvist ging auf den Balkon. Auf seinem Smartphone entdeckte er eine SMS von Amy Miller: »Grandma will immer noch nicht mit dir sprechen. Sonst ist alles gut. Touren mit Grandmas RV durchs Land. Erstes Ziel: St. Louis. Sind jeden Tag in einer anderen Stadt. Wusste nicht, wie viele Rentner mit ihren Wohnmobilen unterwegs sind.« Arvist zündete sich eine Zigarette an. Er hatte eine Schachtel im Küchenschrank gefunden.

Aus dem Inhalt der Schränke, des Kühlschranks, den Seifen im Bad, der Buch- und Musikauswahl schließend, schien das Apartment für Menschen der unterschiedlichsten Couleur bereitzustehen: Es gab Tofu und Sheitan für Vegetarier, koschere Lebensmittel für

Juden, Diätdrinks für Übergewichtige, Zigaretten für Raucher – plus Hinweise, diese bitte nur auf dem Balkon zu konsumieren, Bücher von Shakespeare bis Roth, Krimis und Science Fiction, Comics, Filme von Fritz Lang bis Peter Jackson, Klassik und Pop, Modernes und Altes. Die Einrichtung war seltsam. Arvist überlegte, wie er sie beschreiben würde. Sie war konservativ und avantgardistisch, langweilig und aufregend, sie besaß eine angenehme Beiläufigkeit und steckte gleichzeitig voller Details, die einen fesselten. Das Werk eines genialen Innenarchitekten.

»Wer ist für die Wohnung zuständig?«, fragte Arvist Lozen, als sie ihre Kata beendet hatte.

»Ein befreundeter Künstler. Er hat die Einrichtung ausgesucht. Warum fragst du?«

»Ich glaube, jeder fühlt sich in dieser Wohnung zu Hause.«

»Das war die Absicht.«

»Verstehe.«

Lozen holte sich aus dem Kühlschrank eine Wasserflasche und trank.

»Ich habe eine SMS von Amy Miller und ihrer Großmutter erhalten«, sagte Arvist, »ich hatte sie nach der Schießerei gewarnt. Es geht ihnen gut. Sie fahren mit einem Wohnmobil kreuz und quer durchs Land.«

»Ein gute Methode, nicht gefunden zu werden.«

»Leider weigert sich die Großmutter, mit mir zu sprechen.«

»Hm.«

Lozen ging ins Badezimmer und duschte, während Arvist den Fernseher anschaltete und einen historischen Bugs-Bunny-Cartoon anschaute. Eine Richard-Wagner-Persiflage. Elmar Fudd war ein Siegfried, der Hasen jagte. Als Bugs Bunny, verkleidet als Walküre, mit einem weißen Pferd über die Mattscheibe ritt, setzte sich Lozen mit nassen Haaren, barfuß, nur in Slip und Tank Top neben ihn.

»Was machen wir jetzt?«, fragte Arvist.

»Was denkst du?«

»Ich könnte an die Öffentlichkeit gehen.«

»Das Geheimnis ist kein Geheimnis mehr und es gibt keinen Grund, dich umzubringen.«

»Es sei denn Kettle und Farossi sind Ich-will-Rache-Typen.«

»Sind sie nicht. Sie sind Profis.«

»Dann machen wir es so?«

»Nein. Du hast keinen Beweis. Kein Sender in diesem Land würde dich vor die Kamera lassen.«

»Wir machen es im Netz.«

»Wie willst du mit deiner deutschen Seite die amerikanische Öffentlichkeit erreichen?«

»Da fällt mir was ein.«

»Aber auch im Netz brauchst du einen Beweis.«

»Sie wollen mich ermorden, ich verübe Rufmord an ihnen.«

»Nettes Wortspiel. Wenn du es tatsächlich tun würdest, wärst du erst recht Freiwild.«

»Andere Ideen habe ich nicht.«

»Gehen wir es von der inhaltlichen Seite an: Hast du eine Ahnung, warum sich Kessel in Kettle umbenannt haben könnte?«

»Kann ich nur vermuten. Er muss es zwischen 1914 und 1945 gemacht haben. In dieser Zeit liegen der Erste und Zweite Weltkrieg. Da waren die Deutschen nicht das beliebteste Volk auf diesem Planeten. Gerade während des Ersten Weltkriegs herrschte in den USA eine deutschfeindliche Stimmung. Besonders, als 1917 bekannt wurde, dass sich Wilhelm II. eine Allianz mit Mexiko und Japan gegen die USA wünschte. Es gab Gefangenenlager für Deutsch-Amerikaner und Ausbürgerungen. Hysterische Patrioten verprügelten grundlos Deutsch-Amerikaner, weil sie sie für Spione des Kaiserreichs hielten.«

»Es wäre also eine gute Idee gewesen, sich umzubenennen.«

»Auf jeden Fall.«

»Du weißt eine Menge über die Zeit.«

»Ich mag Geschichte.«

Arvist erklärte nicht, dass er erst seit ein paar Tagen die Fakten kannte. Dr. Sigel hatte ihm davon im Brauhaus erzählt.

»Leider hilft uns dein Wissen nicht weiter«, sagte Lozen. Sie ging ins Bad, um die Haare zu föhnen. Arvist schaute den nächsten Cartoon. Plötzlich hörte er ein Piepen. Lozen eilte aus dem Bad und ging zum Monitor, der neben der Eingangstür aus Metall an der Wand angebracht war.

»Das Geräusch ertönt, wenn der Fahrstuhl in diesem Stockwerk hält«, sagte Lozen. Sie schaltete den Monitor an. Im Flur vor dem Penthouse-Eingang standen Helen Kyvig, deren linker Arm in einer Schlinge hing, und zwei Typen. Einer von ihnen trug eine Sporttasche. Arvist wunderte sich, wo sich die Kamera im Flur befand. Er hatte sie bei seiner Ankunft nicht bemerkt.

Lozen fluchte.
»Verdammt. Woher wissen die von dieser Wohnung?«

»Kommen sie durch die Tür?«

»Keine Ahnung. Der Typ schleppt die Sporttasche bestimmt nicht mit sich rum, weil er trainieren geht.«

Lozen ging ohne Eile ins Schlafzimmer, zog sich an, nahm den Rucksack und kam zurück ins Wohnzimmer.

»Was machen sie?«, fragte sie Arvist, der auf den Monitor schaute.

»Die Frau hat die erste Tür aufgetreten. Die Stahltür und die Kamera haben sie nicht erwartet. Die Frau winkt dämlich grinsend in die Kamera.«

Lozen drückte auf einen Knopf am rechten Rand des Monitors. Eine Gegensprechanlage.

»Durch die Tür kommst du nicht, Helen, es sei denn, dein Helferlein hat eine Panzerfaust in seiner Tasche.«

»Gib mir den Deutschen und wir vergessen die Sache.«

»Keine Chance.«

Helen Kyvig gab dem Mann mit der Sporttasche ein Zeichen. Er öffnete die Tasche und holte etwas heraus, das Arvist nicht identifizieren konnte.

»Was ist das?«

»Sprengstoff. Genug Sprengstoff.«

»Die wollen uns in die Luft sprengen?«

»Zieh dich an und komm zum Balkon. Und beeil dich.«

Arvist zog seine Schuhe und seine Jacke an. Als er auf den Balkon kam, kletterte Lozen aufs Geländer und sprang aufs andere Dach.

»Los, Arvist, komm rüber.«

Arvist schrieb später in seinem Blog »Dumm und dümmer«: In jedem dritten Kino-Thriller steht der Held vor einem Abgrund, muss rüberspringen, weil ein Terrorist oder ein Tyrannosaurus Rex hinter ihm her ist, zögert, weil er fürchtet, in die Tiefe zu stürzen. Spring, du Angsthase, ruft der hartgesottene Zuschauer, genervt von der Feigheit der Person am Abgrund. Ich stand kürzlich vor einem Abgrund und sehe die Dinge dadurch anders. Es gibt nichts Furchteinflößenderes als einen Abgrund. Über einen zu springen, ist das Dümmste, was man tun kann. Deshalb tat ich es. Freunde da draußen, bleibt mir gewogen.

»Gut gemacht«, lobte Lozen Arvists Sprung.

Sie liefen übers Dach zu einer Tür. Sie führte ins Innere des Gebäudes. Lozen und Arvist rannten die Treppen hinunter. Ein Stockwerk tiefer verließen sie das Treppenhaus, betraten einen Gang, der durch einen menschenleeren Bürotrakt führte, eilten zum Fahrstuhl, riefen ihn und fuhren in die Tiefgarage des Hauses.

»Dort steht ein Wagen«, sagte Lozen.

Als die Fahrstuhltür sich öffnete, stand Harvey Farossi vor ihnen. Neben ihm stand ein Kerl mit dünnen Armen und dickem Bauch. Er hatte eine Waffe.

»Du machst es mir zu einfach, Lozen«, sagte Farossi, »wenn zwei Gebäude nah beieinander liegen, ist klar, wo der Fluchtweg ist. Nichts treibt einem die Beute besser in die Hände als eine wütende Blondine und Typen mit Sprengstoff.«

Farossi lächelte Arvist an.

»Es tut mir leid, Mister Bunger, dass wir uns unter so ungünstigen Umständen treffen.«

»Mir erst recht.«

Harvey Farossi war ein durchschnittlich großer Mann. Die Haare waren schwarz-grau. Um die Augen sah Arvist kleine Narben, die von einer Vergangenheit mit Faustkämpfen zeugten. Der Blick war intensiv, aber nicht feindselig. Er kam Arvist wie der Gegenentwurf zu Charles Becker vor. Der Wahlkampfmanager wirkte kantig, echt und ehrlich. Nicht wie eine entworfene Werbefigur. Damit besaß er einen Glaubwürdigkeitsvorsprung, dachte Arvist.

»Weißt du, Farossi, Klugheit und Finesse kann man schlagen«, sagte Lozen.

»Womit?«

»Rohe Gewalt.«

Lozen warf den Rucksack zu Farossi, der ihn instinktiv fing. Irritiert blickte der Kerl mit den dünnen Armen und dem dicken Bauch zu seinem Auftraggeber. Das reichte Lozen. Sie trat dem Mann in die Eier und verdrehte ihm die Hand mit der Waffe, bis das Gelenk brach. Der Mann schrie. Der Colt fiel auf den Boden. Farossi kickte die

Waffe mit dem Fuß weg. Lozen verpasste ihm einen Kinnhaken. Farossi taumelte zurück. Bevor Lozen einen weiteren Angriff starten konnte, stürmten Helen Kyvig und ihre Begleiter in die Tiefgarage.

Lozen stieß Arvist in den Fahrstuhl und drückte auf den Knopf fürs höchste Stockwerk.

»Was hast du vor?«

»Wirst du schon sehen.«

Der Freak hält sich nicht schlecht, dachte Lozen.

Im Bürotrakt stiegen sie aus, eilten die Treppen hoch zurück aufs Dach.

»Warum sind wir wieder auf dem Dach?«, fragte Arvist.

»Die Häuser in dieser Straße haben Flachdächer mit ungefähr der gleichen Höhe. Es gibt keine Lücken zwischen den Gebäuden. Wir laufen bis zum Ende der Straße und versuchen, runter in die U-Bahn zu kommen.«

»Was, wenn Farossi auch diesen Fluchtweg vorausgesehen hat?«

»Dann haben wir Pech gehabt.«

Sie rannten über die Dächer. Als sie die Hälfte der Strecke geschafft hatten, hörten sie jemanden hinter sich. Lozen blickte sich um und sah die drei Männer.

»Wo sind Farossi und Helen?«, fragte Arvist keuchend.

Lozen antwortete nicht. Sie erreichten das Ende der Straße und kletterten die Feuerleiter zwei Stockwerke nach unten. Lozen öffnete das Schiebefenster. Sie und Arvist stiegen in die Wohnung, in der eine ältere Dame fernsah und überrascht das Paar anblickte, das durch ihr Zimmer lief. Lozen und Arvist stürmten den Flur entlang, aus der Wohnung ins Treppenhaus.

»Unten warten bestimmt Farossi und seine Kriegsbraut. Die Typen haben ihnen garantiert unseren Fluchtweg mitgeteilt«, keuchte Arvist.

»Spar dir deinen Atem.«

Sie rannten die Treppen hinunter. Als sie im dritten Stock ankamen, hörten sie, wie ihre Verfolger ins Treppenhaus kamen. Gott, lass Farossi und Helen nicht da sein, betete Lozen, er humpelt, sie hat eine Schusswunde, es ist wirklich ein kleiner Wunsch. Zweiter Stock, keine Geräusche von unten. Erster Stock, vor ihnen alles ruhig. Erdgeschoss, keiner stürmt ins Treppenhaus. Sind wir im Keller, ist alles gut.

Lozen holte einen Schlüssel hervor und öffnete die Kellertür. Der Weg über die Dächer war der Notfallplan. Deshalb besaß Lozen den Schlüssel. Über sich hörte sie Helen Kyvig, die ihren Helfern irgendetwas zurief. Lozen stieß Arvist in den Keller und verschloss die Tür. Sie rannten durch den Keller. Arvist merkte, wie ihm die Luft ausging und die Beine schwer wurden.

Vor einer weiteren Tür blieb Lozen stehen. Wieder holte sie einen Schlüssel hervor. Hinter der Tür führte eine Steintreppe nach unten. Lozen drückte auf einen Schalter. Ein trübes, gelbbräunliches Licht beleuchtete einen Gang, der sehr alt aussah.

»Lauf runter«, befahl Lozen.

Sie schloss die Tür ab und folgte Arvist. Nach zehn Metern erreichten sie eine Metalltür. Auf einem verrosteten Schild stand New York City Transit Authority. Auch für diese Tür besaß Lozen einen Schlüssel. Dahinter führte der Gang weiter in die Tiefe. Sie passierten zwei weitere Türen. Hinter der letzten lagen die Gleise der New Yorker Subway.

Lozen führte Arvist durch den U-Bahntunnel. Es gab einen Weg für Arbeiter, der neben den Gleisen lag. Den benutzten sie. Im Abstand von 50 Metern hing eine Leuchte an der Wand. Nach knapp zweihundert Metern machte der Tunnel einen starken Bogen. Arvist sah das Licht einer Haltestelle.

»Gehen wir dahin?«

»Leute, die einfach aus dem Tunnel kommen, sind ein bisschen zu auffällig, findest du nicht?«

Lozen und Arvist gingen den Weg, bis sie zu einem Ausgang gelangten. Lozen besaß natürlich erneut den passenden Schlüssel. Sie betraten einen weiteren gelbbräunlich beleuchteten Gang. Die Wände waren feucht. Nach zehn Minuten erreichten sie eine gelb gestrichene Metalltür. Lozen öffnete sie.

Das helle Licht blendete Lozen und Arvist. Fahrgäste eilten zu den Bahnsteigen. Ein Saxophonist spielte Monk. Kevin Keener als Ritter Ivanhoe lächelte von einem Werbeplakat. Eine unverständliche Ansage kam aus einem Lautsprecher. Lozen und Arvist mischten sich unter die Leute. Sie befanden sich bereits hinter dem Eingang mit den Drehkreuzen und den MetroCard-Verkaufsautomaten. Arvist war von Lozens Fluchtweg beeindruckt und sagte es ihr. Sie schaute ihn belustigt an.

Lozen und Arvist stiegen in den Pelham Express und fuhren zwei Stationen. An der Haltestelle stiegen sie in ein Taxi. Lozen nannte dem Fahrer eine Adresse.
»Wohin fahren wir?«, wollte Arvist wissen.
»Zu einem Freund.«

23.

Er lächelte, er schaute grimmig drein, er zeigte sein perfektes Gebiss, mimte mit zusammengekniffenen Augen den konzentrierten Zuhörer. Adam A. Kettle präsentierte im Fernsehstudio sein Können. Harvey Farossi stand in der Regie und schaute dem Kampf zu. Kettles Gegner hatte keine Chance. Ein konservativer Demokrat aus dem Mittleren Westen. Teilte viele Ansichten der Republikaner. Ein Mann, der das konservative Amerika ansprach: Waffen sind gut, Schwule krank und die Regierung korrupt. Gott liebt die USA wegen Countrymusik, Barbecue, Militär und Freiheitsliebe. Farossi hatte ihn studiert. Thomas Harding III. war ein guter Redner, der das Publikum für sich einnehmen und Emotionen erwecken konnte. Er sprach in kurzen, klaren Sätzen. Kein Geschwafel, keine rhetorischen Finessen. Ich bin ein einfacher Mann, der nichts mit professionellen Politikern gemein hat, war sein Subtext. Eine gespielte Lüge. Der Mann war auf den ersten Blick ein Papierfabrikant, wenn man genau hinschaute, entdeckte man, dass er seit drei Jahrzehnten

Berufspolitiker war. In Ämtern und Funktionen der zweiten und dritten Reihe.

Das Fernsehduell war Farossis Idee gewesen. Thomas Harding III. stand in den Umfragen gut da, machte mit seinen markigen Reden national von sich reden und wurde von den Medien als ein Favorit gehandelt. Ein gutes Opfer. Denn Thomas Harding III. war ein schlechter Debattierer. Weil er sich reizen ließ.

Das Training hatte sich ausgezahlt. Der Kandidat schlug sich gut. Farossi überlegte, wo er seine Performance einordnen sollte. Jack Manusco hatte die Adresse des Safe House herausgefunden. Aber Bunger und Graham waren entkommen. Die Beurteilung seiner Leistung fiel ihm schwer. Weil es ihn wurmte, dass es Lozen gelungen war, ihn niederzuschlagen. Nicht, weil sie eine Frau war. Farossi war kein Chauvinist. Es ärgerte ihn, weil Helen Kyvig es gesehen hatte. Ich werde alt und weich, dachte der Wahlkampfmanager, der sich in seiner Jugend häufig geprügelt hatte.

Farossi Mobiltelefon klingelte. Er verließ die Regie, hörte sich an, was Helen Kyvig zu sagen hatte, und gab kurze Anordnungen. Eine halbe Stunde nach dem Anruf kam ein strahlender Adam A. Kettle aus dem Studio. Farossi gratulierte ihm. Sie gingen in den Aufenthaltsraum, der dem Kandidaten vom Sender zur Verfügung gestellt worden war, um ihre Mäntel zu holen. Farossi schickte die Betreuerin des Senders, die auf sie wartete, aus dem Raum.

»Gute Arbeit, Adam.«

»Danke, Harv.«

»Keine Selbstverständlichkeit in Anbetracht der Umstände.«

Der Kandidat nickte. Die deutsche Herkunft beschäftigte ihn. Bisher hatte es keine Auswirkungen auf den Wahlkampf.

»Wie steht es in der Angelegenheit?«, fragte Adam A. Kettle.

»Wir kriegen sie.«

Farossi klopfte dem Kandidaten auf die Schulter. Der Wahlkampfmanager überspielte seine Unzufriedenheit. Seitdem der Stummfilm aufgetaucht war, hatte er nur reagiert. Er hatte eine Detektei auf die Warden-Bond-Filme mit William Kess in der Hauptrolle angesetzt. Mit dem Auftrag, sie zu zerstören. Als Bunger auf der Bildfläche erschienen war, hatte er Lozen engagiert, als die durchdrehte, Helen Kyvig. Wer nur reagiert, wird nicht der Sieger sein, denn irgendwann wird man zu langsam handeln. Der Agierende bestimmte Tempo und Spielregeln, nicht der Reagierende. Und wer das Tempo und die Regeln bestimmt, gewinnt. Farossi wollte den Spieß umdrehen.

»Was wird diese Graham jetzt machen, Harv?«
»Sie wird nicht in die Defensive gehen. Ihr Ziel ist es, Bunger zu retten. Es ist naheliegend anzunehmen, dass es andere Schriften aus der Vergangenheit gibt, die deine Familie belasten. Sie wird versuchen, sie aufzutreiben. Wenn wir uns auch auf die Suche machen, werden wir zwangsläufig auf sie und den Deutschen stoßen.«

»Verstehe.«

»Manusco ist dran.«

»Gut.«

Der Kandidat schüttelte den Kopf.

»Wenn das alles rauskommt, kann ich einpacken, Harv. Das ist viel schlimmer als der Film. Die Informationen wären für die Demokratische Partei von New York ein schwerer Schlag. Und was das für den Ruf meiner Familie bedeutet, darüber möchte ich gar nicht nachdenken.«

Die Augen des Kandidaten röteten sich.

»Behalt die Nerven, Adam.«

Farossi schwieg. Ließ Adam A. Kettle seine Emotionen kontrollieren. Ließ ihn denken.

Die Betreuerin des Senders klopfte an der Tür und teilte mit, dass der Kandidat in die Maske könne, um abgeschminkt zu werden. Die Männer verließen den Aufenthaltsraum. Die Betreuerin empfing sie vor der Tür und brachte sie zum Fahrstuhl.

»Die Maske ist im dritten Stock. Dann die vierte Tür links«, sagte sie und verabschiedete sich.

Farossi und Adam A. Kettle stiegen in den Fahrstuhl. Farossi drückte auf die Drei. Die Türen schlossen sich.

»Wie verfahren wir weiter?«, fragte der Kandidat. Er hatte sich wieder gefasst.

»Manusco sucht Nachfahren der Freunde vom alten Kettle und arbeitet sich durch die städtischen Archive. Wenn Kessel alias Kettle aktenkundig geworden ist, was bei seinem Lebenswandel nicht auszuschließen ist, wird er die Unterlagen finden und vernichten. Denn was er findet, kann auch eines Tages ein Reporter der Washington Post oder des Daily Beast oder der Huffington Post oder TMZ finden.«

»Klingt nach einem vernünftigen Vorgehen.«

Der Fahrstuhl hielt. Die Türen öffneten sich. Die Männer stiegen aus. Adam A. Kettle verschwand in der Maske. Farossi blieb im Gang stehen. Er rief Manusco an.

»Wie sieht es aus, Jack?«

»Es ist echt viel Arbeit.«

»Es wird sich für dich lohnen.«

»Das sollte es auch.«

»Also?«

»Kessel alias Kettle ist nur einmal aktenkundig geworden. 1903. Bei einem Prozess gegen eine andere Filmfirma. Die Akte habe ich vernichtet.«

»Gut.«

»Der zuständige Archivar hat mich auf einen interessanten Umstand aufmerksam gemacht.«

»Der da wäre?«

»Der Anwalt vom alten Kettle war ein Mann namens William Chato. Ein ungewöhnlicher Mann. Ein Apache. Er ist der erste indianische Anwalt von New York, vielleicht sogar des Landes.«

»Interessant für einen Historiker.«

»Auch für uns. Der Archivar plant seit Langem, einen Artikel über Chato zu schreiben. Deshalb wusste er, dass dieser Apache seinem Stamm eine halbe Million Dollar vermacht hat und nicht nur das.«

»Auch andere Dinge?«

»Persönliche Sachen, offenbar Briefe.«

»Und?«

»Ich habe mit dem Leiter San Carlos Apache Culture Center gesprochen. Er hat die Angaben des Archivar bestätigt.«

»Du solltest nach Arizona fliegen.«

Farossi beendete das Gespräch. Der Moderator der Debatte kam aus dem Aufzug, grüßte den Wahlkampfmanager im Vorbeigehen und betrat die Maske. Als er die Tür öffnete, konnte Farossi einen Blick hineinwerfen. Würde der Kandidat dem Druck, dem er ausgesetzt war, standhalten, fragte er sich. Adam A. Kettle saß auf einem Stuhl vor einem stark beleuchteten Spiegel und schenkte der Brünetten, die ihn abschminkte, ein charmantes Lächeln. Keine Spur von Besorgnis war in seinem Gesicht zu sehen.

Was den Wahlkampfmanager nach wie vor beunruhigte, war die Möglichkeit, dass der Kandidat nicht ehrlich zu ihm war. Wenn Adam A. Kettle von dem deutschen

Vorfahren gewusst hätte, hätte er vor Jahren die alten Filme aufspüren und zerstören müssen. Das ist der Fehler von uns Amerikanern, dachte Farossi, zu impulsiv, zu zukunfts- und zu wenig vergangenheitsorientiert.

Einer von Farossis Mitarbeitern kam und machte das Victory-Zeichen. Der Wahlkampfmanager lehnte sich an die Wand, holte sein Tablet aus der Aktentasche und überprüfte die relevanten Blogs und Tweets. Die Botschaft der Netzgemeinde war klar. Spiel, Satz und Sieg: Adam A. Kettle. Harding III. war Geschichte.

24.

Arvist erhob sich aus dem alten Schaukelstuhl. Er war in einem hübschen, roten Gebäude in Park Slope, das zu Brooklyn gehörte, und schaute aus dem Fenster auf die Kreuzung, wo sich die 7th Street und die 7th Avenue trafen. Er war müde. Er war es nicht gewohnt, von Mördern verfolgt zu werden. Er war es nicht gewohnt, um sein Leben zu fürchten. Seit der Flucht aus dem Penthouse war er das erste Mal allein. Bis jetzt hatten seine Nerven gehalten. Aber nun fürchtete er sich. Seine Hände zitterten wieder. Die Ruhe in der Wohnung war unerträglich. Auf seinem Smartphone sah er, dass seine Mutter zehn Mal angerufen hatte. Er konnte sich nicht bei ihr melden.

Lozen hatte sie bei dem Künstler untergebracht, der das Safe House eingerichtet hatte. Von der Genialität in Sachen Innenarchitektur war in der Wohnung von Mark Winogradow, die über einem Diner lag, das behauptete, seit 1929 zu existieren, nichts zu sehen. Ein buntes Durcheinander von gebrauchten Möbeln ohne erkennbares Konzept. Mark lebte mit Ling, einer chinesischstämmigen Barsängerin zusammen. Er war ein netter Kerl, der ständig darüber sprach, welche und wie viele Drogen er früher konsumiert hätte, wie gut es ihm ohne ginge und dass Ling ihn aus dem Sumpf geholt hätte. Es überraschte Arvist, als Mark Lozen fragte, ob sie noch die Treffen der Anonymen Alkoholiker besuche, was sie verneinte. Diese Schwäche passte nicht zu seiner Retterin, die sportlich und diszipliniert wirkte.

Arvist setzte sich aufs Fensterbrett. Er spürte den Drang, zum Flughafen zu fahren und nach Köln zu fliegen. Vielleicht hatte Lozen unrecht und Farossi würde ihn nicht verfolgen. Wenn sie tatsächlich eine Alkoholikerin war, konnte man ihr nicht trauen. Vielleicht litt sie unter Verfolgungswahn. Farossi hatte, was er brauchte, und Arvist konnte nichts beweisen. Arvist stand auf und ging unruhig durchs Wohnzimmer. Er suchte etwas, was die Ruhe in der Wohnung durchbrach. Vor dem Fernseher, einem eiförmigen Modell aus den 1970ern, blieb er stehen. Er suchte die Fernbedienung. Bis er begriff.

Arvist beschimpfte sich laut als Trottel. Die fast fünfzig Jahre alte Antiquität war ein Modell ohne Fernbedienung. Arvist starrte auf das Gerät, identifizierte den Knopf zum Anschalten und drehte ihn. Es gab ein Klick-Geräusch und ein Bild baute sich auf der schwarzen Mattscheibe auf. Es lief Werbung. Arvist suchte den Knopf, mit dem man das Programm wechseln konnte. Vier zur Auswahl. Er entschied sich für den größten und drehte ihn entgegen dem Uhrzeigersinn. Schwarz-weißer Schnee. Er drehte noch mal. SpongeBob. Richtiger Knopf, kein akzeptables Programm. Als Adam A. Kettle auf der Mattscheibe zu sehen war, stellte Arvist den Ton lauter. Der dazugehörige Knopf war mit dem typischen Pfeil-Symbol gekennzeichnet.

Adam A. Kettle befand sich in einem Fernsehstudio. Er stand an einem Pult. Ihm gegenüber ein zweiter Mann. Auch an einem Pult. Zwischen ihnen ein Moderator. Er saß an einem Tisch.

»Wissen Sie, was Sie sind, Mr. Kettle? Ein Nahrungs-Nazi«, sagte ein drahtiger Mann im dunklen Anzug. Der Einblender stellte ihn als Thomas Harding III., einen demokratischen Politiker aus Missouri vor.

»Weil ich will, dass Kinder an Schulen gesund, fett- und zuckerarm essen?«

»Das ist eine Angelegenheit des Bundesstaates. Eine Regierung, die groß genug ist, einem alles zu geben, was man will, ist stark genug, einem alles zu nehmen, hat Thomas Jefferson gesagt.«

»Es geht um die Gesundheit unserer Kinder.«

»Gleich fordern Sie, das amerikanische Volk soll eine Herde von Vegetariern werden. Ich sage Ihnen was: Ein gutes Rind ist ein gebratenes Rind.«

Arvist fragte sich, ob er eine Satire-Sendung sähe. Kettle ging souverän mit seinem polemischen Gegner um. Hörte ihm zu, lachte ihn nicht aus, reagierte nicht auf die Aggressivität. Arvist sah sich das Gesicht des Politikers an. Eine Ähnlichkeit mit dem Bild seiner Mutter und dem Stummfilmcowboy gab es. Man erkannte sie, wenn man wusste, dass der Gen-Pool ähnlich war. Der Kandidat wirkte sympathisch. Nicht wie einer, der ihn umbringen wollte.

Arvist stellte den Fernseher aus und ging zum massiven Holztisch in der Mitte des Raumes, auf dem, neben Zeitschriften, Büchern und Spiderman-Heften, eine Flasche Sprudel, eine Flasche Rotwein und ein Tablett mit Gläsern standen. Arvist goß sich ein Glas Wein ein. Zurück nach Köln, Filme besprechen, die Leere der Wohnung und im Kopf genießen, das war das wahre Leben. Arvist kippte das Glas hinunter, schüttete sich ein zweites ein und setzte sich auf einen wackligen Holzstuhl, auf dem wahrscheinlich schon General Sutter gesessen hatte, als er der König von Kalifornien gewesen war. Arvist hörte nicht, wie die Haustür aufgeschlossen wurde.

»Feiern wir eine Ein-Mann-Party?«, fragte Lozen. Sie war mit Mark im Supermarkt gewesen. Beide waren mit Lebensmitteln bepackt, die sie in die Küche brachten.

Lozen war gereizt. Auf dem Weg hatte sie Nick angerufen und ihm die Situation erklärt. Auf seine sachliche Art hatte er ihr 10 Minuten lang dargelegt, dass ihre Handlung irrational und unwirtschaftlich sei. Lozen hasste es, wenn Nick ihr die Welt erklärte. Sie hatte das Gespräch abgebrochen.

»Und? Hast du dich entschieden?«, fragte Lozen, nachdem sie zurück ins Wohnzimmer gekommen war und sich zu Arvist an den Tisch gesetzt hatte. Ihm fiel auf, dass sie Kaugummi mit Kirschgeschmack kaute. Die künstlichen Aromen waren stark. Arvist konnte sie riechen. Er schaute Lozen an. Sie zog ihre Lederjacke aus. Darunter wieder ein Tank Top. Das Tattoo gefiel ihm von Mal zu Mal besser. Arvist schaute ihr ins Gesicht. In die dunklen, etwas traurigen Augen, die nicht zu dem Mund passten, der ihrem Gesicht einen spöttischen Ausdruck gab. Lozen wirkte entschlossen. Sie hatte sich für ihn mit einem mächtigen Gegner angelegt. Wenn er nach Hause fliegen würde, wäre für sie der Kampf, den sie wegen ihm begonnen hatte, nicht zu

Ende. Arvist trank einen Schluck Wein. Abhauen wäre feige, charakterlos und klug.

»Ich bleibe.«

Lozen schenkte ihm ein Lächeln. Das gefiel ihm viel zu gut.

»Ideen, wie wir es angehen?«, fragte Lozen.

»Ohne das Manuskript, ohne andere Beweise ist es sinnlos, an die Öffentlichkeit zu gehen. Wir müssen zurück in die Vergangenheit«, sagte Arvist.

»Tatsächlich? Hilft uns Marty McFly mit seinem DeLorean und dem Flux-Kompensator?«

»Wir müssen die Nachfahren von den Leuten finden, die mit William Albert Kettle befreundet waren.«

»Welche Namen standen im Manuskript?«

»Ich hab nicht weiter als bis 1910 gelesen. Die Namen haben keinen Wert.«

Arvist ging übers Smartphone ins Netz und rief den Wikipedia-Eintrag von William A. Kettle auf, den er schon mehrfach gelesen hatte.

»Also: zwei Ehefrauen: Pilar Munoz und Louise Jameson. Seine Freunde, der Schauspieler Karl Thiele, der in den Stummfilmen seinen Gegner spielte. Dann natürlich Basil Warden Bond und sein politischer Weggefährte Jimmy Gone, den er zum Bürgermeister gemacht hat.«

»Das ist eine überschaubare Anzahl. Fällt dir noch ein Name aus dem Manuskript ein, der nicht bei Wikipedia steht?«

Arvist überlegte. Sein Namensgedächtnis war nicht das beste.

»Es gibt noch William Chato, einem Anwalt. Ein Foto von ihm hängt im Swaggerts.«

Arvist hatte sich an den Namen erinnert, weil es einen Western mit Charles Bronson gab, der Chato hieß.

»Wenn wir Glück haben«, sagte Arvist, »haben Kettles Freunde auch Tagebücher oder Autobiografien geschrieben. Irgendetwas, was die Familie der Kettles in Zusammenhang mit Mord, Totschlag und Deutschland bringt. Mit etwas Glück tragen wir am Ende genug

Beweise zusammen, um Kettle und Farossi die Tour zu vermasseln oder zumindest mein Leben freizukaufen.«

»Optimist. Womit fangen wir an?«, fragte Lozen, die ihn spöttischer als gewöhnlich ansah. Arvist war sich bewusst, dass sie ihn mit der Frage testete. Sie kannte die Antwort.

»Die Bürgerverzeichnisse von New York, um mögliche Nachfahren zu finden.«

»Waren die Leute, von denen ihr sprecht, reich und wichtig?«, fragte Mark, der sich zu ihnen setzte.

»Ja. Wieso?«, fragte Arvist.

»Vergesst das Social Register nicht.«

»Was ist das?«

»Da stehen die Namen der wichtigen Leute von New York drin. Könnte schneller gehen als die Bürgerverzeichnisse.«

»Okay. Ich habe Leute, die die Verzeichnisse überprüfen können«, sagte Lozen. Sie griff zum Smartphone und rief in ihrer Firma an.

»Nick, ich bin`s … Nein, wir setzen die Diskussion nicht fort … Es gibt Arbeit … Ja, sie ist unbezahlt.«

Lozen orderte Nick, die Nachfahren von Thiele, Chato, Bond und den anderen ausfindig zu machen. Arvist bemerkte, wie sich der Tonfall ihrer Stimme veränderte, wenn sie Order gab. Am Ende des Gesprächs ließ Lozen sich die Nummer von einem John Kitcheyan geben.

»Wer ist Kitcheyan?«, fragte Arvist, als Lozen aufgelegt hatte.

»Ein Freund. Weißt du, Arvist, ich kenne einen der Namen, die du genannt hast: William Chato. Er ist bei uns Apachen eine Kultfigur, weil er der erste offizielle Anwalt unseres Stammes war. Wenn einer was über Chato weiß, dann John. Er leitet das San Carlos Apache Culture Center.«

»Klingt gut. Ruf ihn an.«

»Das hatte ich vor.«

»Hat dieser Nick noch was gesagt?«

»Er meinte, wir sollten die Sache aufteilen«, sagte Lozen.

»Inwiefern?«

»Er schlägt vor, er übernimmt die offizielle Seite, wie Behörden, und du das Internet.«

»Okay.«

»Dann leg los, Freak.«

Arvist sah sie erstaunt an.

»Recherchen sind dein Ding.«

»Und was ist dein Ding?«

»Leuten in den Arsch zu treten, damit sie ihren Job machen.«

Arvist holte sein Laptop und fuhr es hoch, während Lozen mit Kitcheyan telefonierte. Er war ein Freund aus der Schulzeit. Der intellektuelle Typ. Das typische Opfer der Schulrowdys. Sie hatte sich für ihn um dieses Problem gekümmert. Nachdem Lozen und Kitcheyan sich auf den neusten Stand ihres Privat- und Berufslebens gebracht hatten, fragte Kitcheyan nach dem Grund für den Anruf. Sie erklärte die Situation, in der sie steckte.

Von Kitcheyan erfuhr Lozen, dass Chato keine Nachfahren besaß und es im San Carlos Apache Culture Center Briefe von ihm gab. Sie bat Kitcheyan, sie zu kopieren und ihr zukommen zu lassen. Arvist euphorisierte diese Mitteilung. Lozen dämpfte Arvists Erwartungen. Er solle sich keine Hoffnung machen. Laut Kitcheyan wären es unwichtige, amtliche Schreiben aus den 20er- und 30er- Jahren.

Arvist begann seine Recherche mit Basil Warden Bond. Der Wikipedia-Eintrag war vier Seiten lang. Die Karriere des Regisseurs kannte Arvist. 3 Oscars. Bekannt für Historienfilme und Western. Aus der Rubrik Literatur erfuhr er, dass der Regisseur 1950 eine Autobiografie veröffentlicht hatte. Bei den Online-Buchhändlern längst vergriffen. Arvist überprüfte die Film- und Kulturwissenschaftlichen Institute namhafter Universitäten in den USA. In Harvard wurde er fündig. Er fand ein Exemplar als PDF-Datei zum Runterladen. Umfang: 476 Seiten.

»Ich hab die Autobiografie von Bond«, sagte er.

»Super«, sagte Lozen, »was steht drin?«

»Hey, so schnell bin ich nicht.«

»Gib Gas. Du musst dir eines klarmachen: Farossi tut gerade genau dasselbe. Und in diesem Wettbewerb gewinnt nur der Erste.«

Arvist stellte fest, dass er sich über die Handlungen der Gegenseite bisher keine Gedanken gemacht hatte. Aber natürlich hatte Lozen recht. Er öffnete die PDF-Datei und gab hintereinander die Suchbegriffe Kess, Kessel und Kettle ein. Auf diese Weise hatte er in zwanzig Minuten die relevanten Textabschnitte gefunden und gelesen. Er gab Lozen eine Zusammenfassung:

»Nichts zu Kess und Kessel. Kettle wird erwähnt: im Zusammenhang mit verschiedenen Filmproduktionen, dem Aufbau einer Radiostation in New York, bei harmlosen Anekdoten und bei dem absurden Versuch, während des Ersten Weltkrieges Orte mit deutschen Namen umzubenennen. Mann, das Kapitel war bizarr.«

»Kettle, der irisch-amerikanische Patriot. Nichts zur Schauspielerei?«

»Nichts. Es ist ein langweiliges Buch, soweit ich es sagen kann.«

»Ich wollte keine Literaturkritik.«

»Ich ...«

»Kurz gesagt: Der Schmöker hilft uns nicht weiter.«

»Ja.«

»Dann auf zum nächsten.«

Karl Thieles Wikipedia-Eintrag umfasste eine Seite. Ein deutscher Einwanderer mit einem faszinierend hässlichen Gesicht, der in den 1920ern, 30ern und 40ern ein bekannter Schurkendarsteller in Hollywood gewesen war. Privates war nicht verzeichnet. Es fand sich kein Hinweis auf eine Biografie, eine Autobiografie, einen veröffentlichten Briefwechsel oder Ähnliches. Arvist gab als Nächstes den Namen von William Kettles erster Ehefrau in die Suchmaske ein: Pilar Munoz. Außer der Erwähnung auf William A. Kettles Wikipedia-Eintrag fand er nichts. Anders war es bei der zweiten Ehefrau: Louise Jameson. In 1930ern und 40ern eine populäre Radiosprecherin. Berühmt für ihre Trinkexzesse während der Prohibition. Die Radiosprecherin besaß einen Wikipedia-Eintrag, der eine halbe Seite lang war. Laut der Rubrik Literatur hatte Louise Jameson 1972, ein Jahr nach dem Tod ihres berühmten Gatten, eine Biografie veröffentlicht. Nichts bei den Universitäten. Nichts bei Online-Buchhändlern. Er ging ins zentrale Antiquariatsverzeichnis. Er fand ein Exemplar in einem New Yorker Buchladen.

»Ist nicht weit. Wir können hingehen«, sagte Lozen.

Lozen stand auf, zog ihre Lederjacke an und zog die HK P9S aus der Jackentasche. Sie entsicherte sie und steckte sie zurück. Arvist schaute irritiert zu. Lozen bemerkte es.

»Was ist los?«, fragte sie.

»Erwarten wir Ärger?«

»Freak, denk mal nach: Farossi sucht das Gleiche wie wir und er weiß, dass es so ist. Es ist unausweichlich. Irgendwann werden wir auf ihn und seine Schläger treffen.«

Arvist sagte nichts. Er ärgerte sich, dass er nicht in diese Richtung gedacht hatte.

»Also: hier die Verhaltensregeln: Sehen wir Farossi, Helen Kyvig oder einen ihrer Todschläger, rennst du weg. Du kommst hierher zurück und wartest auf mich.«

»Okay.«

Er fragte nicht, was er tun sollte, wenn sie nicht zurück kam.

Sie betraten die Straße und gingen vier Blocks nach Westen, wo sich das Antiquariat befand. Sie brauchten für die Strecke 10 Minuten. Für Arvist viel zu lang. Er fand die Situation unübersichtlich. Es befanden sich zu viele Fußgänger auf den Gehsteigen. Die Autos fuhren im Schrittverkehr und hupten. Unmöglich, einen Killer in dieser Masse aus Menschen und Maschinen zu identifizieren. Auch für Lozen. Die blonde Killerin könnte drei Meter vor ihnen stehen und sie würden sie erst sehen, wenn es zu spät war.

Lozen bemerkte die Nervosität des Freaks. Sie machte sich nicht darüber lustig, obwohl es ihr schwerfiel. Als sie das Antiquariat erreichten, schaute Arvist durch die

Fensterfront ins Innere. Lozen ging an ihm vorbei und betrat das Geschäft. Er folgte ihr. Es roch nach altem Papier und kaltem Zigarettenrauch. In altersschwachen Regalen lagerten Bücher aller Art.

»Ich wusste nicht, dass es solche Geschäfte noch gibt«, sagte Arvist zu Lozen auf Deutsch.

Eine Frau mittleren Alters erschien zwischen zwei Regalen. Lozen erklärte ihr, was sie suchten.

»Ich bringe es Ihnen«, sagte die Frau und verschwand in den Tiefen des Antiquariats. Während sie suchte, starrte Arvist auf die Eingangstür in der Erwartung, dass jemand eintrat, der ihn umbringen wollte.

»Wie lange braucht die denn«, sagte er.

»Geduld. Außerdem: Ist ein Buchladen für einen Typen wie dich nicht ein toller Ort, um abzutreten?«

»Feingefühl ist deine Stärke.«

»Und Liebreiz. Sagen meine Kunden.«

Der Frau tauchte wieder auf und gab Lozen die Biografie von Louise Jameson. Sie kostete zwei Dollar. Ohne Zwischenfall erreichten sie Marks Wohnung. Arvist setzte sich an den Holztisch und las das Buch. Lozen spuckte ihr Kaugummi in ein Taschentuch und goß sich Wein ein.

»Bist du nicht bei den Anonymen Alkoholikern?«, fragte Arvist.

»Kümmere dich um deinen Scheiß«, sagte Lozen, schenkte ihm ein schiefes Grinsen und kippte den Wein auf ex.

25.

Wetter wie bestellt: Die Sonne schien, der Himmel war blau, weiße, perfekt geformte Wolken zogen vorbei. Ideal, um auf einer Bühne in einer Provinzstadt Oklahomas zu stehen und über weniger Steuern und Amerikas Größe zu reden. Adam A. Kettle stand hemdsärmelig vor einem Pult und hatte sein Publikum im Griff. Farossi saß hinter ihm, neben Kettles Ehefrau Lucy. Sein Smartphone vibrierte. Keine Nummer auf dem Display. Farossi verließ die Bühne und nahm den Anruf an.

»Ja?«

»Ich bin's.« Die Stimme von Helen Kyvig.

»Was gibt's?«

»Sie sind weg.«

Die Söldnerin sprach von Maria Susan Witter und Amy Miller.

»Fuck«, sagte Farossi, »eine Spur?«

»Eine Nachricht.«

»Eine Nachricht?«

»Meine Männer haben die Wohnungen der Frauen durchsucht. Bei der Alten lag ein Zettel auf dem Boden. Direkt vor der Eingangstür. Nicht zu übersehen. Mit einer Wasserflasche beschwert, damit er nicht wegfliegt.«

»Lies vor.«

»Lieber Mr. Kettle, ich habe die Autobiografie von William A. Kettle vor Jahrzehnten erhalten, gelesen und seitdem niemandem davon erzählt. Dass sie nun an die Öffentlichkeit gekommen ist, ist nichts als ein dummer Zufall ...«

Helen Kyvig las mit einer monotonen Stimme vor, die Farossi auf die Nerven ging.

»... Aus meinem Wissen werde ich nie Kapital schlagen. Es wäre billig und stillos. Die Zweigerts und Kettles sind eine Familie. Ohne seinen Onkel Joe wäre William A. Kettle nicht der geworden, der er war und die Kettles eine Familie wie Milliarden andere. Ich weiß, dass diese Aussage für Sie ohne Belang ist. Zu viel steht auf dem Spiel. Deshalb habe ich meine Enkelin und mich in Sicherheit gebracht. Mit freundlichen Grüßen. M. S. Witter.«

»Rührend.«

Auch wenn es sein Handeln nicht verändern würde: Farossi glaubte der alten Frau. Sie hatte das Manuskript seit Jahrzehnten in ihrem Besitz und nicht benutzt. Er fragte sich, wie viele der Menschen, mit denen er tagtäglich zusammenarbeitete, diese Loyalität verstanden.

»Wie sieht das weitere Vorgehen aus?«, fragte Helen Kyvig.

»Setz ein zweites Team auf die Alte und ihre Enkelin an. Die Priorität bleibt bei Bunger.«

Farossi beendete das Gespräch. Diese Nummer geht fürchterlich schief, dachte er. Was geschieht als Nächstes: Kettle bricht sich ein Bein? Seine Frau Lucy hat eine Affäre mit Hollywoodhübschchen Kevin Keener?

Adam A. Kettle beendete seine Rede. Das Publikum applaudierte. Handgroße, amerikanische Flaggen wurden geschwenkt. Lucy Kettle erhob sich. Ihr Mann umarmte sie. Lucy küsste ihn auf die Wange. Sie war zehn Jahre jünger als der Kandidat, einen Kopf kleiner und genauso blond wie er. Eine ehemalige Miss Rhode Island, Anwältin einer renommierten Kanzlei in New York und Mutter einer 12- jährigen Tochter und eines 16-jährigen Sohnes.

Lucy und Adam winkten dem Publikum zu. Sie passten äußerlich gut zusammen. Zu gut, dachte Farossi. Sie wirkten wie eines dieser hübschen Pärchen aus dem Fernsehen. Leute könnten glauben, sie wären nicht echt. Lucy sollte ihre Haare färben. Oder ihren Kleidungsstil ändern. Das war es. Wenn der Kandidat für den einfachen Mann von der Straße stand, sollte sie die kultivierte Städterin repräsentieren. Er schrieb eine SMS an sein Büro und orderte ein Fotoshooting von Lucy in ihrer Kanzlei. Grauer Business-Anzug, ein modernes Büro mit moderner Kunst an den Wänden, im 20. Stockwerk eines Hochhauses. Perfekt. Das Ehepaar könnte in Talkshows darüber sprechen, wie sie ihre beiden Welten unter einem Hut bekämen.

Die Kettles verließen die Bühne und schüttelten die Hände der Wähler. Farossi ging zum Tourbus, einem umgebauten Greyhound-Bus aus den 1960ern, stieg ein und setzte sich an einen Tisch, der voller Papier war, um auf den Kandidaten und seine Frau zu warten. Er rief Jack Manusco.

»Jack, wo bist du?«

»Wieder in New York.«

»Wie lief es in Arizona?«

»Schlecht. John Kitcheyan, der Leiter des San Carlos Apache Culture Center, wo die Briefe von William Chato liegen, ist ein Freund von der Graham und hat sich geweigert, zu kooperieren.«

»Mist.«

»Du sagst es.«

»Was machst du jetzt?«

»Es gibt einen Nachfahren von Karl Thiele. Den suche ich auf.«

»Gut.«

Unruhig warf Farossi den Krückstock zwischen den Händen hin und her. Es war Zeit, sich einem Problem zu widmen, das er bisher vernachlässigt hatte. Farossi nahm das Laptop aus der Tasche, die auf dem Boden stand. Er rief die Datei über Charles Becker auf, die er führte. Farossi fiel auf, wie gegensätzlich Becker und er waren. Becker: 38 Jahre alt. Zwei Ex-Frauen. Eine vierjährige Tochter. Sohn einer reichen Bostoner Familie. Ging auf Privatschulen. Er: 47 Jahre. Ledig. Keine Kinder. Mit 13 Jahren den elterlichen Wohnwagen auf einem Trailerpark in der Nähe von Cleveland verlassen. Mit Gelegenheitsjobs über Wasser gehalten. Wiederholt von der Polizei aufgegriffen.

Farossi beendete den Vergleich mit seinem Gegner und konzentrierte sich auf dessen Akte: Becker hatte einen Harvard-Abschluss in Jura. Arbeitete nur für Republikaner. Becker besaß eine Geliebte. Eine Schauspielerin, die in der mittelmäßigen Krimiserie Levys Law mitspielte. Farossi rief ihre Datei auf: Anastasia Thompson, 28, aus armen Verhältnissen. In der

Jugend wegen Alkoholmissbrauch und Sachbeschädigung verurteilt. Verdiente am Anfang der Karriere ihr Geld mit Telefonsex. Farossi öffnete eine Fotodatei der Schauspielerin und überlegte, ob er über sie Becker kriegen könnte. Er verwarf den Gedanken. Ein Egomane wie Becker würde die Frau fallen lassen, wenn sie ihn in Schwierigkeiten brächte.

Farossi kehrte zurück zu Beckers Datei. Er war ein Extremsportler, ein Adrenalinjunkie. Er betrieb Base Jumping. Regelmäßig. Farossi simste die Information an Jack Manusco und schloss die Datei. Auf dem Bildschirm war wieder das Bild von Anastasia Thompson zu sehen.

»Immer bei der Arbeit, was, Harvey?«, sagte Adam A. Kettle, der in den Tourbus einstieg. Nach einem öffentlichen Auftritt war der Kandidat aufgekratzt. Farossi mochte das nicht.

»Verzeih ihm, Harv«, sagte Lucy, die sich zu ihnen setzte, »du weißt, in welchem Zustand er nach einem Bad in der Menge ist.«

»Er duftet nach Rosenwasser und die Haut ist runzelig.«

»Wer ist die Schöne? Kenn ich die nicht aus dem Fernsehen?«, fragte der Kandidat und zeigte auf den Bildschirm des Laptops.

»Anastasia Thompson. Beckers aktuelle Freundin.«

Kettles Hochstimmung verflog. Drei Wahlkampfhelfer betraten den Bus.

»Könntet ihr bitte bei Mark im Wagen mitfahren«, sagte Farossi, »Wir haben etwas Wichtiges zu besprechen.«

Die Wahlkampfhelfer nickten und verschwanden.

Es gab einen Kühlschrank im Wagen. Lucy öffnete ihn, holte eine Flasche Weißwein heraus, zeigte sie den beiden Männern, die zustimmend nickten. Sie öffnete die Flasche mit einem Korkenzieher und füllte die drei Gläser, die Kettle aus einem kleinen Schrank geholte hatte, der über dem Kühlschrank hing.

»Was hast du vor, Harvey?«, fragte Lucy.

Farossi mochte die Frau. Und sie ihn auch. Sylvester vor einem Jahr, auf dem Familiensitz der Kettles auf Martha's Vineyard, hatten sie auf dem Balkon geknutscht, während der Kandidat und die anderen Gäste im Wohnzimmer feierten. Der Kuss war eine impulsive Handlung gewesen. Von ihr. Farossi hatte reagiert. Nach zehn Minuten kehrten sie zurück zu den anderen. Versuche, das Erlebte zu wiederholen oder weiterzutreiben, hatte es nicht gegeben. Bisher.

»Was ich vorhabe? Becker ausschalten.«

»Ausschalten, wie umbringen oder ausschalten, wie ihn unter Kontrolle bringen?«, fragte Lucy.

Farossi sah sie an.

»Ich bin kein Killer, Lucy.«

Nachdem sie den Wein getrunken hatten, zogen sich die Kettles ins Hotel zurück. Um sich abzulenken, nahm Farossi sich den Wahlkampfplan der nächsten Woche vor. Wie die heutige Veranstaltung war das kommende Treffen mit der Presse auf Martha's Vineyard von enormer Wichtigkeit. Auf der Insel befand sich seit den 50er-Jahren der Stammsitz der Kettles, seit der legendäre William A. Kettle ein Haus gekauft hatte und die Familie sich auf dem Anwesen jedes Jahr im Sommer für eine Woche versammelte. Farossi rief seine Assistentin an, um sich zu erkundigen, ob die Vorbereitungen plangemäß liefen. Neben der Anreise des Kandidaten musste die Unterbringung der ausgewählten Journalisten gewährleistet sein. 25 Betten zu besorgen und das mitten in der Saison, war keine einfache Aufgabe.

26.

Lozen nippte geistesabwesend an ihrem Kaffee. Arvist war nicht wacher. Da Mark und Ling Frühaufsteher waren, hatte der Tag bereits um 7 Uhr morgens begonnen. Dabei waren Lozen und Arvist spät ins Bett gekommen. Fürs Lesen der Biografie von Louise Jameson hatte Arvist drei Stunden gebraucht, für die Zusammenfassung 20 Sekunden. Es wäre eine reine Heldenverehrung des Ehemanns. Nichts über das deutsche Erbe stand drin. Dann hatte Lozens Freund John Kitcheyan angerufen und berichtet, dass ein Mann von Farossi, Jack Manusco, ihn besucht hätte und Informationen über William Chato haben wollte, die er nicht bekam. Am Abend hatte es einen Einbruch im Center gegeben. Lozen vermutete, dass Manusco dahintersteckte, und wollte wissen, ob Chatos Briefe noch da wären. John Kitcheyan beruhigte sie. Er hatte sie bei sich, weil er sie für Lozen kopieren wollte. Nach getaner Arbeit hatten Lozen und Arvist bis um drei Uhr morgens gegessen, geredet und Musik gehört.

Arvist goß sich den zweiten Kaffee ein, als er das Klingeln von Lozens Smartphone hörte. Sie nahm ab.

»Morgen, Nick.«

Lozen zog eine Grimasse.

»Ja, ich bin wach, um diese Uhrzeit ... Nein, das ist kein Wunder ... Was hast du?«

Den Rest der Konversation bestritt Lozen mit sporadischen »Hm«-Lauten. Sie beendete das Gespräch mit dem Satz Danke, Nick. Gute Arbeit.

Arvist sah Lozen fragend an.

»Gibt es positive Nachrichten?«

»Es geht. Also: Fehlanzeige bei Bürgermeister Gone. Keine Biografie, keine Briefe, nichts, sagt Nick. Pilar Munoz starb 1946 bei einem Brand auf der väterlichen Ranch. Keine Aufzeichnungen. Keine Nachfahren.«

»Und Louise?«

»Auch keine Nachfahren. Gilt ebenfalls für Bond.«

»Verstehe. Und Thiele?«

»Jetzt kommt die eine gute Nachricht: ein lebender Nachkomme. Heißt Ronald Thiele-Smyth. Du kennst seine Stimme. Er spricht viele Zeichentrickfiguren. Unter anderem Captain Firepower.«

Arvist war erleichtert.

»Wo wohnt er?«

»In New York und Los Angeles. Laut Nick ist er zurzeit in der Stadt, weil er das kommende New York Film Festival mit organisiert. Er hat ein Treffen für uns am frühen Abend arrangiert.«

»Nick scheint ein guter Mann zu sein.«

»Er findet alles raus.«

»Alles?«

»Er hat mir gesagt, wer dein Lieblingsautor ist.«

»Verscheißer mich nicht.«

»Würde ich nie tun.«

»Also, wer ist es?«

»Neal Stephenson.«

»Scheiße. Jetzt werde ich paranoid.«

»Warum? Es steht auf deiner Facebook-Seite.«

Sie trafen Ronald Thiele-Smyth im Lincoln Center of Performing Arts, in dem die Organisatoren des Filmfestes saßen. Er war ein langer, schlaksiger Kerl um die 50, der Arvist an den Schauspieler Keith Carradine und nicht an Karl Thiele erinnerte. Er begrüßte Arvist und Lozen mit einem kräftigen Händedruck und war über ihr Kommen höchst erfreut:

»Es kommt selten vor, dass sich jemand für meinen Urgroßvater Karl Thiele interessiert. Die alten Kino-Heroen der 30er, 40er und 50er verschwinden im Vergessen.«

»Ein toller Schurken-Darsteller«, sagte Arvist.

»Nicht wahr?«

Ronald Thiele-Smyth lachte.

»Das Einzige, was ich von ihm geerbt habe, ist seine Stimme. Die reicht, um den Lebensunterhalt zu bestreiten.«

Die Ähnlichkeit der Stimmen war in der Tat erstaunlich, dachte Arvist. Er hatte den Nachmittag damit verbracht, sich im Internet alte Filme und Radioshows von Karl Thiele anzuschauen und anzuhören. Denn zu seiner Schande hatte er sich eingestehen müssen, dass er von der Existenz des deutschen Schauspielers erst durch den Film-Fund und den Wikipedia-Eintrag erfahren hatte. Bevor sie zu Thieles Nachfahren gefahren waren, hatte Arvist einen Artikel und einen Zusammenschnitt der besten Auftritte zusammengeschnitten und auf seine Homepage gepackt.

»Unter Umständen gibt es ein Revival«, sagte Arvist, »schließlich spielte er in dem verschollen geglaubten Basil-Warden-Bond-Film mit.«

»Ja, vielleicht. Das wäre schön.«

Ronald Thiele-Smyth bot seinen Gästen etwas zu trinken an. Sie lehnten dankend ab.

»Wie kann ich Ihnen helfen?«, fragte Ronald Thiele-Smyth.

Arvist erzählte von der familiären Beziehung zu dem Hauptdarsteller Will Kess, der mit Karl Thiele in den drei Western gespielt hatte. Auf Lozens Anraten erwähnte er weder Farossi noch die Kettles.

»Nun, Vorfahre Karl hat eine Biografie geschrieben. Sie kam 1959 auf den Markt. Ein Jahr bevor er an Lungenkrebs starb.«

»Ich hab Karl Thiele gegoogelt. Da stand nichts von einer Biografie.«

»1959 ist bekanntlich Pre-Internet. Und das Buch war kein Erfolg. 1959 war Karl Thiele so vergessen wie Bela Lugosi.«

»Haben Sie ein Exemplar?«

»Nein, aber in der New York Public Library finden Sie eines. In der Filiale im Stephen A. Schwarzman Building. Ich gehe einmal im Jahr hin und lese ein paar Seiten. Ich überlege, die Autobiografie ins Netz zu stellen. Mir geht es darum, dass die Anfänge der Filmwirtschaft in diesem Land nicht vergessen werden. Filmstudenten würden bestimmt ihre Freude an dem Buch haben.«

Lozen und Arvist verabschiedeten sich von Ronald Thiele-Smyth und fuhren mit der Subway zur Bibliothek. Mithilfe des Katalogs fanden sie den Lebensbericht von

Karl Thiele, der schlicht The Autobiography of Karl Thiele hieß. Lozen nahm das Buch. Arvist protestierte.

»Ich bin Journalist. Ein Buch schnell quer zu lesen, gehört zu meinen Fähigkeiten.«

Lozen sah ihn an. Arvist dachte an alte Italo-Western, in denen sich die Kontrahenten gegenüberstanden und versuchten, nicht mit der Wimper zu zucken. Er lächelte sie an. Lozen gab ihm das Buch. Sie setzten sich in den Lesesaal. Arvist öffnete das Buch. Lozen steckte sich Kopfhörer in die Ohren und rief auf ihrem Smartphone Musik ab. Arvist glaubte, die Hardrock-Band Gravejard zu erkennen.

Nach zwei Stunden hatte Arvist die 342 Seiten quergelesen und legte das Buch auf den Bibliothekstisch.

»Schnell. Fast kannst du Nick Konkurrenz machen«, sagte Lozen. Dabei nahm sie die Kopfhörer ab. »Was steht drin?«

»Das wir zu Basil Warden Bonds Hollywood Heritage Museum fahren sollten.«

»Was ist das?«

»Ein Museum, das der Regisseur gegründet hat. Laut Thiele gibt es dort Rollen von den Western, die Kettle gedreht hat.«

»Was nützen uns die?«

»Alleine nicht viel. Aber immerhin ein erster Erfolg.«

»Noch was?«

»Offenbar gab es eine langjährige Feindschaft zwischen Kettle und einem Günther Billigmeier. Eine interessante Figur. Ich hab sein Foto im Swaggerts gesehen. Da stand er neben Mary Zweigert. Thiele schreibt, dass der Mann während des Ersten Weltkrieges ein Spion des Kaiserreiches war. Er versuchte, ein deutsch-mexikanisches Bündnis herzustellen und scheiterte, weil William A. Kettle dahinterkam und den amerikanischen Secret Service informierte.«

»Deutsch-mexikanische Allianz? Das hast du doch schon mal erwähnt.«

»Nie von der Zimmermann-Depesche gehört?«

»Der was?«

»Ein abgefangenes Telegramm der deutschen Botschaft an Mexiko. Das Kaiserreich wollte ein Bündnis mit

Mexiko für den Fall, dass die USA in den Ersten Weltkrieg eintaten.«

»Ist das wichtig für unseren Fall?«

»Wer weiß.«

»Wie ist Kettle in diese Affäre reingezogen worden?«

»Offenbar durch seinen Onkel Joe. An dieser Stelle bleibt Thiele sehr allgemein.«

»Und was ist so wichtig an diesem Billigheimer?«

»Billigmeier. Er wurde später ein überzeugter Nazi und Agent der Abwehr. Er war ein Judenjäger, ein Kriegsverbrecher, der an der Durchführung der Operation Reinhard, der Verfolgung und Ermordung der Juden und Roma in Polen und der Ukraine, beteiligt gewesen war und der 1945 von den Sowjets gesucht wurde. William A. Kettle holte den Mann, laut Thiele, nach Ende des Zweiten Weltkrieges in die USA. Der Bayer half bis zu seinem Tod dem amerikanischen Geheimdienst beim Aufbau eines Spionagenetzes im Ostblock.«

»Warum könnte Kettle einem Nazi helfen?«

»Er tat es im Auftrag des State Departments. Man darf nicht vergessen, dass es nach dem Weltkrieg nicht unüblich war, Nazis zu engagieren und im Kalten Krieg einzusetzen.«

»Verstehe. Sprich: Die Geschichte hilft uns nicht weiter.«

»Nur wenn wir wie Verschwörungstheoretiker denken. Vielleicht erpresste der Spion Kettle. Vielleicht war Kettle ein Sympathisant der Nazis. In den 1930ern nicht ungewöhnlich. Historische Persönlichkeiten wie Joseph Kennedy und Charles Lindbergh waren es.«

»Vielleicht, vielleicht. Gibt es nichts Genaueres? Schreibt Thiele irgendetwas darüber?«

»Nein.«

»War Thiele in irgendeine Richtung politisch aktiv?«

»Er hasste Nazis, vertonte propagandistische Dokumentationen und tingelte durchs Land, um Kriegsanleihen zu verkaufen.«

»Als Deutscher?«

»Er war ein Hollywood-Star.«

»Verstehe.«

»Er hat versucht, bei den Ritchie Boys anzuheuern. Wurde wegen seines Alters abgelehnt. Hat stattdessen mit Marlene Dietrich Truppenbetreuung an der Front gemacht. Seine Auftritte als Hitler jr. waren bei den Soldaten Kult.«

»Ritchie Boys?«

»Einheit bei der Armee. Frisch eingebürgerte Deutsche, die aus Hitler-Deutschland geflohen waren und ab 1943 für Verhöre von Kriegsgefangenen eingesetzt worden sind.«

»Woher weißt du so ein Zeug?«

»Ich mag Geschichte«, sagte Arvist und dankte erneut Dr. Sigel.

»Steht sonst was Brauchbares drin?«

»Langweilige Lektüre. Offenbar war Karl ein echter Freund. Von Anfang an benutzt er den Namen William Albert Kettle. Es gibt keine Hinweise auf eine gemeinsame Herkunft. Er erwähnt Sunset. Stellt wie Bond keinen Zusammenhang zwischen Kess und Kettle her. Thiele schildert es, als wären es zwei unterschiedliche Personen. Mehr findet sich nicht.«

»Wie du sagst: Er war ein echter Freund.«

Lozen packte ein Kaugummi aus und warf es mit einer eleganten Bewegung in den Mund. Arvist roch das Kirsch-Aroma.

»Ich hab Hunger«, sagte Arvist.

»Ich auch«, sagte Lozen.

Sie stand auf. In diesem Moment stürmte ein braun gebrannter Mann auf sie zu und warf sie an die Wand. Eine ältere Dame, drei Tische weiter, schrie auf. Ein schlecht gekleideter Mann ließ die Zeitung fallen und lief aus dem Raum. Zwei weitere Leser starrten schockiert auf den Angreifer, der sich der am Boden liegenden Lozen näherte. Der Mann war ein Muskelberg mit Glatze. Tätowierungen von Fantasy-Geschöpfen zierten die prallen Unterarme. Arvist hatte den Angreifer schon mal gesehen, konnte sich aber nicht erinnern, wo.

Lozen rappelte sich auf. Der Muskelberg schlug mit der Rechten zu. Lozen wich aus, verpasste dem Mann einen Schlag gegen den Kehlkopf und trat gegen das linke

Knie. Der Mann stöhnte, wirbelte herum und schlug nach ihr. Wieder mit der Rechten. Erneut ging der Hieb ins Leere. Lozen war zu schnell für ihn. Sie näherte sich von hinten und trat dem Muskelberg in den Rücken. Der Mann gab einen Grunzlaut von sich. Sein Gesicht war wutverzerrt. Er feuerte eine Schlagdoublette ab. Traf nicht. Lozen machte einen Gleitschritt zur Seite.

Nicht nur Arvist beobachtete den Kampf. Ein paar Meter entfernt stand ein gut aussehender Enddreißiger im maßgeschneiderten Anzug. Es war Charles Becker. Jetzt wusste Arvist, woher er den Muskelberg kannte. Er hatte Becker beim ersten Treffen im Swaggerts begleitet. Lächelnd ging Becker auf Arvist zu.
»Würden Sie mir das Buch geben. Bitte«, sagte er.

Arvist schaute zu Lozen. Sie traf den Muskelberg mit Tritten, die keine Wirkung erzielten. Da der Raum relativ breit war, konnte Lozen nach jedem Angriff die Seite wechseln und dadurch den Muskelberg verwirren. Ein klassisches Unentschieden. Der Tanz der zwei konnte ewig dauern.

»Bitte«, sagte Becker.

Becker ist kein Schläger, dachte Arvist, er ist einer, der Schläger anheuert. Ich muss keine Angst haben. Arvist schubste Becker zur Seite und rannte zum Ausgang des Leseraums. Da lehnte ein zweiter Muskelberg. Arvist bog nach rechts. Der Muskelberg folgte ihm. Arvist rannte. Vorbei an einem alten Mann, der durch den Gang schlurfte, und einer Mutter, die zwei bockige Kinder hinter sich her zog. Er gelangte in einen anderen Raum. Es war die Kinderbuchabteilung. Arvist schaute sich um. Es war eine Sackgasse. Er musste raus aus dem Raum. Zu spät. Der zweite Muskelberg rammte Arvist wie ein Football-Spieler und warf ihn gegen ein Buchregal. Der Aufprall schmerzte. Arvist ließ das Buch los. Es fiel zu Boden. Der Muskelberg packte Arvist und warf ihn ein zweites Mal gegen das Regal. Es kippte um, fiel gegen ein anderes, das auch umfiel. Dominoeffekt.

Arvist erhob sich. Um ihn herum lagen Bücher aus den umgefallenen Regalen. Er versuchte, in dem Chaos Thieles Lebensbericht zu entdecken. Vergeblich. Zwei riesige Fäuste griffen ihn an der Jacke und hoben ihn in die Luft. Arvist mochte Actionfilme, wollte aber nie einen erleben.

Der Muskelberg warf ihn gegen ein noch stehendes Regal. Weitere Bücher fielen zu Boden. Das Regal blieb stehen. Arvist hielte sich am Rahmen fest. Der Muskelberg ging gemächlich auf ihn zu. Sein Gesichtsausdruck kam Arvist gelangweilt vor. Der Muskelberg hob die Faust zum Schlag. Arvist erwartete den Schmerz. Da tauchte Lozen hinter dem Mann auf. Sie hatte eine blutige Lippe. Mit der Heckler und Koch P9S schlug sie dem Muskelberg dreimal schnell hintereinander über den Kopf. Der Mann ging in die Knie. Lozen schlug ein viertes Mal zu. Der Muskelberg fiel um.

»Raus hier.«

»Das Buch liegt hier irgendwo.«

»Wir haben keine Zeit, es zu suchen.«

Von draußen war eine Polizeisirene zu hören. Sie verließen die Kinderbuchabteilung. Lozen schaute sich um und entdeckte eine Tür, über der das Zeichen für Notausgang hing. Sie ließ sich öffnen. Lozen und Arvist rannten ins Erdgeschoss. Durch eine weitere Tür gelangten sie ins Freie. Sie standen in einer dunklen Gasse. Links sah Lozen eine belebte Straße. Sie liefen hin, verfielen in Schritttempo und mischten sich in den Strom der Passanten. Lozen ärgerte sich über sich selbst. Sie hätten das Buch aus der Bibliothek klauen und woanders lesen sollen. Und sie hätte nicht vergessen dürfen, dass zwei Jäger sie zur Beute erkoren hatten.

27.

Der blonde Junge warf den orangenen Frisbee zum älteren Mann, der laufen musste, um ihn zu fangen. Das gelang ihm ohne Probleme. Adam A. Kettle spielte mit seinem 16-jährigen Sohn und seiner 12- jährigen Tochter am Strand von Martha's Vineyard. Seine Mutter saß auf einem Klappstuhl und schaute zu. Hinter ihm stand Lucy Kettle, deren langes, blondes Haar im Wind wehte. Die geladenen Journalisten, für die ein Picknick am Strand vorbereitet worden war, schossen Fotos von der Familienidylle. Farossi saß unweit der Journalisten im Sand, nuckelte am Strohhalm seiner Diet Coke und versuchte, Lozen Graham zu erreichen. Wie zuvor sprang ihre Mailbox an.

In der Nähe des Strandes lag das grau-weiße Haus der Kettles. Es auf Martha's Vineyard zu kaufen, war ein genialer Schachzug gewesen, dachte Farossi, als er frustriert sein Smartphone wegsteckte. Die Insel hatte nicht den snobistischen Ruf der Hamptons. Trotz vieler prominenter Sommergäste besaß Martha's Vineyard das

Flair einer einfachen Fischerinsel. Fahrradfahrer kurvten über das 230 Quadratkilometer große Eiland, dessen Bevölkerung sich in der Sommer-Saison auf 150 000 Bewohner verzehnfachte. Martha's Vineyard galt als Sommersitz der Demokraten. Die Kennedys, die Clintons, die Obamas – sie hatten diesen Ort geliebt. Kein Journalist würde der Versuchung widerstehen, den Kandidaten in Bezug zu diesen US-Präsidenten zu stellen. Das war im Sinne des Wahlkampfmanagers.

Lucy Kettle lief durch den Sand zu ihrem Mann und ihren Kindern. Sie trug kurze Hosen und ein engsitzendes Polohemd. Baywatch pur für eine konservative Klientel. Die Journalisten machten ihre Aufnahmen. Farossi auch. Er würde Lucys Lauf seiner Assistentin schicken, die eine Zeitlupe drauf- und den Baywatch-Soundtrack drunterlegen und das fertige Produkt ins Netz stellen sollte. Zitat eines Stücks Popkultur, sanfte Erotik der möglichen neuen First Lady, das war perfekte Imagepflege.

Farossi gab dem Kandidaten ein Zeichen. Er beendete das Spiel, gab seinem Sohn einen väterlichen Klaps auf die Schulter und setzte sich auf ein umgedrehtes Ruderboot aus Holz, das in der Nähe am Strand lag. Farossi hatte es am Vorabend an diese Stelle bringen lassen.

Der Wahlkampfmanager erklärte den Journalisten, dass sie ihre Fragen stellen könnten. Die 25 Männer und Frauen setzten sich in den Sand, rund um das Boot. Der Kandidat sah gut aus – mit dem zerzausten, blonden Haar, der gebräunten Haut, den alten Jeans, dem weißen Hemd, sitzend auf einem alten Ruderboot, das Meer im Hintergrund. Ein perfektes Bild. Farossi war zufrieden mit der Inszenierung.

Das PrePaid-Handy von Farossi klingelte. Es war Jack Manusco.

»Ich hab sie.«

»Wen?«

»Die Alte.«

»Wo?«

»Die Witter hat drei Mal in den letzten Tagen die Kreditkarte benutzt. Zuletzt heute Morgen an einer Tankstelle. Ich hab die Orte auf einer Straßenkarte eingezeichnet. Es sieht so aus, als will sie nach St. Louis. Sie wird am Abend da sein. Eine Liste mit Campingplätzen für Wohnmobile in der Umgebung hab ich dir gemailt.«

»Probleme gehabt?«

»Schau zu, dass deine Leute es nicht vergeigen.«

»Was machst du als nächstes?«

»Ich war beim Nachfahren von Karl Thiele. Der hat mich auf eine vergessene Autobiografie des Schauspielers aufmerksam gemacht, die es in der Bibliothek im Stephen A. Schwarzman Building gibt. Da fahr ich jetzt hin.«

Manusco legte auf. Farossi leitete die Mail mit den Campingplatz-Adressen an Helen Kyvig weiter, und rief mit dem PrePaid-Handy die Söldnerin an, um sie zu informieren. Danach wurde Farossi unruhig. Die verschiedensten Szenarien spukten durch seinen Kopf, denen gemeinsam war, dass es schiefging. In den harmloseren Varianten verlor der Kandidat und Farossi leitete künftig Wahlkämpfe von Kleinstadtpolitikern im Mittleren Westen. In den weniger harmlosen landete er im Knast.

»Deutschland ist ein wichtiger Verbündeter der USA. Ein schönes Land mit einer reichen Kultur«, dozierte Adam A. Kettle, der nach wie vor auf dem Boot saß. Farossi, der den bisherigen Verlauf des Pressegesprächs verpasst hatte, war irritiert. Warum redete der Kandidat von Deutschland? Erster Weltkrieg, Zweiter Weltkrieg, Holocaust, Differenzen USA-EU, Handelsabkommen, Geheimdienstdifferenzen, Farossi suchte nach Problemen, die das Thema aufwarf – neben der Möglichkeit, dass Adam A. Kettle sich verplapperte. Je länger die Affäre dauerte, desto stärker schwelgte der Kandidat in Familien-Nostalgie und verdrängte die skrupellosen Aspekte von William A. Kettles Persönlichkeit.

Am Abend zuvor waren sie in der Bibliothek gesessen. Adam A. Kettle hatte das Unfassbare getan und aus dem Manuskript vorgelesen. Mit Stolz. Mit Begeisterung. Sein Publikum bestand nicht nur aus seiner Frau, den Kindern, deren Großmutter und Farossi. Ein befreundetes Ehepaar war dabei, das auf Martha's Vineyard Urlaub machte.

Die Art des Vortrags und der Inhalt der Erzählung machten die Lesung zu einem Erfolg. Sie war eine Überraschung gewesen. Nicht zu verhindern. Der Kandidat hatte zu viel getrunken. Anfangs las Adam A. Kettle einen harmlosen Abschnitt über den Wahlkampf für Jimmie Gone vor. Der war Mitte der 1920er Bürgermeister von New York gewesen und William A. Kettle sein Wahlkampfmanager. Das war Teil der offiziellen Karriere. Aber in dem Manuskript ging es neben dem innovativen Wahlkampf – auf diesem Gebiet war William A. Kettle ein Vorbild für Farossi – vor allem um die Bemühungen des legendären Vorfahren, dass Gone nicht erwischt wurde, wie er gegen die

Prohibitionsgesetze verstieß und seine Ehefrau betrog. Zum Glück war das anwesende Ehepaar nicht schockiert gewesen. Das Alkoholverbot der 1920er und 1930er war romantisiert. Eine schwarz-weiße Erinnerung mit den Gesichtern der Hollywoodschauspieler James Cagney und Humphrey Bogart. Anschließend wählte Adam A. Kettle, zu Farossis Erleichterung, ein harmloses Kapitel über einen trinkfreudigen Abend in New York. Der Wahlkampfmanager atmete durch.

Die Gäste hießen Burstein. Simon Burstein war ein erfolgreicher New Yorker Bauunternehmer, seine Ehefrau Rosalind die Moderatorin eines Shopping Senders. Der Kandidat kannte das Paar seit seinen Studientagen. Simon Burstein spendete für den Wahlkampf. In erheblicher Höhe. Obwohl die Gäste nichts Kompromittierendes erfahren hatten und offensichtlich loyal zum Kandidaten standen, beschloss Farossi, das Ehepaar zu überprüfen. Er schickte per Smartphone eine Anweisung an seine Assistentin. In dieser Angelegenheit konnte man nicht vorsichtig genug sein.

Die Journalisten am Strand zeigten kein Interesse an Adam A. Kettles thematischem Ausflug nach Deutschland und stellten Fragen zur Sozialpolitik. Farossi war erleichtert. Er holte sich eine weitere Flasche Diet Coke, die er am liebsten mit Rum verdünnt hätte. Die Familie des Kandidaten unterhielt sich. Die Kinder schienen ihre Großmutter zu mögen.

Nach einer Stunde beendete der Kandidat das Pressegespräch und schüttelte zum Abschluss jedem Journalisten persönlich die Hand. Eine von Farossis Mitarbeiterinnen verteilte Fotos, die die Familie Kettle im Haus zeigten. Ein Fotograf hatte sie am Vorabend aufgenommen. Zwei Aufnahmen zeigten Kettle und seine Familie in der Bibliothek. Sie war in wissenschaftlichen Kreisen bekannt. Der Großvater des Kandidaten hatte wertvolle Bücher gesammelt. Als Farossi sah, dass der Kandidat auf einem Motiv das Manuskript in der Hand hielt, konnte er es nicht fassen. Er begriff die Begeisterung des Kandidaten für Familienangelegenheiten nicht. Seine Großeltern waren gestorben, bevor der sechs war. Die Mutter ging bei seiner Geburt drauf. Der Vater versoff seit der Pensionierung die Rente. Er sah ihn jedes Jahr an Thanksgiving. Sie gingen in eine Bar, betranken sich und zahlten jeweils die Rechnung des anderen.

Ein Sicherheitsmann brachte die Pressevertreter zum Bus, der hinter den Dünen wartete und sie zum Flughafen brachte. Der Kandidat und seine Familie gingen zum Haus. Farossi filmte. Es war eine Szene wie aus einer konservativen Familienserie. 7th Heaven, Gilmore Girls oder so. Blauer Himmel, Dünen, ein leichter Wind. Im Hintergrund ein schickes Haus. Die Tochter stützte die geschwächte Großmutter, die sich mit seinem Enkel angeregt unterhielt. Der Ehemann hielt Händchen mit seiner Frau. Ein Lächeln in den Gesichtern. Auch diesen Film schickte Farossi seiner Assistentin, damit sie ihn ins Netz stellte. Ohne Bearbeitung. Diese Aufnahmen erfüllten ihren Zweck am besten en nature. Familie war ein hoher Wert in Amerika. Wenn ein Kandidat eine perfekte Familie präsentieren konnte, brachte das Wählerstimmen. Weil schlichte Gemüter glaubten, dass ein Mann, der eine gute Ehe und ein intaktes Familienleben führte, ein guter Landesvater sein müsse.

Als Farossi das Haus betrat, saßen die Kinder im Wohnzimmer und sahen Fernsehen. Die Stimmen vom Kandidaten und seiner Frau hörte er aus der Küche. Farossi ging ins Gästezimmer im ersten Stock, legte das Smartphone auf den Nachttisch, zog sich aus, ging ins Bad und nahm eine Dusche.

Als er mit einem Handtuch um die Hüften ins Zimmer zurückkam, warf er den routinemäßigen Blick aufs Smartphone. Ein grüner Balken auf dem Display zeigte ihm, dass Jack Manusco versucht hatte, ihn zu erreichen. Farossi setzte sich aufs Bett. Sein Bein schmerzte. Strandspaziergänge taten ihm nicht gut. Farossi streckte es aus, holte eine braun-weiße Schachtel aus der Schublade des Nachttisches, öffnete sie, nahm eine

Schmerztablette aus dem Blyster, schluckte sie und rief zurück.

»Jack, was gibt's?«

»Probleme, Harvey.«

»Die wären?«

»Becker ist dichter dran, als wir dachten.«

»Inwiefern?«

»Als ich bei der Bibliothek ankam, zu der mich Thieles Nachfahre geschickt hatte, standen Streifenwagen vor dem Gebäude. Zwei ziemlich heftig vermöbelte Typen wurden abgeführt. Die Kollegen haben sie überprüft: Sie gehören zu Hudson.«

»Und damit zu Becker. Das heißt, er sucht das Gleiche wie wir und Lozen.«

»Wahrscheinlich ist er in der Bibliothek auf Lozen gestoßen.«

»Anzunehmen.«

»Sie haben einen von Beckers Schlägern in der Kinderbuchabteilung bei den Märchenbüchern gefunden. Da herrschte ziemliches Chaos. Ich hab mich umgeschaut und Thieles Autobiografie gefunden.«

»Warum war sie bei den Kinderbüchern?«

»Keine Ahnung.«

»Steht was Interessantes drin?«

»Ich muss es erst lesen.«

»Gib Gas.«

»Bin schon im dritten Gang.«

»Eine Idee, wo Lozen und der Deutsche sind?«

»Thieles Nachfahre erwähnt Filmrollen, die bisher nicht auf unserer Liste standen. In einem Filmmuseum in New Jersey.«

»Dann nichts wie hin.«

»Mach ich. Aber unter Umständen ist der Vorsprung zu groß.«

Farossi legte auf. Während er sich anzog, überlegte der Wahlkampfmanager, ob er dem Kandidaten von den Ereignissen erzählen sollte. Er entschied sich dagegen. Adam A. Kettle musste in diesem Stadium nicht jedes Detail wissen. Es würde ihn beunruhigen.

Der Schmerz im Bein verschwand dank der Tablette. Mit dem Smartphone in der Hand stellte Farossi sich ans Fenster. Dünen, das Meer – Farossi fühlte sich außerhalb von Großstädten verloren. Ihm fehlten der Lärm, die schlechte Luft, die vielen Menschen, die Energie, der Stress, der Druck, der Drogenhändler. Länger als zwei Tage hielt er es auf dem Land nicht aus.

Farossi ging in die Bibliothek, die sich wie das Gästezimmer im ersten Stock befand. Er goß sich einen Whiskey ein, stellte sich vor das imposante Bücherregal, entdeckte das Manuskript, strich mit dem linken Zeigefinger über den Buchrücken und trank einen Schluck.

Er hörte, wie hinter ihm jemand den Raum betrat. Zu schwere Schritte für Lucy oder die Kinder.
»Zufrieden, Adam?«, fragte Farossi, ohne sich umzudrehen. Er wusste, dass sich der Kandidat in diesem Moment fragte, woran er ihn erkannt hatte. Ninja-Mystik würde er antworten, falls der Kandidat fragen würde.

»Ich finde, es ist sehr gut gelaufen.«

»Sehe ich auch so.« Farossi drehte sich um. »Bis auf eine Ausnahme: Was sollte der Unsinn mit Deutschland?«

»Das Manuskript schwirrt mir im Kopf rum.«

»Du musst aufpassen.«

»Ich weiß.«

»Es war schon ein Fehler, den Bursteins daraus vorzulesen.«

»Simon und Rosalind sind Freunde.«

»Bis du deine zweite Amtszeit als Präsident hinter dir hast, sind die einzigen Freunde, die du hast, deine Familie und ich.«

Adam A. Kettle zog die Stirn kraus und sah den Wahlkampfmanager an.

»Das ist so. Akzeptier das, Adam.«

»Du hast ja recht.«

Farossi überlegte, ob er den Kandidaten darauf hinweisen sollte, dass die Bursteins Juden waren und dass das die letzten Kapitel des Manuskriptes über das Dritte Reich und den Nazi Billigmeier Dinge beinhalteten, die jeden Juden zu Recht wütend machen würden.

Adam A. Kettle schüttete sich einen Whiskey ein.

»Was steht als Nächstes an?«

»Auftritt in der Late Night Show von Raymond Nigby.«

»Das ist gut.«

»Ich versuche, dich ebenfalls bei Saturday Comedy Night unterzubringen.«

»Ich bin nicht der komische Typ.«

»Du kriegst das hin.«

»Wenn du meinst. Was ist mit Bunger?«

»Wir sind dran.«

Farossi sah dem Kandidaten in die Augen.

»Mach dir keine Sorgen. Das ist mein Job.«

Adam A. Kettle lachte. Er hatte ein gutes Lachen. Eines, das einen animierte, einzustimmen, eines, das man sympathisch fand. Perfekt, um Menschen für sich einzunehmen. Perfekt, um einen Wahlkampf zu gewinnen. Es wäre eine Schande, wenn Adam A. Kettle wegen eines sentimentalen Vorfahren, eines neugierigen Verwandten, eines Intriganten und einer Söldnerin mit Moral scheitern sollte.

28.

Der Einbruch war leicht. Der Wachmann kam in der Nacht im Zwei-Stunden-Rhythmus vorbei. Die Alarm-Anlage stammte aus der Mitte des vergangenen Jahrhunderts, als Elektronik Science Fiction und Kuba kapitalistisch waren. Lozen hatte sie problemlos ausgeschaltet. Mit einem Brecheisen öffnete sie die Tür. Hinter dem großspurigen Namen Hollywood Heritage Museum versteckte sich ein weißes Holzgebäude, das früher ein Stall gewesen war. Im Ausstellungsraum standen Glasvitrinen – gefüllt mit Memorabilien von Basil Warden Bond: Fotos, Autogramme, Filmplakate, Requisiten, Drehbücher, Storyboards, zusammenklappbare Regiestühle, alte Kameras und ähnlicher Ramsch.

Wer guckt sich so etwas an, fragte sich Lozen und erhielt umgehend die Antwort. Arvist trottete durch den Raum, leuchtete mit der Taschenlampe in jede Vitrine und betrachtete neugierig die Ausstellungsstücke – in diesem

Moment den ersten Studiokontrakt, den Basil Warden Bond in seinem Leben unterzeichnet hatte.

»Wir suchen Filmrollen«, erinnerte ihn Lozen. Widerwillig löste sich Arvist von dem Vertrag und schaute sich um. Das Museum hatte die besten Tage hinter sich. Es roch seltsam. Der Teppich war abgelaufen. Die Wände und die Vitrinen benötigten einen neuen Anstrich.

»Müssten einfach zu finden sein«, sagte Arvist, »das Museum ist chronologisch geordnet.«

Den Weltkriegen war jeweils eine eigene Sektion gewidmet. Basil Warden Bond hatte sich für die Truppenbetreuung engagiert und für die Propagandaabteilung der Regierung gearbeitet. In der Vitrine für den Zweiten Weltkrieg lagen Fotos: Basil am Set von Kriegsfilmen, Basil umgeben von Soldaten, Basil an Bord eines Flugzeugträgers, Basil und Präsident Roosevelt.

»Falscher Weltkrieg«, sagte Lozen.

»Ich weiß.«

In der Vitrine für den Ersten Weltkrieg lagen drei beschriftete Filmdosen zwischen Fotos einer Gruppe von Zivilisten auf einem Schießstand. Lozen schlug mit einer schnellen Bewegung das Glas ein, griff die Filmdosen und gab sie Arvist. Er öffnete sie, um zu überprüfen, ob sie gefüllt waren. Sie waren es.

»Ich bin ein Idiot«, sagte Arvist.

»Dies ist nicht der Zeitpunkt für Selbstkritik.«

»Sehr witzig.«

Arvist zeigte Lozen eine der Filmrollen.

»Nitrofilme kann man nicht in einer Vitrine aufbewahren. Zu gefährlich.«

»Warum?«

»Bis in die 1950er wurden Filme auf Nitrozellulosebasis hergestellt. Die Stärke des Materials: hervorragende optische Eigenschaften und eine lange Lebensdauer. Bei optimalen Bedingungen über 100 Jahre. Die Schwäche von Nitrofilmen: Sie waren sehr leicht entflammbar.«

»Was hältst du dann in deinen Händen?«

»Eine Kopie auf Sicherheitsfilm.«

»Aber es sind die richtigen Filme?«

»Ja.«

»Die Frage ist dann: Gibt es die Originale noch?«

Arvist rief auf seinem Smartphone die Website des Museums auf. Unter About Us fand er das Stichwort Archive. Laut des Artikels waren die Bestände des Museums in den 50ern auf Sicherheitsfilm kopiert worden. Die Originale gingen ans Academy Film Archive in Los Angeles. Arvist klickte sich auf die Seite des Archivs. Unter News las er, dass die Filme gestohlen worden waren. Er erzählte es Lozen.

»Wie ist das passiert?«

»Offenbar war ein Wachmann an der Sache beteiligt. Der Mann ist flüchtig.«

»Verstehe.«

»Zufall?«

Lozen sah ihn spöttisch an.

»Steht da noch mehr?«

»Ich schau nach.«

Durch einen Hyperlink im Text stieß er auf einen Artikel, der eine Reihe von Diebstählen und Zerstörungen behandelte. Die Stummfilmwestern von Basil Warden Bond mit William Kess in der Hauptrolle wurden systematisch zerstört. Arvist erzählte Lozen die Fakten: »Die Cinémathèque Française de Paris hatte William, the Patriot und Mr. Kelly, USA in ihrem Besitz gehabt. Gestohlen. Das Gleiche bei einem japanischen Geschäftsmann. Ein 50-jähriger Scheidungsanwalt aus Carmel in Kalifornien meldete, dass seine Kopie von William, the Patriot verbrannt worden ist. Das meldeten auch zwei Schweizer Sammler aus Zürich und Luzern.«

»Da steckt bestimmt Farossi hinter«, sagte Lozen.

Arvist kehrte zurück auf die Seite des Academy Film Archive und entdeckte eine Warnung vor einem Mann namens Morrison, der sich als Sammler ausgab, eine falsche Website unterhielt, die Filme suchte und, wenn er sie fand, zerstörte.

»Eine gute Methode«, sagte Lozen, »Farossi ist schon ein cleveres Arschloch.«

»Viel Aufwand, um ein paar Filme zu zerstören. Was ist schlimm daran, wenn ein Vorfahre der Kettles als Schauspieler gearbeitet hat? Mit dem beruflichen Hintergrund gab es einen Präsidenten und mehrere Gouverneure.«

»Farossi macht reinen Tisch. Er will die Vergangenheit eliminieren.«

»Er ist sehr gründlich.«

»Er ist ein Profi und schon lange im politischen Geschäft.«

»Interessante Form der Politik. Was ist seine Geschichte?«

»Ich weiß nur das, was Nick über ihn gesammelt hat. Aus niederen Verhältnissen nach oben gearbeitet, Stipendium in Harvard, Redenschreiber für Provinzpolitiker, langsamer Aufstieg in die nationale Politik. 80 Prozent seiner Kandidaten waren Demokraten.«

»Klingt durchschnittlich.«

»Farossi ist alles andere als durchschnittlich. Er besitzt viele Talente. Nick ist der Überzeugung, dass er zwischendurch beim Geheimdienst war.«

»Das würde einiges erklären. Glaubst du Nick?«

»Nick hat meistens recht.«

Es regnete leicht, als Lozen und Arvist das Museum verließen. Drei Straßen entfernt hatten sie den Wagen geparkt. Lozen hatte ihn sich von Mark geliehen. Einen gut erhaltener Dodge Charger in Schwarz. Arvist mochte den Wagen. Er stammte aus den Spätsechzigern. Steve McQueen fuhr ihn in Bullit, Kurt Russell in Quentin Tarantinos Death Proof und Vin Diesel in The Fast and the Furios.

Ein alter Song von den Avett Brothers war der Soundtrack für die nächtliche Rückfahrt nach New York. Ein fünf Meter großer Kevin Keener in Ritterrüstung lächelte von einer Werbetafel für den Film Ivanhoe entgegen.

»Die Keeners sind ein verdammter Hollywood-Clan. Douglas Keener - Stummfilmstar, Sohn Felix - romantischer Held der 50er, dessen Sohn Star-Regisseur der 70er und jetzt Kevin dran«, sagte Arvist.

»Warum erzählst du mir das?«

»Die Keener-Plakate gehen mir auf die Nerven. Da! Schon wieder eins.«

Er ist ein Freak, dachte Lozen.

Sie passierten ein weiteres Kevin-Keener-Werbeplakat.

»Was machen wir jetzt?«, fragte Arvist.

»Weiß ich noch nicht.«

Sie kamen nach Brooklyn. Lozen parkte den Wagen in einer Tiefgarage. Die drei Blocks zu Marks Wohnung gingen sie zu Fuß.

»Wir haben die Freunde von William A. Kettle überprüft. Jetzt sollten wir uns um seine Feinde kümmern.«

»Du meinst Günther Billigmeier.«

»Wenn so der deutsche Spion hieß: Ja.«

Lozen und Arvist gingen in einen Deli. Sie kauften zwei Sandwiches. Der asiatische Besitzer sah sie misstrauisch an.

»Es muss eine Geheimdienstakte über den Mann geben«, sagte Lozen, als sie den Laden verließen.

»Für Farossi und Adam A. Kettle ist er eine Randfigur. Wie gesagt: Ehemalige Nazis im Kalten Krieg einzusetzen, war nicht unüblich.«

»Das stimmt. Aber das Bekanntwerden würde Diskussionen auslösen, denen sich ein potenzieller Präsidentschaftskandidat nicht stellen will. Adam A. Kettle besitzt viele jüdische Wähler und er besitzt jüdische Freunde.«

Sie erreichten das Haus, in dem Mark wohnte. Lozen besaß einen Schlüssel. Mark und Ling waren nicht zu Hause. Lozen rief Nick an und gab ihm die Informationen über Günther Billigmeier.

»Nick hatte gute Kontakte zum Geheimdienst«, sagte Lozen, »wenn einer etwas über ihn rausfindet, dann er.«

Sie ging in die Küche und holte eine Flasche Rotwein.

»Keine dummen Sprüche«, sagte sie zu Arvist.

Lozen öffnete die Flasche und füllte zwei Gläser. Eines reichte sie Arvist. Sie entdeckte den Fernseher und suchte die Fernbedienung. Arvist schaute ihr amüsiert zu. Lozen bemerkte sein Grinsen.

»Is was?«

»Als dieser Fernseher gebaut wurde, waren Fernbedienungen noch eine Seltenheit.«

»Ich hasse die Steinzeit.«

29.

Am nächsten Morgen warf Lozen Arvist um 7 Uhr aus dem Bett.

»Wir müssen los«, sagte sie.

»Wohin?«, fragte Arvist schlaftrunken.

»Nick hat angerufen. Es gibt tatsächlich Geheimdienst-Akten über den Nazi. Aber wir kommen nicht dran. Jemand hat den Geheim-Status der Akten erneuert, obwohl er abgelaufen war.«

»Farossi?«

»Wer auch immer. Aber es gibt einen Nachfahren. In Harlan County, Kentucky.«

»Kentucky?«

»Ist ein Bundesstaat dieses schönen Landes.«

»Ich weiß. Er ist aber weit weg.«

»Nicht so weit.«

»Nicht so weit?«

»Wir fahren mit dem Auto hin.«

»Auto? Es gibt da die geniale Erfindung namens Flugzeug.«

»Farossis bester Freund ist Jack Manusco. Der leitet das New Yorker FBI-Büro.«

»Und?«

»Das heißt, wir können kein Flugzeug nehmen. Wenn wir einen Flug buchen, werden wir von den Sicherheitssystemen erfasst. Wenn wir die Sicherheitskontrollen am Flughafen passieren, werden wir von den Sicherheitssystemen erfasst. Das heißt auch, wir sollten keine Kreditkarten benutzen, weil die FBI-Leute, die für Farossi und Kettle arbeiten, nur darauf warten.«

»Das klingt paranoid.«

»Das klingt logisch.«

»Heiliger Joe Brady.«

»Wer zum Teufel ist dieser Joe Brady?«

Diesmal erklärte es Arvist.

»Wie weit ist Harlan von hier?«, fragte Arvist, als sie in Marks Dodge Charger saßen.

»Knapp 700 Meilen.«

»Wie lange brauchen wir?«

»10 Stunden. Wenn wir durchfahren und es keinen Stau gibt.«

30.

»Hey, ihr Schwuchteln, mich interessiert nicht, was für eine tolle Dokumentation ihr dreht. Ich behalte die Sachen. Das kriegt keiner. Verstanden?«

Henry Culling, der letzte lebende Nachfahre von Günther Billigmeier, war ein drahtiger Typ, Ende dreißig mit hoher Stirn und grauen Haaren. Er trug eine schwarze Jeans, eine schwarze Jeansjacke und ein schwarzes T-Shirt mit V-Kragen. Am Hals saß ein Swastika-Tattoo. Die Augen flackerten blau. Der Blick war intensiv. Lozen fand den Eisenwarenhändler nicht unsympathisch. Sie mochte den Akzent von Kentucky.

»Wir würden die Unterlagen kopieren und zurückgeben«, sagte Lozen. Sie und Arvist hatten sich als Journalisten ausgegeben, die Geschichten deutscher Einwanderer in den USA dokumentieren wollten, und verwiesen auf Arvists Homepage. Arvist trug demonstrativ die DV-Kamera.

»Schwester, es sind Erbstücke. Mein Daddy hat sie mir vermacht und der hat sie von seinem Daddy. Die bleiben, wo sie sind.«

Lozen hatte Henry Culling während der Fahrt angerufen und einen Termin abgemacht. Am Telefon hatte er Lozen erzählt, dass er Briefe und Aufzeichnungen seines Vorfahren besäße.

»Schätzchen, du hättest mir am Telefon sagen sollen, dass du das Zeug mitnehmen willst. Dann hättest du dir den Weg sparen können«, sagte Culling.

»Was steht denn drin?«, fragte Arvist.

»Keine Ahnung. Alter Scheiß über die Weltkriege. Ich hab die Aufzeichnungen mal durchgeblättert, als sie mir mein Vater gegeben hat.«

»Sie interessieren sich also nicht für Ihren Vorfahren, wollen aber die Briefe und Aufzeichnungen trotzdem nicht aus der Hand geben?«

»Du hast es erfasst, Kumpel. Hast du ein Problem damit?«

Das Gespräch fand in einer Bar statt. Sie hieß The Hole. Dunkel, vollgestellt mit Tischen und Stühlen. Aus der Jukebox dröhnte Countrymusik. Der Barkeeper war ein muskulöser Biker. Die Gäste sahen nach Ärger aus. Der Eisenwarenhändler hatte The Hole vorgeschlagen. Die Bar gehörte ihm.

»Hey, Mädchen, darf ich dir einen Drink spendieren?«
Ein Typ mit Dreitagebart, der ein Baumfäller-Hemd mit abgeschnittenen Armen trug und an Hals und Bizeps tätowiert war, stand von einem Tisch in der Nähe der Bar auf und kam auf Lozen zu.
»Nein.«
»Ein Fehler, mein Mädchen, wir Jungs aus Harlan County haben mehr drauf als die Schwuchtel neben dir.«
Henry Culling beobachtete die Situation. Er lächelte. Es war eindeutig, dass er nicht eingreifen würde.
»Mein Name ist Billy Ray Buffett«, sagte der Typ. Er stellte sich dicht vor Lozen. Fast berührten sich ihre Nasenspitzen. Arvist ignorierte er.
»Schätzchen, ein Drink wird dir guttun.«

Billy Ray Buffett grinste.

Der Mann versuchte, den Arm um Lozens Hüfte zu legen. Sie brach ihm den Arm, trat ihm in die Geschlechtsteile und stieß ihn zu Boden. Ein Kumpel von Billy Ray sprang vom Tisch auf und stürmte auf Lozen zu. Sie verpasste ihm einen Sidekick in den Magen. Er knickte ein. Lozen packte ihn und warf ihn gegen die Wand. Drei weitere Typen erhoben sich von ihren Stühlen. Culling gab ihnen ein Zeichen, sich zu setzen.

»Wusste nicht, dass Dokumentarfilmer so was draufhaben. Ihr solltet was über Kentucky drehen. Billy Ray ist ein prima Beispiel zeitgenössischer Redneck-Kultur.«
Das Wort Kultur klang seltsam aus dem Mund eines Kerls wie Henry Culling.
»Wir können Ihnen für die Unterlagen Geld bieten«, sagte Lozen.
»Ich denke darüber nach. Kommt morgen, am frühen Abend, vorbei.«

Lozen und Arvist nickten und gingen Richtung Ausgang.

»Eine Warnung«, rief der Eisenwarenhändler hinterher, »Billy Ray ist sehr nachtragend und er hat drei Brüder. Passt auf.«

Lozen und Arvist hörten Cullings Lachen noch, als sie in ihren Wagen stiegen.

»Wir haben irgendetwas verpasst«, sagte Lozen.

»Du meinst bezüglich Henry Culling.«

»Ja.«

Lozen ließ den Dodge Charger an und fuhr los. Sie bemerkte, dass ihnen ein schwarzer Audi folgte.

Nach 500 Metern stellte der schwarze Audi die Polizeisirene an, überholte sie und hielt am nächsten Feldweg. Lozen stoppte. Ein älterer Mann in beiger Freizeitjacke und billiger Bundfaltenhose stieg aus dem Audi. An seiner Hüfte hing eine Glock. Lozen ließ das Seitenfenster runter.

»Sheriff Benjamin Clarkson.«

»Sheriff.«

»Ein schöner Wagen.«

Lozen nickte zustimmend. Ihr gefielen die grauen Augenbrauen und die vollen, grauen Haare des Polizisten.

»Ihre Papiere.«

Lozen gab ihren Führerschein, Arvist seinen Reisepass. Der Sheriff zog die Stirn kraus, als er den deutschen Pass durchblätterte.

»Was wollten Sie bei Culling?«

Lozen und Arvist erzählten auch dem Polizisten die Geschichte, sie wären Journalisten, die einen Dokumentarfilm drehten. Arvist gab dem Sheriff seine Visitenkarte mit den Kontaktdaten.

»Ich möchte Sie warnen«, sagte Sheriff Clarkson, »Culling ist kein harmloser Eisenwarenhändler und Barbesitzer. Er hat das Drogengeschäft im County unter Kontrolle.«

»Danke für die Warnung«, sagte Arvist.

»Sagt Ihnen der Name Billy Ray Buffett was?«, fragte Lozen.

»Ein übler Schläger. Er ist einer der Subunternehmer von Culling. Warum fragen Sie?«

»Er hat Probleme gemacht«, sagte Lozen.

»Billy Ray hat drei Brüder.«

»Hat man uns gesagt«, sagte Lozen.

»Gehören in die Abteilung Dumm, dümmer, gehirntot. Sind trotzdem gefährlich.«

»Wir passen auf.«

»Sollten Sie.«

Sheriff Clarkson verabschiedete sich mit einem kurzen Kopfnicken, stieg in den Wagen und fuhr davon.

»Wir könnten die Unterlagen einfach vergessen«, sagte Arvist.

»Warten wir das morgige Treffen ab«, sagte Lozen.

Ein gut aussehender Drogenhändler aus der Provinz und ein charmanter Sheriff jenseits der 50 reichten nicht aus, um sie abzuschrecken.

Lozen und Arvist fuhren nach Cumberland, weil sie Lust auf einen Drink hatten. Harlan County war ein trockener Bezirk. Legal gab es Alkohol in größeren Restaurants in

Harlan City und in Cumberland, die feuchte Stadt in der Alkoholwüste. Cumberland wirkte auf Lozen und Arvist wie ein auseinandergezogener Vorort einer größeren Stadt, nur dass die Stadt nicht existierte. Sie fanden ein Motel. Nur ein Doppelzimmer mit getrennten Betten war frei. Sie nahmen es. In einem Schuppen auf der East Main Street namens Big Buddys Burger aßen sie ein Hot Brown Sandwich.

Die Kellnerin empfahl ihnen eine Bar in der Nähe. Ein flaches, unansehnliches Gebäude an einem Highway mit der obligatorischen Leuchtreklame. Bar und Klub in einem. Eine Progressive-Bluegrass-Gruppe spielte den Politsong Which side are you on, den Arvist aus einer Oscar-preisgekrönten Dokumentation kannte, die von den Bergarbeiterstreiks in dieser Gegend erzählte. Lozen und Arvist gingen an die Bar und tranken Whiskey. Es war Samstagabend und deshalb die Bar voll. Gegen Mitternacht kehrten sie zurück ins Hotel. Mit einer Flasche Four Roses, die Lozen an der Bar gekauft hatte. Beide waren angetrunken.

Lozen verschwand im Bad. Arvist stellte den Fernseher an. Er landete in einer Nachrichtensendung. Ein Beitrag über Adam A. Kettle lief. Er tingelte durch die Provinz. In Tulsa, Oklahoma, schüttelte er Rentnern die Hände, streichelte Kinderköpfe und veranstaltet ein Barbecue. Um Geld für seine Kampagne zu sammeln, vermutete der Reporter. In den frühen Zwanzigern hatte es in der Stadt eine Filmfirma gegeben. Der berüchtigte Bandit Henry Starr, von dem behauptet wurde, er hätte mehr Banken als Jesse James und die Dalton Bande zusammen überfallen, und der als Erster von einem Banküberfall mit einem Auto geflohen war, hatte Anteile erworben und einen Stummfilmwestern gedreht. Mit sich selbst in der Hauptrolle. Zum Glück bin ich mit dem nicht auch verwandt, dachte Arvist. Er zog die Schuhe aus, schüttete sich einen Whiskey ein und setzte sich aufs Bett. Der Reporter erklärte, dass Kettles Chancen gut ständen, die ersten Vorwahlen in ein paar Tagen zu gewinnen.

Lozen kam aus dem Bad. Wie im Safe House trug sie Tank Top und Slip. Arvist versuchte, nicht hinzuschauen. Schwungvoll sprang Lozen ins Bett und kroch unter die Bettdecke. Arvist ging ins Bad. Neben dem Waschbecken stand Lozens Kulturtasche. Sie war geöffnet. Arvist sah eine Parfumflasche. Er nahm sie und roch dran. Der Duft gefiel ihm. Als er das Bad verließ, schlief Lozen. Arvist schaltete den Fernseher aus.

Sie schliefen bis zum Mittag und fuhren nach dem Frühstück durch die Gegend, um sich die Zeit zu vertreiben. Um 6 P.M. standen Lozen und Arvist an der Theke des The Hole und warteten auf Culling. Der Eisenwarenhändler erschien gegen sieben. Er schüttete sich und seinen Gästen einen Four Roses ein.

»Ihr wisst, das Alkoholverkauf in Harlan County eigentlich verboten ist, oder?«, fragte Culling.

»Wir wissen das«, sagte Lozen

Culling grinste. Sie stießen an.

»Haben sich Billy Rays Brüder schon gemeldet?«

»Bisher nicht.«

»Gut für euch.«

Culling trank den Whiskey und schüttete sich einen zweiten ein.

»Die Sache sieht folgendermaßen aus«, sagte der Eisenwarenhändler, »ihr tut mir einen Gefallen und bekommt dafür die Unterlagen, um sie zu kopieren.«

»Was für einen Gefallen?«, fragte Lozen.

»Ein neuer Kunde. Von außerhalb. Hat eine umfangreiche Bestellung gemacht. Ich befürchte, wenn ich meine Angestellten schicke, die alles andere als kultiviert und eher rau im Umgang sind, könnte der Kunde Angst bekommen und abspringen. Bei euch bin ich mir sicher, dass ihr den richtigen Ton trefft.«

»Um was für eine Bestellung handelt es sich?«, fragte Lozen.

»Ist das wichtig?«

»Ja.«

Culling zog einen Joint aus der Brusttasche.

»Wir sind keine Drogenkuriere«, sagte Lozen.

»Es geht um Marihuana.«

Lozen sah zu Arvist. Er nickte. Es ging um sein Leben. Wenn der Transport von Marihuana half, warum nicht. Vielleicht fielen ein paar Gramm für ihn ab.

»Wir machen es«, sagte Arvist. Lozen schwieg.

»Sehr schön.«

»Wer ist der Kunde und wo befindet er sich?«, fragte Lozen.

Culling gab ihnen Namen und Adresse und führte sie zu einem blauen SUV, der mit vier Plastiksäcken voll Gras beladen war.

»Passt auf die Cops auf«, sagte Culling.

Lozen und Arvist ließen den Dodge stehen, stiegen in den SUV und fuhren los. Nick würde sie für verrückt erklären, wenn er erführe, dass sie Marihuana transportierte. Zu Recht. Lozen fragte sich, warum sie das zugelassen hatte.

»Was, wenn uns der Sheriff stoppt?«, fragte Lozen.

»Ich finde, Marihuana sollte längst legal sein.«

»Darum geht es nicht. Der Transport ist entweder ein Test oder eine Falle. Sheriff Clarkson könnte hinter der nächsten Ecke lauern, uns stoppen und wegen Drogenbesitz und Transport verhaften. Der neue Kunde könnte ein Psychopath oder ein Konkurrent aus der Stadt sein und uns erschießen, weil er uns für Laufburschen von Culling hält.«

Arvist wusste nicht, was er sagen sollte.

31.

Wenn es mit der Präsidentschaft nichts würde, könnte er ins Fernsehgeschäft einsteigen. Farossi stand in der Regie der Late Night Show von Raymond Nigby und war zufrieden mit dem Kandidaten. Er sah gut aus, zeigte sich schlagfertig, machte gute Witze, war unterhaltsam und doch seriös, kurz gesagt, er verkaufte sich ausgezeichnet. Das gelang wenigen Politikern, wenn sie einen Ausflug ins Showbiz wagten, um sich dem gemeinen Volk anzudienen. Adam A. Kettle besaß die Talente eines Entertainers und die Kamera liebte ihn. Farossi überlegte, wie er diesen Umstand stärker nutzen konnte.

Der Wahlkampfmanager besaß die Fähigkeit, sich auf die Situation zu konzentrieren, in der er sich gerade befand. Er war während der Aufzeichnung nicht der Jäger von Lozen Graham und Arvist Bunger, nicht der Auftraggeber von Helen Kyvig, er war der Wahlkampfmanager, der den Kandidaten zu einem wichtigen TV-Auftritt begleitete. Diese Fähigkeit war für einen Mann in Farossis Gewerbe unerlässlich. In einem

Wahlkampf gab es ständig neue Schwierigkeiten, die man bewältigen musste. Der Job verlangte einen Strategen, der vorausdachte und gleichzeitig ein Improvisationskünstler war, der spontan auf jede Situation reagieren konnte. Würde er diese Fähigkeiten nicht besitzen, er wäre ein nervliches Wrack. Farossi hatte diese Fähigkeiten trainiert.

Farossis Smartphone vibrierte. Eine SMS von Helen Kyvig: Die Lokalnachrichten in St. Louis melden einen tragischen Unfall. Farossi war erleichtert. Endlich gab es eine Erfolgsmeldung. Der Wahlkampfmanager warf einen Blick auf die Monitore. Adam A. Kettle nahm eine Herausforderung zum Armdrücken von Moderator Nigby an.

Farossi nahm sein Smartphone und suchte im Netz nach lokalen Fernsehstationen im Umkreis von St. Louis und wählte eine aus. Kyvig hatte es in die Hauptnachrichten geschafft. Aufgeteilt in die einzelnen Beiträge stand die Sendung bereits auf der Homepage des Senders. Farossi sah das Bild eines Wohnmobils, das aus dem Mississippi gezogen wurde. Er setzte Kopfhörer auf. Tippte mit dem Finger auf den Pfeil im Zentrum des Bildes. Der Beitrag wurde abgespielt. Eine 83-jährige Rentnerin aus New York City war mit ihrem Wohnmobil von der Straße abgekommen und in den Mississippi gefahren. Sie und ihre 33-jährige Enkelin ertranken. Die Polizei legte sich nicht fest, ob menschliches oder technisches Versagen die Ursache für den tragischen Unfall war. Farossi war zufrieden. Sehr zufrieden. Er hatte das erste Mal das Gefühl, dass er die Angelegenheit unter Kontrolle bekam.

Die Bildmischerin gab ein erstauntes Geräusch von sich. Farossi schaute auf die Monitore. Er sah das Replay des beendeten Wettkampfes. Adam A. Kettle schlug Nigby beim Armdrücken. Der Moderator galt als Fitnessfreak. War früher ein Turner gewesen. Sportliche Herausforderungen gehörten zu seiner Show. Das Armdrücken war auf der Sendungsseite angekündigt worden. Die User durften vorab einen Tipp abgeben, wer gewinnen würde. Das Ergebnis war 81 zu 19 für Nigby.

Die Zuschauer wussten nicht, dass der Kandidat jeden Morgen eine Stunde lang Gewichte stemmte. Schwere Gewichte. Dazu trank er einen Cocktail aus Aminosäuren und Kreatinen. Weil Adam A. Kettle ein Kraftsportler war, hatte Farossi das Armdrücken akzeptiert. Er ging ins Internet und schrieb auf die Facebook- und die Twitter-Seite des Kandidaten: Yeah, hab Nigby beim Armdrücken geschlagen! Farossi machte das öfters. Adam A. Kettle hatte nicht die Zeit, selber die Einträge zu schreiben.

Die bekannte Popsängerin Cheryl Kit betrat in einem Hauch von Nichts das Studio und setzte sich zu Adam A. Kettle und Moderator Nigby. Sie erzählte Belanglosigkeiten über ihre Tour durch Europa. Farossi überkam die Angst, dass der Kandidat sich animiert fühlen könnte, von Deutschland zu erzählen. Er tat es nicht. Der Wahlkampfmanager war erleichtert. Cheryl Kit sang zum Abschluss der Sendung ihren aktuellen Hit. Farossi schrieb auf Kettles Facebook- und Twitter-Seite:

Cheryl Kit ist eine tolle Musikerin; Nigby ein intelligenter Moderator. Ich habe Spaß.

Im Anschluss an die Aufzeichnung gaben Nigby und seine Gäste dem Studiopublikum Autogramme. Über diese Bilder würde bei der Ausstrahlung am späteren Abend der Abspann der Sendung laufen. Popstar, TV-Star, Volksnähe, Farossi war zufrieden. Der Kandidat auch. Er war aufgedreht, als er in die Limousine stieg. Farossi setzte den Kandidaten am Hotel ab und schickte den Fahrer nach Hause. Vor Aufzeichnung der Fernsehsendung hatte er eine Nachricht von Jack Manusco erhalten: Mach einen Ausflug zum Maryland Public Television Tower in Crownsville. Sei gegen 8 P.M. da. Am Ende der Nachricht stand das veraltete Smiley-Emoticon. Manusco war auf dem Weg nach Harlan County. Dort lebte ein Nachfahre vom deutschen Nazi Billigmeier, dem dieser Thiele viele Seiten seines Lebensberichtes gewidmet hatte. Der FBI-Mann vermutete, dass die Graham ebenfalls auf dem Weg nach Kentucky war.

Farossi ging eine nichtssagende Straße entlang, vorbei an Fast-Food- Filialen, die Burger und frittierte Hähnchenteile anboten, an Autohändlern und einstöckigen Bürogebäuden. An diesem Tag schmerzte das Bein kaum. Fußgänger gab es keine. Auf der Straße herrschte durchschnittlicher Verkehr. Farossi betrat einen McDonalds, bestellte einen Hamburger, Pommes und einen Vanille-Shake, setzte sich auf einen Fensterplatz, von dem er die Straße und die Einfahrt zum Drive Inn beobachten konnte. Ein blauer Ford, ein grauer, alter BMW, ein silbergrauer Ford-F Pickup – nichts Auffälliges bei den Fahrzeugen. Farossi schaute zur Straße und entdeckte ebenfalls nichts Ungewöhnliches. Wenn man Ärger mit einem Phantom, wie Becker hatte, sollte man damit rechnen, verfolgt zu werden. Wenn man einen Job wie Farossi hatte, sollte man grundsätzlich davon ausgehen, dass man verfolgt wird.

Farossi aß auf, verließ das Fast-Food- Restaurant und ging Richtung Parkhaus. Zu Fuß gehen, war seine

Methode, Verfolger zu entdecken. Niemand rechnete damit. Außerhalb der Stadtzentren ging kein Mensch zu Fuß. Allein die Idee war unamerikanisch. Würde ihm jemand folgen wollen, müsste der aus dem Auto steigen und hinter ihm her gehen. Das hätte sofortige Entdeckung zur Folge. Im Auto sitzen zu bleiben, machte es auch nicht besser. Es war schwierig, einen Fußgänger mit einem Wagen zu verfolgen. Deshalb behielt Farossi, trotz des kaputten Beines, die Strategie bei.

Kurz nachdem er das McDonalds-Restaurant verlassen hatte, bemerkte Farossi die Verfolger. Es war der Pickup, den er aus dem Drive Inn heraus gesehen hatte. Er fuhr langsam, zu langsam, blieb stehen, verschwand aus Farossis Gesichtsfeld, tauchte wieder auf. Farossi bog in eine schmale Querstraße, zog sein Smartphone, stellte die Kamerafunktion ein, klickte auf das Symbol mit der stilisierten Kamera und den zwei Pfeilen, wodurch er selbst im Sucher erschien. Dadurch konnte er sehen, was hinter ihm passierte. Er hatte 200 Meter zurückgelegt, als der Pickup in die Querstraße einbog. In Farossis

Manteltasche befand sich eine Smith and Wesson 5906, eine der offiziellen Pistolen der New Yorker Polizei. Sie hatte keine Registrierungsnummer. Ein Kumpel von Farossi hatte sie bei der Herstellungsfirma besorgt.

Ein Pfad zwischen zwei Grundstücken ging von der Querstraße ab. Farossi bog ab und versteckte sich hinter einem mannshohen Müllcontainer. Er hört den Motor des Pickup. Das Motorgeräusch erstarb. Türen wurden geöffnet und geschlossen. Die Insassen stiegen aus. Farossi hörte die Schritte. Seine Verfolger sprachen nicht. Farossi zog die Pistole und atmete tief durch. 1000, 2000, 3000, durchatmen. Die Schritte kamen näher. Farossi drückte die Pistole, die er mit beiden Händen hielt, an die Brust. Die Schritte stoppten. Keine Frage, sie standen an der Stelle, wo der Pfad die Querstraße verließ, sahen ihre Zielperson nicht, dafür den Müllcontainer und Zäune, über die ihre Zielperson hätte springen können. Zwischen Müllcontainer und Zaun gab es einen Spalt, in den sich Farossi quetschte. Er schob sich am Müllcontainer entlang auf die Verfolger zu, die auf der anderen Seite des Containers in die entgegengesetzte Richtung gingen. Farossi gelangte in ihren Rücken.

Er beurteilte die Verfolger: zwei Weiße mit Revolvern. Kein Geheimdiens. Irgendetwas Privates. Cops oder Soldaten jenseits ihrer Höchstleistung. Farossi stand hinter den Männern. Er überlegte, ob er ein Exempel statuieren sollte. Von seiner Position aus konnte er beiden ohne Risiko eine verpassen: dem Kleineren eine Kugel ins rechte oder linke Knie. Er würde ohnmächtig zusammenbrechen. Dem Größeren könnte er in die rechte Schulter schießen. Er würde wach bleiben, damit Farossi ihm drohen konnte.

Farossi entschied sich anders, als er einen Blick in den Pickup warf und sah, dass der Schlüssel steckte und der Motor lief. Amateure, dachte er. Farossi sprang in den Wagen. Als er Gas gab, wirbelten die Verfolger herum. Farossi winkte ihnen zu und fuhr zum Maryland Public Television Tower.

Farossi parkte das Fahrzeug zwei Meilen vom Fernsehturm entfernt und ging trotz Schmerzen im Bein zu Fuß zum Tower. Ein schlaksiger Typ im schwarzen T-Shirt sprach Farossi an, als er das Ziel erreicht hatte.

»Sie kommen spät, Mann«, sagte der Typ. Er trug einen Ziegenbart.

»Sie sind wer?«

»Ich arbeite für Manusco.«

Farossi fand es leichtsinnig, in dieser Angelegenheit einen Außenstehenden einzusetzen. Aber er hatte Manusco keine eindeutigen Befehle in diese Richtung erteilt. Selbst schuld.

»Was mache ich hier?«

Der Ziegenbart zeigte nach oben auf den Fernsehturm. Zwei Gestalten standen auf der Spitze.

»Becker und ein Kumpel. Becker ist der in Blau«, sagte der Ziegenbart.

»Wie hoch ist der Fernsehturm?«

»Über 1000 Fuß.«

Farossi nahm sein Smartphone und filmte. Becker zog eine Brille auf. Der Kumpel klopfte ihm auf die Schulter.

Becker nahm einen Schritt Anlauf und sprang vom Turm. Die Arme fast gerade nach außen, die Beine leicht angewinkelt. Der Sprung sah ruhig und professionell aus. Bis Becker versuchte, den Schirm zu öffnen, und es nicht klappte. Der Fall wurde unruhig. Er geriet ins Trudeln. Verdammt, ich hab doch Manusco gesagt, dass er nicht abkratzen soll, dachte Farossi, während er filmte.

Endlich gelang es Becker, den Schirm zu öffnen. Er wurde nach oben gerissen. Der Wind trieb ihn weg vom Turm. Er war zu schnell und am falschen Ort. Er krachte in einen Baum. Die Äste bremsten den Fall. Der Fallschirm blieb hängen. Kurz bevor auf den Boden schlug, stoppte er Beckers Fall. Er knallte gegen den Stamm und blieb ohnmächtig im Baum hängen.

»Mindestens eine schwere Gehirnerschütterung und gebrochene Rippen«, schätzte der Ziegenbart.

Farossi stoppte die Aufnahme und bedankte sich für die prompte Arbeit.

»Keine Ursache.«

Der Ziegenbart verabschiedete sich, setzte sich auf ein verrottetes Quad und fuhr davon. Farossi rief sich ein Taxi. Während er wartete, postete er das Video von Beckers Absturz auf verschiedenen Internet-Videoportalen.

Noch während der Fahrt ins Büro meldete eine regionale Radiostation, dass ein Base-Jumper sich bei einem Sprung vom Maryland Public Television Tower schwer verletzt habe. Er soll eine Gehirnerschütterung, Rippenprellungen und einen Beckenbruch erlitten haben. Die Ärzte hätten ihn in ein künstliches Koma versetzt. Der Name des Springers wurde nicht genannt. Als Ursache des Unfalls wurde ein Defekt des Fallschirms genannt, der sich zu spät geöffnet hätte. Es wäre der zweite Base-Jumper in diesem Jahr, der sich bei einem Sprung von dem Turm verletzt habe.

Farossi schrieb eine kurze SMS an Manusco: Becker ist raus. Manuscos Antwort lautete: Hast du daran gezweifelt? Der Quad-Fahrer ist ein Profi. Grüße aus Kentucky.

32.

Der Mann saß im Schatten auf einem Baumstamm, der neben einer Holzschranke lag. Cowboy-Hut, braunes Hemd, Bluejeans, braune Stiefel. Er rauchte und betrachtete gelangweilt den SUV, der die Straße hochgefahren kam. Der Wagen hielt.

Lozen und Arvist stiegen aus. Der Mann auf dem Baumstamm zog erstaunt die linke Augenbraue hoch.

»Wir kommen von Culling«, sagte Arvist.

»Ihr seid nicht von hier«, stellte der Mann auf dem Baumstamm fest.

»Das stimmt«, sagte Lozen.

»Ich wusste nicht, dass Culling Leute von außerhalb anheuert.«

»Eine Ausnahme.«

Der Mann nahm einen letzten Zug, drückte die Zigarette auf dem Baumstamm aus und warf sie auf die Straße, wo bereits mehrere Kippen lagen. Er stand gemächlich auf und öffnete die Schranke. Lozen und Arvist sahen die 22er, die hinten in seinem Hosenbund steckte. Sie gingen zurück zum SUV, stiegen ein und fuhren durch die Schranke. Der Mann schloss die Schranke, setzte sich auf den Baumstamm und zog ein Mobiltelefon aus der Brusttasche seines Hemdes.

Eine halbe Meile fuhren Lozen und Arvist auf der nicht asphaltierten Straße durch einen Wald, der Arvist extrem grün vorkam.

»Typisch für Kentucky«, sagte er. Arvist hatte gegoogelt: Walnuss, Eiche, Birke und Ahorn bei den Laubbäumen, Kiefern und Zedern bei den Nadelbäumen.

»Vielleicht hängen wir bald an einem dieser Bäume«, sagte Lozen.

Sie erreichten eine Lichtung. Im Zentrum stand ein seltsames Holzhaus mit Spitzdach. Es schien, als wäre zuerst eine Garage da gewesen, auf die der Wohnbereich draufgesetzt worden war. Eine Treppe führte nach oben zum Hauseingang. Der Wohnbereich war größer als die Garage. Auf der rechten Seite wurde er von Holzbalken gestützt. Arvist fiel die Satellitenschüssel auf, die auf dem Dach angebracht war. Drei Männer saßen vor dem Haus an einem Tisch unter einem Schirm und spielten Karten. Etwas abseits lag ein vierter Mann auf einer Hollywood-Schaukel und schaute Fernsehen. Das Gerät stand auf einem Hocker.

Die Spieler legten die Karten weg, als Lozen und Arvist aus dem Wagen stiegen. »Culling schickt uns«, sagte Arvist.

»Ihr seid nicht von hier«, sagte einer der Kartenspieler, ein Typ mit Baseball-Cap, Dreitagebart, fettigen Haaren, der Jeans und T-Shirt trug.

»Wie kommen Sie darauf?«, fragte Lozen.

»Seit wann heuert Culling Leute von außerhalb an?«

»Eine Ausnahme.«

Der Mann auf der Hollywoodschaukel stand auf und marschierte auf die Stiftungsangestellten zu. Er trug ein hellblaues Hemd, die Ärmel hochgekrempelt. Dazu eine dunkelblaue Bundfaltenhose mit scharfer Bügelfalte und dunkelblaue Mokassins. Er passte nicht zu den kartenspielenden Hillbillys. Fast hätte Lozen gefragt, ob er nicht von hier wäre.

Arvist begrüßte den Ankömmling.

»Interessanter Akzent«, sagte der Mann von der Hollywoodschaukel. Seiner war der von Kentucky.

»Ich komme aus Deutschland«, sagte Arvist.

»Ich wollte schon immer mal das Oktoberfest besuchen.«

»Das sind die Schwuchteln, die Billy Ray sucht«, sagte ein zweiter Kartenspieler. Er war dürr. Das karierte Hemd und die abgewetzte Jeans hingen wie eine Flagge an einem Flaggenmast an seinem ausgemergelten Körper.

»Warum sucht er euch?«, fragte der Mann von der Hollywoodschaukel

»Er kann seine Hände nicht bei sich behalten«, sagte Lozen.

»So ist er – unser Billy Ray.«

»Die Tussi hat ihn vermöbelt«, sagte der Dürre, »ich hab`s gesehen. Sie hat ihm den Arm gebrochen.«

»Billy Ray ist nachtragend.«

»Anscheinend. Denn das erklärt uns jeder, den wir treffen«, sagte Lozen.

»Im Wagen finden Sie Ihre Bestellung«, sagte Arvist. Er hatte genug vom Gerede über Billy Ray.

Der Mann von der Hollywoodschaukel machte eine nickende Kopfbewegung zu den Kartenspielern. Der Dürre ging zum SUV und zog die Säcke mit Marihjuana aus dem Wagen.

»Nur vier«, sagte der Mann von der Hollywoodschaukel, »ich hatte acht bestellt.«

»Wir sind nur die Lieferanten«, sagte Lozen.

Der Mann von der Hollywoodschaukel ging zurück zur Hollywoodschaukel. Neben dem Fernseher lag sein Jackett. Er holte ein Smartphone aus der Seitentasche und rief jemanden an.

Lozen zog Arvist zurück zum Wagen.

»Hey, bleibt, wo ihr seid. Walton hat nicht gesagt, dass ihr abhauen könnt«, sagte der Typ mit dem Baseball-Cap.

Lozen ignorierte ihn und schob Arvist in den Wagen. Als

sie zu den Kartenspielern blickte, hatte der Dritte, ein Koloss im Tank Top, eine Glock 17 in der Hand und zielte auf sie.

»Was für ein Problem haben die?«, fragte Arvist.

»Keine Ahnung«, sagte Lozen.

Sie zog ihr Smartphone heraus, ging ins Internet, gab die Suchbegriffe Walton, Kentucky, Drogen ein. Bei Suchergebnis 8 wurde sie fündig.

»Walton Bowman. Kommt aus Harlan County. Ging vor Jahren nach Miami. Ist im Drogengeschäft. Vor drei Jahren wurde er geschnappt, landete im Knast, kam vor einem halben Jahr raus. Auf Bewährung. Ich vermute, er will zurück ins Geschäft, indem er eine geschäftliche Verbindung zwischen der neuen und alten Heimat herstellt«, sagte Lozen, »und dies ist sein erster Deal mit Culling.«

»Und Culling schickt uns, weil er dem Rückkehrer nicht traut. Auf diese Weise riskiert er nicht seine eigenen Leute.«

Lozen zog Handschuhe mit abgeschnitten Finger an. Dann holte sie den Schlagring aus der Jackentasche.

»Meinst du das ist nötig?«

»Die fahren `ne Scheiß-Hillbilly-Macho-Nummer. Ich bin sicher, es ist nötig.«

Der Mann von der Hollywoodschaukel winkte sie zu sich. Lozen und Arvist stiegen aus dem SUV. Sie gingen zu ihm. Lozen hatte die Hand mit dem Schlagring in der Hosentasche. Die Kartenspieler folgten ihnen. Der Koloss hatte die Glock weggesteckt.

»Ich habe mit meinem Freund Henry gesprochen. Er hat mir versichert, dass es sich nur um ein Missverständnis handelt. Boyd, gib unseren Gästen das Geld.«

»Bist du sicher, Walton?«, fragte der Koloss.

Bevor der Walton Bowman antworten konnte, hatte Lozen dem Koloss mit dem Schlagring ins Gesicht geschlagen. Stöhnend wankte der Riese zurück. Seine rechte Hand ging zur Glock, die im Gürtel steckte. Lozen verpasste ihm einen Tritt gegen das Knie. Es gab ein knackendes Geräusch. Der Koloss sackte zusammen. Er dachte nicht mehr daran, die Waffe zu ziehen. Lozen verpasste ihm ein halbes Dutzend Schläge ins Gesicht. Mit einem Kick gegen die Schläfe knockte sie ihn out. Bevor er auf dem Boden aufschlug, hatte Lozen die Pistole aus dem Gürtel gezogen.

»Ich mag die alte Glock 17. Erinnert an die wilden 80er-Jahre«, sagte sie und steckte sie in den Hosenbund.

»Billy Ray hat wirklich die falsche Tussi angegraben«, sagte der Dürre.

Walton Bowman lachte.

Bowman schickte den Typ mit dem Baseball-Cap ins Haus, um eine Flasche Whiskey und das Geld zu holen. Der Dürre holte vom Kartentisch eine Plastikflasche Wasser und schüttete es dem Koloss ins blutige Gesicht. Stöhnend kam der Schläger zu sich.

»Warum arbeitet ihr für Culling?«, fragte Bowman, während sie auf den Whiskey warteten.

»Teil eines Deals«, sagte Lozen.

»Leute wie euch könnte ich gut in Miami gebrauchen.«

»Danke fürs Angebot, aber wir haben einen Job.«

»Meldet euch, wenn sich das ändert.«

Der Koloss humpelte stöhnend ins Haus.

Der Typ mit dem Baseball-Cap brachte den Whiskey, Gläser und das Geld. Bowman gab Lozen den Rucksack mit dem Geld. Sie öffnete ihn und schaute rein.

»Ich zähle nicht nach«, sagte sie.

Bowman schenkte den Whiskey ein und sie stießen an.

»Kentucky ist schön«, sagte Bowman, »ich hätte nie weggehen sollen.«

»Auf Enid Yandell und David W. Mack«, sagte Arvist.

Bowman blickte ihn fragend an.

»Yandell hat die Daniel-Boone-Statue in Louisville gemacht und Mack ist der Schöpfer des bekannten Comics Kabuki.«

»Tatsächlich? Wusstet ihr, dass George Clooney aus Kentucky kommt?«

»Wie auch Ned Beatty, Ashley Judd, Jennifer Lawrence, Victor Mature, Charles Napier und Warren Oates«, sagte Arvist.

»Hey Jungs, hättet ihr so viele Hollywood-Stars aus Kentucky gekannt?«, fragte Bowman in die Runde und schüttete eine zweite ein. Als sie anstoßen wollten, klingelte das Telefon des Dürren. Er ging dran. Sekunden später schrie er: »Das war Matt an der Schranke. Die Scheißbullen kommen.«

Lozen nahm den Rucksack mit dem Geld und rannte los. Arvist folgte ihr. Sie liefen am Haus vorbei in den Wald, der dahinter lag. Sie hörten, wie hinter ihnen Autos angerast kamen und anhielten. Lozen und Arvist liefen ins Gehölz. Lozen warf sich auf den Boden. Arvist folgte ihrem Beispiel. Sie blickten zurück zum Haus. Zwei Polizeiwagen und zwei schwarze Audis standen vor dem Haus von Bowman. Uniformierte und Polizisten in Zivil stiegen aus. Lozen erkannte Sheriff Clarkson. Walton Bowman und die Kartenspieler wurden abgeführt und die Marihuana-Säcke in die Wagen geworfen.

Ein Pickup kam zum Haus gefahren. Ein älterer Herr mit Bibermütze stieg aus und holte Hunde aus dem Wagen. Große, schwarze, fiese, muskulöse Tiere.

»Scheiße«, sagte Lozen.

Sie sprang auf und lief los.

»Ruhig. Nicht zu schnell«, sagte sie zu Arvist, »wenn man verfolgt wird, ist zu schnell ein fataler Fehler. Halte deinen Verfolger auf Distanz. Versuch nicht, ihn auf den ersten 100 Metern abzuhängen. Er könnte ausdauernder sein als du.«

Während Lozen lief, rief sie auf ihrem Smartphone einen Geländeplan auf. Er baute sich schleppend auf. Scheißhinterland, dachte sie. Lozen und Arvist hörten das Hundegebell hinter sich. Sie rannten durch den Wald. Die Schwüle setzte Arvist zu. Die Beine wurden schwer, die Lunge brannte. Kiffer eignen sich nicht für Olympia, dachte der Deutsche.

Lozen blickte aufs Display des Smartphones. Es war weiterhin im Aufbaumodus. Das Hundegebell kam näher.

Die Landkarte erschien auf dem Display. Lozen analysierte sie.

»Nach links«, sagte sie.

Lozen und Arvist bogen ab.

»Eine halbe Meile«, sagte Lozen, »dann haben wir es geschafft.«

Sie zogen das Tempo an. Es ging ein Stück bergauf, vorbei an Eichen und Birken. Arvist keuchte. Sie gelangten zu einer Wiese, die sie schnell überquerten. Lozen und Arvist passierten einen Trampelpfad, brachen durchs Unterholz und gelangten in ein weiteres Waldstück. Schließlich standen sie vor einem Fluss.

»Hunde können im Wasser keine Spuren verfolgen«, sagte Lozen.

»Springen?«

Lozen nickte. Sie sprangen in den Fluss und ließen sich von der Strömung tragen.

»Wohin treiben wir?«, fragte Arvist.

»Richtung Cumberland«, sagte Lozen.

Nach 50 Minuten schwammen sie ans Ufer. Sie liefen eine Viertelmeile durch den Wald, bis sie zu einem alten Bergwerksstollen kamen. In dem warteten sie, bis es dunkel wurde. Dann machten Lozen und Arvist sich auf den Weg. Sie marschierten querfeldein. Vermieden Straßen. Die Strecke war hügelig und führte sie großteils durch Waldgebiet. Arvist hätte sich nach einer Meile verlaufen, aber Lozen bewegte sich zielstrebig durch die Dunkelheit und zeigte keine Zweifel, dass sie die richtige Richtung eingeschlagen hatten. Sie orientierte sich mithilfe des Smartphones und des Sternenhimmels. Hat sich bestimmt schon durch Dutzende Dschungel und Wüsten dieser Welt gekämpft, dachte Arvist.

Nach einem dreistündigen Fußmarsch erreichten sie, ohne auf Polizei zu treffen, das The Hole. Leise Musik drang nach draußen. Arvist war erschöpft. Lozen schien der Marsch nichts ausgemacht zu haben. Der Dodge Charger stand auf dem Parkplatz der Bar. Sie stiegen in den Wagen und fuhren zum Motel.

Als sie aus dem Wagen gestiegen waren und zu ihrem Zimmer gingen, löste sich eine Gestalt aus der Dunkelheit.

»Guten Abend«, sagte Sheriff Clarkson.

»Guten Abend, Sheriff«, sagte Lozen, »was verschafft uns die Ehre?«

»Wo waren Sie heute Nachmittag?«, fragte der Sheriff.

»Wir sind durch die Gegend gefahren«, sagte Lozen.

»Wo, wenn ich fragen darf?«

»Wir sind nach Harlan gefahren. Von da weiter Richtung Corbin und dem Daniel Boone National Forrest.«

»War's schön?«

»Absolut«, sagte Arvist.

»Haben Sie Zeugen, die Ihre Aussage belegen können?«

»Nein«, sagte Lozen.

»Kein Tankwart, keine Kellnerin?«

»Der Tank war voll und wir hatten Essen dabei.«

Der Polizist zündete sich mit einem Streichholz eine Zigarette an und sah Lozen und Arvist misstrauisch an.

»Was ist der Grund für Ihren Besuch, Sheriff?«, fragte Lozen.

»Wir haben am Nachmittag aufgrund eines anonymen Tipps einen Drogendeal platzen lassen und ich meine, ich hätte zwei Gestalten in den Wald laufen sehen, die mich irgendwie an Sie erinnert haben.«

»An uns?«, sagte Arvist.

»Was haben wir mit einem Drogendeal zu tun? Sie wissen, warum wir in Harlan County sind«, sagte Lozen.

»Diese seltsame Geschichte mit dem Dokumentarfilm. Ich habe es nicht vergessen. Konnte Culling Ihnen helfen?«

»Wir stehen in Verhandlung«, sagte Lozen.

»Und Sie sind sicher, dass Sie zwischendurch nicht einen kleinen Auftrag für Culling erledigt haben?«

»Sheriff, es klingt so, als müssten wir einen Anwalt hinzuziehen.«

Der Sheriff zog an seiner Zigarette.

»Haben Sie keinen Drogenhändler festgenommen, der Ihnen weiterhelfen könnte?«, fragte Lozen.

»Wir haben vier Typen verhaftet. Drei von ihnen kommen aus der Gegend. Die sagen kein Wort.«

»Also, Sheriff, ist das Verhör beendet«, fragte Lozen.

»Wie lange bleiben Sie in Harlan?«

»Bis wir mit Henry Culling handelseinig sind.«

»Ich hoffe, das ist bald. Einen schönen Abend.«

Sheriff Clarkson nickte Lozen und Arvist zu und schlenderte zum schwarzen Audi, der vor dem Hauptgebäude des Motels parkte.

Lozen schloss das Motel-Zimmer auf, trat ein, warf das Jackett und den Rucksack mit dem Geld aufs Bett, schaltete mit der Fernbedienung den Fernseher an, es lief erneut eine alte Folge der Horror-Zombie-Serie The Walking Dead, nahm die Flasche Four Roses vom Nachttisch, legte sich aufs Bett und nahm einen tiefen Schluck aus der Flasche. Lozen war wütend. Culling hatte sie reingelegt. Keine Frage. Das Warum konnte sie nur vermuten: Er wollte den Neuling Bowman aus Miami nicht in sein Gebiet lassen. Von vorneherein plante er, den Deal platzen zu lassen, indem er die Polizei informierte. Als sie und Arvist aufgetaucht waren, sah er die Gelegenheit, die Nummer durchzuziehen, ohne eigene Leute zu opfern. Lozen ärgerte sich über ihre Abenteuerlust. Sie war ein gottverdammter Adrenalinjunkie, dsd für den Kick sogar für einen Drogendealer arbeitete.

Nachdem er im Bad gewesen war, legte sich Arvist aufs Bett neben sie. Sie reichte ihm die Flasche. Er trank. Eine Weile starrten sie auf den Fernseher. Es lief immer noch The Walking Dead. Einer der Helden stieß ein Messer in den Schädel eines Zombies.

»Und jetzt?«, fragte Arvist.

»Wir besorgen uns das gottverdammte Buch und machen Culling fertig«, sagte Lozen.

33.

Henry Culling war ein Frühaufsteher. Pünktlich um 8.30 Uhr öffnete er die Eisenwarenhandlung. Sie lag an der Ecke Main Street und Central in Harlan City, in einem Backstein-Gebäude. Um 8.45 Uhr schlurfte Cullings Helfer in die Eisenwarenhandlung. Eine abgewrackte Gestalt mit Vollbart, die einen abgewetzten Anzug trug. Seit 8 Uhr parkten Lozen und Arvist vor dem Laden.

Sie stiegen aus dem Wagen, überquerten die Straße und betraten das Geschäft. Culling verzog keine Miene. Die Eisenwarenhandlung bestand aus einem lang gezogenen Raum. An den Wänden hingen die verschiedensten Dinge. Von einer Motorsäge über einen Rasenmäher bis zur Sense. Eine Regalwand teilte den Raum in zwei Hälften. Gegenüber vom Eingang befand sich die Verkaufstheke mit integrierten Vitrinen, in denen Hammer, Schraubenzieher und anderes Handwerkszeug besonders gefragter Marken auslagen.

»Ah, meine Freunde, die Dokumentarfilmer. Wie schön, dass Sie die Cops nicht erwischt haben.«

Lozen warf den Rucksack auf die Vitrine.

»Ihr Geld. Wo sind die Unterlagen?«, fragte sie.

Culling nahm den Rucksack, öffnete ihn und schaute hinein.

»Die Unterlagen? Die könnt ihr am Abend in der Bar abholen.«

»Okay.«

Lozen und Arvist verabschiedeten sich und verließen die Eisenwarenhandlung.

Um Punkt 17 Uhr schlossen Culling und sein Gehilfe das Geschäft. Nur eine Handvoll Kunden hatte an diesem Tag die Eisenwarenhandlung besucht. Culling schlenderte zu einem dunkelroten Pickup, den er in einer Nebenstraße geparkt hatte. Er stieg ein und fuhr los. Lozen und Arvist, die den Tag über die Pfandleihe nicht aus den Augen gelassen hatten, folgten ihm. Culling fuhr aus der Stadt Richtung Kingdom Come Drive, den er eine Meile entlangfuhr. Vor einem unscheinbaren Haus parkte er, ging hinein, kam kurz darauf mit einer Plastiktüte in der Hand raus, stieg in den Wagen und fuhr weiter.

»Ich würde sagen, in dem Haus wohnt unser Freund und in der Tüte sind die Aufzeichnungen von Billigmeier«, sagte Lozen. Arvist nickte zustimmend.

Culling fuhr weiter den Kingdom Come Drive entlang. Nach einer weiteren Meile bog er auf einen Waldweg. Lozen verringerte das Tempo und folgte ihm. Es war ein schöner Tag. Die Sonne schien. Es war nicht zu schwül. Ein leichter Wind fuhr durch die grünen Bäume. Es roch nach Gras und trockenem Holz. Arvist hörte einen Singvogel.

»Da«, sagte Arvist und zeigte nach vorne. Durch die Bäume war Cullings Pickup zu erkennen. Lozen stoppte den Wagen. Sie sprang aus dem Auto und verschwand im Wald. Parallel zum Weg schlich Lozen zu Cullings Pickup. Im Idealfall war der Wagen nicht verschlossen und die Plastiktüte lag auf dem Beifahrersitz. Damit wäre eine weitere Begegnung mit Culling überflüssig. Der Gedanke gefiel Lozen. Sie war schon fast beim Wagen angekommen, als sie ein Husten hörte. Neben dem Wagen stand ein drahtiger Typ mit einer Schrotflinte. So viel zum Idealfall. Hinter dem Wächter, durch die Bäume, sah Lozen ein verrottetes Holzhaus. Sie war neugierig.

Lozen schlich sich zu der Ruine. Hitze und Nässe hatten das Holz verzogen. Lozen konnte durch die Bohlen ins Innere des Hauses blicken. Culling stand mit einem rothaarigen Typen in Latzhose in einem Raum und unterhielt sich mit ihm. Hinter ihnen befanden sich Tanks und Messingbehälter. Eine illegale Schnapsbrennerei, dachte Lozen. Der Blonde zapfte Moonshine in zwei Einmachgläser und reichte eines dem Eisenwarenhändler. Sie stießen an.

Als sie die Gläser geleert hatten, verschwand der Blonde und kam mit einer mit Schnapsflaschen gefüllten Holzkiste zurück, die er Culling gab. Lozen hatte genug gesehen und lief zurück zum Wagen. Sie fuhren den

Waldweg zurück und bogen auf den Kingdom Come Drive.

»Was jetzt?«, fragte Arvist.

»Er hat eine Schnapslieferung abgeholt. Er wird die Unterlagen in die Bar bringen.«

Als Culling das The Hole mit der Schnapskiste und der Plastiktüte betrat, saßen Lozen und Arvist an der Bar und nippten an einem Glas Four Roses.

»Ihr seid früh«, sagte der Eisenwarenhändler.

»Wir Deutsche sind weltberühmt für unsere Pünktlichkeit«, sagte Arvist.

»Ich hatte mal `ne Scheiß deutsche Kuckucksuhr und die ging vor.«

»Bestimmt eine Raubkopie.«

Culling ging zur Bar und gab dem Barkeeper die Kiste.

»Ihr solltet Harlan County verlassen. Die Buffetts suchen euch noch immer.«

»Die Unterlagen und wir sind weg«, sagte Lozen.

Culling warf ihr die Tüte zu. Sie schaute rein: vergilbte Briefe, zusammengebunden mit einem Faden, und drei Schreibhefte.

»Nicht vergessen: Ich will sie wiederhaben.«

»Wir kopieren alles und bringen es Ihnen dann wieder.«

»Das hoffe ich.«

Culling verschwand im Hinterzimmer. Lozen bestellte beim Barkeeper eine zweite Runde Whiskey.

»Dafür dass wir in einem trockenen County sind, trinken wir zu viel«, sagte Arvist.

»Wir sollten schnell austrinken«, sagte Lozen, »ich wette, Culling ruft die Buffetts.«

Sie kippten den Whiskey in einem Zug runter, verließen die Bar und setzten sich in den Wagen. Keine zehn Minuten später fuhr ein Pickup vor. Vier Männer stiegen aus. Einer trug einen Gipsarm. Es war Billy Ray. Sie gingen eilig in die Bar. Lozen ließ den Wagen an.

Eine halbe Stunde später hielten sie vor dem Haus von Henry Culling. Lozen brach die Tür auf. Sie schlenderte durchs Wohnzimmer. Ein plüschiger Teppich bedeckte den Boden. Darüber zu gehen, fühlte sich an, als ginge man auf einer weichen Matratze. Arvist blieb am Eingang stehen. Er wusste nicht, nach was Lozen in dem Haus suchte. Die Einrichtung war bescheiden: Ein durchgesessenes Sofa, ein durchgesessener Sessel, über beiden lag eine Decke. Auf dem Couchtisch standen leere Bierflaschen und ein halb voller Aschenbecher. Der neue, riesige Flachbildschirm mit Dolby Surround passte nicht in den schäbigen, verwohnten Raum.

»Warum sind wir hier?«, fragte Arvist.

»Es geht ums Prinzip«, sagte Lozen.

Sie gingen in die Küche. Der Herd wurde mit einer Gasflasche betrieben.

»Das macht es einfach«, sagte Lozen.

Sie riss den Verbindungsschlauch von der Gasflasche und ließ das Gas in den Raum.

Von der Küche führte eine Hintertür aus dem Haus in den Garten. Lozen und Arvist benutzten sie. Lozen stellte die Stoppuhr auf ihrem Telefon an. Nach fünf Minuten öffnete sie die Tür und warf ein brennendes Zippo-

Feuerzeuge in die Küche. Für Arvist ein Zitat aus Rambo 1. Es gab eine Explosion. Der Raum stand in Flammen. Lozen genoss den Anblick der sich ausbreitenden Flammen.

»Ist Rache ein professionelles Verhalten?«, fragte Arvist.

»Es geht nicht um Rache. Es geht um Respekt. Der hat Culling gefehlt.«

34.

Die Sonne ging unter, als Lozen und Arvist das Motel erreichten. Sie parkten vor ihrem Zimmer. Arvist nahm die Plastiktüte mit den Unterlagen. Als sie ihr Zimmer betraten, saß ein Mann im blauen Anzug auf dem Bett. Er hatte die Arme vor der Brust verschränkt. Lozen musterte den Mann. Sie erkannte ihn.

»Manusco.«

»Kennen wir uns?«

»Ich hab Sie mal zusammen mit Harvey gesehen.«

Der FBI-Mann zuckte mit den Schultern.

»Wie haben Sie uns gefunden?«, fragte Lozen.

»Der Sheriff dieser gottverlassenen Gegend hat ihre Namen überprüft. Offenbar haben Sie sich mit dem örtlichen Drogenproduzenten eingelassen. Das ist im FBI-Computer aufgetaucht. Inklusive der Hoteladresse. Der Rest war einfach.«

»Glück gehabt.«

»Ich glaube nicht an Glück.«

»Menschen, die glauben, alles unter Kontrolle zu haben, sind Träumer.«

»Als Träumer wurde ich noch nie beschimpft.«

Arvist hörte irritiert dem Gespräch zu. Manusco war Farossis Mann. Das bedeutete, er wollte nicht nur das Buch, sondern auch Arvists Leben. Der Dialog mit Lozen kam ihm wie ein Mexican Stand Off im Kino vor – wenn Helden und Schurken sich gegenseitig Waffen an den Kopf halten und es nicht klar ist, wer gewinnt, wenn abgedrückt wird. Verdammt, warum zog Lozen nicht ihre Waffe und erschoss den Kerl?

»Warum verstecken Sie Ihre Waffe? Glauben Sie, ich tue Ihnen den Gefallen und versuche, meine zu ziehen, damit Sie zumindest mich in Notwehr erschießen können?«, fragte Lozen.

Manusco grinste und öffnete die verschränkten Arme. In der rechten Hand hielt er eine kurzläufige 38er. Arvist schluckte schwer. Lozen zog die Glock des Kolosses aus dem Hosenbund und warf sie aufs Bett.

»Bitte die Unterlagen«, sagte Manusco.

»Wenn ich Ihnen sage, wo sie sind, gibt es keinen Grund für Sie, uns am Leben zu lassen.«

»Ich bin FBI-Mann, kein Killer.«

»Sie sind Harveys FBI-Mann.«

»Ich fange an, mich zu langweilen. Also: wo?«

Manusco richtete die Waffe auf Lozens rechtes Knie.

»Stopp«, sagte Arvist.

Er warf die Plastiktüte zum FBI-Mann. Dieser fing sie mit der linken Hand.

»Arvist, du bist ein Idiot«, sagte Lozen.

Manusco erhob sich vom Bett. Über dem Papierkorb schüttete er einhändig die Briefe und Hefte aus der Tüte. Die Waffe blieb auf Lozen gerichtet. Manusco nahm mit der linken Hand die Four-Roses-Flasche vom Nachttisch, schüttete den Whiskey über die Unterlagen, stellte die Flasche weg, entzündete ein Streichholz und warf ihn auf die alkoholgetränkten Briefe und Hefte. Das alte Papier brannte sofort.

»Interessiert Sie nicht, was drinsteht?«, fragte Arvist.

»Nein«, sagte Manusco. Dabei blickte er zum Deutschen.

Lozen nutzte die Unaufmerksamkeit, machte einen schnellen Schritt nach vorne und schlug Manusco die Waffe aus der Hand. Der FBI-Agent sprang zurück und stellte sich wie ein Boxer in Kampfposition. Lozen zog die HK P9S aus der Seitentasche der schwarzen Lederjacke. Manusco senkte die Arme.

»Schlampige Arbeit, G-Man«, sagte Lozen.

»Laut meinen Informationen tragen Sie nur eine Waffe.«

»Wenn ich ins Hinterland fahre, packe ich immer zwei ein. Man weiß ja nie.«

Manusco sagte nichts. Arvist ging zum Papierkorb, schüttete den Inhalt auf den Boden und trat die Flammen aus. Es war zu spät. Von den Unterlagen waren nur ein paar verkohlte Reste übrig.

»Scheiße«, sagte Arvist.

»Schlampige Arbeit, aber erfolgreich«, sagte Manusco.

»Umdrehen. Hände gegen die Wand«, sagte Lozen.

Manusco folgte der Anweisung. Lozen trat hinter ihn und schlug ihm mit der HK P9S auf den Hinterkopf. Ohnmächtig sackte der FBI-Mann zusammen. Sie fesselte ihn mit einem Kabelbinder, den der G-Man bei sich trug.

»Abgang«, sagte Lozen zu Arvist, der beim Mülleimer stand.

»Wir waren so nah dran«, sagte er.

»Wer weiß? Vielleicht hatte Billigmeier nur deutsche Kochrezepte aufgeschrieben.«

Lozen ließ den Dodge Charger vor dem Motel stehen.

»Wenn der Sheriff unsere Namen in den Computer eingeben hat, dann bestimmt auch Wagentyp und Kennzeichen«, sagte sie zu Arvist, »Mark wird ganz schön sauer sein.«

Lozen brach in einer Seitenstraße einen alten Chevy auf. Damit fuhren sie drei Stunden nach Ashland zur nächsten Amtrak-Station. Als sie am frühen Nachmittag ankamen, stellten sie den gestohlenen Wagen in einem Waldstück am Stadtrand ab, liefen in die Ortschaft und mieteten sich in einem Hotel ein. Sie mussten warten. Lozen wollte nach Washington D.C. Der nächste Zug in die Hauptstadt ging erst am nächsten Morgen gegen 6.30 Uhr.

Lozen legte sich aufs Bett und schloss die Augen. Arvist war deprimiert. Er stellte den Fernseher an. Es lief Werbung. Das war ihm egal. Er setzte sich auf einen

Stuhl und starrte auf den Bildschirm. Als Lozen drei Stunden später aufwachte, hatte sich Arvist nicht gerührt. Lozen glaubte nicht, dass er was von der Serie mitbekam, die ausgestrahlt wurde.

»Alles klar?«, fragte sie.

Arvist antwortete nicht.

Lozen ging zum Bahnhof und kaufte die Fahrscheine. Sie bezahlte bar. In einem Supermarkt besorgte sie Sandwiches und Wasser. Arvist saß nach wie vorm Fernseher, als sie zurück ins Hotelzimmer kam. Er schaute nicht zu ihr, als sie eintrat. Der Fernseher lief die ganze Nacht. Er schlief nicht. Erst als sie sich am Morgen zum Bahnhof aufmachten, wirkte Arvist wieder ansprechbar.

»Krise überstanden?«, fragte Lozen.

»Begreifst du nicht, was ich durchmache?«

»Krise also nicht überstanden.«

»Der Alien-Angriff in Independence Day war eine Krise. Was ich durchlebe, ist der Weltuntergang.«

»Heulen hilft nicht.«

Die Sonne ging auf, als sie durch die menschenleere Kleinstadt zum Bahnhof gingen. Der Zug fuhr ein, als sie ihn erreichten. Er brauchte gute 11 Stunden bis zur Washington Union Station. Arvist schlief die ganze Fahrt. Lozen wertete das als ein gutes Zeichen. Der Freak hat nicht so schlechte Nerven, dachte sie.

Ein junger Anzugträger mit blonden Haaren, die im modischen Strubbellook angeordnet waren, erwartete Lozen und Arvist am Bahnhof.

»Willkommen in D.C«, sagte er.

»Arvist, Nick. Nick, Arvist.«

Die Männer nickten sich zu. Lozen brachte Nick auf den neusten Stand.

»Die Filmrollen helfen nicht«, sagte er.

»Ich weiß.«

Nick führte sie zu einem silbernen Lexus. Er redete während der Fahrt nicht. Vor einem einstöckigen Holzhaus in einem Washingtoner Vorort ließ er sie raus und fuhr weiter. Der Rasen war höher gewachsen als der der Nachbargebäude. Es fehlten Blumen. Der Baum auf dem Grundstück sah wilder aus als die übrigen an der Straße. Aus dem Briefkasten vor dem Haus quollen Briefe und Werbeprospekte. Vor der Tür stapelten sich Tageszeitungen. Die blaue Farbe blätterte von der Holzfassade.

Lozen Graham schloss die Haustür auf, machte das Licht an und bat Arvist mit einer Handbewegung einzutreten. Arvist schaute sich um. Er kam sich vor, als würde er das Set einer TV-Serie besuchen, auf dem das typische Vorort-Haus einer amerikanischen Großstadt nachgebaut worden war. Die Küche war durch eine Theke vom Wohnbereich getrennt. In dem befanden sich ein dreisitziges Sofa mit einem flachen Holztisch und ein beeindruckender, nicht ganz neuer Flat-Screen-Fernseher mit Netzverbindung. An den Wänden hingen zwei romantisch verklärte Western-Landschaften von Albert Bierstadt.

»Ich bin nicht oft zu Hause«, sagte Lozen entschuldigend, »ich hab ein Apartment in der Stadt, das ich meistens benutze.«

»Zwei Wohnungen? Leute zu beklauen, scheint ein einträgliches Geschäft zu sein.«

»Sehr witzig.«

»Immerhin mache ich wieder Witze.«

»Du kannst auch wieder die ganze Nacht fernsehen.«

»Sehr witzig.«

Lozen warf ihre Jacke aufs Sofa, ging zum Kühlschrank, holte ein Six-Pack Bier heraus und warf Arvist eine Dose zu. Sie gingen mit dem Bier auf die Veranda an der Rückseite des Hauses. Lozen ließ sich in einen Schaukelstuhl fallen. Arvist setzte sich auf eine Bank. Von der Veranda blickte er auf einen Garten, in dem zwei Bäume standen und der von einem mannshohen Holzzaun umgeben war.

Lozen öffnete die Bierdose, trank einen Schluck und schloss die Augen. Ein warmer Wind blies über die Veranda. Aus dem Nachbargarten hörte Arvist spielende Kinder. In der Nähe wurde Rasen gemäht. Ein Hund bellte. Jemand spielte Countrymusik. Arvists Smartphone vibrierte. Seine Mutter rief an. Er nahm nicht ab. Ein Gespräch hätte eine Lüge bedeutet. Denn wenn er ihr die Wahrheit erzählen würde, würde sie sich Sorgen machen. Zu Recht. Das wollte Arvist nicht. Er schrieb eine belanglose, allgemeine SMS.

Lozen trank einen zweiten Schluck Bier.

»Weiß Farossi von diesem Haus?«, fragte Arvist.

»Nein. Es ist nicht auf meinen Namen eingetragen. Farossi wird es nicht finden.«

»Da bist sicher?«

»Ja.«

Arvist öffnet seine Dose Bier. Sie stießen an.

»Wir müssen über unsere nächsten Schritte nachdenken«, sagte Arvist, »wegen der Filme aus dem Museum werden Farossi und Kettle ihre Meinung nicht ändern.«

Lozen nickte zustimmend mit dem Kopf.

»Es ist frustrierend. In der Zeit von William A. Kettle haben viele Menschen Tagebuch geführt und

Lebensberichte geschrieben. Unsere Chancen standen nicht schlecht, eine zweite Quelle zu finden.«

Lozen nickte. Sie schwiegen und tranken Bier. Arvist schaute zu seiner Retterin, die ihre Augen wieder geschlossen hatte. Sie hat ein schönes Profil, dachte Arvist.

»Wir müssen das Manuskript Farossi abnehmen«, sagte Lozen, ohne die Augen zu öffnen.

»Es klauen?«

»Davon versteh ich was, wie du weißt.«

»In diesem Fall weißt du nicht, wo sich das Manuskript befindet. Und es ist nicht ausgeschlossen, dass Kettle es vernichtet hat.«

»Hat er nicht.«

»Warum glaubst du das?«

»Adam A. Kettle ist ein typischer Amerikaner. Er begeistert sich für seine Familiengeschichte. Das ist bekannt. Du kannst das in unzähligen Zeitungsartikeln nachlesen. Kaum eine Rede, in der er nicht Bezug auf die Tradition der Kettles nimmt. Er wird den Lebensbericht eines Vorfahren nicht vernichten. Er wird ihn in seinem Haus in seine Bibliothek stellen und ausgewählten Freunden unter dem Siegel der Verschwiegenheit daraus vorlesen.«

»So stellst du dir das vor.«

»So stell ich mir das vor.«

Lozen trank einen Schluck Bier.

»Das bedeutet: Wir brechen in das Haus des Gouverneurs von New York ein.«

Lozen nickte.

»Ich brauch ein Bier«, sagte Arvist.

Lozen griff zu den Bierdosen, die neben dem Schaukelstuhl standen, zog eine aus der Verpackung und warf sie Arvist zu. Sie selbst nahm sich auch eine zweite. Sie stießen an. Wir sind echte Kameraden, dachte Arvist.

Als sie den Rest des Six-Packs geleert hatten, holte Lozen eine Flasche Weißwein aus dem Kühlschrank. Die Nachmittagssonne war angenehm. Es roch nach Gras. Die Kinder im Garten nebenan waren weg. Der Nachbar hatte mit dem Rasenmähen aufgehört. Dadurch war die

Musik besser zu hören. Arvist erkannte Patsy Cline. Er zündete sich und Lozen eine Zigarette an. Sie rauchten und tranken. Lozens Augen blieben geschlossen. Ihr Gesicht sah ruhig und friedlich aus. Arvist fühlte sich wohl, was er paradox fand, schließlich wollten ihn Menschen umbringen.

»Lebe und stirb an diesem Tag«, zitierte er aus einem B-Movie mit Liam Neeson. Lozen sah ihn fragend an.

»Selbstmotivierung durch Filmzitate«, sagte er.

Er ist ein Freak, dachte Lozen und trank einen Schluck Weißwein.

»Ich habe Hunger«, sagte Lozen irgendwann.

»Gibt's in der Küche was anderes außer Bier und Wein?«

»Whiskey.«

Als Arvist aufstand, spürte er den Alkohol. Er ging in die Küche. Im Kühlschrank und in den Küchenschränken fand er tatsächlich Lebensmittel. Konservatives, haltbares Essen: Gemüse in Dosen, Kartoffelpüree in Pulverform, Reis im Kochbeutel, ewig haltbare Milch, eingefrorene Hamburger und Steaks. Als er Sojasoße fand, war er erleichtert. Er begann zu kochen. Etwas vegetarisch, asiatisches. Lozen folgte ihm mit dem Wein, setzte sich auf einen der Barhocker an der Küchentheke und schaute zu.

»Du kannst kochen.«

»Du kannst klauen, ich kann kochen. Wir ergänzen uns perfekt.«

»Sehr witzig.«

»Ich könnte in der Saturday Comedy Night auftreten.«

»Höchstens als Licht-Double fürs Publikum.«

Arvist deckte an der Theke. Sie aßen und redeten. Lozen lachte viel. Wenn sie das tat, bildeten sich Fältchen an ihren Augenrändern und auf der Stirn, die Arvist gefielen. Ihr Lachen fand er damenhaft, was im Kontrast zu ihrem eher burschikosen Auftreten, den Tattoos und den muskulösen Armen stand.

Mit Eis und einer zweiten Flasche Weißwein landeten sie nach dem Essen auf dem Sofa.

»Du bist ein Freak.«

Lozen sprach das erste Mal den Gedanken aus.

»Wieso?«

»Wer schreibt sonst so einen komischen Blog.«

»Ich bin eine gescheiterte, neurotische Existenz.«

»Das ist richtig.«

»Danke.«

Lozen sah den Freak an, packte seinen Kopf und küsste ihn. Arvist war überrascht. Nicht negativ.

35.

Adam A. Kettle betrieb Mitarbeiterpflege. Er stand hemdsärmelig unter seinen Wahlkampfhelfern in seinem Wahlkampfbüro in Des Moines, Iowa. Er füllte mit ihnen Buttons in Kartons, die verteilt werden sollten, und besprach dabei die Route für den Nachmittag, wenn er durch die Straßen Des Moines zog, um einen Tag vor den ersten Vorwahlen mit den Bürgern zu sprechen. Sein Smartphone klingelte. Adam A. Kettle ging in sein Büro. Der Anrufer war Farossi. Sie sprachen im Facetime-Modus.

»Alles klar bei dir, Adam?«

»Alles klar. Ich muss an Jimmie Gones Wahlkampf denken. William und er waren Pioniere. Sie haben dieses Zugehen auf den Bürger als Erste gemacht. Sie haben den modernen Wahlkampf erfunden.«

»Adam, bleib mit deinen Gedanken in der Gegenwart.«

»Der Wahlkampf für Jimmie ist Teil der offiziellen Legende.«

»Der selten erzählt wird. Weil Bürgermeister Jimmie Gone kein astreiner Politiker, sondern ein Säufer und Frauenheld war.«

Sie schwiegen. Der Wahlkampfmanager überlegte, ob er dem Kandidaten erneut klarmachen musste, dass er das neue Wissen über seinen Vorfahren vergessen aollte.

»Mach dir keine Sorgen, Harvey«, sagte Adam A. Kettle.

Aber die machte sich Farossi. Eigentlich sollte er sich in Iowa aufhalten. Das war einen Tag vor den Vorwahlen seine Pflicht als Wahlkampfmanager. Wenn der Kandidat von Haus zu Haus zog, konnte viel schiefgehen. Klar, Farossi hatte eine Gegend ausgewählt, die demokratisch wählte, und die Bewohner der ausgewählten Straßen vorher überprüft. Das bedeutete jedoch nicht, dass nicht ein frustrierter, konservativer Spinner aus dem Nichts auftauchen konnte und den Kandidaten in Verlegenheit brachte. Farossi hatte das erlebt. Trotzdem war er nicht nach Iowa geflogen. Die Affäre Bunger musste abgeschlossen werden. In einem kurzen Gespräch erklärte Farossi dem Kandidaten, was zu tun war, wenn ein Spinner vor ihm stand.

»Mach dir keine Sorgen, Harvey«, wiederholte Adam A. Kettle, bevor sie sich verabschiedeten.

Farossi steckte das Smartphone weg. Er war übernächtigt. Nachdem Manusco ihn aus Kentucky informiert hatte, dass es nicht gelungen war, Bunger zu eliminieren, hatte er in seinem Haus eine Ein-Mann-Party gefeiert. Pornos aus dem Netz, guter Whiskey, ein bisschen Meth. Erst um 4 Uhr morgens war er eingeschlafen.

Farossis Bein schmerzte. Das passierte, wenn er zu viel getrunken hatte. Nachdem er das Feuer in seinem offenen, schwarzen Hängekamin angezündet hatte – ein französisches Modell aus den 60ern, das es sogar ins Guggenheim-Museum geschafft hatte –, goß er sich einen dreistöckigen Whiskey ein, warf den Krückstock auf den Boden und legte sich erschöpft auf die Couch.

Wenn er Lozen wäre, was würde er tun, fragte sich Farossi und nippte am Whiskey.

D.C. wäre eine gute Wahl, weil Lozen auf ihre Angestellten zurückgreifen konnte. Ein Team fähiger Individualisten, loyal, nicht bestechlich. Sie würde sich damit weniger angreifbar machen. Wenn er Lozen in Washington aus dem Verkehr ziehen würde, hätte er das Team am Hals. Besonders ihr Mädchen für alles, ein Typ namens Nick Davout, war gefährlich. Auch die Eliminierung von Bunger würde dadurch risikoreicher. Farossi setzte sich auf. Keine Frage. Lozen war in Washington. Der einzig logische Zug. Die Frage war nur, wo. Bestimmt nicht in ihrem Büro. Bestimmt nicht in ihrem Apartment Downtown. Er schrieb seine Schlussfolgerungen Manusco. Solche Recherchen waren dessen Job.

Manusco und Farossi unterhielten ein symbiotisches Verhältnis. Der Wahlkampfmanager lieferte dem G-Man Informationen über illegale Aktivitäten politischer Gegner oder von Verwandten des politischen Gegners oder Freunden des politischen Gegners oder Arbeitskollegen des politischen Gegners. Der G-Man verhaftete sie. Die Justiz und die Presse erledigten den Rest und Farossis jeweiliger Kandidat stand gut da. Die Informationen waren teilweise echt, teilweise gefälscht. Manusco wusste das. Er half, sie herzustellen und zu platzieren. Im Gegenzug bekam er schlagzeilenträchtige Fälle, die seine Vorgesetzten auf ihn aufmerksam machten, und hatte in Farossis jeweiligem Kandidaten mächtige Gönner. Erst wurde er Leiter von CART, dem Computer Analysis and Response Team in New York, dann Büroleiter.

Farossi kippte den Whiskey runter und schenkte sich nach. Er stellte sich eine zweite Frage. Was würde Lozen tun, wenn er Bunger erwischt hatte. Die Antwort: War der Deutsche tot, würde Lozens Motivation sinken. Sie würde keine Rache suchen. Sie war ein Profi. Bunger wäre Vergangenheit, sie hätte einen Kampf verloren, das passiert, scheiß drauf, auf zur nächsten Schlacht. Sie hatte nichts, was dem Kandidaten schaden könnte.

Das Smartphone piepste. Eine SMS von Manusco. Er las sie. Gotcha Babe. Farossi konnte nicht anders. Er musste grinsen. Wie er war der FBI-Mann zu dem Schluss gekommen, dass Lozen von Kentucky nach Washington reisen würde. Manusco hatte Polizisten zu den Amtrak-Stationen von Kentucky geschickt, von denen es nicht mal ein Dutzend gab. Als der Sheriff von Ashland sich meldete, war Manusco nach Washington geflogen und wartete am Bahnhof, als Lozen und Arvist ankamen und von Nick abgeholt wurden.

36.

Als Arvist aufwachte und Lozen in den Armen hielt, war er erfreut – und irritiert – und verwirrt. Auf der einen Seite kam er sich wie James Bond vor, der gerade in The Spy who loved me die gefährliche, russische Spionin Anya Amasovsa verführt hatte. Auf der anderen Seite fühlte er sich wie Nerd Leonard Hofstadter aus der Comedy-Serie The Big Bang Theory, der die schöne Penny rumgekriegt hat und sein Glück nicht fassen kann, weil ihm so was eigentlich nie passiert.

Arvist betrachtete Lozen und fragte sich, warum sie sich den Schriftzug Apache Nation hatte tätowieren lassen. Er küsste Lozen auf die Wange und sie wachte auf. Sie sah ihn ernst an.

»Wir passen gar nicht zusammen«, sagte sie.

»Stimmt«, sagte Arvist.

»Du bist ein Freak.«

»Und du eine Diebin.«

Er küsste sie auf den Mund und sie erwiderte den Kuss. Arvist war bereit für die nächste Runde. 00 Hofstadter in

Action. Abrupt brach Lozen die Zärtlichkeiten ab und sprang aus dem Bett. Arvist schaute die nackte Soldatin fragend an.

»Wir müssen ein Manuskript klauen.«

Lozen stürmte ins Bad. Sie ärgerte sich, dass sie die vergangene Nacht zugelassen hatte. Eine emotionale Bindung an die zu beschützende Person war unprofessionell. Sie wollte nicht Kevin Costner sein und der Freak war bestimmt keine Whitney Houston. Und ohnehin war Bodyguard ein blöder Film. Ohne Frühstück und ohne sich von Arvist zu verabschieden, ging sie in die Garage, in der ein alter VW-Käfer stand, und fuhr in die Stadt.

Die gut aussehende Afroamerikanerin am Empfang lächelte Lozen wie immer zu, wenn sie Graham Security betrat. Die Empfangsdame hieß Karen Seymour, hatte zwei Touren in Afghanistan hinter sich, dank einer Mine auf einem staubigen Trampelpfad in Kunduz eine Beinprothese und war ausgebildete Personenschützerin.

»Ist Nick schon da?«

»Natürlich.«

Nick war 24 Stunden am Tag da. Er schien nie zu schlafen. Er schien nie das Büro zu verlassen.

Lozen ging in die Lounge ihrer Firma, wo ein kleiner, rothaariger Mann mit irischen Wurzeln, der früher für Homeland Security Terroristen gejagt hatte, ihr eine Latte Macchiato mit Karamellgeschmack zubereitete.

»Ronan, bist du jemals Jack Manusco begegnet?«

Wenn Ronan nicht Kaffee kochte, war er der Chefermittler von Graham Security. Sie hatten gemeinsam beim CID gearbeitet.

»Dem FBI-Chef von New York? Ja. Mehrfach.«

»Dein Urteil?«

»Ein kluger und gefährlicher Mann.«

»Auch im Vergleich zu Farossi?«

Ronan dachte einen Augenblick nach.

»Farossi ist eine Liga für sich.«

»Und Adam A. Kettle?«

»Im Vergleich zu Manusco und Farossi? Ein kleines Licht.«

Ronan gab ihr den Kaffee. Lozen nippte und genoss den Karamellgeschmack. Mit der Kaffeetasse in der Hand ging Lozen in Nicks Büro. Es war das größte und hellste der Firma. Nick brauchte Platz. Wenn er telefonierte, marschierte er rastlos durch den Raum, wenn er am Computer recherchierte, hielt er das Tablet in der Hand und marschierte durch den Raum, wenn er nachdachte, marschierte er mit sich selbst redend durch den Raum. Nick war ein Bewegungsfetischist. Ihn festzubinden, wäre der einfachste Weg, aus ihm herauszubekommen, was man herausbekommen wollte. Zum Glück für Nick kannten nur wenige Menschen diese Schwäche.

Nick war eine Festplatte aus Fleisch, eine Ein-Mann-Kontaktbörse, er war das Zentrum von Lozens Firma, wofür er ein stattliches Gehalt bekam. Als Lozen sein Büro betrat, stand er am Fenster und tippte was auf dem Tablet.

»Guten Morgen, Nick.«

»Lozen.«

»Alles gut?«

»Ich müsste diese Frage stellen.«

Lozen grinste.

»Ich will in Adam A. Kettles Haus.«

»Er hat fünf.«

»Sein Haus. Nicht die Ski-Hütte, nicht das Haus für die Presse, nicht das Haus seiner Frau.«

»Okay.«

»Was weißt du über Jack Manusco?«

»Diese Frage hast du bestimmt schon Ronan gestellt und er hat sie dir beantwortet.«

»Stimmt.«

»Dann kümmere ich mich um Kettles Haus.«

Lozen ging grinsend in ihr Büro. Ihre Mitarbeiter nannten es Theodor Roosevelts Wohnzimmer, weil es entsetzlich altmodisch war. Mit dunklem Holz an den Wänden, einem antiken, massiven Schreibtisch, der fast genauso dunkel war wie die Wände. Dazu alte, dunkelgrüne Chesterfield-Ledersessel und ein passendes Sofa. An den Wänden hingen ein Bärenkopf und – wie in Lozens Wohnung – Westernlandschaften von Bierstadt.

Lozen fuhr den Computer auf ihrem Schreibtisch hoch und las die Nachrichten auf verschiedenen Websites. Die New Yorker Village Voice und ein Provinzblatt vermeldeten den Einbruch in Basil Warden Bonds Museum. Lozen fragte sich, wie lange es dauern würde, bis Farossi es las und einen Zusammenhang herstellte. Mit einem Klick rief sie ihren E-Mail-Account auf. Sie entdeckte drei Nachrichten von Farossi, der ihr in verklausulierter Form Geld bot, wenn sie Arvist ans Messer lieferte. Lozen lachte und trank einen Schluck Kaffee. Karamell und Kirsch, das war ihre Welt.

Auf HarlanCountyDialy.com und dem Daily Kentucky Independent fand Lozen Meldungen über das Feuer in Cullings Haus. Die Polizei vermutete eine kaputte Gasflasche als Ursache. Sie suchte im Internet nach Cullings Telefonnummer, fand sie aber nicht. Auch The Hole und das Eisenwarengeschäft standen nicht im Netz. Lozen rief die Auskunft an und ließ sich mit dem Geschäft verbinden.

»Cullings Eisenwaren.«

»Lozen Graham.«

Lozen ärgerte sich, dass sie und Arvist unter ihren echten Namen aufgetreten waren. Das machte diesen Anruf unausweichlich. Sie konnte keinen Kriminellen in Kentucky brauchen, der sauer auf sie war.

»Sie haben die Unterlagen schon kopiert?«

»Ich muss Ihnen leider mitteilen, dass die Unterlagen zerstört worden sind.«

»Sie waren für die Unterlagen verantwortlich. Ich werde Sie zur Rechenschaft ziehen.«

»Ein Mann namens Jack Manusco hat sie verbrannt.«

»Warum sollte dieser Jack so was tun?«

»Eine lange Geschichte.«

»Wo finde ich diesen Jack?«

»Er ist der FBI-Chef von New York.«

Culling schwieg einen Moment, bevor er antwortete.

»Was für einen Dokumentarfilm drehen Sie eigentlich?«

»Er heißt Oh mein Kentucky.«

Culling lachte.

»Ich hab Sie gegoogelt, Graham. Ich weiß, womit Sie Ihr Geld in Wirklichkeit verdienen.«

»Das ist mir klar.«

»Sie schulden mir was.«

»Wir sind quitt. Sie haben uns bei Bowman reingelegt und wir haben trotzdem das Geld abgeliefert. Außerdem habe ich Ihnen den Namen des Mannes geliefert, der Ihr Eigentum vernichtet hat.«

»Die Unterlagen waren unersetzbar.«

»Wir sind quitt.«

»Wir werden sehen.«

Culling legte auf. Lozen war beruhigt, dass er das abgebrannte Haus nicht erwähnt hatte. Hätte er sie verdächtigt, wäre es dem Ziel des Gesprächs abträglich gewesen.

Lozen nippte am Kaffee und beantwortete die Mails der vergangenen Tage. Bis Nick ins Büro stürmte.

»Ich hab's. Ein Haus auf Martha's Vineyard«, sagte Nick und legte das Tablet vor Lozen. Auf dem Display sah sie das Foto eines grauen, lang gezogenen, einstöckigen

Hauses mit zwei Schornsteinen, einem doppeltürigen, weißem Eingang, weißen Fensterrahmen und zwei Balkonen mit weißem Geländer. Vor dem Haus standen Büsche und ein Baum.

»Die nächste Stadt ist Vineyard Haven.«

»Bei den Kettles hätte ich was Größeres erwartet.«

»William Albert Kettle sen. hat es 1959 gekauft. Seitdem verbringt die Familie jeden Sommer auf Martha's Vineyard. Die bekannte Kettle-Bibliothek befindet sich im Haus.«

»Es lebe die Familientradition.«

»Dies sind die aktuellsten Bilder.«

Nick rief Fotos auf. Es waren die Bilder, die während des PR-Events gemacht worden waren.

»Stopp«, sagte Lozen beim dritten Foto. Es zeigte Adam A. Kettle, stehend in der Bibliothek. Er hielt ein altes Buch in der Hand. Sie erkannte es.

»Das ist das Manuskript.«

»Ausgezeichnet.«

»Wie sieht es mit der Sicherheit aus?«

»Es liegt abgelegen am Meer.«

»Das ist gut.«

»Keinen Zaun. Bewegungsmelder fünfzig Meter um das Haus verteilt. Dazu versteckte Kameras. Die natürliche Lage des Gebäudes ist ausgezeichnet. Vom Haus aus hat man die Umgebung in drei Richtungen im Blick. Schwacher Punkt ist die Rückseite. An der befinden sich Dünen. Im Haus sind die Sicherheitsstandards auf dem neusten Stand. Zum Anwesen gehört ein altes Gesindehaus, in dem sich die Sicherheitszentrale mit sieben Wachleuten befindet. Kettle und seine Familie kommen meistens mit dem Boot. Es gibt eine Auto-Zufahrt für Besucher.«

»Woher stammen die Angaben?«

»Als Gouverneur von New York fällt seine Sicherheit in die Zuständigkeit des United States Department of Homeland Security. Deshalb liegen die Sicherheitspläne bei ihnen.«

»Susan?«

»Wer sonst?«

Susan arbeitete für Homeland Security, besaß einen IQ von 161, liebte schnelle Schachspiele mit Nick und verachtete ihren Arbeitgeber. Für sie besaß die Behörde zu viel Macht, arbeitete ineffektiv und überwachte die eigenen Mitarbeiter. Susan arbeitete deshalb als Informantin für Nick.

»Was jetzt, Boss?«

Wenn Nick Boss sagte, klang es wie eine Beleidigung.

»Ich muss in das Haus. Ich will das Manuskript wiederbeschaffen.«

»Das, das du geklaut hast?«

»Genau.«

»Ist das klug?«

»Bestimmt nicht.«

»Wenn wir mit der Nummer durchkommen, wird Farossi uns das nicht verzeihen. Er wird die Firma ruinieren.«

»Du würdest Arvist seinem Schicksal überlassen?«

»Seit wann sind wir Idealisten?«

»Du würdest Arvist seinem Schicksal überlassen?«

»Es ist, in diesem Fall, deine Entscheidung.«

Lozen wusste, dass das nicht ironisch gemeint war. Menschliche Zwischentöne dieser Art waren Nick fremd.

»Schick mir die Sicherheitspläne des Hauses. Einsatzbesprechung in drei Stunden. Mit dem ganzen Team.«

Nick ging aus dem Büro. Lozen dachte daran, Arvist anzurufen, verwarf aber die Idee. Ein blaues Rechteck erschien am rechten Rand ihres Computermonitors und informierte sie, dass Nick die Mail mit den Plänen geschickt hatte. Sie öffnete sie nicht sofort. Sie rief Bedford Balu Brummel an.

»Graham Security.«

Mit diesem amtlichen Ton meldete sich Bedford Balu Brummel – auch wenn er auf dem Telefondisplay sah, dass es ein interner Anruf war. Er erledigte die unangenehmen Jobs, die Lozen und Nick langweilten: Er stellte die Rechnungen, schaute, dass der Kaffee nicht ausging, wechselte sich mit Karen am Empfang ab und überwachte die verschiedenen Operationen von Graham Security.

»Dein Boss spricht«, sagte Lozen.

»Lozen.«

Bedford Balu Brummel war indischstämmiger Engländer. Ein Buchhalter, Steuerprüfer, Logistiker, ausgebildet bei der englischen Armee.

»Wie laufen unsere Geschäfte?«

Neben ihrem Kernteam besaß Graham Security einen festen Pool von 100 Frauen und Männern, meist Ex-Soldaten, die sie im Bedarfsfall anheuerten.

»Der Personenschutz bei Bürgermeister Lang verläuft ohne besondere Vorkommnisse. Unser Team im Irak meldet keine Schwierigkeiten. Kein Taliban in der Nähe der Ölpipeline. Du musst nicht aufs Elektroauto wechseln. Die Richmond Cooperation hängt mit ihren Zahlungen. Die Mahnung ist raus. Es gibt einen neuen Auftrag in Mexiko. Personenschutz für einen Polizeichef, der den eigenen Leuten nicht traut. Wollen wir eigentlich nicht in Zukunft untreuen Ehemännern hinterherspüren? Ich hatte diese Woche zwei Anfragen per Mail.«

»Frag Ronan, ob er auf so was steht.«

»Lieber nicht. Das ist unter seiner Würde.«

»Um 14 Uhr Einsatzbesprechung.«

»Nick hat bereits die Einladung verschickt. Hohe Verdienstmöglichkeiten?«

»Nein. Ich erkläre es nachher.«

»Bis dann.«

Das blaue Rechteck erschien am rechten Rand ihres Computermonitors. Eine Mail von Farossi. Lozen öffnete sie. Er gratulierte ihr zum guten Job im Hollywood Heritage Museum.

Um 6 abends verließ Lozen das Büro. Ronan war längst weg. Wann Nick Feierabend machte, war ein Betriebsgeheimnis, das keiner kannte, und Bedford saß in einer Fortbildungsveranstaltung für Betriebsrecht. Lozen nahm wie jeden Tag Karen mit, die sie unterwegs absetzte.

Als Lozen vor ihrem Haus hielt, stieg sie nicht gleich aus. Sie hatte ein schlechtes Gefühl. Weil sie Arvist am Morgen ignoriert und sich den Tag über nicht gemeldet hatte. Deshalb zögerte sie, ihm gegenüberzutreten. Verdammter Freak, dachte sie, schlug wütend aufs Lenkrad und sprang aus dem Wagen. Im Briefkasten fand sie eine Sendung von John Kitcheyan. Lozen öffnete sie. Es waren vier Kopien von Briefen. Sie überflog sie. Kitcheyan hatte recht gehabt. Es stand nichts Relevantes drin. Lozen faltete die Kopien, steckte sie in die Jackentasche und ging zum Haus.

Bevor Lozen die Haustür erreichte, sah sie, dass etwas nicht stimmte. Die Tür stand leicht offen. Sie zog die HK P9S aus der Seitentasche der Lederjacke und entsicherte sie. Mit dem rechten Fuß schob sie die Tür auf. Sie blickte ins Wohnzimmer. Einer der Hocker lag am Boden neben der Küchentheke. Die vorderen Füße des Sofatisches waren weggebrochen. Der Freak hat gekämpft, dachte Lozen. Mit der Waffe im Anschlag betrat sie das Gebäude, überprüfte Raum für Raum. Vorsichtig und langsam. Es war nicht auszuschließen, dass sie auf sie warteten.

Lozen begann mit dem Badezimmer. Drückte vorsichtig die Klinke runter und wartete. Nichts geschah. Mit dem Fuß schob sie die Tür auf. Keine Reaktion. Lozen blieb beim Türrahmen stehen, lauschte, ob sie jemanden im Badezimmer hörte. Nichts. Kein Geräusch. Sie schaute in den Raum. Nur für einen Augenblick. Nichts geschah. Lozen ging in Deckung. Pause. Schaute noch mal in den Raum. Niemand zu sehen.

Lozen ärgerte sich, dass sie Farossi unterschätzt hatte. Es war ihr ein Rätsel, wie er das Haus gefunden hatte. In Washington und Umgebung gab es 346 Graham, davon keiner mit dem Vornamen Lozen und 123 mit dem Vornamen John. So hieß ihr Vater, dem das Haus gehörte, in dem sie lebte. Sie trat die Schlafzimmertür auf. Niemand. Sie blickte auf das ungemachte Bett, das letzte Nacht die Spielwiese mit dem Freak gewesen war. Nicht sentimental werden, ermahnte sich Lozen. Sie verließ den Raum und überprüfte den Rest des Hauses. Im Arbeits-/Gästezimmer und in der Garage wartete auch kein Killer. Sie schaute auf die Veranda und entdeckte die Filmdosen aus dem Museum. Sie lagen geöffnet auf dem Rasen. Die Filme waren weg. Das spielt keine Rolle. Lozen atmete durch, steckte die Waffe weg und ging ins Wohnzimmer.

Wann hatten sie Arvist entführt? Am Morgen? Oder vor Kurzem? Eine entscheidende Frage, denn je weniger Zeit verstrichen war, desto wahrscheinlicher war es, dass er lebte. Sie hatten ihn nicht in Lozens Haus umgebracht. Das bedeutete, sie wollten kein Aufsehen. Sie würden ihn auf eine Art entsorgen, bei der ihn niemand finden konnte. In einem Krematorium verbrennen, etwas in diese Richtung. Morde dieser Art mussten vorbereitet werden. Lozen setzte sich aufs Sofa. Sie musste improvisieren. Farossi übertölpeln. Mit einer einfachen Geschichte. Nichts Komplexes. Glaubhaft. Einschüchternd. Ein Bluff gegen einen Meister des Bluffens. Ohne Vorbereitung. Improvisiert. Aus der Hüfte. Think Straight.

37.

Lozen nahm ihr Smartphone und drückte auf Farossis Nummer. Cool bleiben, er darf nicht merken, dass ich persönlich beteiligt bin. Bleib professionell. Distanziert. Relaxed.

»Lozen, schön von dir zu hören.«

»Wie hast du uns so schnell gefunden?«

»Deduktion.«

Lozen merkte sich das Wort, um es später nachzuschlagen.

»Lass ihn gehen.«

»Warum?«

Lozen war erleichtert. Die Frage bewies, dass der Freak am Leben war. Sie durfte keinen Fehler machen. Ein falsches Wort, eine Ungereimtheit und das Spiel war vorbei. Zeit für den Bluff:

»Ich habe ein Tagebuch von William A. Kettle.«

Sie fand, dass ihre Stimme hysterisch klang.

»Ein Tagebuch?«

»Ja.«

Durchatmen, Lozen. Sie wollte aufstehen, tat es nicht, disziplinierte sich. Wenn sie während des Gesprächs wie Nick durch den Raum tigern würde, würde sich ihre Atmung verändern, Farossi das bemerken und seine Schlüsse ziehen. Er war ein Arsch, aber ein cleveres.

»Du erzählst Scheiße«, sagte Farossi.

»Ist heißer Stoff«, sagte Lozen. Sie wünschte sich einen Whiskey. Sie merkte, dass sie schwitzte. Sie warf ein Kirsch-Kaugummi ein.

»Wirklich?«

»Das Tagebuch zeigt einen Kettle, der mit Hitler-Deutschland sympathisiert hat. Auch als der Weltkrieg schon ausgebrochen war. So hat ihn auch Billigmeier in seinen Aufzeichnungen beschrieben, die dein Totschläger vorschnell verbrannt hat.«

Hoffentlich schluckt er das, dachte Lozen.

»Bullshit. Im Manuskript steht was anderes. William A. Kettle hat am Ende die Nazis gehasst.«

»Am Ende?«

»Er hat die Nazis gehasst.«

»Wer lügt nicht in seiner Autobiografie?«

Er muss glauben, mein Pärchen wäre ein Full House.

»Es ist übrigens auf Deutsch geschrieben.«

Gutes Detail. Einfach. Passt zur Lüge.

»Es bleibt Bullshit.«

»Vielleicht. Vielleicht nicht. Spielt das eine Rolle? Kettle hat einen Nazi in die USA geholt. Das bestätigt das Manuskript.«

»Allein das Gerücht kann Kettle die Wahl kosten.«

Lozen schwieg.

»Woher kommt dieses ominöse Tagebuch?«

Lozen griff instinktiv in die Jackentasche, in der sich die Kopien von Chatos Briefen befanden.

»John Kitcheyan.«

»Wer ist das?«

»Der Leiter des San Carlos Apache Culture Center. Das ist der, den dein FBI-Freund in der Wüste getroffen hat. Das Tagebuch lag im Nachlass von Kettles Anwalt William Chato. Kitcheyan hat es mir geschickt.«

»Du erzählst Scheiße«, sagte Farossi.

Lozen schwieg.

»Warum ist es nur eins?«

»Keine Ahnung.«

Gute Lügen haben Lücken. Details machen nur Schwierigkeiten.

»Welchen Zeitraum behandelt es?«

Lozen Puls stieg an. Verdammt. Welchen Zeitraum? Ein Jahrzehnt? Ein Jahr? Welches? Die Antwort. Schnell. Hitler. Nazis. Deutschland. Zweiter Weltkrieg. 1939.

»Ein Jahr. 1939.«

»Ich glaub dir kein Wort.«

Lozen schwieg. Wartete. Spielte es weiterhin cool. Fick dich, Farossi.

»Okay, Lozen, ich ruf meine Leute an. Damit sie deinem Schatz nichts antun. Dann melde ich mich – und wir sprechen über die Übergabe.«

Lozen atmete durch und sprang auf. Sie ging zum Festnetz-Anschluss und informierte Nick über die Situation.

»Ruf das Team zusammen. In 30 Minuten im Büro.«

Ihr Smartphone klingelte.

»Farossi ruft an. Bleib dran.«

Lozen setzte sich auf einen Barhocker und nahm den Anruf an.

»Farossi, mein Guter. Ich hoffe, der Freak lebt noch.«

»Natürlich.«

»Also, wie machen wir es?«

»Rock Creek und Potomac Parkway Northwest. In der Nähe der 27sten. Kennst du da den Parkplatz?«

»Ich werde ihn finden.«

»In drei Stunden.«

Farossi legte auf. Lozen sprintete zum Käfer und raste ins Büro. Auf der Fahrt brachte sie Nick auf den neusten Stand.

Als sie den Konferenz-Raum betrat, saßen ihre Mitarbeiter bereits am Tisch.

»Das Team ist informiert«, sagte Nick.

»Gut. Dann komme ich gleich zu unserem Hauptproblem. Da es unmöglich ist, das Tagebuch in dieser kurzen Zeit herzustellen, müssen wir uns etwas einfallen lassen«, sagte Lozen.

»Die Idee mit dem Tagebuch war ein Fehler«, sagte Nick.

»Ich weiß. Mir ist auf die Schnelle nichts Besseres eingefallen.«

»Ein Tonband wäre eine gute Idee gewesen. Keiner weiß, wie der alte Kettle gesprochen hat. Es gibt kaum Tonaufnahmen.«

»Nick.«

»Was, wenn es irgendein auf Deutsch geschriebenes Buch ist?«, fragte Karen, »ein abgegriffenes Buch mit deutschem Text. Wer kann den Scheiß schon lesen? Ich hab's auf der Schule gelernt und alles vergessen.«

»Farossi wird es überprüfen. Er wird jemanden dabeihaben, der Deutsch lesen kann. Wenn da nicht Kettle steht, ist der Freak tot«, erwiderte Lozen.

»Die einzige Option, die sich sehe, wäre eine Befreiung«, sagte Ronan.

»Gefährlich. Farossi wird mit so was rechnen.«

Das Team von Graham Security saß ratlos im Konferenzzimmer. Nick ging mit dem Tablet in der Hand auf und ab. Ronan holte Kaffee. Als er ihn brachte, stand Nick am Kopf des Konferenztisches.

»Ich habe die Lösung«, sagte Nick.

»Wie sieht die aus?«, fragte Ronan.

»Vor allem in den 20ern und 30ern wurde in Deutschland bei Drucken Frakturschrift und bei Schreibschrift Sütterlin benutzt.«

»Was ist das für ein Scheiß?«, fragte Lozen.

»Schaut her.«

Nick rief eine Internetseite über Schriften auf und warf Beispiele von Fraktur und Sütterlin mit dem Beamer auf die Wand.

»Fuck, wer schreibt so?«, fragte Lozen. Sie erinnerte sich an einen billigen Science-Fiction-Film im Spätprogramm, in dem Aliens in so seltsamen Zeichen geschrieben hatten.

Bedford Balu Brummel schaute sich die Schriften an der Wand an. Auf einmal grinste er.

»Die Frage ist nicht, wer in dieser Schrift schreibt, sondern wer sie lesen kann.«

Lozen sah zu Bedford Balu Brummel, der lächelnd seine rechte Augenbraue wie Mr. Spock hochzog.

»Der Engländer hat die richtige Frage gestellt«, sagte Nick, »wir brauchen nur ein Buch in einer dieser Schriftarten. Egal, wen Farossi anschleppt um deutsche Inhalte zu lesen, er wird kein Germanist sein und diese antiquierten Schriften nicht entziffern können.«

»Farossi wird einen Beweis verlangen und den Austausch verschieben – bis er einen Schriftexperten hat«, sagte Lozen.

»Das gibt uns die Möglichkeit, Bungers Gefängnis zu finden«, sagte Ronan, »Farossi geht von einem Austausch aus. Bunger wird da sein. Nach dem misslungenen Austausch werden wir ihnen folgen und den Deutschen befreien.«

»Damit wird Farossi rechnen«, sagte Lozen.

»Nicht nur das. Wir müssen davon ausgehen, dass er unser Team kennt. Und wir müssen damit rechnen, dass er uns überwacht«, sagte Nick.

»Vorschläge«, fragte Lozen.

»Die Slackers«, sagte Karen.

Ronan nickte. Die Slackers waren die zwei Kautionsjäger
Jose Martinez und Zac Egger. Ehemalige Cops. Freunde
von Karen und Ronan, die die Slackers innerhalb von
D.C für Aufträge anheuerten. Lozen und ihr Team
nannten sie die Slackers, die Faulenzer, weil sie nie vor
13 Uhr mittags erreichbar waren.

»Holt sie ran«, sagte Lozen, »die wichtigste Frage, die
wir beantworten müssen: Wo kriegen wir abends in
Washington D.C. ein Buch, das in Fraktur oder Sütterlin
geschrieben ist?«

»Antiquariate, Sammler, Goethe-Institut«, sagte Nick,
»Ich setzte unsere Nachtsekretärin dran.«

»Wir haben eine Nachtsekretärin?«, fragte Lozen
überrascht.

»Ich kann die Arbeit nicht allein machen«, sagte Nick.

»Natürlich.«

38.

Lozen fuhr mit Karen zum Treffpunkt. Rock Creek und Potomac Parkway Northwest war eine befahrene, vierspurige Straße in der Nähe von Washington Harbor. Kurz bevor sie auf die Virginia Avenue traf, lag ein kleiner Parkplatz, versteckt hinter grünen Hecken und Bäumen.

»Der Ort ist gut gewählt«, sagte Karen zu Lozen, »kaum Menschen um diese Uhrzeit, schlecht einzusehen, keine hohen Gebäude in der Nähe. Das schließt Scharfschützen aus. Eine Zufahrt. Das macht die Kontrolle einfach.«

»Scharfschützen? So weit würde Farossi nicht gehen.«

»Wer weiß.«

Nick rief an.

»Die Slackers sind in Position.«

»Gut.«

Lozen steuerte den Käfer auf den Parkplatz. Er war schwach beleuchtet. Ein Stellplatz war belegt. Von einem schwarzglänzenden Mercedes. Lozen stellt den Motor aus und nahm den Rucksack vom Rücksitz. Sie nickte Karen zu. Die Frauen stiegen aus und gingen langsam auf den Mercedes zu. Trotz der Beinprothese humpelte Karen nicht. Sie ging schneller als Lozen. Diese hatte die Prothese gesehen. Ein schmales Teil aus Metall, schwarz glänzend lackiert. Es sah elegant aus. Der Ferrari unter den Beinprothesen.

Drei Türen des Mercedes öffneten sich. Vorne stiegen Farossi und ein junger, bärtiger Mann aus, den Lozen nicht kannte. Er sah wie ein Analyst aus. Hinten erschien Helen Kyvig, die Arvist aus dem Wagen zog. Er winkte Lozen zu, die ihn ignorierte. Ich bin nicht Kevin Costner und du nicht Whitney, sagte sie sich.

Lozen und Karen blieben drei Meter vor dem Mercedes stehen.
»Lozen«, sagte Farossi.
»Harvey.«
Die beiden gingen aufeinander zu. Blieben stehen, als sie eine Armeslänge voneinander entfernt waren.
»Wo ist es?«

»Im Rucksack.«

Lozen nahm den Rucksack von der Schulter, öffnete den Reißverschluss und zog ein altes, in Leder eingebundenes Buch heraus. Die Nachtsekretärin, die sehr tüchtig zu sein schien, hatte es in einem Archiv in der Nähe der Georgetown-Universität aufgetrieben. Auf dem abgegriffenen Ledereinband stand kein Name. Die vergilbten Seiten waren mit einer Sütterlin-Handschrift gefüllt. Lozen hatte keinen Buchstaben entziffern können. Es handle sich um das Tagebuch eines deutschen Einwanderers aus dem Jahre 1921, sagte Nick, nachdem er das Buch durchgeblättert hatte. Lozen fragte ihn nicht, wie er es so schnell geschafft hatte, sich Sütterlin anzueignen.

Farossi winkte den bärtigen Mann zu sich.

»Er kann Deutsch«, sagte er zur Erklärung.

Der Bluff ging los. Konnte der Bärtige zufälligerweise die alte Schrift lesen, war die Sache schiefgegangen. Dann würde es blutig werden. Zwei gegen zwei. Arvist und den Bärtigen nicht mitgerechnet.

Äste brachen. Ein Mann fiel durchs Gebüsch. Farossi und Lozen fuhren herum. Helen Kyvig zog eine Waffe. Der Mann am Boden war dick, sein T-Shirt durchgeschwitzt, in der Hand hielt er eine Papiertüte, aus der ein Flaschenhals schaute. Erstaunt blickte der Betrunkene die Gruppe an.

»Lady«, grüßte er mit einem Kopfnicken Lozen. Mühsam erhob er sich und wankte auf Farossi zu.

»Ey, ich hab hier meinen Wagen irgendwo geparkt«, lallte der Dicke.

 Farossi ignorierte den Betrunkenen und fixierte Lozen.

»Was starrst du mich so an, Farossi? Ich kenn den Dicken nicht. Er passt eher in deinen Bekanntenkreis.«

Der Betrunkene hatte Helen Kyvig entdeckt und stolperte auf sie zu.

»Ey, Blondie, willst du mit mir einen heben?«

Die Söldnerin starrte den Betrunkenen angewidert an. Er versuchte, die Frau zu umarmen. Sie wich problemlos aus. Der Betrunkene stolperte gegen den Mercedes, verlor das Gleichgewicht und rutschte zu Boden.

»Mist«, fluchte der Betrunkene.

Er setzte sich auf den Asphalt, trank einen Schluck und schaute in die Runde.

»Ihr seid `ne ganz müde Truppe«, stellte er fest, leerte die Flasche, warf sie in einen Busch und zog sich am Wagen hoch. Als er stand, schaute er erneut in die Runde.

»Ne ganze müde Truppe.«

Er machte eine wegwerfende Handbewegung und wanderte schwankend vom Parkplatz.

»Toller Treffpunkt, Harvey. Man ist total ungestört«, sagte Lozen.

»Das Buch«, sagte Farossi gereizt.

Lozen gab es ihm. Der Wahlkampfmanager reichte es dem Bärtigen. Der öffnete das Buch, zog die Stirn kraus, blätterte, bis er sagte: »Ich kann das nicht lesen.«

»Wieso nicht?«, fragte Farossi.

»Ist eine alte deutsche Schrift.«

»Sütterlin«, sagte Lozen.

»Was soll der Scheiß?«

»Damals haben die Deutschen in dieser Schrift geschrieben.«

»Das stimmt«, sagte der Bärtige.

»Und wieso kannst du das nicht lesen?«

»Ich bin kein Sprachhistoriker, sondern Übersetzer.«

»Tolle Fachkraft«, sagte Lozen.

Farossi funkelte sie an. Er drehte sich zu Arvist um:

»Kannst du die alte deutsche Schrift lesen?«

Lozen betete, dass der Freak mitdachte und nichts Falsches sagte.

»Was für eine alte Schrift?«

»Sütterlin«, sagte Lozen. Sag Nein, Freak, dachte sie.

»Nein«, sagte Arvist.

Farossi sah Lozen an.

»Woher weißt du, was in dem Buch steht?«

»Nick hat viele Fähigkeiten, wie du weißt.«

»Warum ist Nick nicht mitgekommen?«

»Harvey. Du weißt, dass du nicht möchtest, dass Nick das Büro verlässt.«

»Wir vertagen den Austausch. Gib mir das Buch, ich besorg jemanden, der den Scheiß lesen kann.«

»Guter Witz. Du besorgst jemanden, der das Buch lesen kann, wir treffen uns übermorgen um die gleiche Zeit, am gleichen Ort. Es sei denn, du vertraust mir und wir machen den Austausch.«

Farossi grinste sie an, zog den Bärtigen zum Mercedes und gab Helen Kyvig ein Zeichen, mit Arvist einzusteigen.

Als Lozen und Karen sich in den VW setzten, fuhr der Mercedes vom Parkplatz. Lozen rief Nick an.

»Alles klar?«

»Alles klar. Die Slackers sind dran.«

Der dicke Betrunkene war Zac Egger gewesen. Als er sich beim Mercedes hingelegt hatte, hatte er beim Aufstehen einen magnetischen GPS-Tracker angebracht.

Lozen stellte den Motor an und fuhr los. Nick gab das GPS-Signal auf Lozens Smartphone. Auf diese Weise konnte sie verfolgen, wohin die Slackers Farossi folgten.

Die Fahrt ging stadtauswärts, vorbei am Rock Creek Park durch Wheaton Glenmont und zum Bel Pre Park. Sie landeten auf der Layhill Road, die sie bis zum East Gate Drive fuhren. In dieser kleinen Straße blieb der Wagen stehen. Tristes Suburbia. Farossi war keine größeren Umwege gefahren, er musste sich sehr sicher fühlen, dachte Lozen.

Ihr Smartphone klingelte. Es waren Zac Egger. Er war Farossi mit dem Wagen gefolgt.

»Gute Show auf dem Parkplatz«, sagte Lozen.

»Ich war oft in dem Zustand. Da war es kein Problem, ihn zu spielen.«

Sie lachten.

»Wie sieht es aus«, fragte Lozen.

»Sie haben die Geisel in ein weißes Einfamilienhaus gebracht. An der Kreuzung Layhill Road, Queensgard Road. Farossi und der Bärtige sind weitergefahren. Jose kriecht mit ʼnem Nachtsichtgerät durch die Gärten der Nachbarschaft und versucht rauszufinden, gegen wie viele wir antreten. Ich melde mich, wenn er zurück ist.«

Lozen parkte den VW und begab sich mit Karen ins Büro, wo Nick wartete.

»Irgendwelche Verfolger bemerkt?«, fragte er.

»Nein.«

»Auf dem Parkplatz ging's glatt?«

»Ja. Farossi hat gefragt, warum du nicht da warst, um das Buch zu übersetzen.«

Nick sah Lozen erstaunt an.

»Er kennt doch meine Abneigung gegen Außeneinsätze und was passiert, wenn ich an einem teilnehmen muss.«

Lozens Smartphone klingelte. Es war Jose Martinez. Sie nahm ab und stellte auf laut.

»Wie sieht es aus?«, fragte Lozen.

»Nicht gut. Der Schuppen ist ausgezeichnet gesichert. Helle Straßenbeleuchtung. Mindestens zwei Kameras an der Vorderfront. Bewegungsmelder auf dem Weg. Zwei Bewacher plus Kyvig. Im Garten hinter dem Haus sitzen zwei Dobermänner.«

»Vorschläge?«

»Beste Zugriffsmöglichkeit wäre, wenn sie ihn aus dem Haus bringen.«

»Ich höre da ein Aber.«

»Wir wissen nicht, wann Farossi die Geisel abholt. Das Haus am Tag zu überwachen, ist schwierig, da es eine ländliche Wohngegend ist, in der fremde Wagen auffallen.«

»Nick und ich wägen die Möglichkeiten ab und melden uns.«

»Alles klar. Wir warten.«

Als Lozen ihr Smartphone wegsteckte, tigerte Nick mit dem Tablet durchs Büro und tippte etwas ein. Lozen kannte diesen Zustand. Ihn zu fragen, was er tat, wäre sinnlos gewesen. Sie warf ein Kirschkaugummi in den Mund und kaute es. Das Bild, wie Arvist ihr zuwinkte, kam ihr in Erinnerung. Ein liebenswerter Freak, dachte sie.

Karen kam mit drei Bechern Kaffee ins Büro und stellte sie auf den Schreibtisch. Sie beobachtete Nick, wie er tigerte und tippte.

»Er sucht eine Zugriffsmöglichkeit«, erklärte Lozen.

»Warum engagieren wir uns eigentlich in dieser Sache?«, fragte Karen.

»Weil Farossi einen Unschuldigen umbringen will.«

»Wir sind keine Heiligen.«

»Farossi kennt meine Bedingungen. Er hat sich nicht daran gehalten.«

»Also sind wir doch Heilige.«

»Du musst nicht mitmachen.«

»Wenn du unsere Firma ruinierst, will ich das miterleben.«

»Das freut mich.«

Lozen stellte sich ans Fenster und schaute auf die Stadt. Das Büro lag in einem der höchsten Gebäude Washingtons. Die Skyline der amerikanischen Hauptstadt war nicht beeindruckend hoch. Das höchste Gebäude war

94 Meter. Das mochte Lozen an der Stadt. Es erinnerte sie an europäische Großstädte.

Der Kaffee roch wunderbar nach Karamell. Lozen spuckte das Kirschkaugummi in Nicks Abfalleimer, der das nicht mochte und es ihr durch einen Blick zeigte. Karen hatte recht, dachte sie. Wenn es ihnen gelänge, Arvist zu retten, hätte sie weiterhin Farossi und die Kettles als Feinde. Sie würden sie fertigmachen. Es sei denn, sie würde Verbündete finden, die ihnen Paroli bieten konnten. Wer konnte das sein? Lozen nippte am Kaffee. Sie stellte sich vor, sie wäre die Besitzerin eines kleinen Cafés in New York City. Eines, in dem man wie in Europa ewig sitzen konnte, ohne dass die Kellnerin einen mit der Bitte, zu bestellen oder zu gehen, nervte. Sie müsste sich von Ronan erklären lassen, wie man einen vernünftigen Kaffee machte. Lozen musste grinsen. Sie als Besitzerin eines Cafés, das war absurd. Ihre Stärke war nicht Kaffee kochen, sondern Leuten in den Arsch zu treten.

39.

Nick stürmte in Lozen Büro, wie er es immer tat.

»Ich hab's«, sagte er. Sie blickte ihn fragend an.

»Die Gegend um die Layhill Road wird von einem veralteten Elektrizitätswerk versorgt. Wenn wir das ausschalten, fallen die Straßenbeleuchtung, die Kameras und die Bewegungsmelder aus.«

»Kriegen wir das heute Nacht hin?«

»Problemlos.«

Eine Stunde später. Lozen brachte Karen nach Hause. Bei sich angekommen, fuhr Lozen das Auto in die Garage, ging ins Haus, schaltete das Licht im Wohn-, Schlaf- und Badezimmer an und schaltete es eine halbe Stunde später aus. 30 Minuten saß Lozen im dunklen Wohnzimmer auf dem Sofa, bevor sie über die Veranda in den Garten schlich. Sie kletterte über den Zaun, überquerte den Nachbargarten und lief zum zwei Kilometer entfernten Bahnhof, wo es einen Taxistand gab. Sie fuhr zurück zum Büro und stieg in einen Firmenwagen, in dem Karen bereits auf sie wartete. Der Aufwand diente dazu, etwaige

Verfolger abzuhängen. Lozen ging davon aus, dass
Farossis Leute sie beschatteten. Sie würde es so machen.

Die Kreuzung Layhill Road, Queensgard Road war ein
unspektakulärer Ort mit charakterlosen Wohnhäusern.
Auf der vierspurigen Layhill Road war kein Verkehr. In
den meisten Häusern brannte kein Licht. Kein Wunder,
es war weit nach Mitternacht. Die Slackers parkten am
Straßenrand neben einem mannshohen Zaun aus Holz.
Zac Egger saß auf der Motorhaube eines schwarzen Jeeps
und rauchte eine Zigarre, als Lozen und Karen ankamen.
Sie erklärten den Slackers den Plan.

»Wer kümmert sich ums Elektrizitätswerk?«

»Ronan und Nick.«

»Nick ist draußen?«

»Er führt Ronan vom Büro aus.«

40.

Arvist saß auf einem durchgesessenen Sofa. Der Fernseher lief. Nachrichten. Es ging um Kettles Wahlkampf. Der Ausschnitt einer TV-Diskussion wurde eingespielt, in dem der Kandidat erklärte, dass Amerika deshalb Gottes Land wäre, weil es Countrymusik, Barbecue, Waffen, Militär und Freiheit gäbe. Damit brachte er den konservativen Republikaner, der mit ihm Studio saß, aus dem Konzept, weil es eigentlich seine Argumentation war.

Helen Kyvig hatte Arvist nicht gefesselt.
»Ich schieß schneller, als du rennst«, sagte sie. Arvist schaute hinter sich, wo seine Bewacherin am Küchentisch saß und am Computer spielte. Kyvig war größer und kräftiger als Lozen. An den Unterarmen traten die Adern hervor.

»Schalt um, Mann«, sagte der Typ mit Bürstenhaarschnitt, der mit Arvist Fernsehen schaute und in einem alten Sessel saß. Arvist warf ihm die

Fernbedienung zu. Der Typ fing sie. Ein schlanker Mann, der Arvist wie ein Arzt vorkam. Das Gegenteil vom zweiten Typen, der trotz des Anzuges wie ein Biker wirkte und rauchend bei Kyvig am Tisch saß.

Lozen hatte auf sein Winken am Parkplatz nicht reagiert. Das war blöd gewesen, dachte Arvist. Man winkt als Geisel, die gegen ein Buch ausgetauscht werden soll, nicht der Befreierin wie ein verliebter Oberstüfler zu. Farossi hatte Arvist auf der Fahrt zum Parkplatz erzählt, dass es sich um ein Tagebuch von Kettle handele. Das überraschte Arvist, aber er zeigte es nicht. Er hatte eine Weile nachgedacht und war zu dem Schluss gekommen, dass Lozen bluffte. Zum Glück habe ich die Frage nach dem Sütterlin nicht mit Ja beantwortet, dachte er.

Die Entführung aus Lozens Haus war schnell gegangen. Am frühen Abend hatte Helen Kyvig die Tür aufgetreten und war mit dem Arzt in Lozens Haus gestürmt. Arvist war vom Küchenstuhl aufgesprungen und hatte die beiden entgeistert angeschaut. Der Arzt wollte ihn am

Arm packen. Arvist wich aus und rannte Richtung Veranda. Der Weg wurde ihm vom Biker versperrt. Er verpasste Arvist einen Kinnhaken. Dieser fiel halb ohnmächtig auf den Sofatisch. Die Männer packten ihn, zogen ihn aus dem Haus, warfen ihn ins Auto. Der Arzt fesselte seine Hände. Sie fuhren zu einer stillgelegten Fabrik. Die Männer zogen Arvist aus den Wagen und schleppten ihn ins Innere. Eine verrostete Metalltreppe führte in ein Kellergewölbe. Kyvig und der Biker hatten Taschenlampen. Sie gelangten in einen kargen Raum, in dessen Mitte eine Wanne aus Stein stand. Arvist hatte nicht die geringste Ahnung, welchen Zweck dieser Raum früher hatte und was in der Fabrik hergestellt worden war.

Der Biker kettete ihn an ein rostiges Rohr, während Kyvig und der Arzt aus einer dunklen Ecke Plastikflaschen holten und den Inhalt in die Wanne schütteten. Wegen der schlechten Lichtverhältnisse konnte er die Schrift auf den Flaschen nicht lesen.

»Was machen Sie da?«, fragte Arvist.

Kyvig warf ihm einen abschätzigen Blick zu, bevor sie eine weitere Flasche holte.

»Hoffentlich quatscht der nicht so viel wie diese Amy und ihre Oma«, sagte der Arzt.

»Amy Miller?«, fragte Arvist.

Kyvig schlug dem Arzt auf den Hinterkopf.

»Maul halten, du Idiot.«

Arvist begriff. Amy und ihre Großmutter waren tot. Diese Leute hatten sie umgebracht. Er wollte wissen, wie, wo, wann. Er fragte nicht.

Arvists Trauer wurde verdrängt. Durch die Erkenntnis, dass er an der Reihe war. Arvist schaute den Entführern zu, wie sie Flasche um Flasche in die Wanne schütteten. Ihm fiel auf, wie vorsichtig und langsam sie die klaren Flüssigkeiten ausgossen. Sie wollten vermeiden, dass es spritzte, dass die Flüssigkeit sie traf. Warum, fragte sich Arvist. Dann begriff er. Sie bereiteten ein Säurebad für ihn vor. Er würde in die Wanne geworfen werden und sich auflösen. Niemand würde eine Spur von ihm finden. Der Schweiß lief Arvist den Rücken runter. Die

Atemfrequenz nahm zu. Bis er wie ein Hund hechelte. Der Biker sah ihn angewidert an. Arvist zerrte an den Handschellen, mit denen er ans Rohr gebunden war.

»Nicht aufregen«, sagte der Arzt, »es hilft nichts. Und ich versichere dir, dass du nichts spüren wirst. Wir betäuben dich, bevor wir dich in die Säure werfen.«

Arvist zerrte stärker am Rohr, dabei stöhnte er laut.

»Mit geht der Typ auf die Nerven«, sagte der Biker, »ich stell ihn ruhig. Da können wir ungestört weiterarbeiten.«

»Mach«, sagte Kyvig.

Der Biker ging zu Arvist, zog eine Spritze aus der rechten Jackentasche. Sie steckte in einer durchsichtigen Plastikverpackung. Arvist fiel auf, dass die Nadel bereits auf der gefüllten Spritze saß. Der Biker riss die Verpackung auf, entfernte die Schutzkappe von der Nadel, rammte Arvist die Spritze in den Hals und injizierte den Inhalt. Arvist schrie. Das war's, dachte er. Verblödet bin ich nicht, aber bald bin ich vergessen.

Das Betäubungsmittel begann zu wirken. Arvist wurde warm und das emotionslose Gesicht des Bikers unscharf.

Die Gedanken in seinem Kopf wurden unendlich langsam. Er versuchte, ein Satz zu formulieren. Es gelang ihm nicht. Die Worte wollten ihm nicht einfallen. Arvist sackte ohnmächtig zusammen.

Als er aufwachte, lag er auf der Rückbank des Mercedes. Helen Kyvig lächelte ihn an.

»Glück gehabt«, sagte sie. Ohne zu erklären, warum.

Bis sie zum Parkplatz kamen, sprach keiner mit Arvist. Das war ihm recht. Er hatte Kopfweh, einen trockenen Mund und sein Körper fühlte sich seltsam aufgebläht an. Ich bin ein Luftballon, dachte er, gleich geht mir die Luft aus und ich fliege aus dem Autofenster in den Nachthimmel.

Als er Lozen auf dem Parkplatz gesehen hatte, war er froh gewesen. Ihre Aura glänzte goldig und überirdisch. Goldig und überirdisch? Ich steh noch unter Drogen, schlussfolgerte Arvist. Er musste grinsen, als er sich an diesen Gedankengang erinnerte. Der Arzt, der durch die Fernsehsender zappte, bemerkte es nicht. Das Winken war eine Nachwirkung des Betäubungsmittels, stellte Arvist fest und war erleichtert, dass er auf dem Parkplatz nicht Herr seines Handelns gewesen war.

Der Arzt hatte auf ein Football-Spiel gewechselt und folgte konzentriert den Ereignissen auf dem Feld.

»Ich brauch was zu beißen«, sagte der Biker.

»Der Kühlschrank ist voll«, sagte Kyvig.

»Ich koch uns was«, sagte Arvist.

Seine Bewacher sahen ihn erstaunt an.

»Keinen Unsinn mit dem Messer machen«, sagte Kyvig.

»Ich steh auf Schnitzel«, sagte der Arzt. Er betonte Schnitzel wie deutsche Schurken das Wort Schweinehund in amerikanischen Filmen der 30er- und 40er-Jahre.

Arvist überprüfte den Inhalt des Kühlschranks.

»Kein Schnitzel da«, sagte er.

Der Arzt zuckte mit den Schultern. Arvist bereitete Spaghetti zu. Dazu ein einfacher Salat. Eine bizarre Situation. Er bekochte die Menschen, die ihn in Säure auflösen wollten. Er hatte nicht mehr ruhig auf dem Sofa sitzen und fernsehen können. Schlafen wollte er nicht, obwohl es nach Mitternacht war. Er hatte Angst vor den Albträumen, er hatte Angst, dass Farossi den Bluff durchschaute und er nicht mehr aufwachte, weil sie ihn im Schlaf betäuben und anschließend auflösen würden.

»Mann, riecht das nach Knoblauch«, sagte der Biker, »kann ich ein Fenster öffnen?«

Helen nickte. Der Biker öffnete ein Fenster.

»Er ist europäische Küche nicht gewöhnt«, sagte sie spöttisch zu Arvist, dem es gelang zu lächeln.

Helen Kyvig fuhr den Rechner runter und deckte den Tisch. Arvist fiel auf, wie kunstvoll sie die Servietten faltete.

»Was für ein Wein passt«, fragte sie ihn.

»Rot.«

»Davon gibt es genug.«

Sie öffnete einen Küchenschrank, in dem 10 Flaschen standen.

»Der ist nicht schlecht«, sagte Kyvig, »kein gepanschtes Zeug, keine Chemie. Bio-Anbau ohne Sulfat.«
Super, dachte Arvist, meine Entführerin und Fast-Mörderin ist Weinkennerin und Umweltaktivistin.

Den Entführern schmeckten der Salat und die Pasta, Arvist mochte den Wein. Der lockerte die Zungen. Es entwickelte sich nach der zweiten Flasche ein munteres Tischgespräch über Essen und Wein. Der Biker verstand unter Nahrung Hamburger und Steak. Kyvig und der Arzt waren kulinarisch weiterentwickelt. Die Situation wird immer bizarrer, dachte Arvist, als er die dritte Flasche entkorkte. Die Entführer und Mörder verloren ihren Bestienstatus, wurden Menschen mit Meinungen, Geschmack und Gefühl. Helen ernährte sich bewusst, der Arzt schätzte die italienische Küche, der Biker kannte die besten Metzgereien in der Stadt. Arvist fragte sich, ob er am Stockholm-Syndrom litt und in einer Stunde auf Farossis Seite überwechseln würde.

Arvist stand auf und goß Wein nach. Er hatte das Glas des Arztes gerade gefüllt, als der Strom ausfiel. Ein Schub nie gekannter Logik schoss durch seinen Kopf: Ich bin der Einzige, der steht; das Fenster, das der Biker geöffnet hat, ist drei Meter entfernt; die Entführer haben getrunken; die Flasche in meiner Hand kann eine Waffe sein; die gefährlichste Person ist Helen.

Arvist schlug die halb leere Flasche auf Helen Kyvigs Kopf, sprintete zum Fenster und sprang hinaus. Hinter sich hörte er die Schreie von Kyvig, die dem Arzt und dem Biker befahl, ihn einzufangen. Arvist stieß durch einen Busch, gelangte in einen Garten, in dem ein dicker, maskierter Mann stand. Vor ihm lagen zwei tote Dobermänner. Arvist verpasste dem Maskierten einen Tritt in die Weichteile und rannte weg. Er kam nicht weit. Eine Afroamerikanerin versperrte ihm den Weg. Arvist schlug nach ihr. Sie wehrte den Schlag problemlos ab. »Nicht schlecht für einen Freak«, sagte Karen.

41.

»Bist du in Ordnung?«, fragte Lozen. Sie war kurz nach Arvists Zusammentreffen mit Karen aus dem Haus gekommen.

»Ja, sicher. Was ist mit den dreien im Haus?«

»Sind keine Gefahr mehr.«

Lozen und Jose Martinez waren durch die Vordertür ins Haus eingedrungen. Kyvig und ihre Männer standen mit den Rücken zu ihnen, vor dem Fenster, durch das Arvist geflohen war. Sie hatten keine Chance. Bevor sie sich umdrehen konnten, hatten Lozen und Jose Martinez sie erschossen.

»Sie wollten mich in Säure auflösen«, sagte Arvist.

»Das waren keine netten Menschen.«

»Ich wäre fast draufgegangen.«

»Krieg dich ein. Die Sache ist nicht vorbei. Für einen Nervenzusammenbruch ist keine Zeit.«

Arvist ärgerte die Bemerkung. Obwohl ihm eine innere Stimme sagte, dass Lozen ihn provozierte. Weil Wut besser als Weinerlichkeit war.

»Ich krieg keinen Nervenzusammenbruch.«

»Dann ist ja gut.«

Der dicke Mann, dem Arvist in die Genitalien getreten hatte, kam zu ihnen. Er ging o-beinig und sichtlich unter Schmerzen. Arvist entschuldigte sich.

»Du musst dich nicht entschuldigen«, sagte Lozen, »Zac ist ein Profi. Er hätte den Tritt kommen sehen müssen.«

Lozen wandte sich an Zac:

»Ich glaube, du bist nicht in Form. Ein Zivilist ist problemlos an dir vorbeigekommen.«

»Hey, ich war überrascht.«

»Schwache Ausrede«, sagte Karen.

Lozen und Karen begannen, Zac Egger zu veralbern. Dabei schlugen sie Arvist anerkennend auf die Schulter. Schweiß verbindet war der Slogan, der Arvist durch den Kopf ging.

Eine Stunde nach der Befreiung lag Arvist in einem muffigen Bett im Gästezimmer von Zac Eggers Blockhaus, das abgelegen in einem Waldgebiet lag, unweit von Washington D.C. Arvist schlief sofort ein. Er wachte 12 Stunden später auf. Er fühlte sich gerädert. Der Körper wog Tonnen. Sein Kopf dröhnte. Als hätte er schlechten Wein getrunken. Eine Weile betrachtete er den Elchkopf, die amerikanische Flagge, das Stainless Banner der Südstaaten an der Wand und das Kreuz über der Tür. Es roch nach Holz und Rauch. Eine angenehme Atmosphäre. Arvist hievte sich aus dem Bett, zog sich an und ging ins Wohnzimmer. Zac Egger lag auf dem Sofa. Er spielte auf einer Gitarre. Der Slacker trug Shorts mit Superman-Logo, ein T-Shirt mit abgeschnittenen Armen und ein ledernes Schulterhalfter, in dem ein riesiger Revolver steckte. Er schaute ihn feindselig an.

»Endlich wach?«

»Wo ist Lozen?«

»Im Büro. Ich soll dich hinbringen.«

Zac Egger erhob sich, zog eine Motorradlederjacke über und ging nach draußen. Vor dem Blockhaus gab es eine Rodung. Auf der stand ein schwarz glänzender Chevrolet Tahoe. Sie stiegen in den SUV. Nach einer knappen

Stunde hielt Zac vor dem Gebäude, in dem Lozens Büro
lag. Er nannte Arvist das Stockwerk.

»Danke für alles. Und wie gesagt: Das mit dem Tritt tut
mir leid.«

»Abgang, Dude.«

Karen saß am Empfang, als Arvist Graham Security
betrat.

»Hi Arvist«, begrüßte sie ihn, »ich bring dich zu Lozen.«
Arvist überlegte, wie er Lozen begrüßen sollte. Einen
Handschlag fand er unangemessen. Einen Kuss auch.
Vielleicht sollte er mit dem Kopf nicken. Lozen nahm
ihm die Lösung des Problems ab, indem sie sitzen blieb
und ihm mit einer Handbewegung einen der Chesterfield-
Sessel anbot. Arvist mochte Lozens Büro und sagte es
ihr. Sie bedankte sich.

»Gut geschlafen?«

»Wie ein Toter.«

»Die normale Reaktion für Menschen, die Stress dieser
Art nicht gewohnt sind.«

»Was ist gestern Nacht noch passiert?«

»Ich hab mit Farossi telefoniert und ihm die neue Situation erklärt.«

»Und die ist wie?«

»Wir haben dich und das Tagebuch. Wir wollen, dass du keine Probleme hast, dafür versprechen wir, das Tagebuch nicht zu veröffentlichen.«

»Wenn ich es richtig verstanden habe, gibt es das Tagebuch nicht.«

»Korrekt.«

»Farossi will keinen Beweis für die Existenz des Buchs?«

»Doch. Aber er muss einen Sütterlin-Experten auftreiben.«

»Ältere deutsche Touristen, die Botschaft, Goethe-Institut.«

»Er braucht jemanden, der schweigen kann. Bis jetzt hat er keinen gefunden. Deshalb haben wir Zeit.«

»Wie viel Zeit?«

»Maximal zwei Tage, schätze ich.«

»Wie nutzen wir die Zeit?«

»Nick kennt einen Schriftexperten. Er sitzt dran und schreibt das Tagebuch.«

»In zwei Tagen? Das kann nichts werden. Außerdem: Wer garantiert, dass Farossi und Kettle Wort halten?«

»Du verstehst nicht, Freak. Wir nutzen die Zeit, um uns das Manuskript zu besorgen.«

»Das, das du mir gestohlen hast.«

»Genau das.«

»Wozu dann der Handschriftenexperte?«

»Notfallplan. Damit wir Farossi was zeigen können, wenn er eine Stichprobe sehen will und wir das Manuskript noch nicht haben.«

»Wo befindet sich das Manuskript?«

»In Kettles Haus auf Martha's Vineyard.«

»Ist das nicht am Meer? Ostküste?«

»Exakt.«

»Wie kommen wir dahin?«

»Flugzeug und dann per Boot.«

»Was ich sagen wollte: Wird Farossi nicht Leute vor dem Bürogebäude postieren?«

»Mit Sicherheit wird er das.«

»Also?«

»Ich arbeite dran.«

Lozen lächelte ihn an. Er lächelte zurück. Er überlegte, ob er was sagen wollte. Er ließ es sein.

In den nächsten Stunden lernte Arvist das Team kennen. Er erkundigte sich, warum Karen am Empfang saß, und erfuhr, dass es einen Vorfall mit einem Kunden gegeben hatte. Seitdem weigerte sich die Tagessekretärin, am Empfang zu sitzen. Ronan erwies sich als Kino-Experte und Basil-Warden-Bond-Fan. Bei Nick diagnostizierte Arvist ADHS und Autismus. Bedford war ein netter Typ, der Arvist sein Bedauern aussprach, dass er in diese missliche Lage gekommen war.

Den Rest des Tages saß Arvist im Büro der Tagessekretärin, eine ältere Dame um die 50. Sie schien von seiner Anwesenheit gestört. Arvist gelang es, die Feindseligkeit zu ignorieren. Lozen hatte ihm gesagt, dass sie wisse, dass die Frau eine Zicke sei, aber Nicks besonderen Schutz genieße, und mit Nick wolle man sich nicht anlegen. Um die Zeit zu vertreiben, postete Arvist einen düsteren Artikel auf seinen Blog, der den Gebrauch von Säuren behandelte, seine Leser verstörte und deshalb einen Click-Rekord auslöste.

Am frühen Abend erschien Lozen.

»Es geht los.«

Sie gingen zum Aufzug, wo Karen und Ronan warteten. Sie fuhren in die Tiefgarage und stiegen in einen blauen Chevrolet Avalanche. Lozen fädelte sich in den Verkehr ein und fuhr langsam durch die Stadt.

»Gibt es Verfolger?«, fragte Arvist.

»Bisher hab ich keinen gesehen«, antwortete Karen.

»Das heißt nichts«, sagte Lozen.

Eine Stunde fuhren sie kreuz und quer durch die Downtown der Hauptstadt. Dann verließen sie den Stadtkern. Arvist war überrascht, als sie auf den Haupteingang der Joint Base Andrews Naval Air Facility zufuhren. Ein schlanker Mann um die 60 Jahre, mit grauen Haaren, in einer Generalsuniform, stand am

Eingang. Lozen sprang aus dem Wagen und warf sich in seine Arme.

»Ihr Vater?«, fragte Arvist.

»Ihr Ex«, sagte Karen.

Der Ex setzte sich neben Arvist in den Wagen.

»Arvist, darf ich vorstellen, das ist General Petracci«, sagte Lozen, »er wird uns helfen, nach Martha's Vineyard zu kommen, ohne dass Farossi es mitbekommt.«

Der General schüttelte Arvist die Hand. Der Händedruck war kräftig. Der Mann war braun gebrannt. Bestimmt nicht durch eine Höhensonne, sondern weil er jeden Morgen vor dem Frühstück durchs Gelände robbt, dachte Arvist. Er konnte sich nicht vorstellen, was Lozen an dem greisen Knacker fand. Egal, wie fit er war, er war alt.

»Woher kennen sie sich?«, fragte Arvist.

»Wir waren zusammen in Afghanistan und dem Irak«, sagte General Petracci.

Sein Lächeln war warm und freundlich, fand Arvist. War es das, was Lozen gefallen hatte?

»Ich hab David deine Geschichte erzählt. Er ist kein Freund der Kettles«, sagte Lozen.

»Streit mit Adams Vater«, sagte der General mit einem Grinsen, das seine tadellosen weißen Zähne zeigte. David, was für ein blöder Vorname, dachte Arvist.

Lozen lenkte den Wagen zu einem Hangar. Die Gruppe stieg aus dem Wagen. Der General und Lozen gingen voraus. Der General hielt ihre Hand.

»Ist er wirklich ihr Ex?«, fragte er Karen.

»Ja. Sie sind, wie es so schön heißt, freundschaftlich verbunden.«

»Warum haben sie sich getrennt?«

»Warum willst du das wissen?«

»Nur so.«

»Frag sie.«

»Mach ich.«

Der General führte sie zu einem Transportflugzeug.

»Die Maschine fliegt nach Boston. Sie nimmt uns mit«, erklärte Lozen.

»Vorausgesetzt, Farossi weiß, dass wir zur Airbase gefahren sind: Hat er nicht die Möglichkeit rauszufinden, wohin wir geflogen sind?«, fragte Arvist.

»Wenn, wird er eine falsche Auskunft erhalten«, sagte der General und zeigte dabei wieder seine Zähne. Ob Lozen seine Beißerchen mochte, fragte sich Arvist.

Die Gruppe stieg in das Flugzeug. Lozen umarmte den General zum Abschied und gab ihm einen schnellen Kuss auf den Mund. Widerlich, dachte Arvist.

Lozen setzte sich neben Arvist.

»David hat uns echt geholfen«, sagte sie.

»Wie lange warst du mit ihm zusammen?«, fragte Arvist.

»Wir kennen uns noch nicht gut genug, um solche Gespräche zu führen«, sagte Lozen. Arvist war beleidigt. Überhörte dabei das noch.

Das Transportflugzeug hob ab. Der Mann, der dem Team bis zur Joint Base Andrews Naval Air Facility gefolgt war, parkte in der Nähe der Einfahrt, rief seinen Arbeitgeber an und informierte ihn.

42.

Das Glas Wasser, das vor ihm auf dem Tisch stand, kam ihm wie ein Feind vor. Wasser machte nicht glücklich, reich oder betrunken. Es schmeckte nach nichts oder Chlor. Nährwert hatte es keinen. Farossi erinnerte sich an ein Treffen der Anonymen Alkoholiker, bei dem ein Typ eine Stunde von der Qualität eines Glas Wassers geschwärmt hatte. Schwachsinn. Er wünschte sich eine Flasche Whiskey, aber fürs Saufen war nicht der richtige Zeitpunkt. Die ersten Ergebnisse der Deligierten aus Iowa kamen in wenigen Minuten. Er saß in einem Hinterzimmer des Hotel Fort Des Moines. Neben ihm starrte der Kandidat auf den Fernseher. Lucy Kettle, die Kinder, Wahlhelfer und Bodyguards bevölkerten einen schmucklosen Raum, in dem ein Tisch, billige Stühle und zwei Fernseher standen. Hostessen in hässlichen Uniformen verteilten Softdrinks. Auf einem Tisch befand sich ein bescheidenes Buffet mit Sandwiches, Chips und Wasserflaschen. Im Hauptsaal des Hotels warteten die Kettle-Anhänger von Iowa.

Die Umfrage des Des Moines Register hatte einen Triumph für Adam A. Kettle vorausgesagt. Die Statistik-Gurus des Blattes irrten sich selten. Doch Siegesstimmung wollte sich bei Farossi nicht einstellen. Der Anruf von der Andrews Air Force Base hatte ihn beunruhigt. Wen zum Teufel kannte Lozen auf dem Flugplatz? Farossi hatte seine Kontaktleute beim Militär angerufen, um herauszufinden, wo sie hingeflogen waren. Laut Flugplan gab es nur eine Maschine mit Zivilisten an Bord. Die war zur Los Angeles Air Force Base in El Segundo geflogen. Was wollten Lozen und Arvist in Los Angeles? Welches Geheimnis über die Kettles gab es an der Westküste zu finden?

Farossi klopfte Adam A. Kettle grinsend auf die Schulter, verschwand auf dem Klo, wo er einen Schluck aus dem Flachmann nahm. Bisher war es ein Scheißtag gewesen. Am Morgen hatte Lozen ihm ein Foto gesimst. Es zeigte Helen Kyvig und ihr Team. Tot. Erschossen. Unter dem Bild stand der Satz: Er lebt. Als Farossi drei Stunden später bei Lozen anrief, hatte er sich gefasst. Ganz der souveräne Verlierer – Hey, Schlachtenglück kommt und geht – diskutierte er mit ihr das weitere Vorgehen. Nach wie vor glaubte Farossi an einen Bluff, was das Tagebuch anging. Dennoch machte er dem Übersetzer Druck, einen Sütterlin-Experten aufzutreiben. Sollte er doch einen aus Heidelberg oder Berlin einfliegen. Es musste genug Heinies geben, die die Scheißschrift beherrschten.

Ein anderes Problem war der Ersatz für Kyvig und ihre Leute. Farossi rief einen alten CIA-Kontakt an, der noch unter Adam A. Kettles Vater gedient hatte. Eine Stunde später hatte sich ein Hank Gilmore gemeldet. Mit vier Männern kam er in Farossis Hotelzimmer in Des Moines. Es waren gestandene Kerle um die fünfzig in gebügelten Anzügen, die grauen Haare kurz geschnitten, die braunen Halbschuhe poliert. Sie rochen nach billigem After Shave. Der Wahlkampfmanager gab einen Überblick über die kommenden Aufgaben. Gilmore und seine Männer redeten nicht viel. Ihre Gesichter zeigten keine Regungen. Sie vermittelten den Eindruck, dass sie jeden Job hinkriegten. Old School, dachte Farossi.

Nach einem zweiten Schluck aus dem Flachmann, verließ Farossi das Klo, warf ein Pfefferminz-Kaugummi ein und ging zurück zum Kandidaten. Der wusste nichts von den zurückliegenden Ereignissen. Adam A. Kettle sollte sich auf die Vorwahlen konzentrieren. Nur darauf. Farossi wollte einen fokussierten Kandidaten in Bestform.

Als das erste Ergebnis reinkam, saß der Wahlkampfmanager wieder neben Adam A. Kettle. Ein Erdrutschsieg bahnte sich an. Die Wahlhelfer im Hinterzimmer jubelten. Der Kandidat und seine Frau fielen sich in die Arme. 8 Prozent lagen zwischen ihm und dem Zweiten. Automatisch ratterten die Fakten durch Farossis Kopf: Verfolger Les Scarlatti, Senator aus Chicago, 35 Jahre, ein Shooting Star, gut bei jungen Wählern und konservativen Demokraten. Schlecht bei Frauen und ethnischen Minderheiten. Zwei Prozentpunkte hinter Scarlatti lag Susan Jane Rudin. 46, Gouverneurin von Rhode Island, hübsch, Wirtschaftsexpertin, gute Europakenntnisse, gut bei

Konzernbossen und Frauen, schlecht bei konservativen Demokraten. In ihr sah Farossi die wahre Gegnerin für den Kandidaten. Mit Frauen habe ich in letzter Zeit wirklich nur Ärger, stellte Farossi frustriert fest. Die übrigen demokratischen Kandidaten spielten keine Rolle. Auch wenn dies erst die erste Entscheidung war, glaubte Farossi, dass es in den anderen Bundesstaaten auf einen gottverdammten Dreikampf hinauslaufen würde.

Weitere Ergebnisse kamen und bestätigen das erste. Farossi gratulierte Adam A. Kettle.

»Danke, Harvey. Das ist auch dein Sieg.«

Farossi hasste diese Floskeln. Auch wenn sie der Wahrheit entsprachen, glaubten Kandidaten am Ende nur an sich.

»Du solltest auf die Bühne.«

»So früh?«

»Dein Vorsprung ist groß. Das wird sich nicht verändern. Wenn du zu diesem Zeitpunkt auftrittst, wird das als Selbstvertrauen gewertet. Und das bringt Schlagzeilen wie Ist Kettle der nächste Präsidentschaftskandidat der Demokraten?«

»Du hast recht, Harvey.«

Adam A. Kettle klopfte Farossi kumpelhaft auf die Schulter, rief seine Frau und die Kinder zu sich und ging mit ihnen auf die Bühne im Hauptsaal. Die Menge grölte, schwenkte amerikanische Flaggen und Schilder mit Kettles Namen drauf. Der Kandidat dankte seinen Anhängern, Gott und seiner Familie, ohne die er diese Anstrengung des Wahlkampfes nicht bewältigen könnte.

Farossi sah sich das Politritual auf einem Monitor am Bühnenaufgang an. Die Whiskey-Flasche rückte in greifbare Nähe. Es gab nicht nur den Wahlsieg zu feiern. Becker lag noch immer im Koma. Sein republikanischer Kandidat hatte einen Ersatz angeheuert.

Die Kettles kehrten von der Bühne zurück. Mit strahlenden Gesichtern, wie Familien aus der Werbung, die in TV-Spots Autos oder Lebensversicherungen kauften. Mindestens drei Auftritte müssen sie machen, rechnete Farossi. Mit den Kettles ging er zurück ins Hinterzimmer. Eine Hostess brachte ein Tablett mit Champagner, das Farossi geordert hatte. Der Kandidat stieß mit seiner Familie und den Wahlhelfern an.

»Und als Nächstes holen wir uns New Hampshire!«, rief Farossi.

»Und dann den Super Tuesday!«, rief Adam A. Kettle.

Drei neue Ergebnisse kamen rein. Kettle baute den Vorsprung aus. Diesmal ging er allein zu seinen Anhängern im Saal und wiederholte die New-Hampshire-Super-Tuesday-Rufe. Eine gute Sache, fand Farossi, der sich ein zweites Glas Champagner besorgte. Langsam erfasste ihn die Siegesstimmung. Das wollte er nicht. Euphorie machte einen unachtsam und faul. Als Wahlkampfmanager war er für Bodenhaftung zuständig. Der Kandidat war nicht im Ziel. Die Leistung von Adam A. Kettle durfte nicht abnehmen, sondern musste sich steigern.

Um die Euphorie wie Unkraut abzutöten, dachte der Wahlkampfmanager an Lozen und den Deutschen. Was war Lozens Plan, wenn es das Tagebuch nicht gab? Arvist eine neue Identität in der Dritten Welt verschaffen? Möglich, aber würde Arvist das mitmachen? Oder würde Lozen weiter Belastendes über die Kettles suchen? Wenn ja, was konnte ihr Team finden? Außerdem durfte er nicht außer Acht lassen, dass Lozen sich auch um sich selbst kümmern musste. Ihr war klar, dass Kettle gegen sie vorgehen würde. Sie müsste sich absichern. Sie schien einen Verbündeten bei der Air Force zu haben. Bestimmt gab es eine Reihe Militärs und zufriedener Kunden in wichtigen Positionen, die sich für sie einsetzen würden. Vielleicht sollte er Lozen in Ruhe lassen, dachte Farossi.

Auf CNN wurden Scarlatti und Rudin interviewt. Sie spielten das sich abzeichnende Wahlergebnis herunter, wiesen darauf hin, dass es in New Hampshire anders aussehen werde und es ein langer Weg bis zur Convention der Demokraten sei. Kettle erwähnten beide nicht. Farossi grinste. Amateure. Ein Fehler. Ein vermeidbarer Fehler. Das waren die schlimmsten.

Adam A. Kettle kehrte glücklicher und strahlender und euphorischer als zuvor von seinem Bühnenauftritt zurück. Zeit, ihn zu erden, dachte Farossi. Der Wahlkampf geht weiter. Er ging zum Kandidaten, der mit seiner Frau sprach.

»Adam, wenn du das nächste Mal rausgehst, gratuliere Scarlatti und Rudin.«

»Wieso? Warum soll ich ihnen gratulieren?«

»Weil du wie ein fairer Sportsmann auftrittst, der die Leistungen der Gegner, die sich gut geschlagen haben, respektiert«, sagte Lucy Kettle.

»Das haben beide unterlassen. So was schätzen die Wähler nicht«, ergänzte Farossi.

»Alles klar. Macht Sinn«, sagte der Kandidat. Wieder klopfte er auf Farossis Schulter. Es war die Geste des Abends. Und sie nervte.

Farossi rechnete sich aus, wann er den ersten Whiskey trinken konnte. In zwei bis drei Stunden, schätzte er. Ein seltsamer Tag, sinnierte er. Die Redewendung Sieg und Niederlage liegen dicht beieinander war eine Binsenweisheit. An diesem Abend besaß sie für den Wahlkampfmanager eine tiefe Wahrheit. Eine, die ihm bewusst machte, dass – trotz der dominierenden Philosophie der Hollywood-Filme und der davon abgeleiteten Wahlkampfstrategien – das Leben keine klaren Aussagen kannte. Jeder Sieg beinhaltete eine Niederlage. Das wurde einem selten bewusst. Der Impuls, Lozen eine SMS zu schicken und sie zu fragen, ob sie nach den Vorwahlen mit ihm Essen gehen würde, bemächtigte sich seiner. Für den Bruchteil einer Sekunde. Der machte dem Wahlkampfmanager Sorgen. Sentimentalität und Gefühle für eine Feindin waren Luxus. Und Luxus führte zur Dekadenz und Dekadenz zum Untergang. Fick dich, Lozen. Verdammt, wann ist Whiskey-Zeit?

43.

»Du hast 19 Sekunden bis zum Haus, weitere 19, um ins Gebäude zu gelangen und die Anlage abzuschalten«, sagte Nick.

Lozen sprang auf, rannte über die Düne, auf die Rückseite des grauen Gebäudes zu. Sie benötigte 15 Sekunden. Ihr Atem ging schnell. Ich muss mehr trainieren, dachte Lozen.

»Du bist zu langsam«, sagte Nick.

An der Rückwand gab es eine weiße Hintertür. Sie führte in die Küche.

»Ich habe die Tür geöffnet«, sagte Nick.

Lozen drückte sie auf. Sie trug schwarze Kleidung und ein Headset, über das sie mit Nick kommunizierte, der im Büro in Washington saß. Er hatte sich in den Sicherheitscomputer vom Stammsitz der Kettles auf Martha`s Vineyard gehackt und die Kontrolle übernommen. Ein hervorragendes Gerät, hatte er Lozen am Telefon erklärt. Sie würde nicht viel Zeit haben, um ins Haus zu gelangen. Wenn man einen Teil der äußeren Sicherheitsanlage länger als 20 Sekunden ausschaltete oder übernahm, schickte das System automatisch eine Mail an den Sicherheitsdienst mit der Frage, ob das in seinem Sinne wäre. Deshalb hatte Lozen sprinten müssen. Deshalb hatte sie 19 Sekunden, um ins Haus gekommen. Was passiert, wenn ich drin bin, hatte Lozen Nick gefragt. Du hast 20 Sekunden Zeit, den Code einzugeben, war die Antwort gewesen. Lozen hoffte, dass die Informationen, die Nick von Susan erhalten hatte, korrekt waren.

Lozen eilte durch die Küche, die wie das Haus weiß-grau gehalten war. In der Mitte befanden sich Spüle und Arbeitsfläche, über denen silberglänzende Töpfe und Pfannen hingen.

»Noch 15«, sagte Nick.

Lozen verließ die Küche, kam in einen Flur, der sie ins Wohnzimmer führte. Ein kleiner Kamin, zwei blau-graue Sofas, zwei Sessel in der gleichen Farbe, ein dunkler, hoher Holztisch, zwei dazu passende Stühle, ein karierter Teppich auf dem dunklen Dielenfußboden. Schrecklich spießig, dachte Lozen, als sie durchs Zimmer, vorbei an der nach oben führenden Treppe, zum Haupteingang lief. Da hing ein kleiner, weißer Kasten.

»Noch 10. Du warst mal schneller«, sagte Nick.

»Arsch.«

Lozen erreichte den Kasten und öffnete ihn.

»Nummer.«

»3579«

Sie tippte die Nummer ein.

»Erledigt.«

»Du hättest noch 3 Sekunden gehabt.«

»Du bist sicher, dass die Wachleute im Nebengebäude nicht mitbekommen, dass sich der Sicherheitsstatus des Hauses geändert hat?«

»Die Mitteilung habe ich soeben abgefangen. Du hast 29 Minuten, bis der Wachmann seine Runde durchs Haus macht.«

»Bibliothek?«

Lozen stellte die Frage, obwohl sie wusste, wo sie lag. Sie hatte den Plan des Gebäudes auswendig gelernt. Aber Nick hätte ihr auch ohne die Frage gesagt, wo sie hin musste. Das war seine Art. Er ging davon aus, dass die menschliche Rasse, ihn ausgenommen, aus Idioten bestand.

»Treppe rauf. Dann rechts.«

Ein grauer Teppich lag auf den weißen Treppen. Die Geländerpfosten waren weiß, der hölzerne Handlauf naturbelassen dunkelbraun. Lozen nahm zwei Stufen auf einmal und stürmte in die Bibliothek. Ein beachtlicher Raum. Vier Wände voll mit Büchern. Ein brauner Teppich. Die Bücherregale waren weiß, die Regalbretter dunkelbraun. Das Sofa und der Tisch entsprachen den Möbeln im Wohnzimmer. Der erste Raum, der ihr gefiel.

Lozen ging die Bücherregale ab. Sie erkannte das System.

»Hand- und Wörterbücher, Sachbücher, Belletristik alphabetisch geordnet«, informierte sie Nick.

»Vergiss die Belletristik. Ordnungsprinzip bei den Sachbüchern?«

»Einen Augenblick.«

»Du hast 27 Minuten und 30 Sekunden.«

Lozen schaute sich die Sachbücher an. Es gab kein erkennbares System. Die Sachbücher machten, wenn man die Hand- und Wörterbücher dazuzählte, zwei Drittel der Bibliothek aus.

»Kein System.«

»27 Minuten.«

Lozen starrte auf die Bücherregale, gefüllt mit abgeholztem Regenwald. Sie wünschte sich, Arvist würde neben ihr stehen. Der Freak mochte Bücher, er würde wissen, wo das Manuskript versteckt war. Verdammter Mist. Warum musste sie an den Freak denken? Seine Eifersucht auf David war unübersehbar und lächerlich gewesen. Nach einer Nacht hatte er keinerlei Ansprüche, nach zehn oder zehntausend allerdings auch nicht.

Amerikanische Geschichte, Weltgeschichte, Wirtschaftsgeschichte, ein bisschen europäische Geschichte, Biografien amerikanischer Helden, wie Washington, die Gründungsväter von Adams bis Wythe, dann große Männer wie Jackson, Boone, Crocket, Bowie,

Custer, Earp, Wayne, Patton, McArthur, Theodor Roosevelt, Franklyn D. Roosevelt, Kennedy, Reagan. Helden, da gehörte Kettle hin. Lozen zog die Bücher einzeln raus. Schaute, ob etwas dahinter versteckt war, ob etwas in einem falschen Einband steckte.

»20 Minuten«, sagte Nick.

Ihr Vorgehen war zu langsam. Lozen stoppte. Kennedy? Ein Kettle und ein Buch über die Kennedys? Unwahrscheinlich. Machten auch auf Iren. Sie nahm die Biografie über JFK, öffnete sie. Enttäuschend. Es war drin, was der Titel versprach.

Warum sollte Kettle eigentlich das Buch verstecken? Dies war sein Haus, seine Bibliothek. Es gab keinen Grund für Heimlichkeit. Für Adam A. Kettle war sein Vorfahre wahrscheinlich ein Held. Lozen begann von vorne. Sie ließ ihren Blick über die Buchrücken gleiten.

»19 Minuten«, sagte Nick.

Die Ruhe bewahren, weiterschauen. Du hast Zeit. Von Theodor Roosevelt besaß Adam A. Kettle sogar zwei

Biografien, stellte Lozen fest. Buchrücken für Buchrücken tastete sie mit ihren Augen ab. Zwischen Boone und Crocket entdeckte sie einen unbeschrifteten, abgegriffenen Buchrücken. Das könnte es sein. Lozen zog es heraus. Sie hatte recht. Es war das Manuskript.

»Problem«, sagte Nick.

»Was für ein Problem?«

»Die Änderung des Sicherheitsstatus wurde von den Wachen bemerkt. Sie sind auf dem Weg zu dir.«

»Nick!«

»Nicht meine Schuld. Es muss eine zusätzliche Warnvorrichtung geben, die nicht verzeichnet war.«

Lozen steckte das Manuskript in den Rucksack auf ihrem Rücken.

»Karen, hast du mitgehört?«

»Ja«, sagte Karen, »ich sehe sie. Sechs Leute. Auf dem Weg zum Haus.«

»Du weißt, was zu tun ist.«

Lozen lief aus der Bibliothek in den Flur, stürmte durch ein Zimmer auf den Balkon. Sechs Schatten liefen aufs Haus zu. Drei trennten sich von der Gruppe und rannten zur Hintertür. Professionelles Vorgehen. Laut Nick hatte Farossis FBI-Freund Jack Manusco das Sicherheitssystem entworfen und das Wachpersonal ausgesucht. Gute Arbeit, Jack.

Lozen sprang vom Balkon, landete sanft und rollte sich ab. Die Gruppe, die zum Haupteingang gelaufen war, bemerkte sie und änderte die Richtung. Lozen sprang auf und rannte auf die Sicherheitsleute zu. Sie hörte ein zischendes Geräusch. Ein Wachmann fiel zu Boden. Seine Kollegen blieben irritiert stehen. Wieder ein Zischen und Wachmann Nummer 2 wurde umgeworfen. Die Sicherheitsmänner trugen kugelsichere Westen. Karen, ausgerüstet mit einem Nachtsicht-Gerät und einem hochkalibrigen Gewehr mit Zielfernrohr, schoss auf die Brust. Der Aufprall der Geschosse warf die Männer um. Ein drittes Mal war das zischende Geräusch zu hören und der letzte Wachmann ging zu Boden.

Als Lozen die Sicherheitsmänner erreichte, rappelte sich der erste bereits hoch. Sie schlug ihn mit einem Kinnhaken k. o. Nummer zwei lag noch am Boden. Der dritte Wachmann erholte sich erstaunlich schnell. Er sprang auf und griff nach seiner Waffe. Mit zwei schnellen Tritten gegen die Rippen und die Schläfe schaltete Lozen ihn aus. Nummer zwei versuchte, sich aufzurappeln. Lozen sprang auf ihn und verpasste ihm eine Kette harter Schläge ins Gesicht, bis er sich nicht mehr regte.

Lozen stand auf und lief in gleichmäßigen Schritten zum Strand. Das gestohlene Motorboot, mit dem sie vom Festland, von Falmouth, übergesetzt hatten, lag rund anderthalb Kilometer entfernt. Aus den Dünen kam eine Gestalt und reihte sich neben ihr ein. Es war Karen. Sie besaß eine Olympia-getestete Prothese für solche Einsätze, mit der sie problemlos mithielt.

Lozen schaute aufs Meer, sah die weißen Wellenkämme im Mondlicht. Das Rauschen der Wellen, der salzige Geruch und die Dünenlandschaft erinnerten sie an ihre Reise durch die USA, nach der Schule, vor dem Militär. Allein auf dem Motorrad, mit wenig Geld. Als das Leben friedlich war, das Kämpfen noch vor ihr lag, wo Abende wie dieser nicht Normalität waren.

»Verfolger«, sagte Karen.

Lozen schaute sich um. Sah zwei Lichter. Die Wachen folgten ihnen mit einem Wagen. Das Zodiac war mindestens 700 Meter entfernt. Sie würden es nicht schaffen.

»Ronan.«

»Hier Ronan. Alles gut bei euch?«

»Schau in unsere Richtung und du weißt, dass nichts gut ist. Stell den Motor an und fahr uns entgegen.«

»Verstanden.«

»Die Polizei wurde alarmiert«, sagte Nick.

Es wurde eng. Lozen schaute sich um. Die Lichter kamen schnell näher. Wo blieb Ronan mit dem Zodiac? Sie erhöhte das Lauftempo.

Lozen gab ein Lichtzeichen mit der Taschenlampe. Ronan antwortete und steuerte das Boot auf den Strand zu. Lozen und Karen liefen in Richtung Wasser. Schüsse fielen. Sand spritzte hoch. Karen nahm das Gewehr von der Schulter.

»Nein, das sind keine Gangster, sondern Wachleute, die ihren Job machen«, sagte Lozen, »die können wir nicht umlegen.«

Weitere Schüsse fielen. Ronan stoppte das Boot. Arvist saß neben ihm. Lozen und Karen liefen ins kalte Wasser und warfen sich ins Boot. Ronan gab Gas. Die Scheinwerfer des Wagens leuchteten aufs Meer. Lozen konnte keinen Menschen erkennen. Sie sah das Mündungsfeuer. Eine Kugel traf das Boot. Arvist zuckte zusammen. Zwei Schüsse gingen ins Wasser. Wir haben Glück, stellte Lozen fest, sie haben nur Pistolen. Ronan lenkte das Zodiac aufs offene Meer. Salzwasser spritzte Lozen ins Gesicht. Sie dachte erneut an ihre Reise. An den Hummer-Fischer in Maine, der sie mit aufs Meer genommen hatte. Sie musste lächeln.

44.

Karen warf das Gewehr ins Wasser, als Ronan das Zodiac auf den Strand zusteuerte. Die Küstenlinie war dunkel. Der Halbmond spendete wenig Licht. In der Ferne sahen sie die Lichter von New Bedford.

»Festhalten«, sagte Ronan und fuhr das Boot auf den Strand. Lozen, Ronan, Karen und Arvist, der den Rucksack mit dem Manuskript trug, sprangen aus dem Zodiac. Die Gruppe lief durch den Sand zum Strandparkplatz, auf dem ihr Auto stand. Sie stiegen ein. Lozen setzte sich ans Steuer und fuhr los.

»Wir müssen uns trennen. Die Polizei auf dem Festland wird informiert sein. Der Wachdienst des Hauses wird sie über die Größe unserer Gruppe informiert haben. Zwei Pärchen sind unauffälliger«, sagte Lozen.

Sie stoppten an einer Kreuzung.

»Die nächste größere Ortschaft ist nach links. Entfernung 3 Meilen«, sagte Ronan, der auf dem Smartphone die Landkarte aufgerufen hatte.

»Greyhound-Station?«, fragte Lozen.

»Ich schaue nach.«

Lozen schaute nach links und rechts. Kein anderes Auto zu sehen.

»Ja. Es gibt eine Haltestelle. Nächster Bus in 10 Minuten. Geht nach Boston«, sagte Ronan.

»Gut. Das ist Karen und deiner.«

Lozen bog nach links. Sie passierten eine Shopping-Mall und eine McDonalds-Filiale. Der Drive In war leer. Sie fuhren an einem brach liegenden Feld vorbei. Dann kam das erste Haus und dann ein zweites. Lozen hatte kein Ortschild gesehen. Die Anzahl der Gebäude entlang der Straße nahm stetig zu.

»Richtung Zentrum?«

»Ja.«

Lozen folgte einem Hinweisschild. Auf den Straßen herrschte kein Verkehr. Erst als sie die Main-Street erreichten, stießen sie auf Häuser, in denen Licht brannte. Es waren die Schaufenster der geschlossenen Läden.

»Dahinten ist es«, sagte Karen.

Sie zeigte auf ein unscheinbares zweistöckiges Haus, vor dem das Bus-Stopp-Zeichen stand. Lozen hielt den

Wagen an. Karen und Ronan stiegen aus, überquerten die Straße und setzten sich auf die Steinbank neben dem Haltestellen-Zeichen unter einer Straßenlaterne. Die Live-Inszenierung eines Edward-Hopper-Gemäldes, dachte Arvist.

Lozen und Arvist fuhren weiter. Stadtauswärts. Nach einer Meile kam ihnen der Greyhound-Bus entgegen.

»Ich will runter von dieser Straße. Schau, wie wir fahren müssen«, sagte Lozen zu Arvist, »keine Highways, wir suchen Nebenstraßen.«

»Was ist unser Ziel«, fragte Arvist.

»Raus aus diesem Bundesstaat.«

Arvist öffnete sein Laptop, weil der Bildschirm größer war und er die Karten besser lesen konnte. Währenddessen rief Lozen Nick an und informierte ihn über ihren Standort und den Stand der Operation.

»Sechs Meilen auf dieser Straße, dann rechts«, sagte Arvist, nachdem Lozen das Telefonat beendet hatte.

Sie fuhren aus der Stadt. Es gab keine Straßenbeleuchtung. Lozen stellte das Radio an. Eine Ballade von Dierks Bentley wurde gespielt. Arvist sah hinaus in die Finsternis, die nur durch die Autoscheinwerfer durchbrochen wurde.

»Noch fünf Meilen«, sagte er.

Sie fuhren durch einen Wald. Die Straße machte einen langen Bogen. Arvist bemerkte ein Blitzen in der Dunkelheit. Für einen Moment sah er die Umrisse einzelner Bäume. Er wollte Lozen auf das Blitzen aufmerksam machen, da war es verschwunden. Irgendetwas Metallisches, das das Mondlicht reflektiert, dachte Arvist. Die Scheinwerfer erfassten ein altes Werbeplakat am Straßenrand. Da sah Arvist blaue und rote Lichter durch die Bäume schimmern. Er zeigte sie Lozen. Sie hielt den Wagen an und schaltete die Scheinwerfer aus.

»Die Beleuchtung von Polizeiwagen. Eine Straßensperre.«

»Was machen wir?«

»Wir müssen zurück.«

Lozen nahm das Laptop und studierte die Karte.

»Alles klar.«

Sie drehte den Wagen, fuhr ohne Licht zurück in die Stadt, vorbei am Bus-Stopp. Die Bank war leer. An einer Kreuzung bog sie links ab und fuhr die Straße entlang, bis ein nicht asphaltierter Weg abging, in den sie einbog. Lozen lenkte den Wagen über den holprigen Waldweg voller Schlaglöcher und kaute dabei Kirschkaugummi.

»Auf dieser Strecke braucht man einen Geländewagen«, sagte Lozen.

Arvist schaute sich auf der Karte den Verlauf des Weges an. Er führte zur Grenze des Bundesstaates.

Wegen des schlechten Zustands der Piste, kamen sie nur langsam voran. Lozen warf eine Koffeintablette ein. Sie bot Arvist eine an. Er lehnte ab. Er war hellwach. Nach zwei Stunden erreichten sie erneut eine Kreuzung. Lozen bog rechts ab. Der neue Weg war schlechter als der alte und der Wald dichter als zuvor, weshalb weniger Mondlicht durch die Wipfel drang. Lozen fluchte. Sie musste das Fahrtempo reduzieren.

»Wie lange müssen wir auf diesem Trampelpfad bleiben?«, fragte sie.

»10 Meilen.«

»Super.«

Der Wald wich einer gerodeten Fläche. Lozen war froh, Himmel und Halbmond zu sehen. Sie fuhren einen lang gezogenen Hügel hoch. Arvist bemerkte den Umriss eines Gebäudes in der Dunkelheit. Vermutlich eine Farm. Sie fuhren daran vorbei. Auf einmal hörten sie eine Sirene. Ein Polizeiwagen tauchte hinter dem Gebäude auf und folgte ihnen. Lozen gab Gas und raste den Hügel hoch. Oben angelangt, sah sie, dass am Fuß ein zweiter Polizeiwagen quer auf dem Weg stand. Sie verringerte das Tempo, packte den Rucksack mit dem Manuskript, warf ihn aus dem Wagen in die Finsternis und fuhr weiter. Im Rückspiegel sah sie, dass der Polizeiwagen hinter ihnen nicht stoppte.

Glück gehabt, er hat es nicht gesehen, dachte Lozen.

Aus dem Polizeiwagen vor ihnen stiegen zwei Uniformierte aus. Sie zogen die Waffen und schauten in ihre Richtung. Provinzbullen mit Western-Allüren sind das Schlimmste, dachte Lozen.

»Was machen wir?«, fragte Arvist.

»Sims Nick, dass wir geschnappt worden sind und unseren Standort.«

Arvist folgte der Anordnung. Lozen hielt an. Die Polizisten hinter ihnen fuhren zu ihnen auf, bis sie fast die Heckstoßstange berührten.

»Steigen Sie aus dem Wagen und legen Sie sich auf den Boden«, hallte es aus dem Lautsprecher.

45.

Der Flugbegleiter zog die Tür des Fliegers zu. Farossi sah aus dem Fenster des Privatjets der Kettles. Draußen tobte ein Sommergewitter. Der Kandidat und dessen Ehefrau saßen im vorderen Teil der Maschine, wo es einen Tisch mit vier Sitzen gab. Sie waren auf dem Weg nach Concord, New Hampshire, wo in knapp einer Woche die zweite Vorwahl stattfand. Der Flieger setzte sich in Bewegung Richtung Startbahn. Farossi schnallte sich an, als Jack Manusco anrief.

»Jack.«

»Du hast Glück. Ein Provinzsheriff hat Graham und Bunger geschnappt. Den Namen des Kaffs hab ich dir geschickt.«

Farossi atmete durch. Er hatte nicht daran geglaubt. Pessimismus war ein Zustand, den er verachtete. Aber seit ihn der Sicherheitchef des Kettle-Anwesens auf Martha's Vineyard über den Einbruch informierte hatte, hatte eine düstere Stimmung Farossi erfasst und nicht verlassen. Auch Prozac half nicht. Erneut hatte Lozen Graham ihn ausgetrickst. Ließ ihm ein falsches Flugziel zukommen und drang in den Familiensitz der Kettles ein, der ein FBI-geprüftes Sicherheitssystem hatte. Farossi hatte Lozen unterschätzt. Dass die Söldnerin geschnappt worden war, war Glück. Nichts weiter.

»Das Manuskript?«, fragte Farossi.

»Beute wurde nicht sichergestellt.«

»Der Rest des Teams?«

»Sie haben sich aufgeteilt. Die anderen haben es geschafft.«

»Kannst du sicherstellen, dass keiner mit Graham und Bunger spricht?«

»Schon erledigt. Habs zur Bundesangelegenheit erklärt. Damit ist es ein FBI-Fall.«

»Danke.«

»Der Kandidat schuldet mir was.«

»Ich weiß.«

»Du auch.«

»Ich weiß.«

Farossi las die SMS von Manusco mit dem Ortsnamen, rief Hank Gilmore an und befahl, sich dort mit ihm zu treffen. Als er aufgelegt hatte, ging er zu Adam A. Kettle und seiner Frau. Sie schlief, er studierte seine nächste Rede ein. Die blonden Haare wirkten grau. Er sah erschöpft aus. Nach dem Sieg in Iowa hatte der Kandidat vor Selbstbewusstsein gestrotzt. Zu Recht. 940 der 2500 Deligierten von Iowa hatten ihn am Ende gewählt. Die Nachricht vom Einbruch setzte der Euphorie ein Ende. Seitdem schlief der Kandidat schlecht. Konnte sich nicht konzentrieren. Die Ausgangslage, die durch den Diebstahl des Manuskriptes entstanden war, zerrte an seinen Nerven. Für Adam A. Kettle war es essenziell, das Gefühl zu haben, eine Situation zu kontrollieren. Das war momentan nicht der Fall. Die Vorwahlen liefen ausgezeichnet, aber das hatte keinen Wert, wenn Bunger lebte und sich das Manuskript nicht in seinen Händen befand. Er fühlte sich wie ein Schwimmer, den eine Welle erfasst hatte, die ihn mit sich riss.

»Adam, gute Nachrichten. Lozen und Bunger sitzen im Knast«, sagte Farossi.

Der Kandidat sah ihn an.

»Das Manuskript?«

»Noch nicht gefunden.«

»Dann ist es keine gute Nachricht.«

»Wir werden es wieder bekommen.«

Der Kandidat versuchte zu lächeln.

»Ich hoffe, Harv, ich hoffe.«

Der Flugbegleiter bat Farossi, sich für den Start hinzusetzen. Der Wahlkampfmanager ging zurück zu seinem Sitz. Die Gulfstream G550 nahm Fahrt auf und hob ab.

46.

Das Kleinstadtgefängnis besaß zwei Zellen. In der einen befand sich Lozen, in der anderen Arvist. Die Zellen waren durch Gitterstäbe getrennt. Das Gefängnis lag im Keller der Polizeiwache. Durch drei rechteckige Fensterschlitze drang Tageslicht in den Raum. Lozen lag auf einer der zwei Pritschen in ihrer Zelle und hatte die Augen geschlossen. Ihre Lederjacke benutzte sie als Kopfkissen. Seit 6 Stunden waren sie eingesperrt. Arvist lief aufgeregt auf und ab. Hundemüde war er, aber konnte nicht schlafen. Er war zu nervös.

»Setz dich«, sagte Lozen.

Arvist sah sie an.

»Ich hab genug gesessen. Es könnte jetzt mal was passieren. Irgendetwas. Hauptsache, dieses stumpfsinnige Warten hört auf.«

»Es wird früh genug was passieren.«

Lozen war von Arvist genervt. Wiederholt hatte sie Arvist erklärt, dass er Geduld haben müsse. Dass Farossi mittlerweile wüsste, dass sie an diesem schönen Ort festsaßen, und er darauf reagieren würde. Wenn er das täte, würden sie wissen, was ihre nächsten Schritte wären. Arvist hatte sie nur entgeistert angeglotzt.

»Wie läuft das in diesem Land eigentlich? Werden wir vor einen Richter gestellt?«
Arvist ging davon aus, dass sie wegen Einbruchs verklagt würden.
»Wir werden sehen.«
»Wir werden sehen?«
»Setz dich.«
Arvist setzte sich. Die dummen und obszönen Sprüche und Zeichnungen auf der Betonwand hatte er schon vor Stunden gelesen. Die Fensterschlitze lagen zu hoch, als dass er nach draußen sehen konnte. Er legte sich hin und schnaufte. Lozen öffnete die Augen und schaute zu ihm rüber. Wenn sie sich einer Sache sicher war, dann, dass Farossi sie nicht wegen Einbruchs verklagen würde. Sie schloss die Augen und nickte ein.

»Graham, Bunger. Vortreten.«

Lozen wachte auf und schaute auf die Armbanduhr. Sie hatte eine Stunde geschlafen. Sie fühlte sich entspannt.

»Graham«, sagte der Sheriff. Er war ein mittelgroßer Mann um die 40 mit gelocktem, rotem Haar und Sommersprossen.

Lozen erhob sich von der Pritsche, nahm die Lederjacke und zog sie an. Arvist stand bereits vor dem Zellengitter. Der Sheriff war nicht allein. Neben ihm stand ein uniformierter Deputy und ein stämmiger Anzugträger um die 50 mit grauen, kurzen Haaren und einem abschätzigen Blick.

»Hände«, sagte der Sheriff. In den Gittertüren befand sich eine rechteckige Öffnung, durch die das Essen gereicht wurde. Durch die steckten Arvist und Lozen ihre Arme. Der Sheriff legte ihnen Handschellen an.

»Zurücktreten.«

Arvist und Lozen traten einen Schritt zurück. Der Sheriff öffnete die Zellen.

»Raustreten.«

Arvist und Lozen befolgten den Befehl. Der Deputy ging zur Metalltür, durch die man von den Zellen in den Dienstraum gelangte. Dort blieb er stehen und legte die rechte Hand auf den Colt in seinem Holster.

»Da lang«, sagte der Sheriff und zeigte zur Metalltür, die der Deputy aufzog.

Arvist und Lozen gingen zur Tür, passierten den Deputy, der Schweißflecken unter den Armen hatte, und gingen die Treppen nach oben, dicht gefolgt vom Sheriff und dem Anzugträger. Oben am Ausgang stand ein zweiter Deputy. Er schloss sich der Gruppe an. Sie gingen an zwei leeren Büros vorbei und durchquerten den Dienstraum, in dem drei Schreibtische standen – jeder mit einem Computer und einem Telefon ausgerüstet, die aus einer längst vergangenen Zeit stammten, plus einem Familienfoto in einem hässlichen Bilderrahmen. Sie kamen in den durch eine Theke und eine halb hohe Schwenktür abgetrennten Besucherbereich, in dem es eine Holzbank gab, auf der ein alter Mann saß, der neugierig zuschaute, wie Lozen und Arvist aus der Wache geführt wurden.

Draußen schien die Sonne. Die Strahlen wurden vom Dach des silbernen SUV mit getönten Scheiben reflektiert, der vor dem Gebäude stand. Am Wagen warteten zwei weitere grauhaarige Anzugträger. Sie schoben Arvist und Lozen auf die Rückbank. Einer von ihnen setzte sich zu ihnen. Der Anzugträger, der mit im Gefängnis gewesen war, schüttelte dem Sheriff die Hand. Dann setzte er sich neben den Fahrer. Sie fuhren los. Der Mann vom Beifahrersitz drehte sich um und schaute mit grimmiger Miene zu Lozen und Arvist auf der Rückbank. »Ich erwarte, dass dies eine ruhige Fahrt wird«, sagte er mit einer tiefen, kehligen Stimme.

Keiner sprach während der Fahrt. Das Radio wurde nicht angestellt. Die Stille im Fahrzeug machte Arvist Angst. Die Anzugträger schüchterten ihn ein. Wenn er sie in seinem Blog beschreiben müsste, würde er das Wort massiv benutzen. Er blickte zu Lozen, die wieder ihre

Augen geschlossen hatte und zu schlafen schien. Er beneidete sie um ihre Selbstbeherrschung. Er hätte am liebsten laut geschrien.

Als sie auf einen Waldweg bogen, öffnete Lozen die Augen. Der Weg war in einem ähnlich schlechten Zustand wie ihre nächtliche Fluchtroute. Sie gelangten auf eine Lichtung, auf der ein zweiter silberner SUV stand. Neben einem weiteren Anzugträger stand Farossi in Hemd und Anzughose.

47.

Lozen und Arvist stiegen aus dem Wagen. Farossi humpelte auf sie zu.

»Hallo, Lozen. Schön, dich zu sehen«, sagte Farossi, als er vor ihnen stand.

Lozen schwieg. Der Anzugträger aus dem Gefängnis stellte sich neben Farossi.

»Du hast recht, Lozen. Wir sollten das Gespräch aufs Wesentliche konzentrieren. Wo ist das Manuskript?«

»Hat mein Team. Pech gehabt.«

Farossi lächelte.

»Lozen, du würdest das Manuskript niemals jemand anderem anvertrauen. Zu viel hängt von ihm ab. Nein, nicht deine Leute haben es, sondern du.«

»Du irrst dich.«

»Ich glaube nicht.«

Lozen schwieg.

»Lozen.«

Lozen schwieg. Der Anzugträger machte einen Schritt auf sie zu. Farossi hielt ihn zurück.

»Nein, Gilmore. Nicht sie. Bei ihr kommen wir damit nicht weiter. Bei ihm schon.«

Ohne Vorwarnung schlug Gilmore mit der flachen Hand in Arvists Gesicht. Der Treffer erwischte ihn völlig unvorbereitet. Die Wucht des Schlages warf ihn gegen einen Baum. Mit aufgerissenen Augen blickte er zu Gilmore, der ihn abfällig musterte.

»Lozen«, sagte Farossi.

Sie schwieg. Gilmore verpasste Arvist eine Gerade in den Magen. Der enorme Schmerz schoss durch seinen Körper. Er ging in die Knie. Er bekam keine Luft. Er hechelte. Die Augen tränten. Der Waldboden, auf den er blickte, verschwamm. Er fiel vornrüber. Hielt sich den Bauch.

»Lozen«, sagte Farossi.

Sie schwieg. Arvist wand sich auf dem Boden. Er konnte sich nicht erinnern, jemals einen solch starken Schmerz gefühlt zu haben. Knochenbrüche waren an ihm vorbeigegangen. Verprügelt hatte ihn auch noch niemand. Das Schlimmste waren Zahnschmerzen gewesen. Gilmore packte ihn an der Jacke und zog ihn auf die Beine. Ihre Gesichter waren ganz nah. Arvist roch das billige After Shave. Der Schläger warf ihn gegen einen Baum und schlug zweimal blitzschnell zu. Linker Haken, rechter Haken. Arvist glaubte, dass ihm der Kopf wegflog. Er fiel zu Boden. Auf dem Bauch blieb er liegen. Ihm war schlecht. Für einen Moment glaubte er, er würde ohnmächtig. Aber er blieb wach. Gilmore ließ ihn zu Atem kommen. Arvist sah seine polierten Schuhe. Er drehte sich auf den Rücken. Blickte in die Baumkronen, durch die Sonnenstrahlen wie Schwertes schnitten. Er schaute sich um. Sah Lozen, die ausdruckslos Farossi anblickte. Am Wagen hinter dem Wahlkampfmanager standen die übrigen Anzugträger.

Farossi humpelte zu dem am Boden liegenden Arvist.

»Mr. Bunger«, sagte der Wahlkampfmanager, »hätten Sie die Güte mir mitzuteilen, wo sich das Manuskript befindet?«

Wenn der Freak schwach wird, wird's haarig, dachte Lozen. Farossi war kein Problem. Diesen Gilmore würde sie unter Umständen auch noch schaffen, aber dann wurde es eng. Also: Maul halten, Arvist.

»Mr. Bunger?«

»Es ist ...«, keuchte Arvist, »... wie Lozen gesagt hat ... Die anderen haben es ...«

Gilmore trat ihm in die Rippen. Er schrie und wand sich vor Schmerzen.

Wie zuvor wartete sein Peiniger, bis der Schmerz abnahm.

»Toll, Mr. Bunger, großartig«, sagte Farossi, »Sie können was aushalten. Haben bewiesen, dass Sie ein echter Kerl sind. Keiner kann Ihnen vorwerfen, dass Sie ein Feigling sind. Der Ehre ist Genüge getan. Also, bitte.«

»... die ... anderen ... haben es ...«

Arvist wurde schwarz vor Augen. Doch er behielt das Bewusstsein. Dabei wollte er das nicht.

»Sehen Sie Mr. Bunger. Gilmore kann Sie so lange schlagen, bis Sie sprechen. Und das werden Sie. Eine andere Möglichkeit ist, dass seine Kollegen sich mit Lozen beschäftigen und Sie können zusehen. Auch dann werden Sie reden.«

Arvist starrte Farossi entsetzt an.

»Also, welche Option wählen Sie?«

Arvist wusste, dass er fertig war. Er würde sprechen. Er konnte nicht zulassen, dass sie Lozen etwas antaten.

»Farossi«, sagte Lozen. Der Wahlkampfmanager drehte sich zu ihr um.

»Ja, Lozen?«

»Woher hast du eigentlich diese grauhaarige Rentnertruppe? Die sind ihr Geld nicht wert.«

Lozen brach mit der flachen Hand die Nase des Wahlkampfmanagers. Arvist wollte etwas rufen. Aber bevor er dazu kam, verlor er das Bewusstsein.

48.

Arvist hatte Albträume. Ihr Verlauf war unterschiedlich. Das Ende nicht. Er wurde von einem Cowboy in einem Fass mit Säure aufgelöst. Farossi, die tote Kyvig und die Anzugträger applaudierten dabei. Arvist schrie, löste sich auf und befand sich am Anfang einer neuen Handlung, deren Ende er kannte, aber nicht verhindern konnte, egal, was er tat. Gefangen in einer zyklischen Horrorvision. Groundhog Day. Dieser klare Gedanke machte die Träume unerträglich. Dann, auf einmal, er hatte die Hoffnung aufgegeben, war es vorbei. Er riss die Augen auf und befand sich in einem rustikalen Raum. Arvist erkannte ihn. Der Elchkopf an der Wand. Die amerikanische Flagge. Das Stainless Banner. Das Kreuz über der Tür. Der Geruch von Holz. Das muffige Bett. Es war das Gästezimmer in Zac Eggers Blockhaus.

Arvist versuchte, sich aufzurichten. Er stöhnte. Der Körper tat weh. Als hätte er gigantischen Muskelkater. Er legte sich wieder hin und atmete aus. Das Aufblähen der Backen schmerzte ebenfalls. Er tastete den Kiefer ab, wo

ihn Gilmore geschlagen hatte. Er fühlte sich geschwollen
an. Er schob das T-Shirt hoch, das er trug, und sah sich
seinen Oberkörper an. Er war rot und blau. Arvist stellte
sich die grundlegende Frage: Warum bin ich nicht tot?
Nach dieser intellektuellen Leistung schlief er erschöpft
ein. Die Albträume kamen nicht wieder.

Als Arvist das nächste Mal aufwachte, stand Lozen an
seinem Bett.
»Drei Tage geschlafen. Eine stolze Leistung, Freak.«
»Ich bin kein Freak«, nuschelte Arvist. Der Kiefer tat
weh. Lozen holte sich einen Holzhocker und setzte sich
ans Bett. Sie erzählte ihm, was im Wald passiert war.

Nick hatte sie gerettet. Nachdem er Arvists letzte Mail
gelesen hatte, hatte er anhand der Ortsangabe
herausgefunden, welcher Sheriff für den County
zuständig war. Dann hatte er Karen und Ronan
angerufen. Sie stiegen beim nächsten Bus-Stopp aus,
kauften einen Gebrauchtwagen und fuhren zurück. Sie
erreichten das Sheriffbüro vor Gilmore. Nick riet Karen

und Ronan zu warten. Er ging davon aus, dass Farossi Lozen und Arvist aus dem Gefängnis holen würde. Als Gilmore genau das tat, hängten sich Karen und Ronan an sie ran. Der Rest war einfach gewesen.

»Farossi?«, fragte Arvist.

»Lebt. Wir brauchen ihn noch.«

Lozen ließ die Details weg. Dass sie Karen und Ronan im Wald gesehen hatte. Dass sie Farossi die Nase gebrochen hatte, damit die Anzugträger sich auf sie konzentrierten und Karen und Ronan sich unbemerkt nähern konnten. Dass die Anzugträger sich auf sie gestürzt hatten und den wahren Feind erst sahen, als es zu spät war. Ihre Mitarbeiter erschossen die Anzugträger. Lozen hatte sich Gilmore vorgenommen. Ihm beide Beine und beide Arme mehrfach gebrochen, ihn aber nicht getötet. Ein Leben als Krüppel war schlimmer als der Tod. Dann hatte sie sich über Farossi gebeugt.

»Du hast verloren, du Arsch«, sagte sie.

Anschließend schleppte sie mit Ronan Arvist ins Auto.

»Das war knapp«, sagte Arvist.

»Ja.«

»Und das Manuskript?«

»Haben wir an der Stelle gefunden, wo ich es rausgeworfen habe.«

»Und jetzt?«

»Jetzt geht es in die letzte Runde.«

»Ich weiß nicht, ob ich schon gehen kann.«

49.

Der Kandidat und seine Wahlhelfer verteilten in Concord, an der Ecke Capitol Street/North Main Street, Flugblätter. Dabei wurden sie von zwei Kamerateams gefilmt. Farossi schaute zu. Seine Nase war blau-grün und schmerzte. Das linke Auge war zugeschwollen. Er stand in einer kleinen Gasse, dem Eagle Square. Von seiner Position aus konnte er aufs New Hampshire State House sehen, ein ansehnliches Steingebäude von 1819 mit Säulen und einer goldgrünen Kuppel. Es gefiel Farossi. Jedes Mal, wenn er in Concord war, nahm er sich die Zeit, das Haus zu betrachten.

Vor dem Verteilen der Flugblätter hatte Adam A. Kettle die Läden und Cafés, die an der North Main Street lagen, besucht. Volksnähe war das Motto dieses Wahlkampftages. Der Kandidat drückte dem Wahlkampfmanager grinsend einen Stapel Flugblätter in die Hand. Flugblätter waren in Zeiten von sozialen Netzwerken so was von veraltet, dachte Farossi. Und doch blieb das Bild Kandidat wahlkämpft auf der Straße ein Standard.

Der Kandidat hielt sich angesichts der Umstände ausgezeichnet, fand Farossi. Er war schockiert gewesen, als der Wahlkampfmanager mit der gebrochenen Nase im Hotelzimmer aufgetaucht war und die zurückliegenden Ereignisse schilderte.

»Wie reagieren wir?«, hatte der Kandidat gefragt.

»Sie hat gewonnen, wir haben verloren. Der Rest liegt bei Ihnen.«

Danach mussten sie zwei Tage auf Lozens Anruf warten. Das Warten zerrte an Farossis Nerven. Es war ein Kräftemessen. Lozen wollte ihm zeigen, dass die Situation sich grundlegend geändert hatte. Nicht er war derjenige, der die Abläufe bestimmte, sondern sie.

Farossi war erleichtert gewesen, als sie endlich anrief:

»Graham Security. Kann ich bitte Harvey Farossi sprechen?«

»Verarsch mich nicht, Lozen.«

»Hab ich das nicht längst getan?«

Farossi schwieg. Lozen schwieg ebenfalls.

»Wie machen wir es?«, fragte Farossi.

»Ein Treffen. Der Kandidat und Bunger sind dabei.«

»Wo?«

»In meiner Firma. Morgen. 9 Uhr abends.«

»Gut.«

»Farossi, ich freue mich, dich zu sehen.«

Der Wahlkampfmanager legte auf.

50.

Lozen saß in ihrem Büro. Sie konnte in den gegenüberliegenden Raum schauen. Weil die Türen von ihrem und Nicks Büro offen standen. Schneller als gewöhnlich tigerte Nick durch den Raum. Warten war nicht seine Lieblingsbeschäftigung. Arvist, dessen Kiefer nach wie vor stark geschwollen war, lag auf dem Chesterfield-Sofa, trank Root Beer und tippte etwas in sein Laptop. Der Freak schien Warten gewöhnt zu sein. Karen und Ronan saßen kaffeetrinkend in der Lounge und schauten Fernsehen. Adam A. Kettle und seine Frau standen strahlend auf einer Bühne in einem Kaff in New Hampshire und winkten ihren Anhängern zu.

Lozen war nervös. Obwohl es keinen Grund gab. Würden Farossi und Kettle was versuchen, wäre das politischer Selbstmord. Um sich abzulenken, ging sie auf eine Nachrichtenseite. In der Abteilung Vermischtes entdeckte sie eine kleine Meldung. Der FBI-Chef von New York war in einer Seitenstraße krankenhausreif geschlagen worden. Das Motiv war unklar. Manusco war nicht bestohlen worden. Lozen fragte sich, ob das Cullings Rache war. Bedford betrat das Büro. Er brachte Lozen Rechnungen, die sie unterzeichnen musste. Als sie die letzte signiert hatte, klingelte es an der Tür. Nick kam in ihr Büro, Arvist setzte sich aufrecht hin.

Ronan und Karen öffneten die Tür, ließen Farossi und Adam A. Kettle rein und führten sie zu Lozens Büro. Sie saß an ihrem Schreibtisch. Hinter ihr standen Arvist und Nick. Der Kandidat trug eine braune Blousonlederjacke, ein weißes Hemd und Bluejeans. Ein 80er-Jahre-Retro-Freizeitlook für den gestandenen Mann. Amüsiert stellte Arvist fest, dass Farossi und Lozen Partnerlook trugen. Schwarze Lederjacke und schwarze Hose.

Lozen bot dem Wahlkampfmanager und dem Kandidaten mit einer Geste das Chesterfield-Sofa als Sitzgelegenheit an. Sie blieben stehen.
»Herr Bunger, es tut mir leid, dass wir uns unter diesen unglücklichen Umständen treffen müssen. Schließlich gehören wir zu einer Familie«, sagte Adam A. Kettle.

»Sie haben die Umstände bestimmt«, sagte Arvist, »ich wollte nur was über einen Verwandten rausfinden.«

Adam A. Kettle sah ihn verlegen an.

»Sie müssen die Umstände verstehen«, sagte Farossi, »es sind Wahlen. Eine Veröffentlichung des Manuskripts hätte das Ende der politischen Karriere bedeutet. Allein das Gerücht, dass es existiert und was es beinhaltet, wäre eine Katastrophe gewesen.«

»Ich hatte nie die Absicht, es zu veröffentlichen.«

»Sie sind Reporter. Reporter suchen Geschichten, mit denen sie für Schlagzeilen sorgen. Tun Sie nicht so, als wären Sie anders.«

»Ist aber so.«

»Sagen Sie.«

»Harvey, in diesem Fall wäre nichts tun das Einfachste gewesen«, sagte Lozen.

Peinliches Schweigen. Der Politiker brach die Stille.

»Was halten Sie von unseren Vorfahren?«

Arvist fand diesen plumpen Verbrüderungsversuch pervers.

»Sie lassen eine unschuldige Frau und ihre Großmutter umbringen, schicken mir Killer auf den Hals und wollen jetzt über den Inhalt des Manuskripts sprechen, als wäre die Angelegenheit ein Missverständnis gewesen? Sie ticken doch nicht ganz richtig.«

»Die Pointe ist, Harvey«, sagte Lozen, »er hatte zum Zeitpunkt des Diebstahls in Stroudsbourg nur den Anfang des Buches gelesen.«

»Was willst du mir sagen, Lozen?«

»Sie will damit sagen, dass ich erst seitdem wir uns das Manuskript wiederbeschafft hatten, weiß, warum eine der mächtigsten Familien dieses schönen Landes mich umbringen will«, sagte Arvist, »dass ich erst seit Kurzem eine wirkliche Gefahr für die Kettles bin.«

»Die deutsche Herkunft war Grund genug«, sagte Farossi.

»Aber nie im Leben«, sagte Lozen, »wäre es nur das gewesen, hättest du zuerst versucht, Arvist zu bestechen.«

»Aber das Manuskript ist in jeder Zeile ein Skandal«, sagte Arvist, »Alles drin: Mord, Totschlag, Verrat, Spionage, Politik, Korruption, eine Katastrophe und tatsächlich auch ein Nazi.«

Adam A. Kettle schaute unangenehm berührt auf den Boden. Lozen konnte sich ein Grinsen nicht verkneifen.

»Wie verbleiben wir?«, fragte Lozen.

»Ich geh davon aus, dass das Original-Manuskript an einem sicheren Ort liegt, digitalisierte und beglaubigte Kopien an verschiedenen Orten hinterlegt sind und dass sie im Falle eines überraschenden Ablebens von Herrn Bunger veröffentlich werden«, sagte Farossi.

»Korrekt«, sagte Nick.

»Und ich gehe davon aus, dass die Diebstahlsanzeige bereits fallen gelassen wurde«, sagte Lozen.

»Ja. Ist schon geschehen.«

»Und die Vereinbarung lautet wie folgt?«, fragte Adam A. Kettle.

»Arvist Bunger wird in Ruhe gelassen. Er verpflichtet sich, das Manuskript nicht zu veröffentlichen«, sagte Lozen.

»Wenn er es doch tut, ist sein Leben keinen Pfifferling wert«, sagte Farossi.

Der Wahlkampfmanager fühlte sich paradoxerweise erleichtert. Er hatte zwar verloren. Dafür war die Angelegenheit geklärt. Niemand würde von dem Manuskript erfahren. Es war das Pfand für das Leben von Arvist Bunger und Lozen Graham. Adam A. Kettle konnte Präsident werden. Zweitbeste Lösungen sind nicht die schlechtesten.

»Einverstanden«, sagte der Kandidat. Farossi nickte.

»Es gibt noch einen Punkt«, sagte Arvist. Lozen und Farossi sahen ihn fragend an.

»Sollten Lozen Nachteile aus diese Affäre entstehen, ist unser Abkommen null und nichtig.«

»Was heißt das?«, fragte Farossi.

»Wenn ihr was passiert, kommt die Story raus. Wenn ihre Firma keine Kunden bekommt und pleite geht, kommt die Story raus.«

Lozen sah ihn erstaunt an. Der Freak besaß mehr Rückgrat, als sie ihm zugetraut hatte.

»Man muss seine Verbündeten schützen. Das sehe ich auch so«, sagte Adam A. Kettle.

»Deal?«, fragte Arvist.

Der Kandidat kam Farossi mit der Antwort zuvor.

»Deal«, sagte Adam A. Kettle.

»Was ist mit dem Tagebuch«, fragte Farossi, »ich nehme an, das hat es nie gegeben, oder?«

»Ist das wichtig, Harvey? So oder so ist es Teil der Vereinbarung«, sagte Lozen.

Farossi zuckte mit den Schultern.

»Bei solchen Dingen ist es besser, auf Nummer sicher zu gehen.«

Der Kandidat reichte Arvist die Hand zum Abschied. Dieser verweigerte sie. Farossi nickte Lozen zu und verließ mit Adam A. Kettle das Büro.

»Ist es vorbei?«, fragte Arvist.

»Solche Angelegenheiten sind nie vorbei«, sagte Lozen.

51.

Lozen und Arvist saßen auf der Motorhaube eines Wagens. Lozen hatte das Laptop auf den Knien, Arvist einen Joint in der Hand. Der Wagen parkte im Michigan Theatre in Detroit. Das Michigan Theatre war ein ehemaliges Filmtheater aus den 1920ern, das seit den 70er-Jahren als Parkhaus genutzt wurde. Das Innere war im Stil der französischen Renaissance gebaut worden. Arvist mochte die Bögen, Verzierungen, die Atmosphäre, die sowohl zur Zeit von Louis XV. als auch zu den 1920ern-Jahren passte. Ein wunderschöner Ort, der dazu degradiert worden war, Benzinschleudern zu parken. Das war pervers und verabscheuungswürdig. Nick hatte Lozen und Arvist diesen Ort empfohlen. Das Michigan Theatre war perfekt, um die Geschichte zu Ende zu bringen. Auf dem Laptop schauten sich Lozen und Arvist ein Haus an, das in Flammen stand. Sie grinsten. Übers ganze Gesicht.

»Hat der Film die richtige Länge?«, fragte Lozen.

»90 Sekunden reichen völlig.«

Der Film zeigte, wie Farossis Haus abbrannte. Lozen hatte es in Brand gesteckt. Nicht aus Rache, sondern wegen Farossis mangelndem Respekt, wie sie Arvist versicherte. Der Deutsche setzte den Film auf seine Seite und auf YouTube.

»Was wirst du jetzt machen?«, fragte Lozen.

»Keine Ahnung. Erst mal ein Ende für die Suche nach meinem Verwandten erfinden, das ich meiner Mutter erzählen und in meinen Blog benutzen kann. Danach? Schauen wir mal.«

»Ich könnte dich als Empfangsdame anstellen. Karen würde sich freuen.«

»Wie witzig.«

Sie stießen an.

»Vielleicht kaufe ich das Swaggerts. Es wird zum Verkauf angeboten.«

»Eine sentimentale Geste.«

Lozen lächelte Arvist spöttisch an. Er zog eine Grimasse. Sie reagierte.

Arvist holte das Manuskript aus dem Rucksack. Er öffnete den Einband.

»Wo ist das Original sicher vor Farossi? Ein Bankschließfach?«

Nick hatte auf Lozens Anweisung ein Dutzend digitale Kopien erstellt und diese auf Festplatten, Clouds und in den Weiten des Internets versteckt. Die Orte und Adressen hatte er codiert, in sechs Gruppen aufgeteilt und jeweils eine Gruppe an Arvist und die Mitglieder von Graham Security verteilt. Kein Mensch besaß alle Adressen. Auf diese Weise war es unmöglich, sämtliche Kopien zu finden.

»Ich würde das Manuskript in einen Safe packen und vergraben«, sagte Lozen.

Sie nahm Arvist den Joint aus der Hand und zog.

»Das ist nicht dein Ernst.«

»Ein Bankschließfach wird von der Bank kontrolliert. Die Frage ist, wer die Bank kontrolliert.«

»Paranoid.«

»Paranoid.«

»Heiliger Joe Brady.«

»Heiliger Joe Brady.«

Lozen gab Arvist den Joint zurück.

»Was ist die Moral von dieser Geschichte?«, fragte Arvist.

»Moral?«

»Du weißt schon, die Annahme, dass es Gut und Böse gibt, und man so handelt, dass kein Mensch zu Schaden kommt.«

»Nie davon gehört.«

Arvist ignorierte die Antwort.

»Also: Was ist die Moral?«, fragte er.

»Leg dich nicht mit Apachen und Deutschen an.«

»Könnte von Karl May sein.«

»Wer?«

»Ein deutscher Betrüger, der Bücher geschrieben hat.«

Anhang:

3 Monate nachdem Adam A. Kettle denkbar knapp zum US-Präsidenten gewählt worden war, entdeckte Lozens Mitarbeiter Nick Davout auf Conspiracy Today, einer berüchtigten Website über Verschwörungstheorien, einen Artikel mit der Schlagzeile „Aus was für einer kriminellen Familie kommt unser Präsident? Das Leben von William A. Kettle. Von ihm selbst erzählt." Die Nachbar-Schlagzeile lautete: „Michael Jackson lebt im Irrenhaus."

Nick Davout verglich den Fund mit dem Original. Bis auf Rechtschreibkorrekturen und inhaltlich irrelevante Kürzungen waren die Texte identisch. Er informierte seine Chefin und Arvist Bunger. Sie konnten sich nicht erklären, wie die Autobiografie ins Netz gelangt war. Lozen Graham rief Harvey Farossi an, berichtete vom Fund und erklärte, dass sie nichts damit zu tun hätte. Farossi versicherte, dass er ihr glaubte, bedankte sich für den Anruf und stellte einen baldigen Auftrag in Aussicht.

Lozen Graham irritierte diese Reaktion. Sie hatte nicht mit Höflichkeiten gerechnet.

Nick Davout hatte die Theorie, dass Farossi eine Kopie des Textes besaß und ihn ins Netz gestellt hatte. Er erklärte Lozen, dass dies ein guter Weg wäre, die Autobiografie unglaubwürdig zu machen. Conspiracy Today würde von Journalisten, Bloggern, Polizisten, Geheimdienstlern und Politikern nicht ernst genommen. Auf der Seite wurde über Aliens auf der Erde berichtet, darüber, dass Osama Bin Laden noch lebte. Jede Story, die in diesem Umfeld erschien, galt als Unsinn.

Nick Davout rechnete damit, dass in den nächsten Monaten die Autobiografie noch auf anderen Websites erscheinen würde, die einen ähnlich schlechten Ruf wie Conspiracy Today besaßen. Dadurch würde sie Schritt für Schritt zu einem Internet-Märchen werden. Den Lebensbericht dann noch ernsthaft gegen Adam A. Kettle einsetzen zu wollen, wäre idiotisch. Lozen Graham fand die Erklärung logisch. Die Taktik entsprach Farossis Denken.

Was folgt, ist die Version von „Das Leben von Wilhelm Albert Kessel. Von ihm selbst erzählt", wie sie Nick Davout auf der Website Conspiracy Today gefunden hat:

1.
Ich wurde als Wilhelm Albert Kessel am 1. März 1888 in New York City geboren. Der Name meines Vaters lautete Alphonse Kessel. Er war ein deutscher Glücksritter, der meine Mutter Mary und mich unserem Schicksal überlassen hatte. Ich verbrachte meine Kindheit und Jugend in Kleindeutschland, an der Lower Eastside, einem überbevölkerten, stinkenden Armenviertel. In den meisten Häusern gab es kein fließendes Wasser. Die Notdurft wurde in Außenklos verrichtet, die Dutzende Menschen benutzten. An heißen Sommertagen, wenn die Hitze in den Häuserschluchten stand und es erbärmlich nach Exkrementen, Fäulnis und Schweiß stank, floh ich ans Wasser, sprang tollkühn vom Pier in den dreckigen

und stark befahrenen East River. Oder ich leerte die Taschen eines Betrunkenen und finanzierte mir auf diese Weise ein Wochenende mit Freunden am Rockaway Beach in Queens, wo wir uns Mietzelte gönnten, Schnaps tranken und Mädchen in Badeanzügen begafften.

Die wichtigste Person meiner Kindheit und Jugend, neben meiner Mutter, war mein Onkel Joseph Zweigert, den alle nur Joe riefen. Mit über sechzig Jahren war er immer noch ein Berg von einem Mann, der ein Bierfass wuchten konnte. Die wichtigen Dinge übers Leben habe ich von ihm gelernt. Er und Mutter betrieben das »Zweigert«, eine Bar am Rande der Lower East Side, in der ich seit Kindesbeinen mitgearbeitet habe. Wir verkauften gutes Bier und anständigen Whiskey. Mit Brezeln, scharfen Gurken, würzigen Würsten und Sardellen und anderen salzigen Kleinigkeiten vergrößerten wir den Durst unserer Kunden. Ob Sommer oder Winter, die Arbeiter vertranken bei uns ihren Lohn. Das Zweigert war ihr Wohnzimmer, ihre Postadresse und ihre Jobbörse.

Für mich war das Zweigert der Ort, wo ich die Grundregeln des Lebens gelernt habe. Ich beobachtete starke und schwache, kluge und dumme Menschen. Für Onkel Joe war das Dasein ein Wettkampf. Dementsprechend ließ er seinen Sohn George und mich ständig gegeneinander antreten. Egal, ob es um Schulnoten, das Einsammeln von leeren Bierkrügen, das Leeren von Spucknäpfen oder das Aufsagen von Gebeten ging. George war klüger und schneller, ich ausdauernder und stärker. Obwohl ich nicht sein leiblicher Sohn war, bevorzugte Onkel Joe mich. Weil George Rücksicht auf andere Menschen nahm, zu viel nachdachte und deshalb zögerte.

Onkel Joe hat den größten Teil seines Lebens in New York verbracht. Er war ein bedeutender Mann mit politischem Einfluss. Durch ihn und seinen Freund Charles Francis Murphy, den Boss der Demokraten in Tammany Hall, bekam ich erste Einblicke in die Politik unseres Landes. Murphy bestimmte das Geschehen der

Stadt durch Korruption, Erpressung und Straßengewalt – das »Zweigert« war einer der vielen Bars, in der Tammany Hall den Armen und frisch eingebürgerten Einwanderern das Einzige abkaufte, was einen Wert hatte: ihre Wählerstimme. Die Leute von Tammany Hall füllten bei uns die Leute an Wahltagen ab und fuhren sie durch die Stadt zu den Wahllokalen. Für uns eine lohnende Sache, weil wir Umsatz machten, für unsere Kunden auch, weil sie umsonst trinken konnten.

Viele Leute meinen, das Leben wäre wie eine Lawine: Ein Stein kommt ins Rollen, ist nicht mehr aufzuhalten und der Ort seines Aufschlags liegt jenseits der menschlichen Kontrolle. Diese Leute sind armselige Trottel. Unvorhersehbare Ereignisse lassen sich unter Kontrolle bringen. Genauso falsch liegen Gutmenschen, die meinen, man müsse fair zu anderen sein. Das ist ein Luxus, den man sich erst leisten kann, wenn man sein Ziel erreicht hat. Das Recht des Stärkeren ist eine Phrase und eine Tatsache.

Das unvorhersehbare Ereignis, das den Stein meines Lebens in Bewegung setzte, ereignete sich im Sommer 1903. Die Sonntagsschule der deutschen Gemeinde hatte einen Ausflug nach Long Island geplant und dafür das Dampfschiff »Slocum« angemietet. Onkel Joe schloss das Zweigert« für einen Tag und kaufte die teuren Fahrscheine. In unserer besten Kleidung zogen wir am Morgen zum Anleger. Joe, mein Cousin George und ich hatten uns in unsere schwarzen Anzüge geworfen, die wir sonst sonn- und feiertags trugen, und Mutter und Cousine Marie hatten ihre besten Kleider an. Wir waren gut gelaunt, genossen den Sonnenschein und freuten uns auf den Ausflug. Selbst George, der nicht schwimmen konnte und deshalb Angst vor Bootsfahrten hatte, lachte. Am Anleger herrschte unglaubliches Tohuwabohu. Schaulustige drängten sich an der Pier. Eine Schiffsabfahrt war damals eine kleine Sensation. Der Gemeindepfarrer begrüßte die Passagiere mit Handschlag. Eine Musikkapelle spielte auf dem Hauptdeck, als das Schiff ablegte und schnell Fahrt aufnahm.

Joe nahm mich mit an die Bar, während George und die Frauen draußen blieben. Er bestellte uns Bier und zwinkerte mir verschwörerisch zu. Ich weiß nicht, wie lange der Ausflug schon dauerte und wie viele Biere Joe und ich getrunken hatten, als wir Rauchschwaden bemerkten, die aus dem Unterdeck aufstiegen. Wir machten einen Matrosen, der wie wir an der Bar Bier trank, auf den Rauch aufmerksam. Gemeinsam gingen wir nachsehen. Aus einer Tür schlugen die Flammen. Der Seemann rannte zum Kapitän, um ihn zu informieren.

Wir eilten aufs Hauptdeck. Onkel Joe bezweifelte, dass das Feuer gelöscht werden könnte. Die anderen Passagiere hatten bisher nichts von dem Brand mitbekommen. Sie genossen die Aussicht, schwatzten, lachten, beobachteten die Kinder beim Herumtoben, tanzten zur Musik der Kapelle. Wir fanden Mutter, George und Marie im vorderen Teil des Schiffs. Onkel Joe flüsterte ihnen zu, was wir gesehen hatten.

Nichtschwimmer George schrie auf. Onkel Joe gab ihm eine Ohrfeige, damit er still war.

Onkel Joe führte uns zum Sturmdeck am Heck. Auf dem Weg bemerkten wir, dass aus einem Treppenschacht Rauch aufstieg. Onkel Joe trieb uns an. Als wir das Heck erreichten, hörten wir Schreie vom Hauptdeck. Die Musikkapelle hörte auf, zu spielen. Das Feuer war bemerkt worden. Wir stellten uns an die Reling. Wartet, sagte Onkel Joe und lief zu den Stahlrettungsbooten, die sich auf dem Sturmdeck befanden. Er erkannte, dass ein Idiot die Boote festgebunden hatte. Nicht nur mit einer Leine, die er mit seinem Messer hätte durchschneiden können, sondern auch mit Draht. Er winkte mich zu sich und wir gingen zu den Schwimmwesten, die auf Gestellen unter den Decks lagen. Onkel Joe nahm eine in die Hand und drückte sie. Verärgert warf er sie zu Boden und griff eine zweite. Die Westen waren mit Kork gefüllt. Onkel Joe erklärte, dass wenn die Schwimmwesten zu alt wären, der Kork zu Staub zerfalle. Der Staub saugt das Wasser auf. Das hieß, wenn man sie benutzte, ging man wie ein Stein unter.

Wenn die Mannschaft den Brand nicht unter Kontrolle bekäme, müssten wir ins Wasser springen, erklärte Onkel Joe. George sah ihn mit entsetztem Blick an. Onkel Joe erklärte, dass die Schwimmer die Nichtschwimmer über Wasser halten müssten, bis wir aufgefischt würden. Plötzlich gab es einen lauten Knall. Onkel Joe befahl uns zu springen. George weigerte sich. Onkel Joe warf ihn über Bord. Die Frauen rafften ihre Kleider, kletterten mühsam über die Reling und ließen sich ins Wasser fallen. Ich sprang gemeinsam mit Onkel Joe. Das Wasser war kalt. Als ich auftauchte, sah ich, dass das Vorschiff in Flammen stand. Passagiere versuchten, sich wie wir von dem Schiff zu retten. Da hörte ich einen Schrei. George war in Panik geraten. Er hing an meiner Mutter. Wie ein Ringer hielt er sie umklammert, sie konnte ihre Arme nicht einsetzen, um zu schwimmen. Er wird sie mit nach unten in den Tod ziehen, dachte ich. In zwei Zügen war ich bei ihnen und schrie George an. Er hörte nicht.

Ich schlug ihm auf die Nase. Sie brach. Er ließ Mutter los. Ich zog sie weg von ihm. Der Feigling schrie, schlug wild um sich und wurde vom Wasser verschluckt. Meine Mutter und ich schwammen zu Onkel Joe. Er sagte, ich hätte richtig gehandelt. Er war offensichtlich beschämt über die Schwäche, die sein Sohn gezeigt hatte.

Nach einer halben Stunde wurden wir von einem Schlepper aus dem Wasser gezogen. Wir sahen, wie die »Slocum« auf North Brother Island zuhielt, wo der Kapitän den brennenden Dampfer auf Grund setzte. Nach dieser Katastrophe wird es Kleindeutschland, wie wir es kennen, nicht mehr geben, sagte Onkel Joe und er sollte recht behalten.

Gegen Mittag setzte uns der Schlepper an einer Pier ab. Nass, wie wir waren, marschierten wir nach Hause. Wir benötigten über zwei Stunden. Die Frauen weinten bitterlich. Die Nachricht von der Katastrophe hatte sich rumgesprochen. An den Straßenecken standen

Zeitungsjungen, die die Schlagzeilen der Extrablätter herausbrüllten.

Am Abend klopfte ein Nachbar an unserer Tür und teilte uns mit, dass auf dem Wohlfahrtspier ein behelfsmäßiges Leichenschauhaus eingerichtet worden wäre. Onkel Joe und ich machten uns auf den Weg. Vor dem Gebäude standen Hunderte Leute. Angehörige, Schaulustige, Reporter auf der Suche nach einer melodramatischen Story. Wir mussten uns in Zweierreihen aufstellen und wurden in Gruppen zu fünfzig eingelassen. In drei Reihen waren Kiefernsärge aufgebahrt. Durch die dreckigen Fenster strahlte die untergehende Abendsonne. Schweigend suchten die Menschen ihre Angehörigen. Über zweihundert Leichen lagen in dem behelfsmäßigen Leichenschauhaus. Später erfuhr ich, dass über 1000 Menschen an diesem Tag zu Tode gekommen waren. Onkel Joe und ich gingen die Sargreihen entlang und suchten George. Unter den bleichen, aufgeblähten, angebrannten Leichen entdeckten wir Freunde und Nachbarn. Wir dankten Gott, dass die bis zur

Unkenntlichkeit Verbrannten in die städtische Leichenhalle transportiert worden waren. An diesem Abend fanden wir George nicht.

Als ich das Gebäude verließ, sah ich, wie ein Arbeiter in einer Seitenstraße eine Leiche von einem Wagen zerrte, in einen Sarg legte und danach in der Lagerhalle verschwand. Neugierig ging ich zum Sarg. Der Tote war eine aufgedunsene Wasserleiche mit Brandwunden im Gesicht. In seiner Westentasche steckte eine Taschenuhr. Ich zog sie heraus. Die Uhr war ein teures Stück aus Gold. Ich überlegte, ob ich sie behalten sollte. Der Tote hatte keine Verwendung mehr für sie. In diesem Moment tauchte der Arbeiter wieder auf. Er griff mich mit der Linken am Schlaffitchen. In der Rechten hielt er einen selbst gemachten Schlagring. Er schrie mich an und nannte mich einen Dieb. Ich schaute mich um. Onkel Joe war noch in der Leichenhalle. Ich zog das Messer, das er mir geschenkt hatte, aus der Hosentasche. Onkel Joe hatte mir beigebracht, wie man damit umging. Ich stach zu. Der Mann schaute mich verdutzt an und ging zu

Boden. Joe tauchte fluchend hinter mir auf und zog mich weg. Hinter uns hörten wir Schreie.

2.

Am Tag nachdem ich den Arbeiter erstochen hatte, blieb ich zu Hause. Onkel Joe kaufte die Morgenausgaben der New York World, der Sun und der Times und brachte sie mir, bevor er zum Wohlfahrtpier ging. Die Times erwähnte den toten Arbeiter. Er hieß Harry Tuchmann. Er hatte einen Bruder, der dem Mörder Rache schwur. Der Reporter erwähnte einen Zeugen, der gesehen hatte, wie zwei Männer weggelaufen waren.

Am Nachmittag kehrte Onkel Joe zurück. Er hatte George gefunden. Danach war er zum Bestattungsunternehmer gegangen, der zwei Blocks entfernt von unserer Wohnung sein Geschäft betrieb. Der Bestatter forderte den dreifachen Preis. Er und seine Berufskollegen hatten dank des Unglücks Hochkonjunktur und nutzten das aus. Am Tag nach der Beerdigung setzte mich Onkel Joe in den Zug. Ich musste aus New York verschwinden. Onkel

Joe hatte gehört, dass jemand mich beim verbliebenen Tuchmann-Bruder verpfiffen hatte. Warum er nicht mitkäme, fragte ich. Die Leute wüssten, mit was für einem Messer er arbeite, sagte Onkel Joe grinsend und zeigte mir sein Bowie-Messer, das eine 30 Zentimeter lange und 5 Zentimeter breite Klinge besaß. Ich kannte die Waffe. Als er mir den Umgang mit dem Messer beigebracht hatte, benutzte er sie. Ich fragte nicht, wieso die Leute wussten, dass er ein Bowie-Messer besaß und wann er es eingesetzt hatte. Onkel Joe hatte mir beigebracht, dass neugierige Fragen einen in Schwierigkeiten brachten.

Ich reiste in ein entlegenes Dorf in Kansas namens LeHunt. Onkel Joe schickte mich nicht ohne Hintergedanken in den Westen. Er zitierte gerne unseren Präsidenten Theodor Roosevelt, der die mangelnde Vitalität einer verweichlichten Generation beklagte, der die Einrichtung von Jagdparks forderte, damit die Amerikaner nicht ihre Stärke verloren, die sie bei der Eroberung des Westen gewonnen hatten. Das Prinzip dieser Botschaft gilt heute wie damals. Das habe ich in LeHunt gelernt.

Ich fing als Barkeeper in einem Saloon an, der von einem alten Freund von Onkel Joe betrieben wurde. Der Saloon war schlimm. Streitereien waren an der Tagesordnung. So was ist schlecht fürs Geschäft. Besitzer Ed Wilkie sei ein harter Brocken, hatte mir Onkel Joe erzählt. Als ich ihn kennenlernte, sah ich einen alten, von Rheuma geplagten Mann. Er bekam den Saloon nicht in Griff. An meinem zweiten Abend hatte ich genug. Als zwei Typen sich wegen der fetten Hure Mattie in die Haare bekamen, nahm ich die Schrotflinte, die unter der Theke lag, sprang über den Tresen und zerschlug mit dem Kolben einem der Streithähne das Knie. Der andere schaute mich überrascht an. Ich zerschmetterte ihm das Gebiss. Es kehrte Ruhe in dem Saloon ein. Ich konnte nicht anders, ich musste grinsen. Gewalt ist die einfachste Form der Machtausübung.

Der alte Wilkie heuerte einen Barkeeper an und setzte mich als Bouncer mit der Schrotflinte im Schoß, einem Revolver im Hosenbund und einem Messer, natürlich einem Bowie-Messer, im Gürtel an den Eingang. Ich war in einer bizarren Situation. Ich kam aus einer Stadt, in der eine Untergrundbahn gebaut wurde, in der es Telefone, elektrisches Licht, Automobile und Wolkenkratzer gab, und in LeHunt ging es zu wie in den Pioniertagen. Lebendige Geschichte, denn der alte Westen war längst tot. Die Arbeit war wie die Erfüllung eines Kindertraums. Ich hatte als Junge die Abenteuer von Buffalo Bill, Jesse James, Deadwood Dick und Wyatt Earp in den Groschenheften gelesen und geträumt, wie ich mit meinen Helden über die Prärie galoppierte und in Saloons aufräumte.

Ich hatte im Saloon nicht viel zu tun. Wegen meiner Heldentat hatten Strolche und Tagediebe Respekt vor mir. Ich vertrieb mir die Zeit mit Kartenspielen, Whiskey und der dicken Hure Mattie. Damit mein Ruhm nicht verblasste, vermöbelte ich Betrunkene und beeindruckte die Gäste des Saloons mit meiner Zielgenauigkeit beim Messerwerfen. Nach einem solchen Auftritt kam ein Mann mit einem dicklichen Gesicht auf mich zu. Er stellte sich als Zach Miller vor, erklärte, er stelle eine Wild-West-Schau auf die Beine und fragte mich, ob ich es in Erwägung ziehen könnte, als Messerwerfer aufzutreten. Den Verdienst, den Miller in Aussicht stellte, war nicht zu verachten. Außerdem begann LeHunt mich zu langweilen.

Ich verabschiedete mich von Wilkie und reiste mit Miller nach Oklahoma auf die 101-Ranch. Die Ranch der drei Miller-Brüder Zach, Joe und George besaß enorme Ausmaße. Über dreihundert Cowboys, Farmer, Zimmerleute und Schmiede arbeiteten auf der 101. Um die Leute zu verpflegen, wurde jeden Tag eine Milchkuh geschlachtet und die Eier von 1000 Hühnern eingesammelt. Die Millers waren nicht ohne Selbstbewusstsein. »Weißes Haus« nannten sie ihr Domizil, in dem sie mit ihrer Mutter und ihren Frauen lebten. Auch wenn die Millers keine Eheglück hatten, war

483

diese Familie eine verschworene Gemeinschaft. Wenn ich eine eigene Familie haben würde, sollte sie so tief verbunden sein wie die der Millers, schwor ich mir.

Die drei Brüder hatten einen ehrgeizigen Plan. Sie wollten ihre Ranch zu einem Ort machen, der den alten Westen feierte und Touristen anlockte. In einem Jahre sollte die Premiere stattfinden. Sie hatten die National Editorial Association, den Verband der amerikanischen Zeitungsverleger, eingeladen der Wild-West-Schau beizuwohnen, und der hatte zusagt. In meiner Einfältigkeit dachte ich, meine Arbeit wäre leicht. Messerwerfen auf der Bühne, das war's. Ein Irrtum. Ich musste auf der Ranch hart anpacken. Als New Yorker besaß ich keinerlei Kenntnisse über Landarbeit. Da ich nicht reiten konnte, bekam ich anspruchslose Dienste, wie Pferde striegeln, Stall ausmisten und Küchenarbeiten, zugeteilt. Ich hasste diese Arbeiten und drückte mich, so gut ich konnte. Als ich meiner Mutter von meinen Leben auf der 101 schrieb, machte sie sich, wie es ihre Art war, über mich lustig. Die Briefe, die ich in dieser Zeit erhielt, begannen mit der Anrede »Lieber Stallbursche«.

Einer der 101er, ein netter Kerl namens Thomas Hezikiah Mix, nahm mich unter seine Fittiche. Er brachte mir Reiten, Lasso werfen und Brandzeichen setzen bei. Dadurch erhielt ich anspruchsvollere Aufgaben. Ich ritt die Zäune ab und reparierte sie, wenn sie kaputt waren. Erneut erlebte ich Geschichte, denn das Leben der Cowboys im Jahre 1904 war nicht anders als 20 Jahre zuvor.

Im April 1905 kehrte ich, früher als geplant, nach New York zurück. Die Millers hatten sich mit einer anderen Wild-West-Schau zusammengetan und einen Auftritt im Madison Square Garden ergattert. Zach sah es als eine Generalprobe für die Show auf der 101. Natürlich hatte ich Tuchmann nicht vergessen. Ich telegrafierte Onkel Joe und erkundigte mich, was ich tun sollte. Er teilte mir mit, dass Tuchmann im Gefängnis säße und er keine Bedenken hätte. Es war eine seltsame Rückkehr in die

Heimat. Ich trug einen Cowboyhut, ein Hemd mit Pattentasche und stilisierter Rückennaht und eine Jeans-Hose. Das Bowie-Messer hing am Gürtel. Kein Mensch wäre auf die Idee gekommen, ich wäre ein New Yorker.

Ich brachte die Cowboys und Cowgirls der 101 ins Zweigert. Was für eine Schau. Wir zogen durch die Häuserschluchten von Kleindeutschland, im Schlepptau Dutzende Zeitungsreporter und einen anwachsenden Tross von Kindern und anderen neugierigen New Yorkern. Onkel Joe freute sich, mich zu sehen, und ließ sich nicht lumpen. Das Bier ging auf seine Rechnung. Die Miller-Brüder verstanden sich gut mit Onkel Joe. Als er von seiner Zeit in Tombstone berichtete, leuchteten ihre Gesichter vor Begeisterung. Wie ihr Vater war Onkel Joe ein Überbleibsel der Pionierzeit.

Irgendwann schlich ich mich davon, um meine Mutter zu besuchen. Mein ehemaliges Zuhause erschien unendlich klein. Der Gasgeruch der Lampen hing schwer im Raum. Ich fragte mich, ob ich noch in der Stadt leben könnte.

Meine Mutter machte Scherze über meine Cowboy-Kleidung und kicherte dabei wie ein kleines Mädchen. Sie kochte Kaffee, erzählte Anekdoten aus dem Zweigert, vom Verschwinden der Deutschen aus dem Viertel und dem zunehmenden Automobil-Verkehr auf den Straßen. Nachdem wir den Kaffee getrunken hatten, zog ich einen braunen Anzug an, setzte eine Schirmmütze auf und wanderte durch mein altes Viertel.

Die Abenddämmerung setzte ein. Es nieselte leicht. Frauen holten die Wäsche rein. Die Bewohner des Viertels verzogen sich von den Feuertreppen in ihre winzigen Wohnungen. Zeitungsjungen schrien die Schlagzeilen. Die Anwesenheit von Cowboys in New York gehörte dazu. Der Fleischer mit blutiger Schürze stand in der Tür seines Geschäfts, blickte missmutig in den grauen Himmel und kaute dabei auf einer Zigarre. Schwankend wankte ein Betrunkener mit Melone und gestreiftem Pullover in einen Saloon, vor dem eine alte Frau religiöse Flugschriften verteilte. Eine Gruppe von Jungen saß auf einer Treppe, ignorierte den Regen und rauchte Selbstgedrehte. Hufe von einem müden Bierpferd gab der Szenerie einen einfachen Takt. Ich drehte eine Zigarette, lehnte an einer Laterne, schaute mich um und summte dabei eine Melodie. Keine Frage, ich war ein Bewohner der Stadt und würde es bleiben.

Ich wanderte durch die Straßen, traf alte Gefährten und Bekannte von Onkel Joe, plauderte, trank dort einen Kaffee, hier ein Bier. Ich kam an einem dieser 5-Cent-Lichtspielhäuser, einem Nickelodeon, vorbei, in das die Menschen strömten. Da der Regen zunahm, ging ich hinein. Der Raum war früher eine Lagerhalle gewesen. Der Betreiber hatte 150 Stühle aufgestellt. Ein alter Greis saß am Klavier und haute wild in die Tasten. Die Filme waren kurz. Die Bilder auf dem weißen Tuch wackelten. Das spielte keine Rolle. Ich amüsierte mich köstlich. Jede Einstellung wurde von den Zuschauern kommentiert. Rief einer etwas im Raum, antwortete ein anderer. Es war ein einziges Gegröle und Geschreie. Das stumme Sitzen im Vorführraum kam mit dem Tonfilm, als man den Dialogen zuhören musste.

Ich war fasziniert. Auf Jahrmärkten hatte ich vereinzelt Filme gesehen, aber das hier war neu und moderner. Nach zwanzig Minuten war der Zauber vorbei und ich hatte Blut geleckt. Ich schaute auch die nächste Vorstellung an, machte mir im Kopf Notizen: fünf kurze Filme, zwei bebilderte Lieder. Anschließend stellte ich mich vor das Lichtspielhaus, zählte die Zuschauer der nächsten drei Vorstellungen, rechnete die Umsätze auf den Tag hoch. Es lohnte sich. Als das Lichtspielhaus schloss, sprach ich den Besitzer an, ein rotbäckiger Kerl in einem speckigen Anzug, der nach Alkohol roch und eine kurze Pfeife im Mundwinkel hängen hatte. Ich fragte ihn, was die Technik für ein Nickelodeon kostete, und erfuhr, dass es um die 1000 Dollar brauche.

Eine solche Summe besaß ich nicht. Ich ging zurück ins Zweigert. Die Millers und ihre Leute von der 101 waren betrunken und sangen und tanzten. Ich ging hinter die Theke und erzählte Onkel Joe von meiner Idee. Er sagte, er habe keine Ahnung, ob das eine gute oder saublöde

Idee wäre, er persönlich halte diese Filme für Nonsens, aber auch mit Nonsens könne man Geld verdienen. Und er wüsste, dass jeder sein Glück selber schmieden müsse. Damit sagte er mir, dass ich mir das Geld verdienen musste.

Eine Woche später befand ich mich wieder in Oklahoma, den Plan, ein Lichtspielhaus zu eröffnen, nicht vergessen, nur verschoben. Der New Yorker Auftritt war ein Erfolg gewesen. Vor allem, weil ein Cowboy namens Will Rogers einen Stier eingefangen hatte, der im Madison Garden in die Zuschauerränge gesprungen war. Diese Heldentat brachte die Schau in die Schlagzeilen. Ein kleines Vorspiel zu dem, was im Juni 1905 auf der 101 geschehen sollte.

3.

Rund 65 000 Zuschauer waren gekommen – am Oklahoma Gala Day, wie die Millers das Ereignis getauft hatten. Darunter die Mitglieder der National Editorial Association und der National Association of Cattlemen.

Die Besucher reisten aus den verschiedensten Ecken des Landes an, übernachteten in den Hotels der umliegenden Orte und in Hunderten von Zelten und Wagen. Angelockt durch die Schlagzeilen aus New York, neugierig, weil es den Millers gelungen war, dass Geronimo teilnahm, einer der bekanntesten lebenden Indianerhäuptlinge, der sich erst 1886 den USA ergeben hatte. Anfang des 20. Jahrhunderts waren die Leute ganz versessen, echte Legenden aus der guten alten Zeit zu sehen. Berühmtheiten wie Büffeljäger Buffalo Bill und die ehemaligen Banditen Frank James und Cole Younger reisten durchs Land und führten ihre Heldentaten auf. Geschichte wird schnell geschrieben. Und in Wild-West-Schauen waren sich Geschichten und Geschichte sehr ähnlich.

Die Millers wußten, wie sie in die Schlagzeilen kommen konnten. Sie boten jedem, der sich von dem 76-jährigen Chiricahua-Apachen während der Schau skalpieren ließ, 1000 Dollar. Das klingt verrückter, als es tatsächlich war. Bei ordentlicher ärztlicher Betreuung konnte man ohne Skalp weiterleben und als »Mann, der von Geronimo skalpiert wurde« auf den Vaudeville-Bühnen Geld verdienen. Natürlich rechneten sie nicht ernsthaft mit einem Freiwilligen. Deshalb war die Aufregung groß, als sich ein gewisser Jim Scott aus Kansas City meldete. Als die Millers begriffen, dass der Mann es ernst meinte, beschlossen sie, ihn loszuwerden, da das Risiko zu groß war, dass er während der Skalpierung starb. Sie schickten mich. Wegen LeHunt und meines Rufes als harter Kerl. Ich fand Jim Scott in einem Saloon. Ich trank mit der zerlumpten Gestalt Whiskey, erzählte von einem Saloon, in dem die Getränke billiger wären. Wir verließen den Saloon. Ich zog ihn in eine dunkle Gasse, schlug ihn mit meinem Colt bewusstlos, schleppte ihn zum Bahnhof und warf ihn in einen Viehwaggon, der an einem Zug Richtung Osten hing.

Sechs Tage vor der Schau traf Geronimo mit dem Zug ein. Ich war gespannt, den Häuptling zu treffen, der laut der Zeitungsartikel und Groschenhefte, die ich gelesen hatte, Hunderte Weiße und Mexikaner gefoltert und umgebracht hatte. *Eine Gruppe Soldaten aus Fort Sill eskortierte die alte Rothaut. Weil Geronimo auch 18 Jahre nach seiner Niederlage noch ein Kriegsgefangener war, hatten die Miller-Brüder die Erlaubnis der US-Regierung einholen müssen. Joe Miller war zum alten Häuptling nach Fort Stills gefahren. Warum der Apache an der Schau teilnahm, wusste ich nicht. Vielleicht benötigte er die Gage, die allerdings nicht üppig war. Vielleicht wollte er das Gefühl verspüren, berühmt zu sein, vielleicht langweilte er sich in Gefangenschaft. Nicht wenige Cowboys der 101 glaubten, Geronimo wolle den Auftritt zur Flucht nutzen, um den Kampf erneut aufnehmen.*

Mit mir warteten sieben Nationalgardisten aus Kansas auf dem Bahnsteig, die als zusätzliche Bewachung angefordert worden waren, um die Gäste der Schau vor Geronimo zu schützen und eine mögliche Flucht zu verhindern, über die mittlerweile die Zeitungen spekulierten. Ich hatte von Zach Miller den Auftrag den Apachen zur Ranch zu bringen.

Der Zug fuhr ein. Grauweißer Dampf legte sich über den Bahnhof. Mit lautem Getöse kam das Stahlross zum Halten. Fünf grimmige Soldaten stiegen aus, bauten sich im Halbkreis vor dem Waggon auf, mit dem Springfield-Gewehr in den Händen. Dann kam Geronimo. Die Hände gefesselt mit eisernen Schellen. Mit über siebzig Jahren war er eine imposante Erscheinung. Ein Gesicht, zerfurcht von tiefen Falten, ein rotes Tuch um den Kopf, das kurze, grau-schwarze Haar war kaum zu sehen. Er trug ein schwarzes Jackett, darunter ein einfaches Hemd, eine dunkle Stoffhose, Wildledergamaschen an den Oberschenkeln und Lederschuhe.

Drei Soldaten stiegen nach dem alten Häuptling aus dem Zug. Ich begrüßte den Befehlshabenden, der mich dem Chiricahua-Apachen vorstellte. Mit seinen kleinen, wachen Augen schaute er mich drohend an, bis er merkte, dass ich mich unwohl fühlte. Er warf mir einen spöttischen Blick zu, sagte in einem etwas steifen Englisch, dass er langsam alt würde. Vor zehn Jahren hätte er 50 Soldaten als Wache gehabt. Ich lachte. Er auch. Wir fuhren mit einer Pferdekutsche zur 101. Geronimo wurde in einer kleinen Hütte untergebracht, die die Millers extra errichtet hatten. Zwei Zimmer mit Ofen, eines für den Gefangenen, eines für die Wachen. Die restlichen Soldaten schliefen draußen in Zelten.

Geronimo durfte sich nicht frei auf der Ranch bewegen. Auf keinen Fall durfte er in die Nähe des Locomobile-Tourenwagens der Millers. Als ich die Rothaut fragte, ob er ein solches Automobil fahren könne, zwinkerte er mir verschmitzt zu. Der alte Häuptling war mir nicht unsympathisch, obwohl ich Rothäuten nicht vertraute, schließlich waren diese Heiden seit Jahrhunderten unsere Feinde.

Meist saß Geronimo mit Hand- und Fußfesseln auf einer Bank vor der Hütte. Reporter wurden bei dem Alten vorstellig und befragten ihn nach seinen früheren Gräueltaten. Gegen ein paar Cents Bezahlung erstattete er bereitwillig Bericht. Mir fiel auf, dass die Fragen der

Reporter die gleichen waren, die Antworten des Indianers aber unterschiedlich ausfielen. Bis auf die Frage, ob er sich vorstellen könnte, auf den Kriegspfad zurückzukehren. Die beantwortete die Rothaut stets mit einem klaren Ja.

Der große Tag begann mit dem Einzug der Cowboys, Cowgirls, der Rothäute, Geronimo, seinen Bewachern und einem Dutzend Musikkapellen. Als ersten Höhepunkt konnten die Zuschauer zusehen, wie zweihundert Indianer eine Büffelherde an ihnen vorbeitrieben. Im Anschluss kam Geronimos Auftritt. Seine letzte Büffeljagd, so stand es in den Programmheften. Der Ablauf war einfach. Die Rothaut bekam eine Winchester und sollte ein Tier erlegen, das am Abend von den Zeitungsverlegern gegessen würde. Ein Büffel, erlegt von Geronimo, eine echte Delikatesse. Am Abend vor der Aufführung erzählte mir der Alte, dass er als Rothaut aus der Wüste nie ein solches Tier gesehen, geschweige denn gejagt hätte.

Der Sprecher kündigte Geronimo mit pathetischen Worten an. Wenn man seinen Aussagen Glauben schenkte, hatte der alte Häuptling 200 Weiße umgebracht und skalpiert. Das Publikum johlte. Ich fuhr Geronimo, der Handschellen trug, mit dem Locomobile in die Arena. Zwei Soldaten saßen auf der Rückbank im Wagen, die übrigen ritten hinter uns her. In der Mitte hielt ich an. Ein Soldat legte sein Gewehr beiseite und nahm dem alten Häuptling die Handschellen ab. Sein Kamerad saß schwitzend und verkrampft neben ihm, mit gezogener Pistole. Die Soldaten auf den Pferden nahmen ihre Springfield-Gewehre fester in die Hände aus Angst, der Kriegergeist in dem Gefangenen könnte erwachen. Geronimo erhielt die Winchester mit einem Schuss. Reporter und die Cowboys der 101 hatten im Vorfeld spekuliert, dass dies der Moment wäre, in dem Geronimo versuchen würde, abzuhauen.

Zwei Cowboys platzierten den Büffel. Vom Wagen aus visierte Geronimo das Tier an und schoss. Er traf nicht. Ein enttäuschtes Raunen ging durch das Publikum. Die

Soldaten entspannten sich ein bisschen. Geronimo grinste mich an, als hätte er einen Witz erzählt. Der Büffel wurde näher an das Locomobile gebracht. Der Soldat lud die Winchester nach. Geronimo schoss ein zweites Mal. Der Büffel fiel um. Zur Überraschung seiner Bewacher sprang der Alte erstaunlich behände aus dem Wagen. Der Soldat mit der Pistole in der Hand schoss sich vor Schreck in den Fuß. Sein Kamerad sprang der Rothaut hinterher. Doch der alte Häuptling dachte nicht an Flucht. Er ging zum toten Tier und schnitt ihm, mit einem breiten Grinsen im Gesicht, mit einem Jagdmesser die Kehle durch. Das Blut spritzte. Das Publikum jubelte. Ich fragte mich, woher er das Messer hatte.

Ich fuhr Geronimo nach dem Auftritt zurück zu seiner Unterkunft. Die Schau ging währenddessen weiter. Durch den Fehlschuss hatte sich das Verhalten der Soldaten verändert. Sie legten der Rothaut keine Handschellen an und vergaßen sogar, ihm das Messer abzunehmen. Die Reiter begleiteten uns nicht bis zum Haus. Die Soldaten im Wagen machten Witze über die

Sehkraft des Alten. Wir erreichten die Hütte. Die Soldaten stiegen aus dem Auto, ohne darauf zu achten, ob der Apache ihnen folgte. Sie setzten sich auf die Bank vor der Hütte und stellten ihre Springfield-Gewehre neben sich. Neben ihnen ließ sich Geronimo nieder. Die Soldaten machten keine Anstalten, ihre Gewehre zu sich zu holen.

Ich parkte das Locomobile hinter der Hütte und ging zurück zur Arena. Ich war gute hundert Meter gegangen, als zwei Männer hinter einer Kutsche hervorsprangen. Ich hatte sie nie zuvor gesehen. Ihre abgewetzten Anzüge und die Schirmmützen verrieten sie als Städter. Einer zielte mit einer Mauser auf mich, einer in den USA seltenen, halbautomatischen Waffe aus Deutschland. Er sprach mich auf Deutsch an. Es war der überlebende Tuchmann-Bruder. Einer seiner Kumpane hatte mich im April in New York gesehen und es Tuchmann erzählt, als der sechs Wochen später aus dem Knast kam. Die Adresse der 101 rauszufinden, stellte kein Problem dar. Fahr zur Hölle, sagte der Tuchmann-Bruder.

4.

Ich hörte zwei Schüsse. Tuchmann wurde in der Brust getroffen und fiel tot um. Seinen Kumpan erwischte es am rechten Arm. Ich drehte mich um. Geronimo stand vor der Hütte. In der Hand hielt er eine rauchende Springfield. Das Gewehr gehörte einem seiner Bewacher. Die Soldaten sahen ihn entsetzt an. Ich nickte dem Alten zu. Er grinste – wie bei unserer ersten Begegnung. Der alte Häuptling drückte die Springfield einem Soldaten in die Hand.

Ich drehte mich zu Tuchmanns angeschossenem Kumpan. Er schleppte sich davon. Ich merkte mir sein Gesicht. Er hatte eine Warze auf der linken Wange. Kenn deine Feinde, hatte Onkel Joe mich gelehrt. Ich kniete mich nieder und nahm die Mauser an mich und schoss Tuchmann dreimal ins Gesicht. Niemand bemerkte den Vorfall. Die Wild-West-Schau war im vollen Gange. Ein Scharfschütze zeigte seine Kunststücke. Das Publikum applaudierte.

Ich holte eine Schaufel und vergrub Tuchmann hinter dem Stall. Als ich zur Hütte zurückkehrte, griffen dreihundert Rothäute einen Wagentreck an. Einige Zuschauer konnten Spiel und Realität nicht auseinanderhalten. Die Alten unter ihnen hatten die Indianerkriege miterlebt, die Jungen von den Gräueltaten in den Groschenheften gelesen. Frauen wurden ohnmächtig. Erst als eine Gruppe Cowboys zur Rettung eilte und die Rothäute vertrieb, entspannten sich die Zuschauer. Beide Gruppen ritten gemeinsam zurück in die Arena. Der Applaus tobte.

Geronimo rauchte, als ich mich neben ihm auf die Bank vor der Hütte setzte. Er reichte mir die Zigarette. Ich nahm einen tiefen Zug. Die Soldaten sahen uns sprachlos an. Ich erzählte, der Mann habe in New York meine Schwester belästigt, dafür hätte ich ihn verprügelt. Für diese Erniedrigung habe er sich rächen wollen. Die Soldaten glaubten die Geschichte. Ich bat von der Sache kein Aufheben zu machen. Ich wünschte nicht, dass der alte Häuptling Schwierigkeiten bekäme, weil er mir geholfen hatte. Sie versprachen, zu schweigen. Es war ein schöner Abend. Der Himmel war blutrot. Ein leichter Wind wehte über die Ebene, auf der die Zelte und Pferdewagen der Zuschauer standen. Das Geräusch der Zelttücher im Wind erinnerte mich an das Geraschel der Segel des alten Schoners, auf den ich mich als Kind im Hafen von New York geschlichen hatte.

Als am nächsten Nachmittag Geronimo zum Bahnhof gebracht wurde, sah ich, dass die Soldaten sich nicht an unsere Abmachung gehalten hatten. Geronimo wurden Handschellen angelegt und Soldaten und Nationalgardisten wirkten angespannter als bei der Ankunft der Rothaut. Der alte Häuptling hatte den Respekt wiedergewonnen, den er verdiente. Er grinste mich an. Wer als Erster geschrieben hat, Rothäute würden nur ernst und emotionslos dreinblicken, war der größte Lügner des 20. Jahrhunderts.

Die Show der Millers war ein Erfolg. Sie beschlossen, mit der Wild-West-Schau durchs Land zu tingeln. Über tausend Menschen plus Tiere wurden mit dem Zug durch das Land transportiert. Obwohl die große Zeit der Schauen vorbei war, konnte man gutes Geld verdienen. Die Miller-Brüder waren zufrieden mit meinem Auftritt. Ich nannte mich Jack the Knife. Zwei Monate nach der ersten Schau gabelte ich mir nach einem Auftritt in Coffeyville in einem heruntergekommenen Hurenhaus eine Halbapachin auf, die ich dem Bordellbesitzer abkaufte und zu meiner Partnerin machte. Dem Publikum stellte ich sie als Geronimos Tochter vor. Obwohl sie zu viel trank, besaß Rosa die richtigen Nerven für ihren Auftritt. In einem eng anliegenden Indianerkleid stand sie bewegungslos da, wenn ich meine Messer auf sie warf, die Zentimeter neben ihr in eine Holzplatte eindrangen. Ich beging den Fehler mich mit ihr einzulassen. Rosa war eine jähzornige Frau. Eines Abends, als ich betrunken das gemeinsame Hotelzimmer betrat, prügelte sie mit einem Besenstiel auf mich ein. Mit drei Ohrfeigen musste ich sie beruhigen. Das war die einzige Methode, diese Furie zur Raison zu bringen.

Anfang 1906 wurde mir bewusst, dass ich die 1000 Dollar für ein eigenes Lichtspielhaus nicht mit dem Gehalt der Millers zusammenkriegen würde. Sie zahlten ordentlich, aber es reichte nicht. Ich gab die Dollars in Hurenhäusern und Saloons aus. Und Rosa musste ich auch was zustecken. Als Messerwerfer hatte man keine Zukunft. Es musste einen besseren Weg geben.

Die Lösung erschien in der Person von Paul Kelly, einem Freund von Onkel Joe und Murphy. Er war der Boss der Five Points Gang in New York und verdiente mit illegalem Wettspiel und Hurenhäusern sein Geld. Kelly tauchte nach einer Vorstellung in Upstate New York auf. Für eines seiner Bordelle suchte er Indianerinnen. Er fragte, ob ich helfen könne. Einem Freund von Onkel Joe konnte ich nichts abschlagen.

Ich wusste, wo ich ihm die Squaws besorgen konnte. In der Nähe der 101 hauste der Stamm der Ponca. Einen der Unterhäuptlinge kannte ich recht gut. Mit seiner Hilfe und der von Rosa gelang es mir, 8 Squaws zu überzeugen, nach New York zu reisen. Dafür zahlte mir Kelly 950 Dollar. Damit hatte ich das Geld zusammen. Ich mietete in Guthrie, der Hauptstadt des Oklahoma-Territoriums, einen leerstehenden Stall und erfüllte mir den Traum vom eigenen Lichtspielhaus. Das Geschäft lief. Nach zehn Wochen eröffnete ich ein zweites Lichtspielhaus. Am Ende des Jahres besaß ich 3 Lichtspielhäuser im Territorium. Hatte ich Glück? Besaß ich Weitsicht? Wohl beides. Film war ein aufkeimender Geschäftszweig und ich habe versucht, Geld damit zu machen. Ich glaube, dass Filme die Oper des kleinen Mannes gewesen sind. Sie haben in 1910ern und 20ern den Neuankömmlingen den American Way of Life gezeigt. Die Streifen machte aus Deutschen, Italienern, Iren und Juden Amerikaner. Filme sind eine hoch patriotische Angelegenheit.

Ende 1907 eröffnete ich das erste Lichtspielhaus in meiner Heimatstadt. In New York gab es bereits Männer, die im Filmgeschäft waren, hauptsächlich Juden. Trotz der Konkurrenz verdiente ich gute Dollars. Das lag unter anderem an den freizügigen Auftritten von Rosa und den Ponca-Squaws, die ich mir bei Paul Kelly auslieh, im Vorfeld der Filmvorführungen.

Das Teuerste an dem Geschäft war der Kauf von Filmen. Am Anfang bezog ich sie von Carl Laemmle, einem Jude aus dem württembergischen Laupheim, der eigene Lichtspielhäuser und einen Filmverleih besaß. Um Geld zu sparen, beschloss ich Filme zu drehen. Das war kein großes Unterfangen. Es gab keine 90 minütigen Filme, sie waren nur wenige Minuten lang und die Handlung war einfach: Szenen aus bekannten Theaterstücken, dramatische Kurzgeschichten, die auf dem damaligen Alltagsleben basierten, Filme, die über den Wilden Westen berichteten. Drehbücher und ausgebildete Schauspieler brauchte es nicht. Ich benötigte lediglich eine Kamera, Film und ein Labor zur Entwicklung.

Der Zufall half bei meinem Vorhaben. Als ich Onkel Joe im Zweigert besuchte und von meiner Absicht berichtete, zeigte er auf einen bierselig dreinblickenden Glatzkopf am Ende der Theke. Er wäre seit einer Woche in New York, erzählte Onkel Joe, habe vorher in Berlin als Kameramann gearbeitet. Er trug einen schwarzen Anzug, ein weißes Hemd und einen schwarzen Mantel. Aaron Goldstein war einer dieser seltsamen Gestrandeten, wie man sie damals häufig in New York traf. Ich war nicht begeistert, neben Laemmle mit einem weiteren Juden zu arbeiten. Onkel Joe meinte, dass nur das Geschäft zähle. Er würde sich mit einem Schlitzaugen einlassen, wenn es einen Vorteil brächte.

Ich sprach Aaron an und lud ihn auf ein Bier ein. Sein Deutsch besaß einen starken Berliner Akzent, sein Englisch klang grauenvoll und war es auch. Ich erzählte von meinem Vorhaben. Er war Feuer und Flamme, berichtete von Schmuddelfilmen, Jahrmarktsattraktionen und Militärparaden, die er in Deutschland gedreht hätte. Seine Kamera hatte er aus Deutschland mitgebracht. Den Rest des Abends diskutierten wir, was wir filmen wollten. Ich schilderte Rosa und ihre körperliche Vorzüge, Aaron erzählte von einem Mann namens Karl Thiele, den er auf der Überfahrt kennengelernt hätte und der hässlichste Kerl der Welt wäre.

Bereits am nächsten Tag begannen wir mit den Dreharbeiten. Zuerst filmten wir in einem meiner Lichtspielhäuser einen der üblichen Auftritte von Jack the Knife und Geronimos Tochter, wobei wir das Kleid von Rosa kürzten. Der Film dauerte drei Minuten. Film Nummer zwei war ein Striptease von Rosa, den ich nicht in meinen eigenen Lichtspielhäusern zeigte, aber gegen gutes Geld verkaufte. Der dritte Streifen war ein dreiminütiges Melodram, das wir in der Wohnung meiner Mutter drehten. Ein Lustmolch macht sich über Rosa her, die von ihrem Vater gerettet wird. Den Lustmolch spielte der erwähnte Karl Thiele, ein heiterer Gesell aus Potsdam, den ich sofort in mein Herz schloss, als Aaron ihn vorstellte, und der mit dem schiefen Gesicht und den dunklen Augen mit den tiefschwarzen Pupillen, perfekt, für die Rolle des Schurken geeignet war. Den Vater spielte Onkel Joe. Er wirkte auf der Leinwand, als wäre er drei Meter groß und zwei Meter breit. Das Publikum johlte, als er Karl von Rosa runterzog und durchs Zimmer warf.

Ich glaubte, jeder könne Filme drehen und zeigen. Ein Irrtum, wie ich lernen musste. Nachdem die Filme mit Erfolg in meinen New Yorker Lichtspielhäusern liefen, machten wir uns daran, weitere zu drehen. An einem Güterbahnhof wollten wir drei Filme an einem Tag drehen. Wir hatten Film 1 abgedreht, als ich zwei Kerle bemerkte. Der eine war ein sechs Fuß großer, schlanker Vollbart in einem passablen, grauen Anzug, der andere ein kleiner Mann mit weibischem Glattgesicht, der eine alte Melone über einer Strickmütze trug und dessen Hemd und Weste drei Nummern zu groß waren. Er trug eine Holzlatte in der linken Hand. Ich zog mein Bowie-Messer. Aaron holte einen Schlagring aus der Manteltasche. Ob wir vom Trust die Genehmigung hätten zu drehen, erkundigte sich der Vollbart. Ich verneinte. Ich wusste nicht, wer oder was der Trust war. Meldet euch, unterschreibt den Vertrag, zahlt die Prozente und ihr könnt weiterdrehen, erklärte der Vollbart. Das

Weibergesicht nannte eine Adresse. Die zwei Kerle grinsten uns an und gingen den Weg zurück, den sie gekommen waren.

Wir brachen den Dreh ab. Mit Aaron ging ich zu Carl Laemmle. Er kannte die Schläger. Sie nannten sich Kay, der Gigant, und Boop, die Nadel. Spitznamen waren in dieser Zeit gang und gäbe in der Unterwelt. Von Laemmle erfuhr ich, dass der Trust das Filmgeschäft beherrschte. An der Spitze stand der Erfinder Thomas Edison. In heutigen Zeiten ein Held in den Geschichtsbüchern, 1908 ein knallharter, skrupelloser Monopolist. Er besaß die Patente für die wichtigsten Techniken zur Filmherstellung und Verbreitung, also Kameras und Projektoren. Wer ein Lichtspielhaus eröffnen oder einen Film drehen wollte, benötigte eine Lizenz. Sprich: Der Trust bekam stets seinen Anteil. Außerdem besaß Edison einen Exklusivvertrag mit Eastman Kodak. Wer Filmrollen kaufte, musste es über den Trust tun. Ich erzählte Laemmle von meiner Lichtspielhauskette im Territorium und fragte ihn, warum der Trust nicht aufgetaucht wäre. Je weiter weg von New York, desto schwächer der Einfluss von Edison, erklärte der Jude. Laemmle war ein schmächtiger Brillenträger mit schütterem Haar, der nach nichts aussah. Wenn man sich länger mit ihm unterhielt, spürte man den Ehrgeiz und den starken Willen. Ich fragte, was er uns riete. Er schüttelte den Kopf und meinte, das müsse jeder für sich entscheiden. Monate später erfuhr ich, dass er dabei war, sich vom Trust zu lösen.

Ich beschloss, es drauf ankommen zu lassen, besorgte Aaron einen Revolver und holte Tuchmanns Mauser aus dem Koffer. Wir drehten die Güterbahnhof-Filme zu Ende. Der Gigant und die Nadel zeigten sich nicht. Erst am Tag vor der Premiere erschienen sie, als Aaron, Rosa und ich die Stühle in einem neu erworbenen Lichtspielhaus – einer Lagerhalle über einem Drugstore – aufstellten. Beide hielten eine Holzlatte in den Händen. Aus der, die die Nadel trug, ragten zwei lange Nägel. Die Mäntel von Aaron und mir hingen im Hinterzimmer. In

*ihnen steckten die Pistolen. Es blieb mein Messer. Keine
gute Waffe gegen anderthalb Meter lange Holzlatten.*

*Überzeugt, in wenigen Augenblicken mit gebrochenen
Knochen am Boden zu liegen, zog ich das Bowie-Messer
und stellte mich kampfbereit auf. In diesem dramatischem
Moment trat William Chato in mein Leben. Ein
mächtiger Kerl, Ende vierzig, das Haar weiß-grau, das
Gesicht markant, sonnenzerfurcht, eine Stupsnase. Er
bewegte sich mit der Anmut einer Raubkatze. In seiner
linken Hand hielt er einen abgewetzten Lederkoffer. An
dem Koffer war eine Machete mit einem Strick
festgebunden. Unter dem rechten Arm klemmte ein
Futteral, in dem eine Winchester steckte. Die Rothaut
trug einen blauen, löchrigen Straßenanzug. Mein Name
ist William Chato, ich suche Wilhelm Albert Kessel, sagte
er im akzentfreien amerikanischen Englisch. Er stellte
den Koffer ab. Der Gigant und die Nadel blickten ihn
misstrauisch an. Das bin ich, sagte ich. Du störst,
Rothaut, mischte sich die Nadel ein. Sie hob drohend die
Holzlatte. Mit einer eleganten Bewegung zog Chato die*

Winchester aus dem Futteral und zielte einhändig auf die Schläger.

Die Schläger wussten, dass dies nicht ihr Abend war. Sie zogen ab. Ich bedankte mich überschwänglich bei Chato und erkundigte mich, was ich für ihn tun könne. Wie sich herausstellte, war er ein Freund vom alten Geronimo. Er gehörte zu den Kriegern, die bis zuletzt mit dem Häuptling gekämpft hatten. Er dürfte damals nicht älter als 16 gewesen sein. Geronimo hatte ihn zu mir geschickt in der Hoffnung, ich könne ihm Arbeit geben.

Später im Zweigert trank Chato Literweise Bier. Ich wusste nicht, was ich mit der Rothaut anfangen sollte. Onkel Joe meinte, einen Mann, der mit dem Gewehr und einer Machete umgehen könne, würde er unterbringen. Totschläger und Türsteher würden an jeder Ecke gesucht. Die Rothaut lehnte ab. Solche Tätigkeiten wären nichts für ihn. Vor die Kamera wollte er auch nicht. Ich war ratlos.

Ich brachte die Rothaut auf meine Kosten in einem billigen Gasthaus unter. Was sollte ich tun? Ich verdankte Geronimo mein Leben. Eine Schuld, die nicht zu begleichen war. Am nächsten Morgen holte ich Chato ab und nahm ihn mit zu einem leer stehenden Laden in der Bowery, in dem ich ein weiteres Lichtspielhaus eröffnen wollte. Es stand jede Menge Unrat in dem Raum, den ich ihn nach draußen tragen ließ. Als wir mittags eine Pause machten und ein kühles Bier vor der Kneipe gegenüber dem neuen Lichtspielhaus tranken, kamen Gigant, Nadel und ein dicklicher, gut gekleideter Mann, den ich nicht kannte, um die Ecke. Ich schob mein Messer zu Chato und steckte meine rechte Hand in die Jackentasche, in der die Mauser steckte.

Der Gutgekleidete reichte mir einen Umschlag. Mein Name ist Karp. Ich bin Anwalt von Mr. Edison, sagte er. Wir hätten widerrechtsmäßige – ohne Lizenz der Motion Picture Patents Company – Filme gedreht und aufgeführt. Der Trust verklage uns auf eine gewaltige Summe. Ich überlegte, den Anwalt und die Schläger zu erschießen. Die Rothaut nahm den Umschlag aus meiner Hand, öffnete ihn, überflog den Schriftsatz und sagte mit tiefer Stimme: Wir sehen uns vor Gericht. Die Rothaut nahm die Sache in die Hand.

Wie sich herausstellte, war die Rothaut ein Rechtsgelehrter. Und das kam so: 1888, zwei Jahre nachdem William Chato 1886 in Kriegsgefangenschaft geraten war, wurde er ins Reservat entlassen. Er traf im benachbarten Fort auf einen Offizier, der im Begriff war umzuziehen und ihm 50 Cent bot, wenn er ihm half, sein Hab und Gut in die neue Unterkunft zu tragen. Der Offizier hieß Leonard Wood und besaß eine umfangreiche Bibliothek. Wood gehörte zu diesen Gutmenschen, die jedem halfen. Als der junge Chato beim Auspacken Interesse an dem ihm unbekannten Objekt namens Buch zeigte, brachte der Offizier der Rothaut Lesen und Schreiben bei. Der Apache entwickelte eine wahre Leidenschaft für Bücher, vor allem für Gesetzestexte. Chato hatte gefühlsmäßig erkannt, dass sie in den kommenden Zeiten eine bessere

Waffe als jedes Tomahawk darstellten. Drei Jahre später begann er, Apachen, die mit dem Gesetz in Konflikt gerieten, zu vertreten.

Die Rothaut verschwand für einige Tage in der Bibliothek, um sich mit Patentrecht im Speziellen und New Yorker Recht im Allgemeinen auseinanderzusetzen. Als der Apache damit fertig war, suchte er uns im Zweigert auf und verlangte von Aaron, die Kamera zu sehen, und von mir, die Projektoren. Wir gingen in Aarons kleine Wohnung, die einen Block entfernt lag. Chato beäugte die Kamera, die aussah wie ein Schuhkarton auf drei Stelzen. Die Rothaut zog ein Notizheft aus dem Mantel. In das hatte er die Kameratypen geschrieben, bei denen die Patentrechte beim Trust lagen. Er grinste uns an. Aarons Kamera war ein französisches Fabrikat. Der Trust konnte keine Lizenzgebühren verlangen. Bei den Projektoren lag der Fall anders. Einer war ein europäisches Fabrikat, die übrigen amerikanisch.

1909 war es eine lächerliche Idee, einen Apachen als Anwalt zu nehmen. Ich tat es trotzdem. Bisher hatten mir Begegnungen mit Rothäuten Glück gebracht. Ich besuchte Tammany-Boss Charles Francis Murphy, der kein Freund von Edison war. Das lag nicht daran, dass Edison im aufblühenden Filmgeschäft eine Monopolstellung hatte, sondern weil Edison ein Theosoph war, der Religion für Geschwätz und die Bibel für menschengemacht hielt. Dafür verabscheute der katholische Murphy den Erfinder und Trust-Chef. Er war sofort bereit Chato eine Anwaltslizenz zu besorgen.

Am Tag des Prozessbeginns bekam ich Zweifel, ob unsere Rothaut die richtige Wahl wäre. Die Anhörung war um 2 Uhr mittags. Chato saß ab 11 im Zweigert und trank Bier. Wankend betrat er das Gerichtsgebäude. Sein Blick war glasig, als der Richter den Saal betrat. Anwalt Karp war ein gewiefter Kerl. Statt mit dem eigentlichen Sachverhalt zu beginnen, behauptete der Kläger, eine Rothaut aus New Mexico hätte kein recht, als Anwalt in New York aufzutreten, und überhaupt wäre eine Rothaut als Advokat eine Beleidigung für den gesamten Berufsstand.

Murphys Lizenz verschlug ihm den Atem. Aber damit nicht genug. Die Rothaut hatte mit Attacken gegen seine Person gerechnet. Um weitere Angriffe zu verhindern, legte unser Apache Papiere vor, die ihn als Mitglied der Rough Riders auswiesen, jenem legendären Freiwilligen-Regiment, das im spanisch-amerikanischen Krieg in Kuba gekämpft hatte. Sein ehemaliger Lehrmeister, der Offizier Leonard Wood, hatte ihn ins Regiment geholt. Chato wurde eine Auszeichnung wegen Tapferkeit verliehen. Außerdem besaß unser Apache ein Schreiben vom damaligen US-Präsidenten Theodor Roosevelt, der ebenfalls ein Rough Rider gewesen war, der sich bei der Rothaut nach den Jagdmöglichkeiten in New Mexico erkundigte. Ich war genauso sprachlos wie Karp und der Richter. Der mittellose Heide, der auf meine Kosten lebte, war ein Kriegsheld mit besten Verbindungen.

Am Ende kamen wir glimpflich davon. Chato erwies sich als gewandter Redner, als einer, der Starthilfe brauchte. Deshalb becherte die Rothaut vor jedem Prozess Bier. Lief der Motor, war er witzig und zitierte mit Vorliebe aus Nick-Carter-Groschenheften. Wie die Rothaut vorausgesagt hatte, konnte der Trust für die Kamera keine Lizenzgebühr beantragen. Was das Filmmaterial betraf, so legte er gefälschte Rechnungen vor, die belegten, dass es aus Europa stammte. Einzig für die Projektoren mussten wir nachzahlen. Der Richter erwies sich als gnädig, ob Chatos Heldentaten wegen oder seiner Freundschaft zu Murphy, weiß ich nicht. Edison forderte 2000 Dollar, wir mussten 500 Dollar zahlen. Anwalt Karp erwies sich als schlechter Verlierer, schrie: Bestechung, Betrug, Verrat.

Für William Chato begann mit diesem Urteil die erstaunliche Karriere als Anwalt. Dass eine Rothaut ein kluger Denker sein konnte, überrascht mich bis heute. Ich lernte aus diesem Erlebnis, dass man nicht jeden wegen einer fragwürdigen Herkunft als unterlegen einstufen darf. Chato und Aaron zeigten, dass es in anderen Rassen kluge Köpfe gab. Sie waren der Beweis dafür, dass die teutonischen Werte und Lehren, für die Hengist, Horsa und Houston standen, Begabten aus minderwertigen Kulturen zu Größe verhelfen konnten.

5.

Eine Woche nach der Urteilsverkündung saß ich in meinem Büro, als ich von draußen einen Zeitungsjungen die neuste Schlagzeile schreien hörte. Ich ging auf die Straße und kaufte ein Exemplar. Mit der Zeitung ging ich zu Chato. Ich las ihm den Artikel vor. Geronimo war mit fast 90 Jahren im Hospital von Fort Still gestorben. Chato und ich tranken zwei Tage auf die alte Rothaut, der wir viel verdankten.

Als wir wieder nüchtern waren, erfuhren wir, dass Gigant und die Nadel Aaron verprügelt und die Kamera zerstört hatten. Am selben Abend legten sie Feuer in dem Lichtspielhaus, in dem der französische Projektor stand.

Ich beschloss, mich bei Edisons Schlägern zu revanchieren. Die Opferrolle lag mir nicht.

Durch Onkel Joe erfuhr ich, wo sich der Gigant und die Nadel rumtrieben. Im Sommer am Sheep Meadow im Central Park, damals eine Wiese, auf der 200 Schafe grasten, und im Winter in einem Saloon in der Nähe mit dem gleichen Namen. Onkel Joe besorgte Verstärkung. Zwei Mitglieder von Kellys Five Points Gang, die ihm etwas schuldeten. Ich informierte Murphy, zahlte ihm zweihundert. Dafür versprach er, uns New Yorks Beste vom Leibe zu halten.

Gegen fünf Uhr nachmittags betraten der Gigant und die Nadel »Sheep Meadow«. Die Five Pointers saßen bereits an der Theke des Saloons. Onkel Joe, Chato und ich warteten im Park gegenüber. Nach einigen Minuten überquerten wir die Straße. Ich trat die Tür auf. Das »Sheeps Meadow« war ein mittelgroßer Raum mit einer wackligen Theke aus Bierfässern und Holzdielen. Es war nicht viel los. An der Theke standen außer den Five

Pointers zwei Gäste. Drei der fünf Tische waren besetzt. Der Gigant und die Nadel saßen biertrinkend mit zwei Kumpanen zusammen. Sie hatten die Eingangstür im Blick. Als wir zu dritt in den Saloon stürmten, griffen sie zu den Waffen. Die Spießgesellen begriffen nicht, was geschah. Ich sprang hinter einen Pfeiler, zog die Mauser und schoss der Nadel zwei Kugeln ins Bein. Die Gäste des Saloons brachten sich in Deckung. Die Five Pointers nahm den Feind von der Theke in Beschuss. Sie erschossen einen der Spießgesellen. Der Gigant wurde in der Schulter getroffen. Mit seiner Schrotflinte erwischte Onkel Joe den zweiten Spießgesellen. Chato war am Eingang stehen geblieben. Die Rothaut hob seine Winchester, zielte und drückte zweimal ab. Zwei Kopfschüsse. Der Gigant und die Nadel fuhren zur Hölle. Ich bat den Apachen um seine Machete. Mit der schlug ich den Kopf der Nadel ab und warf ihn, draußen im Park, unter die grasenden Schafe.

Die Morgenausgaben schrieben über das Massaker. Der Kopf, den zwei Spaziergänger gefunden hatten, brachte die erwünschte Wirkung. Ein Wahnsinniger! Verbrechen außer Rand und Band!, schrien die Zeitungsjungen auf den Straßen. Kein Reporter berichtete über die Verbindung der Toten zum Trust.

Am Abend setzten wir den zweiten Angriff in die Tat um. Onkel Joe brach das Fenster auf, Chato und ich kletterten ins Haus von Trustboss Edison. Im Arbeitszimmer saß er, der Erfinder der Glühbirne, des Fonografen, des Kinetografen, des elektrischen Stuhls und Boss des Trusts, ein kräftiger Kerl mit weiß-grauer Mähne. Er erblasste, als wir eintraten. Unsere Rothaut zeigte dem Erfinder die angerostete Machete. Ich zog die Mauser und feuerte in die Bücherwand. Das nächste Mal liegen Sie bei den Schafen, sagte ich.

Ich gab mich keinen Illusionen hin. Es war eine Frage der Zeit, bis Edison mir neue Schläger und Anwälte auf den Hals hetzen würde. Ich hatte zwei seiner Männer erschossen und ihm gedroht. Das konnte er nicht ungestraft durchgehen lassen. Unter diesen Umständen ließ sich kein Geld verdienen. Ich fragte Carl Laemmle um Rat, der kurz zuvor die IMP, die Independant Moving Picture Company, gegründet hatte. Er schlug mir einen Deal vor: Nach außen würden wir den Verkauf meiner Lichtspielhäuser und der Filmproduktion an IMP kommunizieren. In Wahrheit blieb ich Mitbesitzer. Damit gäbe es keinen Grund für den Trust meine Lichtspielhäuser abzufackeln und gegen meine Angestellten vorzugehen.

Er hatte auch eine Idee, wie er mich aus der Schusslinie bringen könnte. Er plante, den Schwerpunkt der Filmproduktion an die Westküste nach Los Angeles zu verlagern. Die Macht des Trusts war wegen der Distanz zur Ostküste um einiges geringer. Außerdem legte er mir überzeugend dar, dass aufgrund der klimatischen Verhältnisse – kaum Regen, viel Sonne – die Produktionsbedingungen besser wären. Ich sollte die Zweigstelle an der Ostküste leiten. Damit wäre ich weit weg von Edison. Mir gefiel Laemmles Plan. Ich schlug ein.

Ein Woche später reisten Rosa, Aaron, Karl und ich nach Kalifornien. Ich eröffnete Laemmles IMP Studio, Ecke Sunset Boulevard und Gower Street. Wir begannen umgehend mit der Arbeit. Bereits beim ersten Dreh offenbarte sich ein Problem, das ich lange verdrängt hatte. Rosa war immer dem Alkohol zugeneigt gewesen. In Kalifornien wurde es unerträglich. Sie war ständig betrunken. Wenn sie zu viel in sich reingeschüttet hatte, übergab sie sich und spülte den schlechten Geschmack mit Bier weg. Es war ekelhaft. Durch die Sauferei begann sie ihre Schönheit zu verlieren. Das Gesicht bekam etwas Hartes, Verhärmtes, die Wangen fielen ein, die Augen wurden wässrig, der Sexappeal, wie man das heute nennt, verschwand. Schon damals besaß die Kamera ein gnadenloses Auge. Aaron und ich versuchten erfolglos, Rosa vom Trinken abzubringen. Als ich die Schnapsflaschen aus unserer Wohnung schaffen wollte, holte sie die Mauser aus der Schublade und zielte auf mich. Ich konnte mich nur retten, indem ich aus dem Haus floh. Die Frau war nicht mehr zurechnungsfähig.

Ich rief aus einem nahe gelegenen Drugstore den Sheriff, der mich schätzte, weil ich ihm gelegentlich kleine Rollen gab. Er holte die Furie mit Gewalt aus dem Haus und warf sie aus der Stadt. Es sollte Jahre dauern, bis ich wieder von ihr hörte.

Es war gut, dass Rosa weg war. Denn einen Monat zuvor hatte ich Pilar Munoz kennengelernt. Und das kam so: Die mexikanische Revolution war ausgebrochen. Die ersten Schüsse waren noch nicht verhallt, als Pilar mit ihrem Vater Pablo Munoz in Hollywood die Zelte aufschlug. Munoz war ein wohlhabender Rancher, Händler, Politiker und ehemaliger General der mexikanischen Armee. Er war der Überzeugung, dass die Machtkämpfe in Mexiko andauern würden. Herrschte Krieg, war kein Geld zu verdienen. Deshalb verlagerte Munoz seine Geschäfte in die USA. Der Mexikaner baute ein beeindruckendes Haus an der Küste. An den Wochenenden veranstaltete er Fiestas, zu denen er Geschäftsleute, Rancher und die Filmpioniere der Westküste einlud. Auf einer solchen Feier begegnete ich

Pilar. Eine kleine, wohlgeformte Frau, gebildet, schlau, eine heimliche Raucherin und mit einer Ironie, für die keiner ihrer Landsleute empfänglich war. Mit 23 war sie ein Jahr älter als ich. Das störte mich nicht. Obwohl Mexikanerin und Katholikin war sie eine ausgezeichnete Partie.

6.

1914 baute ich in New York ein prunkvolles Lichtspielhaus, das die Welt noch nie gesehen hatte. Ich stand auf der Baustelle, die nichts von dem späteren Filmpalast erahnen ließ, als ein Zeitungsjunge vorbeilief und rief: Deutschland erklärt Russland den Krieg, lesen Sie über den Krieg in Europa. Ich kaufte dem Jungen eine Zeitung ab. In diesem Augenblick konnte ich mir nicht vorstellen, wie stark der Ausbruch des Ersten Weltkriegs, wie man den Konflikt heute nennt, mein Leben beeinflussen sollte.

Als ich am Abend das Zweigert aufsuchte, wurde gefeiert. Onkel Joe hatte ein gewaltiges Ölgemälde des deutschen

Kaisers aufgehängt. Eines, das den alten Wilhelm als jungen Mann zeigte. Der Monarch trug eine Uniform mit bunten Orden und blickte bedeutend in den Raum. Onkel Joe sang mit dröhnender Stimme das alte Kampflied von anno 1870: »Es braust ein Ruf wie ein Donnerhall«. Wäre ich nicht ein alter Mann, ich würde mein Messer und meine Flinte nehmen und unserer tapferen deutschen Armee helfen, rief er. Nicht wenige Deutsch-Amerikaner dachten wie Onkel Joe, auch solche, die in Amerika geboren waren. Gefährten meiner Jugend machten sich auf nach Europa und kamen nie zurück.

Die Euphorie unter den Deutsch-Amerikaner wuchs, als Deutschland Frankreich und England den Krieg erklärte. Der Patriotismus war ansteckend. Wie Onkel Joe und viele Deutsch-Amerikaner forderte ich die Neutralität der USA, wetterte gegen die Waffenlieferungen nach England und sprach mit Leidenschaft von der Gier Frankreichs und Englands. Bis dahin hatte ich mich als Amerikaner verstanden und Theodor Roosevelt zugestimmt, wenn er gegen »Hyphenates«, die Bindestrichler, wetterte, und meinte, es brauche patriotische, hundertprozentige Amerikaner. Wer auf dem Bindestrich bestehe, wer sich Deutsch-Amerikaner nenne, dessen Loyalität wäre infrage zu stellen, sagte Roosevelt. In diesem Fall irrte der große Politiker, man konnte Deutsch-Amerikaner sein und beide Länder verehren, dachte ich in dieser Zeit.

Liege und Brüssel fielen, die Marne-Schlacht begann und die Engländer flogen die ersten Luftangriffe gegen Deutschland. Wir sahen in den Zeitungen die Fotografien des zerstörten Louvain, die zerstörte Kathedrale von Reims, Aufnahmen von den Ruinen von Ypres. Wir müssen unserer Heimat helfen, sagte meine Mutter, die jede Zeitung kaufte, die neue Bilder vom Krieg veröffentlichte. Ich konnte nur zustimmen. Wir müssen die Not der deutschen Kriegswitwen und der deutschen Kriegsgefangenen lindern, sagte meine Mutter, Deutschland braucht jeden Einzelnen. Deshalb gingen wir zur Deutschen Historischen Gesellschaft, die Spenden sammelte. Im Namen meiner Mutter zahlte ich dreihundert Dollar ein. Dafür erhielt sie einen mit dem deutschen Eisernen Kreuz geschmückten Siegelring, den sie stolz über ihren Mittelfinger zog. Danach marschierte ich mit meiner Mutter zum Hilfsbasar in der Waffenhalle des 71. Regiments, die als Nürnberger Markt dekoriert war, wo wir Kaiserbilder und Gedenkkarten kauften.

Eine Tages bestellte Onkel Joe mich zu sich nach Hause. Das war ungewöhnlich. Er lud einen selten in seine Wohnung ein. Onkel Joe hatte Besuch. Er stellte mir Peter Lang und Günther Billigmeier vor. Lang sah man den deutschen Offizier an. Ein drahtiger Bursche, Schmisse im Gesicht, der rechte Handrücken vernarbt, der Straßenanzug sah an ihm wie ein Kostüm aus. Billigmeier war mir sympathisch. Ein massiger Kerl aus Bayern mit roten Backen, Schnauzbart und einer Pfeife im Maul. Die karierte Weste war grauenvoll und die Jacke saß schlecht. Er lachte viel und erwies sich als ein belesener Mann. Lang und Billigmeier stellten sich als Vertreter der deutschen Botschaft vor. Das war eine nette Umschreibung für ihre eigentliche Tätigkeit. Sie waren

Geheimagenten des Reiches. Sie wollten Pablo Munoz treffen.

Munoz war mittlerweile mein Schwiegervater. Ich hatte Pilar geheiratet. Während einer Fiesta in Munoz` Haus, hatte ich ihr einen Antrag gemacht. Sie sagte Ja. Wir heirateten eine Woche später. Munoz gab seine Zustimmung, nachdem er meine Geschäftsbücher geprüft hatte. Die sahen glänzend aus. Laemmle hatte kurz zuvor den Trust in einem spektakulären Gerichtsprozess geschlagen und damit Edisons Macht gebrochen. Wir Unabhängigen jubelten. Laemmle beschloss, sich auf die Filmproduktion zu konzentrieren. Wir beendeten unsere Partnerschaft. Ohne die Bedrohung durch den Trust stellte das kein Problem dar. Ich gab meiner Filmproduktion und meiner Lichtspielhauskette den neuen Namen »Geronimo Pictures«.

Munoz war die Konstante im Chaos des untergegangenen Mexiko. Ein Mann namens Victoriano Huerta hatte kurzfristig die Macht übernommen. Ein Venustiano

Carranza stürzte ihn und trat als amtierender Präsident auf. Die Fäden im Hintergrund zog Munoz. Ich ging davon aus, dass dies der Grund war, warum die deutschen Agenten meinen Schwiegervater treffen wollten, aber sie sagten es mir nicht. Die Deutschen wiesen mich darauf hin, dass das Treffen streng geheim wäre.

Onkel Joe erwartete, dass ich den Männern aus seiner alten Heimat half. Ich war begeistert, dem Kaiserreich helfen zu können, und rief Munoz in Kalifornien an. Ich informierte ihn über die Deutschen und ihr Anliegen. Da Munoz ohnehin geplant hatte, wegen geschäftlicher Verpflichtungen, nach New York zu kommen, sagte er zu. Ein Treffen für Ende des Monats wurde verabredet. Munoz bestand auf einem öffentlichen Ort. Er wollte die Deutschen bei seiner Ankunft in der Grand Central Station treffen.

Munoz erschien mit zwei Leibwächtern in der gewaltigen Ankunftshalle der Grand Central Station. Lang und

Billigmeier hatten mich als Übersetzer mitgebracht. Munoz` Englisch war mäßig, die Agenten konnten kein Spanisch. Ich stellte die Herrschaften einander vor. Wir suchten uns eine freie Holzbank und setzten uns. Munoz und ich in der Mitte, Lang und Billigmeier rechts und links von uns. Die Leibwächter blieben in Sichtweite. Lang erklärte sein Anliegen auf Deutsch, ich übersetzte ins Spanische. Der Geheimagent wollte wissen, ob Munoz sich vorstellen könne, dass Mexiko aufseiten der Deutschen in den Krieg eintreten würde, wenn Amerika seine Neutralität aufgäbe und wenn das Reich dafür ausreichend Geld und Waffen zu Verfügung stellen würde und das Einverständnis gab, dass Mexiko in Texas, New Mexico, Arizona früher verlorenes Gebiet zurückeroberte. Der Vorschlag klingt heute nach dem Stoff, aus dem Groschenhefte sind. Damals war er absolut ernst gemeint.

Munoz beeindruckte mich. Er verzog keine Miene. Auch nicht, als Lang andeutete, dass bei einer deutsch-mexikanischen Allianz Japan sich unter Umständen dem

Bündnis anschließen würde. Schließlich fragte er, wen Munoz eher zu einer Zusammenarbeit bewegen könne: den amtierenden Präsidenten Carranza oder dessen Vorgänger Huerta. Munoz lächelte die deutschen Agenten an und sagte diplomatisch, er werde über die Fragen nachdenken. Die Deutschen verabschiedeten sich höflich. Billigmeier bat mich auf Deutsch, am kommenden Tag um 13 Uhr ins Hotel Manhattan an der Ecke 42. Straße und Madison Avenue zu kommen. Er würde gerne noch mal meine Dienste als Übersetzer in Anspruch nehmen. Natürlich sagte ich zu.

Munoz blickte nachdenklich den Agenten des Kaisers hinterher. Es stehe nicht gut ums Reich, wenn es solche verzweifelten Angebote mache, sagte er. Ob es Sinn mache, wollte ich wissen. Für Deutschland schon, erklärte er, denn wenn die USA auf dem eigenen Kontinent kämpfen müssten, könnten sie nicht viele Truppen nach Europa schicken. Für Mexiko wäre es allerdings ein schlechtes Geschäft. Die USA wären ein übermächtiger Gegner. Die versprochene finanzielle

Unterstützung wäre nichts wert, weil der einzige nennenswerte Waffenproduzent in Nord- und Südamerika die USA wären und die Deutschen nichts liefern könnten, weil England die Meere beherrscht. Ob Carranza und Huerta dieser Einschätzung zustimmen würden, wollte ich wissen. Bei Huerta war sich Munoz nicht sicher.

Wir verließen die Grand Central Station und stiegen in ein Taxi. Wir fuhren ins Ritz Charlton, wo Munoz logierte und seine Tochter auf ihn wartete. Auf der Fahrt machte mich mein Schwiegervater darauf aufmerksam, dass ich mit der Organisation dieses Treffens Hochverrat begangen hätte, und riet mir, mich von den Agenten des Reiches fernzuhalten. Ich nickte zustimmend, obwohl ich nicht daran dachte, seinen Rat zu befolgen. Nach dem Abendessen, ließ ich Munoz und seine Tochter alleine, die sich lange nicht gesehen hatten, und ging ins Zweigert. Billigmeier saß an der Theke und unterhielt sich mit Onkel Joe.

Der deutsche Agent begrüßte mich überschwänglich, bestellte mir ein Bier, fluchte über den Krieg und über Mexiko. Er wirkte betrunken, aber seine Augen waren hellwach. Er wollte herausfinden, was ich von dem Vorschlag hielt, der am Bahnhof gemacht worden war, und ob ich den Fehler beging, an einem öffentlichen Ort von einem solchen Geheimnis zu sprechen. Ich durchschaute seine Taktik. Wir sprachen kein Wort von Mexiko. Ich erzählte vom Bau des Lichtspielhauses, von meiner Mutter und ihrem Patriotismus. Billigmeier zückte daraufhin seine Brieftasche und zeigte eine Fotografie seiner Ehefrau und seiner vier Kinder. Onkel Joe sah uns zu, ganz stolz, dass ich mit einem Agenten des Kaiserreiches Freundschaft schloss und wichtige Dienste für das Vaterland verrichtete.

Am nächsten Tag ging ich zum Hotel Manhattan. In Zimmer 42 traf ich Lang und Billigmeier. Sie erklärten mir, dass zwei weitere Männer kommen würden. Wir warteten. Die beiden deutschen Agenten rauchten. Ich ging zum Fenster und schob den schweren Vorhang zur

Seite. Dabei kam ein faustgroßes, rundes Ding zum Vorschein. Es handelte sich um ein Mikrofon, versteckt in den Wellen des Vorhangs. Die Leitung lief durch den Fensterrahmen ins Nebenzimmer. Mir wurde heiß. Die Worte von Munoz, dass ich Hochverrat begangen hätte, schossen durch meinen Kopf. Was immer in diesem Hotelzimmer geschehen würde, jemand wusste davon.

Da klopfte es an der Tür. Lang öffnete. Ein schlanker Deutscher im grauen Anzug trat ein. Er wurde von einem kleinen, glatzköpfigen Südamerikaner mit buschigen Augenbrauen und ergrautem Schnauzbart begleitet, der einen schwarzen Anzug mit Weste trug. Den Mann kannte ich aus der Zeitung. Es war der gestürzte mexikanische Präsident Huerta, der sich seit Monaten in den USA aufhielt. Billigmeier stellte mich als Schwiegersohn von Raoul Munoz vor, was dem alten Diktator ein ehrliches Lächeln ins Gesicht setzte.

Der unbekannte Deutsche begann zu reden. Ich übersetzte. Es ging erneut um die deutsch-mexikanische Allianz. Je länger das Gespräch dauerte, desto sicherer war ich mir, wer da im Nebenzimmer mithörte, nämlich der Secret Service. Damit befand ich mich in ernsthaften Schwierigkeiten. Die Frage war, ob der Geheimdienst zuhören wollte oder ob ein Zugriff erfolgen würde. Die Spannung war kaum auszuhalten. Als das Gespräch ein Ende fand und ich auf der Straße stand, atmete ich auf. Der dritte Deutsche wies mich darauf hin, dass ich nicht überleben würde, wenn ich Außenstehenden von diesem Treffen und seinem Inhalt erzählen würde.

7.

Nachdem sich die Agenten des Kaiserreichs vor dem Hotel Manhattan verabschiedet hatten, bueschloss ich zu handeln. Es gab nur einen Weg, schadlos diese Affäre zu überstehen. Ich eilte zu Murphy. Ich berichtete dem Tammany-Boss, dass zwei Deutsche mich als Übersetzter engagiert und ins Manhattan Hotel bestellt hätten, dass sie davon gewusst hätten, dass ich der Schwiegersohn von Pablo Munoz wäre und dass sie ein deutsch-mexikanisches Bündnis planten. Murphy brachte mich zu Bürgermeister John Purroy Mitchel, der den Polizeichef dazuholte. Eine Stunde später erschienen zwei Agenten des Außenministeriums. Ein drittes Mal musste ich meine Geschichte erzählen. Die Geheimdienstler hörten aufmerksam zu, ließen nicht erkennen, dass sie das Gespräch abgehört hatten. Am Ende gratulierten mir die Männer zu meinem Mut, zur Erfüllung meiner staatsbürgerlichen Pflicht und meinem Patriotismus. Ich war erleichtert. Als ich gefragt wurde, ob ich für mein Land arbeiten und helfen wolle, die Verschwörung zu vereiteln, sagte ich natürlich »Ja«. Roosevelt und ich waren wieder vereint. Ich war kein Deutsch-Amerikaner, kein Bindestrichler. Ich war Amerikaner. Zugegeben, mein Meinungsumschwung war eine pragmatische Entscheidung. Dennoch vertrat ich meine neue Position künftig mit viel Verve.

Drei Tage später erschienen Billigmeier und Lang bei mir auf der Baustelle. Sie setzten mich davon in Kenntnis, dass wir in 48 Stunden eine Reise an die mexikanische Grenze unternehmen würden. Ich informierte die Agenten des Außenministeriums. Zwei Männer folgten mir, als ich zusammen mit Billigmeier, Lang und General Huerta den Zug Richtung San Francisco bestieg. Beim Abendessen im Speisewagen erklärte Lang die Reiseroute. Sie führte nach Kansas City, dort würden wir in den Zug Richtung El Paso wechseln. 25 Meilen vor der Stadt würden wir aussteigen. In Newman, New Mexico, warte ein General mit einem Kraftwagen, um Huerta über die Grenze zu bringen, wo getreue Truppen lagerten. Die deutschen Spione hatten Huerta mit Geld und Munition ausgerüstet, um ihn bei seinem Putschversuch gegen Carranza zu unterstützen. Damit betrieben Lang und Billigmeier ein geschicktes Spiel. Huerta wäre auch ohne ihre Unterstützung nach Mexiko zurückgekehrt. Nun schuldete er ihnen etwas. Ich schrieb die Angaben auf und steckte den Zettel einem der amerikanischen Agenten im Zug zu. Als wir in Newman ankamen, erwarteten uns die Männer des Außenministeriums. Sie verhafteten die Generäle und die deutschen Agenten. Lang spuckte mir wütend ins Gesicht, Billigmeier lobte mein Spiel, das er mir nicht zugetraut hatte.

Zwei Tage später gelang den deutschen Agenten die Flucht aus dem Gefängnis. Lang wurde erschossen. Billigmeier schaffte es über die Grenze nach Mexiko. Vier Monate später erhielt ich ein Schreiben aus Deutschland, in der er von seiner Heimreise berichtete und erklärte, er habe sich gefreut, mich kennengelernt zu haben.

Ich fuhr mit dem Zug den langen Weg zurück nach New York und traf mich in der Hotelbar des Ritz mit Pablo Munoz, den ich über den Verlauf der Affäre auf dem Laufenden gehalten hatte. Munoz rauchte einen Zigarillo, während ich ihm von den Ereignissen in Newman berichtete. Er nickte zufrieden. Ich fragte, was er getan hätte, wenn Huerta an die Macht gekommen wäre. Er sagte, es hätte für ihn nichts geändert. Ich fragte ihn, warum er nicht Präsident werden wolle. Viel zu gefährlich, sagte er.

Vier Monate nach der Huerta-Affäre fand die Eröffnung meines neuen Lichtspielhauses in New York statt. Der

Palast hieß »The Roman Theatre«, weil es römischen Bauten nachempfunden war. Legionäre mit Schild und Speer standen Wache. Der Zuschauerraum erinnerte an ein Amphitheater. Vor der Filmaufführung tanzte ein Ballett, bestehend aus Tänzerinnen in knappen Togas, die zu einem klassischen Musikstück tanzten. Begleitet wurden sie von einem Orchester, das ebenfalls römische Kostüme trug. Die anwesende Prominenz war verzückt. Onkel Joe und meine Mutter kamen nicht. Zu viel Rummel, sagten sie. Ich war erleichtert. Denn als Eröffnungs-Film zeigte ich »The Kaiser is coming«, ein von mir produzierter Propaganda-Film über eine deutsche Invasion in den USA, die von verräterischen Deutsch-Amerikanern vorbereitet worden war. Regie führte Aaron, Karl spielte den schurkischen Kaiser. Den heldenhaften Amerikaner spielte der junge Douglas Keener, dessen Sohn in den 50ern ein Star wurde. Murphy mochte den Film. Theodor Roosevelt schrieb einen Brief, in dem er mir für den Film dankte und mich einen echten Amerikaner nannte. Zuschauer und Kritik waren begeistert. Als Onkel Joe und Mutter darüber in der Zeitung lasen, musste ich mir lange Reden über Heimat und Patriotismus anhören.

8.

1917 wurde öffentlich bekannt, dass sich Wilhelm II. eine Allianz mit Mexiko und Japan gegen die USA wünschte. Kurz darauf erklärte Präsident Wilson dem Kaiser den Krieg. Es begann eine wahrlich verrückte Zeit. Ihren Anfang nahm sie an einem gewöhnlichen Abend in New York. Ich spielte mit Karl Thiele, Onkel Joe und seinem Nachbarn Karten. Wir saßen in der Küche des Nachbarn. Wenn ich in der Stadt war, spielten wir regelmäßig. Als ich die Punkte der vergangenen Runde aufschrieb, stürmten Männer in den Raum, rissen uns zu Boden und fesselten uns. Ich erkundigte mich, was los wäre, und erhielt als Antwort einen Tritt in den Bauch. Verdammte Spione, schrie der Mann und trat erneut zu. Ich wurde hochgerissen, nach draußen auf die Straße geschubst, wo weitere Männer warteten. Ein junger Bursche mit Schiebermütze hielt die amerikanische Flagge. Jemand packte meinen Kopf und drückte ihn gegen das nach

Alkohol und Rauch stinkende Stück Stoff. Küss die Flagge und verfluche das Deutsche Reich, befahl eine Stimme und ich tat es. Onkel Joe, der erschreckend blass aussah, der Nachbar und Karl mussten wie ich die Flagge küssen. Anschließend brachte uns der Mob unter lautem Gejohle zur Polizeiwache.

Am Morgen nach meiner Inhaftierung durch den Mob erschien ein wütender Murphy auf der Wache und verlangte meine Freilassung. Ein Polizist, der Murphy und mich kannte, hatte bei Dienstbeginn von meiner Verhaftung gehört und war sofort zum Boss von Tammany Hall geeilt. Der schrie, ich wäre der größte Patriot New Yorks und persönlicher Freund des Bürgermeisters. Tatsächlich war ich durch meine Rolle in der Huerta-Affäre in Tammany Hall hoch angesehen. Murphy diskutierte mit mir die Möglichkeiten einer politischen Karriere und stellte mich anderen Tammany-Größen wie Christopher Daniel Sullivan vor. Auch national machte ich gute Kontakte. Außenminister Robert

Lansing hatte mich zu einem Essen nach Washington eingeladen, bei dem wir Freundschaft schlossen.

Die Polizei ließ mich aufgrund des Drängens von Murphy frei. Keiner der Gesetzeshüter wollte den Tammany-Hall-Boss verärgern. Wie sich herausstellte, hatte ein Ehepaar beobachtet, wie wir uns regelmäßig in der Küche von Joes Nachbarn trafen. Da das Ehepaar wusste, dass der Deutsch-Amerikaner war und ihnen Karls Gesicht nicht gefiel, vermuteten sie eine Verschwörung feindlicher Agenten und informierten die »American Protective League«, abgekürzt APL, eine von einem Werbefachmann aus Chicago ins Leben gerufene Organisation, die Sympathisanten des Deutschen Reichs, Kriegsdienstverweigerer, Spione und Anarchisten jagte. Die APL-Zweigstelle zögerte nicht lange, als das Ehepaar sich bei ihnen meldete, und schickte ihre Leute.

Murphy und ich erfuhren, dass Onkel Joe und die anderen bereits auf dem Weg ins Gericht waren. Als wir ankamen, stand eine Menschentraube vor dem Gebäude.

Ich drängelte mich durch die Menschen. Onkel Joe lag am Boden. Karl und der Nachbar knieten neben ihm. Die Polizisten standen tatenlos in der Gegend rum. Die Aufregung war zu viel für Onkel Joe gewesen. Ein Herzanfall hatte den Mann gefällt. Ich kniete mich hin und weinte.

Onkel Joe war beliebt gewesen. In den deutschsprachigen Zeitungen New Yorks wurde sein Tod vermeldet. Hunderte Deutsch-Amerikaner gaben ihm das letzte Geleit. Meine Mutter führte den Trauerzug – wie ein schwarz gekleideter General – zum Friedhof. Der Abschied endete mit einer Feier im Zweigert.

Zwei Tage nach der Beerdigung fuhr ich nach Kalifornien. Meine privaten Angelegenheiten hatte ich geregelt. Die Wohnung und Möbel von Onkel Joe hatte ich verkauft und das Geld meiner Mutter übergeben. Sein Bowie-Messer hatte ich behalten. Weil meine Mutter zu alt war, setzte ich meine Cousine Marie als Geschäftsführerin des Zweigert ein. 10 Jahre später schenkte ich es ihr. Onkel Joe hatte ihr beigebracht, was es dazu brauchte. Ich wies sie an, den Namen zu ändern. Erst weigerte sie sich, aber als ich die Gründe darlegte, verstand sie es. Marie wählte den Namen »Swaggerts«. In diesen deutschfeindlichen Tagen war es ein guter Name. Meine Mutter regte sich fürchterlich darüber auf. Aber sie verstand die Zeichen der Zeit nicht.

In Los Angeles glaubte ich, dem Wahnsinn entkommen zu sein. Das Gegenteil war der Fall. Obwohl es nicht das geringste Anzeichen gab, dass Mexiko ein Bündnis mit dem Reich eingehen würde, herrschten Hysterie und Angst. An einem trüben Nachmittag saß ich in meinem Büro, als Basil Warden Bond, ein befreundeter Produzent und Regisseur, den ich auf Munoz` Partys kennen- und schätzen gelernt hatte, hereinstürmte und meinte, wir müssten was tun. Hinsichtlich was, wollte ich wissen. Für die nationale Sicherheit, erfuhr ich. Es wäre nur eine Frage der Zeit, wann deutsche und mexikanische Truppen vom Norden her angriffen, um Arizona und New Mexico zu annektieren, Japan würde an der Pazifikküste

548

landen und Kalifornien einnehmen, während deutsche U-Boote New York angriffen. Er, Basil Warden Bond, habe persönlich fünf verdächtig wirkende Deutsch-Amerikaner des Studios verwiesen. Definitiv Anhänger des Reichs, Spione oder Saboteure. Mir wurde bewusst, dass er keine Ahnung hatte, wo meine Wurzeln lagen. Wir duzten uns. Er nannte mich Al. So war ich ihm vorgestellt worden.

Basil schlug vor, dass die Filmstudios eine Anzahl ihrer Angestellten mit Waffen und Munition ausrüsten sollten und diese der Stadt Los Angeles als Schutztruppen zur Verfügung stellen sollten. Eine grandiose Idee, versicherte ich ihm und zitierte meinen Erzfeind Thomas Edison, der zwei Jahre zuvor in der »New York Times« gefordert hatte, jedem Amerikaner eine militärische Grundausbildung zu geben. Mit der Aufforderung, mir eine Waffe zuzulegen, eilte Basil aus dem Büro.

Tatsächlich trug Basil den Warner-Brüdern, für deren Studio er hauptsächlich arbeitete, die Idee vor. Sie stimmten zu. Basil war begeistert, kam zurück ins Büro gestürmt und schlug vor, die Zusage ordentlich zu feiern. Er hätte Freunde, mit denen er sich auf einem Schießplatz treffen würde. Warum auf einem Schießplatz, erkundigte ich mich. Wir müssen bereit sein, rief er. An dieser Stelle möchte ich erwähnen, dass die Stadt Los Angeles Basils Sturmtruppen dankend ablehnte. Man werde im Ernstfall auf sein patriotisches Angebot zurückkommen, schrieb ihm der Bürgermeister. Basil zeigte mir stolz das Schreiben.

Am Abend holte Basil mich mit dem Wagen ab. Der Schießplatz lag außerhalb der Stadt. Auf dem Weg bemerkte ich eine Anzahl neuer Stacheldrahtzäune, die um Pipelines und Wasserreservoirs gezogen worden waren. Als wichtiger Schutz gegen Saboteure, erklärte Basil, als ich ihn danach fragte. Auf dem Schießplatz traf ich Basils Clique. Da waren Mark, ein Staatsanwalt, der wegen seiner Invasionsangst mit Polizei-Eskorte das Haus verließ, Jeanie, eine patriotische Schauspielerin und Drehbuchautorin, Lionel, ein bekannter Schauspieler, und Willard, ein pensionierter General und

Textilfabrikant mit seinem Sohn. Der Schießplatz war eine Wiese, zu der die Bewohner der Stadt fuhren, wenn ihnen danach war, wie ihre Vorfahren mit Feuerwaffen Blei zu verpulvern. Basil und seine Clique schossen auf leere Whiskeyflaschen, die auf einem grauen Stein standen, der aus der Erde ragte. Basil benutzte einen alten Colt. Der General besaß als Einziger eine Automatik, mit der er zielsicher traf. Ich hatte meinen Auftritt den Tag über geplant. Basil schätzte eine gekonnte Aufführung.

Laut rief ich: Das hier ist die Waffe, die der Feind benutzt. Der Satz brachte mir die Aufmerksamkeit der Gruppe. Ihre Augen waren auf mich gerichtet. Ich zog mit der theatralischen Geste eines Stummfilmhelden die Mauser von Tuchmann aus dem Mantel und feuerte einhändig einen Schuss in Richtung der Flaschen. Basil und seine Gäste waren begeistert über diesen unerwarteten Anblick feindlicher Technologie. Wie eine Reliquie lag die Mauser auf meinen Handflächen, als ich sie Basil reichte. Er hielt die Waffe in die Luft, sie bewunderten die ungewöhnliche Form des Kolbens, wogen die 1,08 Kilo in der Hand, wollten wissen, wie viele Patronen ins Magazin passten und wie der Rückschlag war. Jeder von ihnen wollte die Handfeuerwaffe berühren. Lionel war der Erste, der darum bettelte, mit der Mauser feuern zu dürfen. Natürlich gewährte ich ihm und den anderen dieses Vergnügen. Jeanie fragte, woher ich sie hätte. Da keiner die Geschichte mit Geronimo und Tuchmann geglaubt hätte, erfand ich die Geschichte eines in New York gestrandeten deutschen Seemanns, der sie mir verkauft hätte, weil er pleite gewesen wäre. Dass es sich bei dem Matrosen um einen Agenten des Reiches gehandelt haben musste, darin waren sich die Anwesenden natürlich einig. Warum sollte er sonst eine solche Waffe mit sich rumtragen. Keiner stellte die Gegenfrage: Warum sollte ein feindlicher Spion seine Pistole verkaufen?

Wir schossen und redeten und tranken. Es war ein amüsanter Abend. Auf einmal fragte Basil, ob ich bereits der APL beigetreten wäre. Noch nicht, bedauerte ich.

Basil bestand darauf, mich sofort zu vereidigen. Ich musste schwören: Ich verteidige die Verfassung der Vereinigten Staaten gegen alle Feinde, ob zu Hause oder in der Fremde, möge Gott mir beistehen Die Anwesenden jubelten. Lionel schoss übermütig in die Luft und Jeanie goss uns nach. Als mir Basil am nächsten Tag durch einen Boten die Beitritts-Urkunde mit Schwur zukommen ließ, die jedes APL-Mitglied unterschreiben musste, begriff ich mein Dilemma. Wenn ich als Wilhelm Albert Kessel unterschrieb, würde Basil mich mit der amerikanischen Flagge erdrosseln.

Ich wusste, dass es ein grundsätzliches Problem zu lösen galt. Ich setzte mich auf den Sessel im Büro, zog die Jalousien hoch und blickte auf die beeindruckende Kulisse einer Ritterburg, in der »Ivanhoe – der kühne Ritter« gedreht wurde und 500 verkleidete Statisten aufeinander einschlugen. Ich dachte nach. Nach einer halben Flasche Whiskey hatte ich einen Entschluss gefasst. Ich würde meine deutschen Wurzeln auslöschen. Als »Hunne« konnte man keinen beruflichen Erfolg haben. Ich schrieb Murphy einen Brief, in dem ich ihm das Dilemma und meinen Wunsch schilderte. Damals gab es nicht so viel Papierkram wie heute. Ein Identitätswechsel war eine verhältnismäßig einfache Angelegenheit. Sechs Wochen später besaß ich gültige Papiere – Geburtsurkunde, Heiratsurkunde, Besitzurkunden – auf denen »William Albert Kettle« stand. Murphy, der durch seine Besuche im Zweigert ein bisschen Deutsch beherrschte, hatte Kessel einfach übersetzt. Pilar zuliebe hatte ich irische Vorfahren erfunden. Iren waren auch nicht beliebt. Aber 1917 beliebter als »Heinies« und vor allem waren sie Katholiken, was Pilar wichtig war. Als mein Sohn 1918 geboren wurde, ließ ich ihn in New York in einer katholischen Kirche taufen, in der irische Einwanderer zu Kreuze krochen.

Nachdem ich die neuen Papiere besaß, ging ich zum nächsten Schritt über. Ich besuchte Außenminister Robert Lansing in Washington. Ich erzählte von meinen Erlebnissen beim Kartenspiel in New York, klärte ihn über meinen Namenswechsel auf und berichtete von meinem Beitritt zur Liga. Lansing war ein Pragmatiker. Mein Vorgehen empfand er als durchdacht und gradlinig. Um keine Missverständnisse aufkommen zu lassen: Lansing war ein Gegner des Kaiserreichs, er misstraute Deutschen und hätte die deutschenfeindliche Hysterie nie als Hysterie bezeichnet. Mein Glück war, dass er mich schätzte. Durch meine Rolle in der Huerta-Affäre hatte ich meine Treue zu den Vereinigten Staaten bewiesen. Sie sind ein echter Amerikaner, der im falschen Schoß geboren wurde, sagte er. Mit einem breiten Grinsen fügte er hinzu: Mr. Kettle.

Am Ende des Treffens forderte Außenminister Lansing mich auf, Mitglied der CPI zu werden, dem »Committee on Public Information«, dem Komitee für öffentliche Information. Bisher hatte ich das Wunschkind von Präsident Wilson, das den amerikanische Patriotismus schüren sollte, als Unsinn abgetan. Nach den Erlebnissen in New York sah ich die Organisation von patriotischen Umzügen, das Verteilen von Flugblättern mit dem Slogan

»Spies are Listening« und die Produktion patriotischer Filme mit anderen Augen. Als neugeborener Mr. Kettle und Mitglied der APL gab es nur die Möglichkeit mitzumachen. Lansing zeigte sich hocherfreut über meine Entscheidung und gab drei Propaganda-Filme in Auftrag.

Mit einem Schreiben Lansings in der Hand ging ich zu Basil, der beeindruckt von meinen Engagement und meinen Washingtoner Verbindungen war. Er hatte gerade ein Bibel-Epos mit nackten Königinnen, dekadenten Römern und wilden Löwen abgedreht und deshalb Zeit. Er übernahm die Regie. Wir feierten die kommende Arbeit fürs Vaterland auf dem Schießplatz. Zur Feier des Tages durfte die Clique mit der Mauser schießen.

Ich beschloss, Western zu drehen. Die Kulisse musste nicht gebaut werden, sie lag vor der Tür, und Darsteller waren einfach zu finden. Ich fragte Jeanie, ob sie Lust hätte, die Drehbücher zu schreiben. Als sie hörte, dass der Auftrag von der CPI kam, war sie dabei. »Sunset« war der am wenigsten propagandistische Film. Es ging um deutsch-amerikanische Gangster, die Chinesen in die USA einschmuggelten. »William, the Patriot« und »Mr. Kelly, USA« waren ein anderes Kaliber. Kelly war ein Rancher an der Grenze zu Mexiko. Ein Mexikaner und ein Deutscher entführten seine Frau und wollten, dass er eine strategisch wichtige Brücke in die Luft sprengte. Tat er es nicht, drohten sie, seine Frau zu töten. Kelly legte die Schurken rein und um. In »William, the Patriot« jagte ein Sheriff deutsche Spione in Dodge City, die ein Kraftwerk in die Luft jagen wollen.

Wir drehten die Filme hintereinander mit derselben Besetzung. Karl Thiele spielte die deutschen Oberschurken, seine Komplizen und die Mexikaner waren Statisten, die ich mir aus alter Verbundenheit bei den Millers besorgte. Die Hauptrolle sollte ein junger Bursche namens Robert Tollwood spielen, den Basil ausprobieren wollte. Am Abend vor Drehstart überfuhr Tollwood ein Lastwagen. Basil glaubte natürlich sofort an einen Anschlag deutscher Saboteure, die die Produktion der patriotischen Filme verhindern wollten.

Als die Todesnachricht uns erreichte, saß ich mit Basil und meinem alten Freund Thomas Hezikiah Mix in einem Restaurant. Thomas hatte es als Western-Star Tom Mix zu Ruhm gebracht. Es war naheliegend, ihn zu fragen, ob er einspringen wolle. Sein enger Drehplan ließ es nicht zu. Thomas schlug vor, ich solle die Rolle übernehmen, ich besäße ein gutes Gesicht, hätte Erfahrungen als Cowboy, könne reiten und Messerwerfen. Basil war begeistert und meinte, ich müsse das machen, das wäre meine patriotische Pflicht.

Basil besaß außerordentliche Überzeugungskraft. Ich übernahm widerwillig die Hauptrollen in den Filmen. Als wenig originellen Künstlernamen wählte ich Will Kess. Wegen meiner Fähigkeiten bauten wir Messerkämpfe und spektakuläre Messerwürfe in die Filme ein. Damals arbeitete man nicht mit Spezialeffekten und Stuntmen. Der Hauptdarsteller musste ein ganzer Mann sein. Die

Reit- und Kampfszenen erwiesen sich als anstrengend und nicht ungefährlich. Mehrfach fiel ich vom Pferd, prellte mir dabei die Rippen, wich einem Schlag nicht aus und wurde k.o. geschlagen. Schlimm waren die Kuss-Szenen. Einer wildfremden Frau nahe zu kommen, während Kameramann, Regisseur und die anderen Darsteller zuschauten, war peinlich. Nach jedem Kuss hatte ich den Drang, mich bei der Frau zu entschuldigen. Dazu kam der Umstand, dass sie die Freundin von Thomas war, der sich dafür eingesetzt hatte, dass sie bei meinen CPI-Filmen mitspielen durfte, war sie doch sonst seine Film-Partnerin. Victoria Forde war eine schlanke, dunkelhaarige Person mit einem verschlafenen Blick, den ich anziehend fand, was die intimen Szenen nicht einfacher machte. Ich dankte Gott, dass Pilar die Drehtage nicht bei mir, sondern in New York verbrachte. Als sie die Umarmung in »Sunset« Wochen später im Lichtspielhaus sah, rannte sie entrüstet in die Kirche, betete, stürmte nach Hause, wo sie mir eine Ohrfeige gab und sich drei Wochen weigerte, mit mir zu reden. Erst als ich Victoria und Thomas zum Abendessen einlud, *beruhigte Pilar sich. Sie und Victoria wurden sogar Freundinnen. Frauen sind eben rätselhafte Wesen.*

Für Außenminister Lansing veranstaltete ich eine private Aufführung in einem Lichtspielhaus in Washington. Ihm gefielen die Western. Er war von der Schnelligkeit begeistert, mit der ich geliefert hatte, und von der Klarheit der Botschaft. Damit stand er nicht allein. Die Western brachten mir den Ruf in Washington ein, jemand zu sein, der sich mit Propaganda auskannte.

Nachdem ich die Western abgedreht hatte, engagierte ich mich in der Liga. An freien Tagen fuhr ich allein durchs Land und besuchte Bibliotheken. Ich spazierte durch die Gänge, durchforstete die Kataloge, notierte die deutschsprachigen Bücher, fuhr nach Hause, legte die Liste Basil oder Willard vor, der sein Stellvertreter bei der APL-Abteilung Los Angeles war. Sie kümmerten sich darum, dass die Werke aus den Regalen verschwanden. Mit der Schießstand-Clique traf ich mich regelmäßig. Es war ein wöchentliches Ritual. Nachdem wir unsere

Wehrhaftigkeit mit ein, zwei Schüssen auf eine leere Flasche bewiesen hatten, öffnete Jeanie ein volle und wir diskutierten die Situation des Landes, der Filmstudios oder Karl las aus J. B. Walkers »America is fallen« vor – dem Lieblingsbuch unserer Clique, in dem eine militärisch nicht vorbereitete USA von deutschen Truppen überrannt wurde – bis wir uns entschlossen, zum Abendessen zu gehen.

Karl war der einzige Deutsche, dem Basil und die Schießstand-Clique vorbehaltlos trauten. Er spielte mit solcher Hingabe die deutschen Schurken auf der Leinwand, dass die größten Vaterlandsfreunde, Hysteriker und Verschwörungstheoretiker ihn für einen amerikanischen Patrioten hielten und seine Darstellung des Bösen lobten. Ein Kritiker der »Los Angeles Times« ging so weit zu behaupten, Karl habe genauso viele Amerikaner von der Schlechtigkeit des Deutschen Reiches überzeugt wie der Untergang der Lusitania und die Zimmerman-Depesche. Wer wie ein Bösewicht aussieht, den schickt man nicht als Spion hinter die feindlichen Linien, erklärte Basil Karls Erfolg scherzhaft. Ich hatte die beiden einander vorgestellt. Basil hatte Karl eingeladen, mit auf den Schießplatz zu kommen. Bei seinem ersten Besuch trug Karl deutsch feindliche Witze vor. Kein Vaudeville-Künstler hätte sie besser vortragen können. Basil und die Clique waren begeistert.

Mit Aaron war das eine andere Sache. Wir hatten seit Ausbruch des Krieges Meinungsverschiedenheiten. Nicht, weil er ein Anhänger des deutschen Kaisers, sondern weil er ein Sozialist war, der den Krieg ablehnte, weil jeder Krieg moralisch abzulehnen sei und weil dieser, seiner Meinung nach, zum Vorteil der ökonomischen Interessen der USA geführt würde. Wegen solcher unsinnigen Äußerungen konnten jeder Bürger verhaftet, angeklagt und ins Gefängnis gesteckt werden. Zu Recht, muss ich sagen. Ein solches Verhalten war nichts anderes als Verrat. Als er mir von einem Treffen der Sozialisten in Brooklyn erzählte, informierte ich Basil. Das New Yorker Büro der Liga stürmte das Treffen. Aaron landete in einem Internierungslager. Er verlor

*seine amerikanische Staatsbürgerschaft und wurde
ausgewiesen. In einem Brief bat Aaron mich um Hilfe,
aber was sollte ich tun? Er war selbst schuld an seiner
Misere.*

*Ich war erleichtert, als Aaron heil in Kiel ankam. Die
Seereise nach Europa war wegen der deutschen U-Boote
gefährlich. In Deutschland war er sicherlich besser
aufgehoben als in den USA. Als später die Weimarer
Republik ausgerufen wurde, fühlte ich mich bestätigt. Ein
deutscher Sozialist gehörte nach Berlin und nicht nach
New York. Ich hatte zu seinem Besten gehandelt. Auch
wenn er das anders gesehen hätte, wenn er ihm je zu
Ohren gekommen wäre, was ich getan hatte.*

*Eine Tages kam mir eine Idee, mit der ich bei der Clique
Eindruck machte. Nach den Schießübungen rollte ich
eine Landkarte Kaliforniens aus. Zwei Orte hatte ich mit
einem Kreis markiert: Thalheim, einen kleinen Ort im
Central Valley, und Sutter County, nördlich von
Sacramento. Ich forderte nichts weniger als ihre*

Umbenennung. Deutsche Namen wären etwas Unpatriotisches. Die Anwesenden applaudierten.

Insbesondere Willard, wie ich ein Verehrer Theodor Roosevelts, mit englischen Wurzeln und der Verfasser eines Buches über die Bedeutung der Angelsachsen für die Eroberung des Westens, war von dem Vorschlag angetan. Am kommenden Tag machten wir uns ans Werk. Willard war ein einflussreicher Mann im Kalifornien des frühen 20. Jahrhunderts. Gemeinsam suchten wir den Gouverneur des Staates auf. William Stephens war ein standfester Amerikaner mit grimmigem Gesicht und grauen, schütteren Haaren. Er liebte die Liga, hasste Japaner und Kommunisten. Er hatte viele Feinde. Als wir Stephens in der Gouverneurs-Villa in Sacramento besuchten, reparierten Handwerker seine Küche, die bei einem misslungenen Anschlag auf ihn in Mitleidenschaft gezogen worden war.

Wir konnten Gouverneur Stephens von Sinn und Zweck der Umbenennungen überzeugen. Als ehemaliger Lehrer begriff er den erzieherischen Wert einer solchen Tat. Thalheim war ein kleiner, unbedeutender Ort. Der Gouverneur ordnete einen sofortigen Namenswechsel an. Er rief seine Sekretärin und diktierte in präzisen Worten den Erlass. An einer Stelle geriet er ins Stocken. Wie sollte Thalheim künftig heißen? Darüber hatten wir nicht nachgedacht. Wir grübelten. Vorschläge wie Patriot City, Stephens Town oder Willard Gulch wurden als zu offensichtlich abgelehnt. Ich schlug Valley Home vor. Für einen englischsprechenden Menschen ein nichtssagender Name, für einen zweisprachigen Deutsch-Amerikaner die wörtliche Übersetzung von Thalheim. Da keinem etwas Besseres einfiel, trug Gouverneur Stephens den Namen ein, ließ es nach Thalheim und an die wichtigsten Zeitungen schicken. Diese patriotische Großtat sollte die ihr gebührende Öffentlichkeit erhalten, zumal Wahlen anstanden. Murphy las vom Liga-Erfolg in der Zeitung, beglückwünschte mich am Telefon und erzählte, er habe John Francis Hylan, den er zum nächsten Bürgermeister von New York machen wolle, von mir erzählt.

Bei Sutter County zögerte der Gouverneur. Stephens gestand, dass es Schwierigkeiten geben könne. Die wichtigste Stadt des Landkreises hieß Yuba City und der Bürgermeister wäre ein wichtiger Wahlhelfer für seine Wiederwahl und ein wahrer Freund der Geschichte. Ein besonderes Faible habe er für die Geschichte des Deutschschweizers August Sutter, der in Sacramento Valley in den 1840er-Jahren ein riesiges Reich namens Neu Helvetia aufgebaut habe und dem man die Gründung Sacramentos zuschreibe. Ein unpatriotisches Steckenpferd, kommentierte ich die Geschichte. Auf jeden Fall, meinte Willard. Keine Frage, sagte Gouverneur Stephens.

Willards Chauffeur fuhr uns am darauffolgenden Wochenende nach Yuba City. Der Gouverneur bat, in dieser Angelegenheit außen vor gelassen zu werden. Der Bürgermeister erwartete uns im Rathaus. Er war ein Wiesel-ähnliches Wesen mit schnellen, hektischen Bewegungen, die einen nervös machten. Als wir ihm von der Umbenennung erzählten, verlor er die Fassung, sprach mit schriller Stimme vom historischen Erbe und nannte Sutter einen der ersten großen Amerikaner. Er werde sich gegen einen neuen Namen wehren. Mit diesen Worten verabschiedete er sich und eilte aus dem Büro.

Das Wiesel machte Schwierigkeiten. Es hatte gute Kontakte im Landkreis und auf bundesstaatlicher Ebene. Willard ließ sich nicht einschüchtern und brachte die Angelegenheit vor Gericht. In Kriegszeiten würde die Beibehaltung des deutschen Namens ein falsches Zeichen setzen, argumentierte unser Anwalt. Wir hatten ihn mit historischen Fakten gefüttert. Der wichtigste bestand darin, dass Sutter von einem amerikanischen Gericht in einem umstrittenen Prozess die Eigentumsrechte an großen Teilen von Kalifornien zugesprochen worden waren, nachdem sein Reich von Goldsuchern vernichtet und ihm sogar Schadensersatz versprochen worden war. Sutter habe das Geld nicht eingefordert. Der Name des Countys wäre für die Nachkommen eine Einladung. Würde dies passieren, wäre ein Deutscher Eigentümer von Kalifornien. Das wäre ein geschenkter Sieg für den Kaiser.

Zugegeben, diese Geschichte besaß mehr Lücken als Substanz. Das Gerichtsurteil ließ sich nicht nachweisen, und ob und wo es Nachfahren von Sutter gab, wussten wir nicht. Der größte Schwachpunkt unserer Argumentation lag darin, dass Sutter Schweizer und nicht Deutscher war. Aber in Amerika wurde da nicht differenziert. Auch während der Verhandlung erwähnte niemand diesen Unterschied. Trotzdem und trotz des guten Anwalts, der unseren Fall fantastisch vertrat, verloren wir. Sutter County blieb Sutter County.

Die Jahre des großen Krieges waren eine wichtige Zeit für mich und das Land. Die Dinge, die geschahen, wirken heute, über fünfzig Jahre später, übertrieben. Rückblickend lässt sich sagen: Sie hatten ihre Berechtigung. Am 11. November 1918 unterzeichneten die Alliierten und das Deutsche Reich den Waffenstillstand von Compiègne. Wir hatten gewonnen.

Die Schießplatz-Clique traf sich ein letztes Mal. Basil und Willard hatten Essen, Trinken, Kellner und ein 30-köpfiges Orchester organisiert. Wir hatten Freunde eingeladen. Sie waren für fünf Uhr bestellt. Die Clique traf sich bereits um drei Uhr. Für eine intime Siegesfeier, nur für uns, die während dieser Tage, Monate und Jahre Schulter an Schulter an der Heimatfront gekämpft hatten. In diesen zwei Stunden, während die Kellner Bar und Buffet auf der Wiese errichteten und das Orchester seine Instrumente stimmte, schossen wir mit der Mauser auf ein Bild des Kaisers, sangen patriotische Lieder, ließen Karl Witze erzählen und erinnerten uns an die wilden Zeiten des Krieges.

9.

Am 16. Januar 1919 saß ich im Los Angeles Limited. Mit dem Zug fuhr der Reisende in 45 Stunden nach Chicago und von dort in 18 Stunden nach New York. Die Geschäfte verlangten die fast dreitägige Bahnreise nach New York. Ich hatte mich auf der Ledercouch am Ende des Rauch-Salons niedergelassen. Neben mir saß Karl.

Links am Fenster stand eine Reihe von Zweiertischen, auf
der rechten Seite gab es Nischen mit kleinen Sofas oder
Ledersesseln. Diese Fahrt von der West- an die Ostküste
fand an einem historischen Tag statt. Jeder Passagier
war sich dessen bewusst. Der schwarze Kellner
schwitzte. Ich und die übrigen Fahrgäste im Rauch-
Saloon des Los Angeles Limited waren durstig. Es
herrschte eine angespannte Stimmung. An diesem Tag
sollte das landesweite Alkohol-Verbot im Kongress
ratifiziert werden. Oder eben nicht. Wir warteten
erwartungsvoll auf den nächsten Halt in der Hoffnung,
dass wir dort das Ergebnis erfahren würden. Außer drei
Prohibitions-Anhängern, die für sich in einer Couch-
Nische saßen, tranken die Passagiere, als wäre es der
letzte Tag. Anspannung und Alkohol führten zu erhitzten
Gesprächen über den Sinn und Zweck des noblen
Experiments, wie Befürworter die Trockenlegung des
Landes bezeichneten.

Als wir in Cheyenne einfuhren und der Zug zum
Stillstand kam, schickte ich den Kellner, ein Neger, nach

draußen, um sich nach dem Ergebnis zu erkundigen. Er eilte aus dem Wagen, über den hölzernen Bahnsteig und verschwand in einem Häuschen, das den Bahnhof darstellte. Im Wagen wurde es still. Jedermann rauchte. Der Qualm der Zigaretten, Zigarren und Pfeifen nahm einem die Sicht. Einer der Trockenen wollte was sagen. Ein Trinker haute ihm mit dem Stock einen drüber. Die Ruhe war wiederhergestellt.

Ich nippte am Whiskey und kaute auf einer Zigarre. Eine Welt ohne Alkohol war ein Albtraum für mich, der in einer Kneipe aufgewachsen war. Nichts war entspannender als ein Bier, eine Flasche Wein oder ein paar Gläser Schnaps. Ich schüttelte mich und fragte mich, wo der verdammte Neger blieb. Nicht ist tückischer als Zeit. Sie läuft nie in dem Tempo, das man sich wünscht.

Der Kellner stürmte in den Rauch-Saloon. Die Augen der Passagiere waren auf ihn gerichtet. Durch die Qualmwolke ging er auf mich zu. Er ignorierte die

Fragen der anderen. Wohl weil ich ihn rausgeschickt hatte. Sein Gesicht sah ängstlich aus. Bevor er mich erreichte, nahm der Zug langsam Fahrt auf. Der Kellner atmete durch und erklärte, dass der 18. Verfassungszusatz in Kraft getreten wäre. Die Nische der Trockenen jubelte. Ich sprang auf, packte einen der drei, haute ihm auf die Nase, zog ihn zur Tür und warf ihn aus dem Zug. Er machte einen Bauchklatscher auf dem hölzernen Bahnsteig. Karl und ein Passagier folgten meinem Beispiel. Sie packten die verbliebenen Trockenen am Kragen und schubsten sie aus dem fahrenden Zug. Wir sind unter uns, rief Karl.

Jemand stellte den Fonograf an. »Let the rest of the world go by« schepperte es aus dem Trichter. Es folgte eines der längsten Gelage, an denen ich teilgenommen habe. Wir hatten weniger als die Hälfte der Strecke zurückgelegt. Da die meisten Passagiere des Rauch-Salons bis New York fuhren, tranken wir bis zur Ankunft in der Grand Central Station.

Ein Jahr später trat die gesetzlich verordnete Trockenlegung in Kraft. Ich war vorbereitet. Aus dem Swaggerts hatte ich ein Restaurant gemacht. Es gab einfache Speisen. Damit wir genug Umsatz machten, wurden die Gäste höflich gebeten, umgehend nach dem Verzehr der Speise zu zahlen und das Lokal zu verlassen. Alte Stammkunden gingen in die 3-Zimmer-Wohnung über dem Swaggerts, in der früher Onkel Joe gelebt hatte. Hier verkaufte ich die Alkoholbestände des Swaggerts. Die Lagerräume waren gut gefüllt. Ich hatte die 12 Monate zwischen Ratifizierung und dem Inkrafttreten der Prohibition genutzt und Alkohol-Vorräte angelegt, die für ein, zwei Jahre reichen würden und in einer Lagerhalle lagerten. Genug Zeit also, um neue Lieferanten und Lieferwege zu finden. Damit war ich der Besitzer eines Speakeasies, wie illegale Kneipen genannt wurden.

Meine Mutter betrat nie meine Flüsterkneipe. Sie starb zwei Monate nach der Trockenlegung, an die sie sich strikt hielt. Sie wäre keine Gesetzesbrecherin, erklärte eine Frau, die jeden Tag ein Bier und einen Schnaps getrunken und einen beträchtlichen Teil ihres Lebens in einem Saloon verbracht hatte. Ein befreundeter Reporter der »Staatszeitung« schrieb ein paar Zeilen über ihr Ableben. Wie Onkel Joe war Mutter eine Persönlichkeit der Lower East Side gewesen. Der Reporter nutzte den Nachruf als Angriff auf die Prohibition. Er gab dem Verzicht meiner Mutter auf ihr tägliches Glas Bier eine Mitschuld an ihrem Tod und schlussfolgerte, dass die Prohibition den Tod für gesetzestreue Bürger bedeuten könne. Ich glaubte nicht, dass das fehlende Glas Bier zu ihrem Tod beigetragen hatte, sondern die Vereinsamung, die die Trockenlegung mit sich brachte. Die Biergärten und Gaststätten, in denen sich meine Mutter täglich mit befreundeten Deutschen getroffen hatte, waren geschlossen. Damit war ihr soziales Leben zerstört. Der Tod meiner Mutter bewies mir, dass es rechtens war, die Prohibition zu ignorieren.

In der Zeit der elenden Trockenlegung Alkohol zu verkaufen, brachte Geld. Wenn man bereit war, ein

Risiko einzugehen. Ich schmuggelte die ersten Jahre Alkohol über den Rio Grande und verkaufte ihn an Flüsterkneipen in Los Angeles. Es dauerte nicht lang und mexikanische und amerikanische Banden, begannen, mich aufs Korn zu nehmen. Der Polizei gelang es einzelne Lieferungen abzufangen. In beiden Fällen fielen Schüsse, Menschen starben und die Gefahr, dass man mich belangte, war nicht gering. Das konnte nicht der richtige Weg sein. Jedes Unternehmen bringt gewisse Risiken, aber mit langem Mantel und einem Chicago-Typwriter in der Hand – damals der Kosename für das Thompson-Maschinengewehr – durch die Weltgeschichte zu laufen, erschien mir dumm.

Ich sinnierte darüber, wie ich einen Alkoholhandel aufziehen könnte, bei dem die Risiken auf einem erträglichen Niveau lagen. Ich grübelte, redete mit Chato, Karl und Murphy, plante und verwarf. Als ich schon aufgeben wollte, hatte ich eine Eingebung: Der Verkauf von Alkohol war gestattet, wenn er religiösen oder medizinischen Zwecken diente. Hätte ich mich als

Rabbi ausgegeben, wäre ich in den Besitz von ein paar Litern Wein gelangt. Richtig Geld verdient hätte ich damit nicht. Der Ansatz war ein anderer. Ärzte verschrieben legal Alkohol und Whiskey als Heilmittel. Verkauft wurde der medizinische Alkohol in Drugstores. Meine Idee bestand darin, eine Drugstore-Kette zu gründen. Als Besitzer besaß ich das Recht, Destillerien, die nach Inkrafttreten der Prohibition geschlossen worden waren, zu erwerben. Deren Lagerhäuser waren voll mit Whiskey-Fässern. Die notwendigen Genehmigungen für das Vorhaben besorgte ich mit Chatos und Murphys Hilfe. Mit den Papieren in der Hand besuchte ich die Besitzer der stillgelegten Whiskey-Destillerien von New York bis Ohio und kaufte sie ihnen ab.

Das Problem meines Plans bestand darin, dass ich den Whiskey nicht in den Drugstores, sondern an Flüsterkneipen verkaufen wollte. Mir fiel die Lösung ein: Ich heuerte Leute an, die meine Lieferwagen überfielen. Ich meldete den Raub und brachte den Stoff in die

Speakeasies. Dieses System war zum größten Teil legal. Man musste sich kaum mit Gangstern und anderem Volk aus der Gosse abgeben. Moralische Bedenken hatte ich nicht. Die Trockenlegung war ein Unding, die die Armen des Landes traf. Leute wie ich konnten sich Alkohol leisten, der trinkbar war und einen nicht vergiftete, blind machte oder umbrachte. Die Arbeiter und Einwanderer mussten trinken, was sie kriegen konnten. Meine Arbeit war gleichzeitig ein einträgliches Geschäft und eine politische Aussage. Und die besagte: Weg mit der Prohibition.

Die Trockenlegung machte das Leben aufregend. Nicht nur, weil ich ein illegales Nebengeschäft führte. Abends mit Freunden einen trinken gehen, wurde zum Abenteuer. Speakeasies wurden von der Polizei geschlossen und andernorts neu eröffnet. Man musste hellwach im Kopf sein, um sich die ständig wechselnden Adressen der Kneipen und die Passwörter zu merken, die der obligatorische Türsteher verlangte, wenn er den Sichtschlitz öffnete und einen grimmig anschaute. Die

Angst vor Razzien gab jedem Abend eine Spannung, die jeden Umtrunk zu einem Erlebnis machte. Wenn man eine Razzia erlebte, war das amüsant. Die Polizisten brachen durch die Tür, Frauen fielen in Ohnmacht und Kellner warfen schreiend die Alkoholflasche aus dem Fenster. So hat es die Reporterin Lois Lang in ihrer Kolumne »Table for Two« im New Yorker beschrieben, mit der ich und Pilar um die Häuser zogen.

Lois war eine dunkelhaarige Schönheit, die länger feiern konnte als irgendjemand anders. Wenn ich mit Lois und Pilar loszog, schauten mich andere Männer neidisch an. Sie sahen umwerfend aus. Lois hatte einen klassischen Bob-Haarschnitt, Pilar den kurzen Eaton. Sie trugen diese glatten, lose am Körper hängenden Kleider. Wenn Pilar sich vor dem ausgehen die Strümpfe am Hüftgürtel befestigte und sich die Knie abpuderte, geschah es nicht selten, dass wir einen Umweg übers Schlafzimmer machten, bevor wir loszogen. Pilar hatte die schönsten Knie, die ich je gesehen habe, und da die Kleider bis kurz

*unter das Knie gingen, blitzte es stets auf, wenn wir wild
den Charleston oder den Bunny Hug tanzten.*

*Ein besonderer Tag war der 2. Juli 1921, als Boxlegende
Jack Dempsey gegen Georges Carpentier kämpfte. New
York war aus dem Häuschen. Pilar und ich wurden gegen
Mittag geweckt, als es an der Tür klingelte. Wir waren
stark verkatert. Pinky, unsere schwarze Haushälterin,
öffnete. Es waren Lois und Tank, der Türsteher vom
Hayho Klub. Als ich im Morgenmantel ins Wohnzimmer
schlich, schüttete sie sich schon Drinks ein. Tank drückte
mir einen Whiskey in die Hand. Ich nippte vorsichtig, der
erste Schluck schmeckte grauenvoll. Ich kippte das Glas
runter, schenkte nach und zündete eine Zigarette an. Lois
gab eine kurze Zusammenfassung über die internationale
politische Lage, bevor sie die Feiern aufzählte, zu denen
wir gehen könnten, nachdem der Boxkampf vorbei war.
Als ich mein drittes Glas getrunken hatte, kam Pilar. Ich
goß ihr einen Whisky ein, gab ihn ihr und entschuldigte
mich, um mich anzuziehen.*

Wir gingen zu einem neuen türkischen Restaurant. Auf dem Weg hatte ich das Gefühl, dass die Anzahl der Plakate, die an den Häuserwänden klebten und für den Kampf warben, im Vergleich zur Vorwoche zugenommen hätte. Es sollte die erste Radioübertragung eines Boxkampfes werden. Es gab zu dieser Zeit keine Radiostationen, geschweige denn, dass Leute einen Empfänger zu Hause stehen hatten. Es gab Fonografen, auf denen wir Musik- und Hörspiel-Schallplatten abspielten. Neuigkeiten las man in der Zeitung. Schnickschnack, sagte Tank, als ich ihn fragte, was er von der Übertragung hielt. Boxen müsse man sehen, nicht hören, meinte er. Ich konnte ihm nicht widersprechen, trotzdem war ich neugierig.

In dem türkischen Restaurant trafen wir auf Jimmie, ein stadtbekannter Politiker, Trinker und stadtbekannter Liebling vieler NachtKlub-Tänzerinnen. Er war ein gut aussehender Lebemann, dunkelhaarig, schlank, steckte stets in einem schicken Anzug und hatte den Spitzname Beau. Ich mochte den Kerl auf Anhieb. Er schloss sich unserer kleinen Gruppe an. Nach dem Essen waren wir nüchtern. Ich holte drei Flaschen Whiskey aus dem Lagerraum des Swaggerts. Dann zogen wir zum Times Square, wo der Dempsey- Kampf übertragen werden sollte.

Unterwegs gabelten wir die Rothaut und den Schnapsbrenner und Schmuggler Terry O`Bannion auf, einen der treusten Kunden der Rothaut, die den Gangster wiederholt vor dem Gefängnis bewahrt hatte. Ich mochte Terry. Wir saßen oft zusammen. Bis er 1929 von einem Konkurrenten erschossen wurde. Er stand in seinem Blumengeschäft, der legalen Fassade, in der er seine illegalen Geschäfte betrieb. Zwei Männer mit Pistolen jagten zwanzig Kugeln in seinem Körper. Zwanzig weitere Kugeln steckten in der Wand des Geschäfts. Chato, der Scharfschütze, sagte mal, dass es viel mehr Tote in den Gangsterkriegen gegeben hätte, wenn die Halunken schießen gelernt hätten.

Als wir am Times Square ankamen, war eine Flasche leer und der Square voll. Über 10 000 New Yorker sollen es gewesen sein, schrieben die Zeitungen am Abend. Pilar und Lois war das Gedränge zu groß. Jimmie wusste von einem Theater in der Nähe, in dem ein Radio aufgestellt worden war. Wir machten uns auf den Weg. Auf halber Strecke stießen wir auf einen von Menschen umringten, dreirädrigen, überdachten Wagen, auf dem ein drahtloses Radiotelefon stand. Der Hersteller machte damit Werbung für sein Produkt. Wir eilten weiter, denn der Kampf würde bald beginnen. Wir erreichten das Theater. Jimmie kannte den Besitzer und wir kamen hinein. Da die Sitze belegt waren, mussten wir uns in den Gang setzen. Ich ließ die Flaschen kreisen. Nicht der Kampf faszinierte mich, obwohl Dempsey in der ersten und zu Beginn der zweiten Runde Schwierigkeiten gegen den Franzosen hatte. In Runde vier tat Jack, was Jack am besten konnte: Leute umhauen. Aber wie gesagt, es war nicht der Kampf, der mich faszinierte, sondern wie die Leute gebannt diesem Ereignis folgten, das Meilen entfernt in New Jersey stattfand. Es war magisch, wie

Worte und Geräusche durch den Äther transportiert wurden. Spinner behaupteten, man könne mit den Toten sprechen, was nur eines zeigte: Dass den Menschen neue Dingen gleichzeitig begeistern und ihm Angst machen.

Nach Ende des Kampfes schlug Jimmie mir auf die Schultern, zeigte auf die leeren Flaschen und meinte, wir sollten uns Nachschub besorgen. Er kannte einen Iren um die Ecke, der in seiner Wohnung ein passables Bier ausschenkte und es inklusive einem Schäferstündchen mit der Tochter des Hauses verkaufte, wenn man wollte. Es war später Nachmittag. Wir waren die einzigen Gäste. Das Bier war erstaunlich gut, auch wenn ich mich nie an den Geschmack dieser gespitzten Biere gewöhnte. Darunter verstand man mit Alkohol angereichertes »Near Beer«, ein alkoholfreies Bier, das kaum einer trank. Gutes Bier war Mangelware während der Trockenlegung. Nach einigen Gläsern beschlossen wir, uns zu trennen und für den Abend frisch zu machen.

Am Abend trafen wir uns in »Rosies Waldschenke«. Lois meinte, ein deutscher Graf und eine französische Schauspielerin würden erwartet. »Rosies Waldschenke«, das war eine Flüsterkneipe im zweiten Stock eines Wohnhauses. Der Grund für die Beliebtheit lag an dem Bier, das Rosies Mann im Hinterhof braute. Es war das beste von New York. Rosie hieß eigentlich Rosemarie Zitter und ihr Mann besaß vor der Trockenlegung eine kleine Brauerei. Die musste er schließen. Seitdem braute er im Untergrund. Ich habe ihn mehrfach gefragt, ob er Bier ins Swaggerts liefern könne. Er weigerte sich. Er wusste, wie gut sein Gesöff war und dass er dank der Exklusivität den Gästen einen hohen Preis abverlangen konnte. Mit 1,10 Dollar lag er weit über dem Durchschnitt.

Nach drei Humpen fühlte ich mich entspannt. Pilar, Lois, der deutsche Graf und seine Großmutter tranken Cocktails und rauchten, während sie auf die Bauernwurst warteten, die sie bestellt hatten. Ich schlenderte durch die Menschenmenge, traf dabei auf Karl. Wir unterhielten uns über seinen nächsten Film. Da sahen wir Louise. Karl verdrückte sich. Er hatte am Vorabend den Fehler begangen, sich mit ihr einzulassen. Sie trug ein oranges Kleid und Strumpfhosen mit Blatt-Muster. Sie wankte. Es stinkt, sagte sie zu mir, küsste mich auf die Wange, zog mich an die Theke und bestellte etwas zu trinken. Es stinkt, wiederholte sie und kippte den Inhalt des Glases runter. Ich sah, wie sich Karl zum Ausgang schlich.

Karl gesehen, fragte Louise. Ich sagte ihr, er wäre auf dem Weg nach Hollywood, einen Film drehen. Es stinkt, erwiderte sie. Ein kleiner Mann spielte am Klavier. Louise fing an, zu tanzen. Beim zweiten Song zog sie sich aus. Als Erstes flog ihr Hut, dann ihre Schuhe, dann knöpfte sie ihr Oberteil auf. Bei Rosie wurden solch amoralische Vorgänge nicht geduldet. Rosie war Katholikin. Sie bat Tank einzugreifen. Er zog die Louise von der Tanzfläche. Es stinkt, rief sie. Tank bestellte ihr einen Drink. Sie trank. Ihr wurde schlecht. Sie legte sich auf den Fußboden und schlief ein.

Kurz vor Sonnenaufgang wankte unsere Gruppe auf die Straße. Wir quetschten uns in den Cadillac der Gräfin. Der uniformierte Fahrer fuhr uns zu ihrem Hotel. Auf ihrem Zimmer tranken wir auf den beginnenden Tag. Der Graf verabschiedete sich nach Sonnenaufgang und ging zu Bett. Nicht viel später wankte Louise in sein Schlafzimmer. Der Graf schrie auf Deutsch: Meine Dame, was tun Sie da. Seine Großmutter übersetzte. Wir lachten. Eine halbe Stunde später erschien Louise im Morgenmantel, schlurfte zur Bar, mixte zwei Drinks und kehrte zurück ins Schlafzimmer.

10.
Die Geschäfte mit dem Alkohol liefen gut. Kein Gangster interessierte sich für mein Unternehmen. Wurde ein Polizist zu neugierig, kaufte ich mich frei. Bald hatte ich über 1000 Angestellte. In zwei Jahren verdiente ich rund 10 Millionen Dollar. Mit dem Gewinn baute ich »Geronimo Pictures« aus. Ich kaufte ein größeres Studiogelände und drehte mehr Filme. Damit konnte ich mit den großen Studios konkurrieren. Ich war einer der

wenigen nichtjüdischen Studio-Bosse. Das gab mir ein gutes Gefühl. Ich habe nichts gegen Juden. Wenn es nicht zu viele sind, sind sie wertvolle Mitglieder der Gesellschaft. Ich war schon immer ein Anhänger der Vielfältigkeit. Dafür setzte ich mich ein. Und natürlich verstand ich mich mit meinen jüdischen Konkurrenten ausgezeichnet. Alles lief bestens. Aber jemand hat mal gesagt: Je besser die Gegenwart, desto schlechter die Zukunft. Ein wahrer Satz.

Um in der Nähe von Cincinnati eine weitere stillgelegte Destillerie zu erwerben, fuhr ich nach Ohio. Begleitet wurde ich von Karl, der wegen einer Filmpremiere in New York gewesen war. Als wir bei der Destillerie ankamen, stand die Luxusausgabe eines Pontiacs auf dem Hof. Ein uniformierter Chauffeur lehnte rauchend am Wagen. Als wir ausstiegen, warf er die Zigarette weg und stellte sich wie ein Boxer auf. Ich ignorierte ihn.

Im Whiskeylager fanden wir den Besitzer der Destillerie, einen älteren Herrn mit Bauch, der Hemd und

Arbeitshose trug. Ihm gegenüber stand ein kräftiger Mann im teuren Anzug. Er hielt eine Melone in den Händen. Das Gesicht war fleischig, wie bei einem Schlachter. Der Mann hatte eine Glatze. An den Schläfen wuchs dunkles, volles Haar. Er stellte sich als George Remus vor. Wie sich herausstellte, ein Deutscher, der mit 5 Jahren in die USA gekommen war. Wir gingen ins Wohnzimmer des Destillerie-Besitzers, der eine Flasche Whiskey auf den Tisch stellte und ratlos zuhörte, wie wir uns auf Deutsch unterhielten.

Remus war ein beeindruckender Mann. Nach der ersten Flasche erkundigte ich mich, was er mit der Destillerie wolle. Er sagte, er besäße eine Drugstore-Kette. Remus wollte wissen, warum ich die Destillerie kaufen wollte. Ich besäße auch eine Drugstore-Kette, ließ ich ihn wissen. Es war ein seltsamer Moment. Zwei Männer, die sich nicht kannten, saßen in diesem rustikalen Wohnzimmer, sprachen Deutsch, waren halb betrunken und begriffen, ohne es auszusprechen, dass sie auf dieselbe Weise Geld verdienten. Wir lachten. Der

Destillerie-Besitzer sah uns an, als wären wir geistesgestört. Ich überließ Remus die Destillerie. Schließlich war er vor mir da gewesen.

Remus lud mich und Karl zu sich ein. Er wohnte wenige Autostunden entfernt von der Destillerie in Cincinnati, in einer Villa, von außen ein klassisches amerikanisches Haus, im Inneren ein Schloss mit römisches Säulen und einem riesigen Schwimmbad, das den dekadenten Diktatoren des späten Rom gefallen hätte. Dazu Zimmer, überladen mit zu vielen Bildern an den Wänden, mit zu vielen dekorativen Elementen. Remus` Frau Imogene begrüßte uns im Wohnzimmer. Sie war eine kräftige, nicht sehr hübsche Frau mit dunklen Haaren und einem intensiven Blick, der einen einschüchterte. In Zeiten von Cotton Mather wäre sie für diesen Blick als Hexe auf dem Scheiterhaufen gelandet.

Wir ließen uns auf einem plüschigen Sofa nieder. George Remus mixte Drinks. Imogene kannte Karl aus dem Lichtspielhaus und war begeistert, einen Hollywood-

Schauspieler als Gast zu haben. Sie überschüttete ihn mit Fragen. Nach dem Leben in der boomenden Filmstadt, nach Stars wie Louise Brooks, Gloria Swanson und anderen. Sie hing an Karls Lippen, der sich als blendender Unterhalter erwies. George Remus` fleischiges Gesicht glänzte vor Freude. Wenn seine Frau glücklich war, war er es ebenfalls.

Remus und ich ließen die beiden allein und setzten uns auf die weißen Liegen am beeindruckenden Pool. Er hatte als Apotheker und als Anwalt gearbeitet. Seine Destillerien lagen in Kentucky und Ohio. Der Betrieb war größer als meiner. Er wollte meinen aufkaufen und machte ein lukratives Angebot. Ich versprach, darüber nachzudenken. Eine Lüge, denn ich hatte daran kein Interesse. Zurück in New York zog ich Erkundigungen über Remus ein. Murphy hatte von seinen Fähigkeiten als Anwalt gehört und von Gerüchten, dass er in Washington gute Beziehungen besäße. Remus löste Probleme mit Geld, nicht mit Gewalt. Das beruhigte mich. Wenn ich nicht verkaufte, würde es keinen Krieg geben. Da ich mit keinen Schwierigkeiten rechnete, verschwand Remus aus meinen Gedanken.

Ich widmete mich einer neuen Geschäftsidee. Inspiriert von der Übertragung des Dempsey-Kampfes, gründete ich einen Radiosender. Anfangs war WHAD ein bescheidenes Unternehmen. Wir sendeten am Abend für drei Stunden, von 6 bis 0 Uhr. Karl zitierte aus Klassikern, eine Kollegin von ihm sang amerikanische Volkslieder. Ab und zu half Jimmie aus, der eine sonore Stimme besaß. Bald beschloss ich sechs statt drei Stunden auf Sendung zu gehen, engagierte zwei Sängerinnen aus »Rosies Waldschenke« und eine kleine Jazzband, die sie begleitete, später Vernon Dalhart. Hillbilly wurde damals modern. Für kurze Zeit engagierte ich eine Lehrerin, die in der ersten Sendestunde Erziehungstipps gab.

Mein Partner bei WHAD war ein Hersteller für Radios, der auf diese Weise Werbung für seine Geräte machte. Karl wies mehrmals pro Sendung auf den Hersteller hin.

Es funktionierte. Ein Radio war in dieser Saison das Gerät, das die New Yorker besitzen wollten. Nur bei Pilar nicht. Sie war der festen Überzeugung, dass das Radio das gesellige Beisammensein von Freunden und Familien zerstören würde, weil jeder dem Teufelsding, wie sie es nannte, zuhören wollte. Wir stritten uns fürchterlich. Ich setzte mich durch. Frauen und Geschäft wusste ich stets zu trennen.

Einen Monat nach der Gründung von WHAD saß ich in meinem Büro im »Roman«, als es klopfte. Zwei Männer traten ein. Beide sahen übernächtigt aus und stanken nach Schnaps. Der kleinere stellte sich als Joe Masseria vor. Den Namen kannte jeder New Yorker. Der bekannte Mafioso sah mit seinem runden Kopf, Seitenscheitel und Ohren, die größer waren als die von Clark Gable, nicht gefährlich aus. Er sagte mit ruhiger Stimme, dass er künftig 50 % meiner Einnahmen aus dem Alkoholgeschäft bekommen würde. Als Gegenleistung würde er dafür sorgen, dass die Destillerien und die Drugstores unbehelligt blieben. Ich war überrascht, wie ausgezeichnet er über mein Geschäft Bescheid wusste. Masseria gab mir 48 Stunden Bedenkzeit. Am selben Tag brach in einer meiner Destillerien am Rande New Yorks Feuer aus.

Mich mit Gangstern anzulegen, hielt ich nicht für klug, von ihnen abhängig sein, auch nicht. Murphy und O`Bannion rieten, zu zahlen. Ich tat etwas anderes. Ich rief bei George Remus an, der sich freute, von mir zu hören. Er plante eine Party am Wochenende und lud mich ein. Zusammen mit Karl fuhr ich hin. Über hundert Leute waren anwesend. Geschäftsleute, regionale und nationale Politiker, keine Unterwelt-Gestalten. Im Pool warfen sich Frauen die Bälle zu, Kellner im Frack brachten Getränke zu den Gästen, ein kleines Orchester legte sich ins Zeug. Nüchtern war keiner. Imogene nahm Karl in Beschlag und stellte ihn ihren Freundinnen vor. Ich zog mich mit George in sein Arbeitszimmer zurück. Ich verkaufte ihm meine Läden und meine Destillerien. Ich erzählte ihm nichts von Masseria. Remus war bereit, den anständigen Betrag von einer Million Dollar zu *zahlen. Wir besiegelten den Vertrag mit einem Handschlag. Ich würde das Geld in drei Tagen in New York erhalten.*

Drei Tage später saß ich in meinem Büro, als es klopfte. Joe Masseria trat ein. Er trug einen Koffer, den er auf den Schreibtisch stellte. Mit besten Grüßen von George Remus, sagte Masseria. Er wäre so frei gewesen, 50 000 aus dem Koffer zu nehmen. Für seine Dienste als Lieferant. Das Rundgesicht grinste mich schmierig an und ging.

Ich war wie vor den Kopf geschlagen. Remus hatte mich reingelegt. Er hatte Masseria zu mir geschickt und vorausgesehen, dass ich mich weder mit einem Gangster anlegen, noch ihn bezahlen würde. Wenn diese Möglichkeiten ausgeschlossen waren, gab es nur einen Weg für mich, aus der Sache rauszukommen: mein Unternehmen an ihn verkaufen. Ich schrie vor Wut. Meine Schreibdame schaute mich verstört an, als ich aus dem Büro stürmte. Ich brachte den Geldkoffer in meine

Wohnung, ignorierte Pilar, die wissen wollte, warum ich so aufgeregt war, und verdrückte ich mich ins Swaggerts. 24 Stunden trank ich durch, fand mich zwischendurch mit Louise im Bett wieder und geriet mit Tank aneinander, der mich heftig verprügelte. Als ich nach Hause kam, stank ich, blutete, war nicht rasiert, sturzbetrunken und müde. Pilar machte mir eine Szene und reiste nach Mexiko. Ich fühlte mich alleine und rief Tank, Louise, Karl, die gräfliche Mutter, Jimmie und die anderen an und lud sie zu einem Umtrunk ein. Zwei Stunden später hatte ich ein volles Haus. 4 Tage später kam ich zu mir. Louise lag unbekleidet neben mir. Ich hievte mich aus dem Bett, zog mich an, weckte Pinky, die Haushälterin, und befahl ihr, Louise rauszuschmeißen. Ich frühstückte im Swaggerts. Traue keinem, hatte Onkel Joe gepredigt. Gegen diese Regel hatte ich verstoßen. Dass das Leben mich umgehauen hatte, lag nicht an der Schlagkraft, sondern meiner schlechten Deckung.

Ich hob meine Fäuste und zog in den Kampf. Murphy und seinem Gefolgsmann Christopher Daniel Sullivan *erzählte ich von Remus und meiner fürchterlichen Niederlage. Ich übergab ihnen die Informationen über meinen Betrieb und die Details, die ich über Remus` Geschäfte wusste. Murphy wandte sich an Bekannte in Washington D.C., die die Prohibitionsbehörde auf Remus ansetzten. Er wurde verhaftet, wegen 1000 Verstößen gegen das Prohibitionsgesetz angeklagt und zu zwei Jahren Haft verurteilt. Am Tag seiner Verurteilung veranstaltete ich eine opulente Feier. Jahre später würde ich meinem Sohn sagen, dass ich nach zwei Maximen handelte: 1. Verlierst du eine Schlacht, musst du den Krieg gewinnen. 2. Hinterlasse keine offenen Rechnungen.*

In einem bescheideneren Rahmen kehrte ich zurück ins Alkoholgeschäft. Das kam so: Ich saß mit Lois, Louise, Karl, der Gräfin, Jimmie und einer namenlosen Tänzerin in »Rosies Waldschenke«, wartete auf Sauerkraut und Kalbszunge und genoss das herrliche Bier. Louise, an diesem Tag in Orange gekleidet, war direkt aus einer Opiumhölle in die Flüsterkneipe gekommen.

596

Geistesabwesend starrte sie auf das volle Bierglas in ihrer Hand und flüsterte: »Chinesinnen sind schön«. Jimmie beklagte, dass es nur bei Rosie gutes Bier gäbe. Die Mitglieder des New York State Senate, in dem er saß, würden weiß der Teufel was zahlen, ein solch göttliches Getränk in den Händen zu halten. Karl warf ein, dass es in New York mehr als einen Braumeister geben müsse. Ich pflichtete ihm bei. Chinesinnen sind schön, gab Louise zu bedenken. Jimmie erzählte von einem abgelegenen Landhaus, das er in Upstate New York besaß, welches sich ausgezeichnet für eine illegale Brauerei eigenen würde. Wo finden wir einen Braumeister, fragte Lois.

Am nächsten Tag besuchte ich alte Weggefährten von Onkel Joe. Am Ende des Tages hatte ich den Namen Otto Greuther. Ich fand den Braumeister ohne Mühe. Er arbeitete seit Beginn der Prohibition, seit er seine Stellung bei der Anheuser-Busch-Brauerei verloren hatte, weil sie schließen musste, als Kontrolleur in der Straßenbahn.

Otto war ein Franke, der Englisch mit starken Akzent sprach, auf seinen runden Schultern einen quadratischen Kopf mit dreieckigen Ohren sitzen hatte, auf dem kaum ein Haar wuchs, wenn man von den buschigen Augenbrauen und dem wilhelminischen Backenbart absah. Er besaß die Ausmaße eines Ringers, weshalb es ihm schwerfiel, sich durch die volle Tram zu bewegen, um Fahrscheine zu verkaufen. Er war wie der sprichwörtliche Elefant im Porzellanladen. Es grenzte an ein Wunder, dass er nicht unabsichtlich einen Fahrgast aus der Bahn schubste. Ich erklärte Otto, wer ich wäre und mein Anliegen. Onkel Joes Neffe bot eine gut bezahlte Anstellung in seinem alten Gewerbe an, das war für Otto wie Weihnachten. Ich eilte ins »J and L«, wo sich Jimmie am frühen Nachmittag für den Abend warm trank, und berichtete von meinem Erfolg. Jimmie war begeistert und orderte freudig eine Flasche eingeschmuggelten Champagner aus Frankreich. Eine Woche später begann Otto, auf Jimmies Landsitz zu brauen.

Die ersten Fässer kamen natürlich zu Cousine Marie ins Swaggerts. Es war ein göttliches Gebräu, dem von Rosies Ehemann ebenbürtig. Anders als er brauten wir für den Verkauf in größeren Mengen. Zu meinen Kunden gehörten Terry O`Bannion und Joe Masseria. Nachtragend zu sein, ist nicht gewinnbringend. Den besten Handel schloss ich mithilfe meiner Freunde Christopher Daniel Sullivan und Robert Lansing ab, der nach seiner Amtszeit als Minister eine Anwaltskanzlei in New York eröffnet hatte. Ihnen schmeckte mein Bier ausgezeichnet. Bei einem Abendessen in Lansings Wohnung schlugen sie vor, den Kongress der Vereinigten Staaten von Amerika zu beliefern. Mir blieb die Spucke weg. Ich fragte, ob sie einen über den Durst getrunken hätten. Keinesfalls, versicherten sie.

Drei Tage später stellten sie mir Arthur Hallmann jr. vor. Er betrieb in Washington D.C. eine Gaststätte in der Nähe des Kongressgebäudes. Durstige Senatoren gingen bei ihm ein und aus. Cocktails und Schnaps konnte er anbieten, aber kein gutes Bier. Lansing hatte Hallmann jr. eine Flasche von meinem Bräu mitgebracht. Der Barbesitzer kostete und zeigte sich begeistert. Er und ich wurden uns handelseinig. Als er die ersten Gläser an seine Gäste ausschenkte, saß ich mit Lansing und Christopher Daniel Sullivan an der Theke. Es gibt mehr bierliebenden Politiker, als man denkt. An diesem Abend begann, ich ein weit verschlungenes Geflecht an Beziehungen in der Hauptstadt aufzubauen. Bis zum Ende der Prohibition machte ich es mir zu Angewohnheit, zwei Mal im Monat bei Hallmann jr. an der Theke zu sitzen. Bald darauf sollte ich aktiv in die Politik einsteigen.

11.

Ich saß mit Christopher Daniel Sullivan – frisch gebackener Tammany-Hall-Boss, nachdem der arme Murphy an einem Herzanfall gestorben war – und Jimmie im »Jacks«, dem besten Speakeasy, um einen feuchtfröhlichen Abend zu beginnen. Aber wir waren nicht da, um zu feiern. Christopher Daniel Sullivan machte ein überraschendes Angebot. Er bot mir den Posten als Wahlkampfmanager an. Jimmie sollte der nächste Bürgermeister von New York werden. Ich wäre der perfekte Mann für die Aufgabe. Ich würde New York kennen, hätte in der Huerta-Affäre Großartiges geleistet, wäre ein bemerkenswertes APL-Mitglied und meine Arbeit für das Committee on Public Information wäre ebenfalls vorbildhaft gewesen. Ich fühlte mich überrumpelt und fragte Christopher Daniel Sullivan, ob er nicht einen erfahrenden Wahlkampfmanager an der Hand hätte. Natürlich gab es ihn. Wie sich rausstellte, war der Mann am Tag zuvor erblindet, nachdem er in einer Flüsterkneipe eine schlechte Flasche Selbstgebrannten getrunken hatte. Deshalb gab es einen Notstand. Ich war zweite Wahl, was mich in diesem Fall nicht störte.

Jimmie war einverstanden mit mir. Weil ich ein Speakeasy führte und mit ihm illegal Bier braute. Das zählte für ihn. Nicht, dass Christopher Daniel Sullivan und Lansing große Stücke auf mich hielten, nicht, dass ich wichtige Leute in Hollywood kannte und biertrinkende Fürsprecher in Washington hatte. Jimmie liebte das Zwielicht und die Menschen, die sich darin aufhielten. Lass uns das Rathaus erobern, Al, sagte er und hielt mir die Hand hin. Ich schlug ein.

Gegen Mittag am nächsten Tag, kam Christopher Daniel Sullivan zum Frühstück. Wir waren mitgenommen vom Vorabend. Jimmie war ein ausdauernder Mann. Es wäre eine Sünde, am gleichen Tag ins Bett zu gehen, an dem man aufgestanden war, hatte er uns erklärt. Den Satz benutzte er oft. Pinky servierte das Frühstück: Toast, Speck, Eier, dazu Kaffee und die obligatorische Flasche aus Schottland eingeschmuggelten Scotch. Ich bat sie, das Radio anzustellen. Am Tag zuvor hatte ich es bekommen. Pilar hatte endlich zugestimmt, eines in unserer Wohnung aufzustellen. Das Radio war ein großer, sperriger Kasten aus dunklem Holz. Als die Männer es ins Wohnzimmer trugen, mir die Bedienung des Geräts erklärten, es anschalteten und Musik aus dem

Radio erklang, war ich mir wie der Held eines Romans vor H. G. Wells vorgekommen, der die Zukunft erlebte.

Christopher Daniel Sullivan beobachtete, wie Pinky das Radio anstellte. Als die ersten Töne aus dem Lautsprecher kamen, starrte er auf das Gerät. Mit einer Demut, mit der ein Gläubiger in der Kirche aufs Kreuz blickte. Radios waren eine Seltenheit in Haushalten. Nach einer Viertelstunde hatte Pinky den Sender eingestellt. Auf WHAD moderierte Karl eine Jazzband an. Christopher Daniel Sullivan, Pinky und ich schwiegen und lauschten der Musik. In diesem Moment war ich stolz, der Besitzer von WHAD zu sein. Ich muss auch ein Radio haben, sagte Christopher Daniel Sullivan. Ich versprach, eines zu besorgen.

Nach dem ersten Glas Scotch sprachen Christopher Daniel Sullivan und ich über Jimmie. Wer hat Jimmie ausgewählt, wollte ich wissen. Gouverneur Al Smith halte viel von ihm und wenig vom derzeitigen Amtsinhaber, war Christopher Daniel Sullivans Antwort. Ich fragte nach Jimmies poltischen Zielen. Die waren nicht mitreißend: wenig Regierung, viel Freiheit, gute Arbeit für jedermann. Dafür besaß Jimmie eine gute Vorgeschichte. Er war für die Legalisierung von Baseball-Spielen, Boxkämpfen und Filmaufführungen an Sonntagen mitverantwortlich gewesen. Damit konnte man werben. Ich erinnerte mich, wie die Leute im Swaggerts das Gesetz gefeiert hatten. Als hätten die Giants die Meisterschaft gewonnen. Wer sechs Tage in der Woche schuftete wie ein Ackergaul, der will am Sonntag mehr als den morgendlichen Kirchgang.

Charme, Mitarbeit an einem populären Gesetz, das ist ein gutes Paket, resümierte ich, schon ganz in meiner neuen Rolle. Aber Jimmie besaß eklatante Schwächen: Als verheirateter Mann hatte er zu viel Interesse an Tänzerinnen und verstieß ständig gegen die Prohibition. Geriet Jimmie in eine Razzia, würden die Republikaner ihn zerfleischen. Also wird das größte Problem, ihn aus den Kneipen und Klubs fernzuhalten, solange der Wahlkampf läuft, sagte ich. Wie machen wir das, fragte

Christopher Daniel Sullivan. Ratlos nippten wir am Scotch.

Am Abend besuchte ich Jimmie im »J and L« und legte ihm nahe, bis zur Wahl die Besuche von Flüsterkneipen einzustellen. Er sah mich wie ein Priester an, dem ich den Beweis vorlegte, dass Gott nicht existierte. Er fragte mich, ob ich bei Trost wäre. Das stände keinesfalls zur Debatte. Die Wähler liebten die Flüsterkneipen wie er, die Besuche würden eine Verbindung zum einfachen Arbeiter schaffen. Demonstrativ bestellte er für sich und die namenlose Tänzerin an seiner Seite bei Barmann Bill zwei Gin Daisys. Ich orderte einen Whiskey Sour. Bevor ich einen zweiten Überzeugungsversuch starten konnte, betraten Tank und Louise das »J and L". Sie hatten ordentlich einen sitzen und setzten sich kichernd an unseren Tisch. An diesem Abend würde ich Jimmie nicht überzeugen können. Ich trank den Whiskey Sour in einen Zug. Der Zitrone gelang es nicht, den Geschmack des selbst gebrannten Schnaps zu überlagern.

Als wir im Begriff waren, die Kneipe zu wechseln, stürmte der Türsteher ins Lokal und rief »Razzia!«. Wie ein Bataillon, das auf den Befehl des Generals reagierte, sprangen die Gäste auf, stießen einen Aufschrei des Entsetzens aus und blickten zur Eingangstür. Einen Hinterausgang besaß das »J and L« nicht. Ich kannte den Betreiber, weil ich an ihn Bier verkaufte. Hinter der Theke lag das Büro. Das hatte ein Fenster. Am Fenster gab es eine Feuerleiter.

Ich zog Jimmie durch die versteinerten Gäste ins Büro. Ich schob das Fenster nach oben. Wir kletterten auf die Feuerleiter. Ich schaute hinunter. Schatten von zwei Polizisten wurden am Ende der schwach beleuchteten Gasse an die Ziegelsteinwand geworfen. Wir kletterten aufs Flachdach und setzten uns auf die Brüstung. Zwei Häuser weiter nahm eine Frau Wäsche von der Leine. Das Gurren der Tauben aus den Taubenkäfigen vermischte sich mit Autogeräuschen und den Schreien der Polizei, die die Gäste des »J and L« auf die Straße trieb. Aus Schornsteinen stieg Rauch auf. Jimmie hatte einen Flachmann dabei. Wir zündeten uns eine Zigarette an und leerten den Flachmann. Irgendwann fiel mir auf, dass wir die namenlose Tänzerin vergessen hatten.

Nach einer Stunde waren die Ordnungshüter abgezogen. Wir benutzten das Treppenhaus für den Weg nach unten. Als wir die Haustür öffneten, grinste uns ein sommersprossiger Ire in Polizeiuniform an. Es gibt immer Nachzügler, sagte er. Ich erkundigte mich, ob wir uns einigen könnten. Er fragte, was ich mir vorstellte. Ich bot ihm freie Drinks auf Lebenszeit in einem bestimmten Speakeasy an. Iren trinken. In der Literatur, im Film, in der echten Welt. Der Polizist, der sich als Darragh Ceallaigh vorstellte, bildete keine Ausnahme von diesem Klischee. Der kleine, stämmige Kerl war mir auf Anhieb sympathisch. Ich gab mich als Bruder von der Grünen Insel zu erkennen. Wir besiegelten den Handel mit einem Handschlag.

Jimmie und ich gingen ins »Mansion«, einen edlen Klub mit Kerzenleuchtern an den Decken und uniformierten

Kellnern auf dem Boden, die geschäftig die Gäste bedienten. Wir setzten uns an die Theke und bestellten einen Brandy Crusta. Aus dem Dining-Room einen Stock über uns hörten wir Melodiefetzen des Balaleika-Orchesters. Als wir anstießen, schaute Jimmie mich ernst an und sagte, ich hätte recht, er müsse auf Nachtklubs verzichten. Ich versprach ihm, die Zeit erträglich zu gestalten.

Am nächsten Abend stand ich im Swaggerts und grübelte. Ich besaß keine Lösung für Jimmie. Obwohl er erkannt hatte, dass Besuche von Speakeasies während des Wahlkampfes eine Gefahr darstellten, glaubte ich nicht, dass diese Erkenntnis ihn lange abhalten würde, einen trinken zu gehen. Darragh Ceallaigh riss mich aus meinen Gedanken. Netterweise trug er keine Uniform. Ich stellte ihn Marie und dem Barmann vor und erklärte unseren Handel.

Ceallaigh war ein munterer Geselle. Er hatte früher geboxt, schätzte guten Schnaps und besaß eine Schwäche für Hollywood-Schauspielerin Clara Bow. Wir sprachen darüber, wo es den besten Whiskey und die besten Cocktails gäbe, über die Flüsterkneipen, die Protektion genossen, über die Gangstergrößen der Stadt und die unsinnige Prohibition. Ohne Jimmies Namen und ohne den politischen Hintergrund zu erwähnen, erläuterte ich dem Iren mein Dilemma. Der hatte überraschenderweise die Lösung: Wenn es dem Bekannten ums Feiern gehe, sagte Ceallaigh, solle er welche veranstalten. Herstellung, Transport und Verkauf von Alkohol waren verboten, nicht der Verbrauch.

Das war die Lösung und sie war so einfach. Ich bat Marie mir das Telefon zu bringen und rief Tank an, der Leute in vielen Branchen kannte. Ich erklärte, was ich benötigte: einen Flüsterkneipen-Ersatz, der aufregend, kurzweilig und legal war. Einen Tag später führte er mich durch drei großzügige Wohnungen. Eine in Greenwich Village war perfekt. Sie besaß ein weitläufiges Wohnzimmer, zwei Toiletten und einen Hintereingang, durch den man den Alkohol in die Küche

bringen konnte. *Letztendlich planten wir nichts anders,
als eine Wohnung in eine Flüsterkneipe zu verwandeln,
nur dass alles rechtmäßig war, weil es nichts zu kaufen
gab. Lois heuerte einen Innenarchitekten an, ich
kümmerte mich um die Getränke, Tank um die
Tänzerinnen und die Band.*

*Als ich Jimmie in die Wohnung führte, blieb ihm die
Spucke weg. Es sah aus wie die Kulisse von Douglas
Fairbanks Film »Der Dieb von Bagdad«. Man erwartete,
dass Puderquaste Rudolf Valentino als Scheich auf einem
plüschigen Kissen posierte. Ich erläuterte Jimmie die
Idee. Wir würden jeden Abend in dieser Wohnung eine
Festivität veranstalten. Das Dekor der Wohnung ließ sich
jederzeit ändern. Jimmie zeigte sich begeistert.*

*Meine Aufgabe als Wahlkampfmanger bestand natürlich
nicht nur darin, Jimmie aus den Flüsterkneipen
rauszuhalten, sondern ihn zum Gewinner zu machen. Ich
nahm die Aufgabe ernst. Ein Erfolg würde mich in den
Mittelpunkt des politischen Geschehens katapultieren.*

Ich sprach mit einem der Männer, die 1920 dafür gesorgt hatten, dass Langweiler Warren G. Harding US-Präsident geworden war. In diesem Wahlkampf waren neue Methoden und Taktiken benutzt worden. Die wollte ich den New Yorker Verhältnissen anpassen. Nach dem Gespräch wusste ich, dass einen Kandidaten an die Bürger zu verkaufen, nicht anders war, als ein Radioprogramm oder einen Film an den Mann zu bringen.

Lois besorgte redegewandte Leute, die ich an Telefone setzte. Sie riefen die New Yorker an und forderten sie auf, Jimmie zu wählen. Anders als zu Beginn des Jahrhunderts wählte kein Mensch, weil er sich für eine Partei begeisterte. Man musste sie überzeugen, damit sie Demokratisch wählten. Vor Harding hatte das kein Wahlkampfmanager gemacht. Ich bezahlte Reporter und Fotografen, die positive Geschichten über Jimmie schrieben und mit den dazugehörigen Fotos veröffentlichten. Einer meiner Kameramänner drehte dokumentarische Filme über den Kandidaten, die in meinen New Yorker Kinos liefen. Zeitgleich bildete Karl 150 Männer und Frauen aus, die wir als Redner durch die Stadt schickten und die für Jimmie werben sollten.

Jimmie war ein exzellenter Redner mit einer angenehmen, männlichen Stimme. Drei Mal die Woche trat er bei WHAD vors Mikrofon und erzählte von seiner Zukunftsvision für New York. Angesichts des heutigen Aufwands bei Wahlkämpfen war das nichts. Aber damals waren Jimmie und ich Pioniere. Karl schrieb Jimmie Witze für seine Reden, die sein Image als Lebemann ironisierten und ihn als Mann des Volkes dastehen ließen. Man konnte nicht verheimlichen, dass Jimmie das Nachtleben liebte. Ich beschloss, ihn als ein Wahrzeichen unserer Zeit zu verkaufen, einen Mann, der die einfachen Vergnügungen liebte, der Selbstbewusstsein ausstrahlte, der sagte: Uns geht es gut, uns wird es noch besser gehen, und der das Leben feierte. Seine Reden sollten keine poltischen Ansprachen, sondern persönliche Texte sein, als würde ein Arbeitskollege mit einem sprechen: »Ich mag die Gesellschaft von Menschen, ich mag das

Theater und unterstütze den Sport. Ich habe mich für Sonntagsspiele beim Baseball und Sonntagsvorführungen in den Lichtspielhäusern stark gemacht. Was nicht heißt, dass ich, der an persönliche Freiheit, Vergnügen und gesunden Sport glaubt, die Tür für Sittenlosigkeit öffne.« Diese Sätze wurden der Kern jeder Rede, die Jimmie hielt. Sie kamen gut an.*

Bei Hardings Präsidentschaftswahlkampf waren das erste Mal in der Geschichte erfolgreich Stars eingesetzt worden. Ich kopierte die Idee und holte Hollywood nach New York. Dank der Unterstützung von Basil kamen Gloria Swanson, Wallace Reid und Clara Bow. Jimmie verstand sich exzellent mit den Filmstars. »Feiert das Leben« war seine Botschaft an die Wähler und dieser Optimismus verfing.

Mit der Einschränkung, dass Jimmie nicht bereit war, vor 12 Uhr aus dem Bett zu steigen, lief der Wahlkampf ausgezeichnet. Wenn wir durch die Viertel gingen – auch das hatte vorher kein Kandidat getan – und er den

Passanten die Hand schüttelte, verfing sein Charme bei Jung und Alt, Mann und Frau. Das konnte sich schnell ändern. Die ausschweifenden Feiern in der Wohnung sprachen sich herum. Ich rechnete täglich damit, dass ein leidenschaftlicher Christ auftauchte, der Jimmies Gesetze, die den heiligen Sonntag betroffen hatten, verabscheute, der die Prohibition befürwortete, deren schlampige Durchsetzung beklagte und deshalb Jimmies Privatorgien in die Presse bringen wollte.

Statt einem heiligen Krieger erschien ein seltsames Pärchen in meinem Wahlkampfbüro. Das gut gebaute Mädchen besaß dunkles Haar, eine zu große Nase und einem schrecklichen Akzent. Sie trug ein schlichtes, braunes Kleid. Der Mann war eine elegante Erscheinung, mit einem markanten Gesicht, einer Narbe auf der rechten Wange und vollem, blonden Haar. Sein Englisch war steif und britisch, sein Deutsch, in dem er sich mit der Frau unterhielt, weil er glaubte, ich verstünde ihn nicht, war schwäbisch geprägt. Ich erinnere nicht, was er trug. Er gehörte zu der Art Männern, die man sich im

*Frack vorstellte, auch, wenn er an diesem Tag bestimmt
keinen getragen hatte.*

*Der Mann stellte sich als Thomas von Artheim vor. Das
»Von« war bestimmt erfunden. Damals liefen viele
falsche Blaublütler durch New York. Er eröffnete ohne
Umschweife, dass er der Anwalt von Susan Wallace wäre
– dabei zeigte er auf das Mädchen –, die ein Kind von
Jimmie erwarte. Susan hätte im »Marys and Clark«
Jimmies Bekanntschaft gemacht. Er wolle dessen
politische Karriere nicht gefährden und ginge davon aus,
dass man eine Lösung fände, die beiden Seite genehm
wäre.*

*Ich schaute ihm in die Augen. Sie waren blau, wirkten
arrogant oder selbstbewusst oder beides, das lässt sich
schwer unterscheiden. Ich erkundigte mich, wie diese
Lösung aussehen könne. Er nannte eine beeindruckende
Summe. Ich versprach, mit dem Kandidaten zu sprechen.
Von Artheim gab mir seine Karte und bat mich, ihn in
zwei Tagen aufzusuchen. Ich brachte die Erpresser zur*

Tür. Auf dem Flur stand ein breitschultriger Mann mit einer Kreissäge, einem Strohhut mit flachem Rand, auf dem Kopf. Er blickte mich gelangweilt an.

Ich schloss das Büro ab und ging ins »Marys and Clark«. Ich erkundigte mich bei dem Besitzer, ob eine Susan Wallace bei ihm tanze. Sie hatte. Vor einem Monat hatte er sie rausgeworfen, weil sie zu viel trank. Ich fragte, ob er eine Fotografie von ihr besäße. Er besaß ein Gruppenbild der Tanztruppe, auf dem sie in der zweiten Reihe stand. Für 10 Dollar überließ er es mir. Ich ging zum Telefon, das auf der Theke stand, und rief bei Darragh Ceallaigh an. Es meldete sich die Vermieterin. Ich hinterließ eine Nachricht mit der Bitte um Rückruf. Ich gab ihr die Nummern der Wohnung in Greenwich Village und vom »Mansion«.

Ich nahm die Straßenbahn und fuhr zu Jimmie. Die Wohnung war an diesem Abend zeitgenössisch ausgestattet. Als ich eintrat, begrüßte Bruder Leichtfuß gerade Gäste. Ich zog ihn zur Seite und berichtete, was passiert war. Die Namen kamen ihm nicht bekannt vor. Ich zeigte ihm die Fotografie. Er fluchte und gestand, dass er mit Susan Wallace ausgegangen wäre und die eine oder andere Nacht verbracht hätte. Ich überließ Jimmie seinen Gästen und fuhr ins »Mansion«, um zu Abend zu essen. Zum Nachtisch brachte der Kellner das Telefon. Es war Darragh Ceallaigh. Ich fragte, ob er für mich arbeiten wolle. Ich würde ein ansprechendes Gehalt zahlen. Er sagte ohne Zögern zu. Ich setzte ihn auf die Erpresser an.

Nach dem richtigen Nachtisch ging ich in das Bordell, in dem Masseria seine Zelte aufgeschlagen hatte. Der Gangster zeigte sich erfreut, mich zu sehen. Er saß mit einem jungen Mann zusammen, den er als Meyer Lansky vorstellte. Ein kleiner Jude mit lebhaften Augen, die Intelligenz und Lebensfreude ausstrahlten. Ich hatte eine Ahnung, dass Masseria von Artheim kannte. Ich sollte recht behalten. Eine Ratte, erklärte der Gangster. Hätte Eintrittsverbot in seinen Puffs, weil er eines der Mädchen grün und blau geschlagen habe. Lansky hatte von einer ähnlichen Geschichte aus Atlantic City gehört. Die Gangster versicherten, dass Von Artheim keiner Gang angehörte. Ich war kolossal erleichtert. Mit einem allein arbeitenden Verbrecher war einfacher fertigzuwerden. Lansky erkundigte sich, was für ein Problem ich mit von Artheim hätte. Ein Fall von Erpressung, erklärte ich vage. Das passt, sagte Masseria und bestellte beim Barkeeper drei Sidecars. Der Alkohol beseelte uns und die Huren führten uns später in ihre Betten.

Darragh Ceallaigh klingelte mich am nächsten Nachmittag aus dem Bett. Wie sich herausstellte, war von Artheim tatsächlich zugelassener Anwalt. Er verteidigte kleine Ganoven. Susan Wallace lebte in einer billigen Absteige, zwei Straßen entfernt von seiner Kanzlei, und verbrachte den Tag rauchend und trinkend auf dem Zimmer. Mittags erschien der Mann mit der Kreissäge, brachte sie in ein Diner in der Nähe und nach dem Essen zurück ins Hotelzimmer. Der Mann mit der Kreissäge war ein stadtbekannter Schläger.

Nach dem Gespräch mit Darragh Ceallaigh fuhr ich mit dem Taxi zur Wohnung. Eine Kostüm-Party unter dem Motto »Lustig ist das Zigeunerleben« war im vollen Gang. Louise stand auf einem Flügel und zog sich aus. Eine Zigeunerkapelle begleitete sie dabei. In einem Nebenraum saß eine Wahrsagerin in einem Zelt und las den Gästen aus der Hand. Jimmie lag auf einem Sofa, ausnahmsweise ohne eine namenlose Tänzerin im Arm, was die Frage aufwarf, ob die Erpressung seiner Stimmung für erotische Eskapaden einen Dämpfer verliehen hatte. Wir zogen uns in sein Schlafzimmer zurück und ich erstattete Bericht. Wir kamen überein, uns vorerst auf das Spiel des Erpressers einzulassen. Ich schickte von Artheim eine Nachricht, dass wir handelseinig wären.

Am kommenden Tag hielt Jimmie eine Rede im New City Hall Park, in Anwesenheit von Gouverneur Al Smith und Christopher Daniel Sullivan. In der ersten Reihe drängelten sich die Reporter und Fotografen. Unweit von ihnen stand von Artheim. Mich überkam ein Gefühl der

Panik. Hatte er bemerkt, dass ein Detektiv ihn überwachte? Vor meinem geistigen Auge sah ich, wie der Erpresser die Stimme erhob, die Aufmerksamkeit der Journalisten auf sich zog und von der Affäre mit der Tänzerin berichtete. Es würde keine Rolle spielen, ob das Baby von Jimmie war oder nicht, in den Zeitungen würde stehen, er wäre es. Dadurch würde er die Wahl verlieren.

Von Artheim unternahm nichts. Er lächelte mir freundlich zu und verschwand am Ende der Rede in der Menge. Am späten Nachmittag ging ich zur Kanzlei des Erpressers. Ich übergab den Geldkoffer. Von Artheim lächelte und fragte mich dreist, ob ich ihm für die nächste Filmpremiere im »Roman« Karten zukommen lassen könnte. Ich würde an ihn denken, versicherte ich ihm.

Eine Woche später war Jimmie Bürgermeister von New York. Während seiner sechsjährigen Amtszeit war er der König von New York. Er reiste um die Welt, feierte, trank, betrog seine Frau mit einer weiteren namenlosen Tänzerin, tat nichts für die Einhaltung der Prohibition

und nichts gegen die Flüsterkneipen, die unter seiner
Regentschaft regelrecht aufblühten, schob Freunden
Aufträge zum Ausbau des New Yorker Bus-Netzes zu,
nahm jedes Bestechungsgeld, das man ihm anbot, und
schaffte problemlos die Wiederwahl. Bis zu seinem Tod
1946 blieben wir Freunde und Trinkpartner.

12.

Es klingelte an der Wohnungstür. Meine Haushälterin
Pinky informierte mich, dass eine Rosalia Montalban
mich zu sprechen wünsche. Schick sie weg, sagte ich. Der
Name war mir unbekannt. Ich hatte keine Lust auf
Besuch. Mir ging es nicht gut. Mit der Gräfin, ihrem
Sohn, Louise, Lois, Christopher Daniel Sullivan, Tank
und Darragh Ceallaigh hatte ich bis zum Vormittag, drei
Tage lang, das Ende der Prohibition gefeiert. »Happy
Days are here again«.

Jimmie hatte nicht mit uns gefeiert. Die Tage des Jazz-
Bürgermeisters waren gezählt, als am Donnerstag, dem
24. Oktober 1929, die große Depression begann. Ein

Mann, der drei Mal am Tag den maßgeschneiderten Anzug wechselte, der Prominente verheiratete und mit europäischen Fürsten durch die Wolkenkratzer- Canyons von Manhattan fuhr und ein Drittel des Jahres durch die Welt reiste, passte nicht in eine Zeit, in der die Menschen arbeitslos waren und hungerten. 1932 war er vom Amt des Bürgermeisters zurückgetreten. Gegen ihn liefen Verfahren wegen Korruption. Er floh mit einer Tänzerin nach Europa, wo sie heirateten.

Eine aufgedunsene, angetrunkene Frau mit grauem Haar, die ein zu enges und zu offenherziges Kleid trug, stürmte in mein Wohnzimmer, gefolgt von einem einarmigen Mann und Pinky, die sie nicht aufhalten konnte. Hallo, Jack the Knife, sagte die Aufgedunsene. Die Stimme war tief und brüchig. Ich erkannte das menschliche Wrack. Es handelte sich um meine frühere Partnerin Rosa. Der Einarmige war fülliger geworden seit unserer ersten und einzigen Begegnung. Die Warze auf der linken Wange war nach wie vor unübersehbar. Es war der Mann, der Tuchmann begleitete und den

Geronimo angeschossen hatte. Was willst du, fragte ich ohne Umschweife. Ich ahnte, dass sie eine Schurkerei planten. Rosa erkundigte sich, ob ich Whiskey hätte. Ich ging zur Bar und gab ihr die Flasche und ein Glas.

Rosa trank einen Schluck und begann zu schwatzen. Wie sehr sie »Radio Show Flux Theatre«, mochte, eines meiner Radioprogramme, in dem ich anfangs Broadway-Stücke präsentiert hatte und später, als wir auf Wunsch des Sponsors Flux, eines Motorölherstellers, nach Hollywood umgezogen waren, Hörspielfassungen von meinen Spielfilmen ausstrahlte, die von Hollywood-Größen gesprochen wurden. Als Rosa begann, Basil zu loben, den ich als Moderator für die Sendung gewonnen hatte, hatte ich genug. Was willst du, wiederholte ich.

Dir geht es nicht schlecht, sagte sie und schaute sich in meinem Wohnzimmer um. Sie hatte recht. Ich überstand die Jahre der Weltwirtschaftskrise ohne nennenswerte Verluste. Ich hatte kaum Aktien besessen, weshalb der Schwarze Freitag nicht sehr schwarz gewesen war.

Getrunken wird immer. Das Swaggerts lief unter Maries Führung ausgezeichnet. Die schlechten Zeiten hielten die Leute kaum ab, Radio zu hören und ins Kino zu gehen, auch wenn die technische Umrüstung auf Tonfilm in den vergangenen Jahren viel Geld verschlungen hatte. Rosa sagte, ich wäre ein wichtiger Mann, meinte, es gäbe Gerüchte, ich würde bald für den US-Senat kandidieren. Ich schwieg. Sie fragte, was meine Freunde denken würden, wenn sie erführen, dass ich unter falschem Namen lebte, bei einer Wild-West-Schau gearbeitet und Menschen umgebracht hätte? Der Einarmige grinste. Wie viel, fragte ich. Rosa wollte 20.000 Dollar bis Ende der Woche. Erneut eine Erpressung, dachte ich. Mit einem Nicken erklärte ich mich einverstanden. Rosa trank den Whiskey in einem Zug aus und gab Randy ein Handzeichen. Sie verließen meine Wohnung.

Am Abend ging ich mit Christopher Daniel Sullivan und James Farley, dem Chef der Bundespost, essen. Ich überlegte, mich ihnen anzuvertrauen. Es stand viel auf dem Spiel. Ich kandidierte tatsächlich für den Senat. Es wäre fair, die, die mich unterstützen, zu informieren. Eine Frau wie Rosa war unberechenbar. Musste ich von meiner deutschen Herkunft, den Gründen für die neue Identität, von meiner Zeit bei den Millers, von Rosa und den Toten erzählen? Ich entschied mich dagegen. Wenn man in der Politik erfolgreich sein wollte, durfte man sich nicht von anderen abhängig machen, die das gleiche Spiel spielten.

Nach dem Essen rief ich Darragh Ceallaigh zu mir. Er sollte ausfindig machen, in welcher Absteige Rosa und der Einarmige untergekommen waren. Anschließend ging ich zu Chato in die Kanzlei und fragte nach möglichen rechtlichen Konsequenzen für den Fall, dass Rosa meine Geschichte an die Öffentlichkeit bringen würde. Die Rothaut erklärte, dass beim Tod von Tuchmann und der Schießerei bei den Millers und bei der Schießerei mit den Trust-Schlägern mein Wort gegen das des Einarmigen und das von Rosas stehen würde. Angesichts meines Rufes und Einflusses hätte ich in New York juristisch nichts zu befürchten. Was die Änderung des Namens anging, das hätten viele Einwanderer getan. Mein Problem wäre nicht das Gesetz, sondern der Schaden, den mein Ruf nehmen würde.

Niedergeschlagen ging ich nach Hause, schüttete einen Whiskey ein, hörte Radio und wartete auf einen Anruf von Darragh Ceallaigh. Der kam um 10 Uhr abends. Er hatte Rosa in einer Absteige am Hafen gefunden, wo sie sich mit dem Einarmigen ein Zimmer teilte. Ich befahl ihm, Rosa nicht aus den Augen zu lassen. Ich traute ihr nicht. Nachdem ich aufgelegt hatte, überlegte ich, ob es mir gelingen könnte, Rosa aus der Stadt zu treiben, ohne dass sie mich verdächtigte, ohne dass sie mir schaden konnte. Joe Masseria hatte es auf Coney Island erwischt. Auf ihn konnte ich nicht zurückgreifen. Ich konnte Meyer Lansky fragen. Mir gefiel der Gedanke nicht.

Der Druck wuchs, als Darragh Ceallaigh am nächsten Abend Bericht erstattete. Er hatte beobachtet, dass Rosa sich mit einem alten Bekannten getroffen hatte: von Artheim. Ich zog mich an und ging zu Masserias altem

Hurenhaus, das Meyer Lansky übernommen hatte. Der Gangster erinnerte sich an unseren trinkfreudigen Abend und war erfreut, mich wiederzusehen. Nach zwei Whiskeys erkundigte er sich, ob es einen Grund gäbe, warum ich gekommen wäre. Ich erzählte ihm, dass ich erpresst würde und die Person loswerden wolle. Lansky nickte. Ich weiß bis heute nicht, was er mit ihnen gemacht hat. Ich habe nie wieder von Rosa, dem Einarmigen und von Artheim gehört. Dafür zahlte ich Lansky 30.000 Dollar.

Lansky und ich blieben in Kontakt. Es war ein spezielles Ereignis, das mich und diesen Gangster nicht zu Freunden, aber zu Kameraden machte. Diese Kameradschaft sollte über Jahrzehnte andauern. Aber dazu später.

13.

Durch meine Wahl in den US-Senat war ich ein vielbeschäftigter Mann. Um meine politischen und geschäftlichen Aktivitäten unter einen Hut zu bringen, pendelte ich zwischen New York, Washington und Los Angeles hin und her. Ich besuchte Senatssitzungen, Geschäftsessen, Hollywood-Premieren und diplomatische Anlässe. Für meine Familie hatte ich wenig Zeit. Die politische Weltsituation war Anfang 1939 angespannt. Hitler war seit sechs Jahren in Deutschland an der Macht. Ein Krieg auf dem alten Kontinent zeichnete sich ab. Umso erfreuter war ich, als ich eine Einladung des Reichsministeriums für Volksaufklärung und Propaganda erhielt. Das ermöglichte mir, mir ein Bild vor Ort zu machen. Ich hielt Hitler für einen Fanatiker. Aber er war das einzige Bollwerk in Europa gegen den Kommunismus, der sich von der Sowjetunion wie eine Seuche ausbreitete. Der Krieg gegen diese Ideologie musste gewonnen werden, auch wenn es auf Kosten der Demokratie ging.

Ich flog nach Berlin. War ich neugierig und aufgeregt? Sicher. Alles andere wäre nicht normal gewesen. Ich besuchte die Heimat meiner Mutter und Onkel Joes. Das war etwas Bedeutendes. Am Flughafen erwartete mich zu meiner Überraschung ein alter Bekannter: Günther Billigmeier. Der Bayer hatte sich in den vergangenen 20 Jahren kaum verändert. Ein paar Falten im Gesicht, ein paar Pfund mehr auf den Rippen. Wir begrüßten uns wie alte Freunde. Seit langer Zeit sprach ich wieder Deutsch, was ein seltsames Gefühl war. Ich kam mir wie ein Schauspieler vor. Wie sich rausstellte, hatte der deutsche Spion mich im Auge behalten und mitbekommen, dass ich die deutsche Herkunft abgelegt hatte. Ich fragte Billigmeier nicht, auf welchen Wegen er herausgefunden hatte, dass Senator Kettle früher Wilhelm Albert Kessel gewesen war. Er war ein Spion. Spione wissen Dinge. Und dieser Spion schien mir wohlgesonnen.

Billigmeier spielte meinen Reiseführer durch Berlin und seine Umgebung. Er erzählte mir von den Errungenschaften der Hitler-Regierung, der stärker werdenden Wirtschaft, dem Wiederaufstieg Deutschlands nach der Niederlage und von dem jüdischen Problem. Man muss sagen, damals gab es zu viele von ihnen. Nicht nur in Deutschland, sondern auch in den USA. Das sagte *ich Billigmeier auch. Besonders beeindruckt war ich von den Autobahnen, auf denen nicht viel Verkehr herrschte. So etwas bräuchten wir auch in den USA, sagte ich Billigmeier. Das machte ihn sichtlich stolz. Am Ende der kleinen Tour glaubte ich, dass die Deutschen alles hinbekämen und deshalb so angefeindet wurden.*

Am Abend gab es einen Empfang, auf dem Billigmeier mir Joseph Goebbels vorstellte. Er war ein sympathischer und intelligenter Mann und zudem ein großer Filmfreund. Wir sprachen ausführlich über meine letzten Produktionen. Deutschland war ein wichtiger Absatzmarkt für amerikanische Filme. Ich hatte seit zehn Jahren ein Büro in Berlin. Goebbels beglückwünschte mich, dass ich dort keine Juden beschäftigte.

Alles in allem waren die drei Tage in Deutschland sehr anregend. Bei einem Gespräch mit amerikanischen Pressevertretern am Berliner Flughafen, kurz vor meinem Abflug, wurde ich gefragt, welche Politik ich in Bezug auf Europa empfähle. Ich sprach mich gegen eine

Intervention in Europa aus. Ich hatte das Gefühl, dass die Roosevelt-Administration, die Engländer und Juden die USA in den aufkeimenden Konflikt reinziehen wollten. Gerade für die Juden hielt ich das für einen gefährlichen Weg. Sie würden im Fall eines Konfliktes als Erste die Folgen zu spüren bekommen. In Zeiten des Krieges gab es keine Toleranz mehr. Einige Schreiberlinge warfen mir danach Antisemitismus vor. Zurück in Washington hielt ich eine Rede, in der ich Deutschland für seine wissenschaftlichen und organisatorischen Fähigkeiten, England für seine Errungenschaften in Sachen Politik und Handel und Frankreich für seine Lebenskunst lobte und meine Meinung zum Ausdruck brachte, dass in den USA all diese Fähigkeiten aus dem alten Europa zusammenkommen wären.

Eine Woche nach meiner Rückkehr aus Berlin fuhr ich an die Ostküste. Als ich in New York aus dem Zug stieg, warteten Karl und Chato ungewöhnlicherweise auf dem Bahnsteig. Meine Freunde sahen betroffen aus. Was ist geschehen, fragte ich und erfuhr, dass Aaron tot war.

Karl berichtete, dass unser Freund vor zwei Wochen mit einem falschen Pass nach New York zurückgekehrt wäre, weil er als Jude in Hitlerdeutschland nicht leben wollte. Ich wollte wissen, woran Aaron gestorben war. Vom deutschen Bund totgeschlagen, sagte Karl. Ich wusste nicht, was der Bund war. Karl erklärte es mir. Der deutsch-amerikanische Bund waren Nazis. Sie trugen Braunhemden und feierten das Hakenkreuz, wehten mit der amerikanischen Flagge, nannten sich wahre Amerikaner und behaupteten, George Washington wäre der erste Faschist gewesen. Was hatte Aaron mit den Spinnern am Hut, wollte ich wissen.

Wie es aussah, war Aaron nach seiner Rückkehr in eine Parade des Bunds gelaufen. Braunhemden marschierten durch New York. Das war zu viel für ihn. Er hat einen riesigen Terz gemacht, die Nazis beschimpft und mit Dreck beworfen. Später wurde er tot in einer dunklen Seitenstraße gefunden.

Ich begriff, dass ich einen Fehler gemacht hatte. Natürlich hatte ich das deutsche Vorgehen während der Reichskristallnacht 1938 scharf verurteilt. Auch den Abzug unseres Botschafters aus Berlin unterstützte ich damals. Das Judenproblem war nicht mit Gewalt zu lösen. Ich dachte, die deutsche Regierung hätte aus den Pogromen gelernt. Anscheinend nicht. Jetzt exportierten sie die Gewalt zu uns. Mich packte eine ungemeine Wut. Ich hatte Aaron seit der Ausweisung nicht gesehen. Unser Briefverkehr war unregelmäßig gewesen. Er war ein Jude und ein Sozialist gewesen, aber ein Freund. Die Ausweisung war zu seinem Besten geschehen. Ihn totzuschlagen, stellte ein unentschuldbares Verbrechen dar. Karl, Chato und ich gingen ins Swaggerts. An der Theke gesellte sich Christopher Daniel Sullivan zu uns. Wir machten einen Zug durch die Gemeinde und landeten in Meyer Lanskys Hurenhaus. Er erkundigte sich, warum wir schlechter Laune wären. Wir erzählten es. Lansky wurde wütend, richtig wütend, er warf mit Gläsern und Gegenständen um sich. Er war ein hartgesottener Gangster, aber ein jüdischer Gangster.

Meyer Lansky besuchte mich überraschend am nächsten Abend. Meine Haushälterin Pinky mixte uns Sidecars. Ich fragte ihn, warum er gekommen wäre. Er sagte, er wisse, wo die nächste Veranstaltung des Bundes stattfinden würde. Wir sahen uns an und grinsten. Ich bin dabei, rief ich aus. Wir stießen an. Wann und wo, wollte ich wissen.

Drei Tage später standen wir in einer schlecht beleuchteten Seitenstraße. Es war früher Abend. Ein Luftschiff flog über uns. Leichter Nieselregen fiel vom Himmel. Braunhemden standen vor der Tür einer alten Lagerhalle und ließen Besucher ein. Wie ist der Plan, wollte Karl wissen. Die Rothaut, Karl, Christopher Daniel Sullivan, Lansky, zehn seiner Schläger und ich standen mit Holzknüppeln und Baseballschlägern bereit. Es gäbe keinen Plan, erklärte Lansky, wir stürmen rein und hauen alles zu Klump.

Genauso machten wir es. Als die Braunhemden die Türen schlossen, weil die Veranstaltung begann, stürmten wir los und schlugen auf jeden ein, der sich uns in den Weg stellte. In der Halle bot sich uns ein bizarres Bild. Auf der Bühne hingen überlebensgroße Bilder von George Washington und Adolf Hitler. Vor der Bühne standen zwei Dutzend Braunhemden. Davor jubelnde Herrenmenschen. Deutsch-Amerikaner, die Hitler verehrten und die Aaron umgebracht hatten.

Die Bündler waren überrascht von unserem Angriff. Die meisten flüchteten und machten es dadurch den Beherzteren unmöglich, einen Gegenangriff zu starten. Lanskys Leute warfen Molotowcocktails auf die Bühne. George Washington und Hitler gingen in Flammen auf. Ich zerschlug einem Braunhemd das Knie. Für Aaron, rief ich, als ich auf einen Zweiten einschlug. Ein dicker Kerl im Anzug drängelte sich links an mir vorbei. Unsere Blicke trafen sich. Ich erkannte ihn, er erkannte mich. Es war Billigmeier. Ich hob den Knüppel. Da sprang mich ein Bündner von der Seite an. Ich schüttelte ihn ab und zog ihm mit dem Knüppel einen rüber. Die Zeit reichte Billigmeier, sich zu verdrücken.

Ich hörte die Polizeisirenen. Blitzschnell waren Lansky und seine Männer verschwunden. Auch Sullivan und Chato schafften es. Ich und Karl nicht. New Yorks Beste nahmen uns fest.

Chato und Christopher Daniel Sullivan holten uns nach einer Stunde aus der Zelle. Vor der Polizeiwache standen Dutzende Journalisten. Ein Blitzlichtgewitter brach über uns herein. Die Reporter überschütteten uns mit Fragen. Ich erzählte bereitwillig, was wir getan hatten und warum. In einer feurigen Rede forderte ich die Auflösung des Bundes. Karl und ich wurden die Helden von New York. Kein Braunhemd wagte es, Karl und mich wegen Körperverletzung zu verklagen, was Chato enttäuschte. Die Rothaut hätte gerne Nazis vor Gericht den Garaus gemacht. Mich beschäftigte etwas anderes. Ein Nazi-Spion trieb sich in meiner Stadt rum. Den wollte ich fassen. Ich informierte die zuständigen Behörden. Ich dachte, dass ein auffälliges Mannsbild wie Billigmeier schnell gefasst werden würde. Ich irrte mich. Die

Ordnungshüter fanden keinen Hinweis. Eine Woche nach der Schlägerei mit dem Bund erhielt ich ein Schreiben von Billigmeier. Es bestand aus einem Satz: Grüße aus Washington. Die Ortsangabe stimmte mit dem Poststempel überein. Ich meldete das den Behörden. Es gelang ihnen nicht, Billigmeiers Spur in der Hauptstadt aufzunehmen. Ein zweites Schreiben erreichte mich aus Boston. Wieder informierte ich die Behörden. Wieder gelang es ihnen nicht, Billigmeier zu finden.

Billigmeier schickte drei weitere Briefe. Er spielte mit mir und blieb unauffindbar, wie ein Phantom. Dann fing das Bureau of Investigation in New York eine Gruppe Nazi-Spione, die ein deutsches U-Boot an der Küste abgesetzt hatte. Danach kamen keine Schreiben mehr. Ich glaube bis heute, dass dasselbe U-Boot Billigmeier mit nach Nazi-Deutschland genommen hat.

14.

Durch die Schlägerei mit den Bündlern hatte ich mir über die Parteigrenzen Respekt und den Ruf als Patriot erworben. Etwas, was während des Zweiten Weltkrieges und später während des Kalten Krieges wertvoller war als jedes Amt. Nach dem Kriegsausbruch in Europa begann ich, bei meinen biertrinkenden Kongressfreunden dafür zu werben, aufseiten Englands und Frankreichs in den Zweiten Weltkrieg einzutreten. In dieser Zeit kam mein Sohn Michael zurück nach New York. Er war von der Universität in Boston geflogen, nachdem er auf die Statue des Gründers uriniert hatte.

Ich mietete ihm ein Zimmer in einem kleinen Hotel und gab ihm einen Job im »Roman«. Es dauerte nicht lang und seine Kollegen beschwerten sich, weil er entweder betrunken oder gar nicht zum Dienst erschien. Ich wusste nicht, was ich mit ihm anfangen sollte. Mein Sohn verstand mich nicht. Zu seiner Verteidigung muss man sagen, dass er in dieser Zeit nicht viel von irgendetwas verstand. Er trank und hurte herum. Ich versuchte, ihn für meine politische Arbeit zu interessieren. Sie langweilte ihn. Er hielt den Bund für eine skurrile Randgruppe und war der Überzeugung, dass die USA sich aus dem Konflikt in Europa raushalten sollten. Cousine Marie wies mich darauf hin, dass Michael nichts von dem deutschen Blut in seinen Adern wusste. Er hielt sich für den Sohn eines irischstämmigen Amerikaners und einer Mexikanerin.

Ich überlegte, ihn über sein Erbe aufzuklären. In dieser Zeit beschäftigte ich mich intensiv mit meiner deutschen Seele. Ich suchte sie und hoffte, nicht fündig zu werden. Bei offiziellen Anlässen in New York und Washington D.C. traf ich nach wie vor Abgesandte des Hitler-Reichs. Seit Aarons Tod waren diese Deutschen Außerirdische für mich. Als Comic-Strip-Weltraumheld Flash Gordon am Hofe Mings auf dem Planeten Mungo gelandet war, muss er sich gefühlt haben wie ich, wenn ich auf Hitlers Abgesandte traf. Deutsche waren für mich zu einer seltsamen Rasse geworden, die nur Leben konnte, wenn sie andere dominierten oder dominiert wurden. Deutsche waren rechthaberisch, weil sie glaubten, den Ersten Weltkrieg durch Betrug verloren zu haben. Westliche Zivilisation und Christentum hatten kaum Spuren hinterlassen. Ethik und Moral gab es als allgemeine Begrifflichkeit nicht, es gab ausschließlich deutsche Ethik und deutsche Moral. Die deutschen Einwanderer, die nach Ende des Ersten Weltkrieges nach Amerika gekommen waren und sich vehement für eine neutrale Haltung der USA in dem aktuellen Konflikt einsetzten, waren mir nun zuwider. Ich kam zu dem Schluss, dass keine deutsche Seele mehr in meinem Körper hauste. Ich war erleichtert und beschloss, meinem Sohn nichts von meinem Identitätswechsel zu erzählen. Im Gegenteil, ich baute die irische Legende der Kettles aus, erzählte sie Michael und streute sie an die Presse.

Nach zwei Monaten musste ich meinen Sohn aus dem »Roman« rauswerfen. Ich strich sämtliche Zahlungen und überließ ihn sich selbst. Er packte seine Sachen und reiste zu seinem greisen Großvater nach Mexiko. Zwei Monaten später war er zurück in New York. Wegen eines Mädchens hatte er Händel mit dem Sohn einer einflussreichen Rancher-Familie begonnen. Pilar war entsetzt über unseren Sohn. Einen Säufer und Rüpel nannte sie ihn. Ich konnte nicht widersprechen. Wir lachten, weil wir seit langer Zeit wieder einer Meinung waren.

Wir diskutierten Michaels Zukunft. Pilar befürchtete, dass, wenn er weitermachte wie bisher, er bald tot oder ein Wrack sein würde. Sie schlug vor, ihn zum Militär zu schicken. Ich sagte: »Wird er niemals freiwillig machen« und erzählte ihr, ich hätte es vorgeschlagen und er hätte gelacht. Wenn die USA in den Krieg zögen, würde er es machen, sagte Pilar. » Kann sein«, sagte ich.

Pilar und ich irrten uns. Hirohitos Horden bombardierten Pearl Habor und versetzten damit das Land in Kriegszustand. Patriotismus erfasste die Nation. Unser Land war angegriffen worden, dafür mussten die japanischen Schlitzaugen bezahlen. Ich meldete mich, wurde abgelehnt, weil ich mit über 50 Jahren zu alt war. Im Gegensatz zu mir dachte Michael nicht daran, die Uniform anzuziehen. Er hielt Kriegsdienst für dumm. Obwohl seit 1940 Wehrpflicht herrschte, plante er, sich zu drücken. Dies verletzte meinen Vaterstolz und meine patriotischen Gefühle – und ich fürchtete um die Zukunft meines Sohnes. Nach dem Krieg würden Männer, die nicht gedient hatten, keine guten Karten fürs große Spiel haben. Ich klagte Marie an der Theke des Swaggerts mein Leid. Marie, eine pragmatische Patriotin, meinte, ich solle meinen Sohn k. o. schlagen und auf ein Schiff bringen lassen. »Shanghaien nennt man das«, sagte ich.

Als sich zwei Abende später Michael mit zwei Marinesoldaten prügelte und ich ihn von der Polizeistation abholen musste, erinnerte ich mich an Maries Vorschlag. Darragh Ceallaigh und ich folgten am Abend darauf meinem Sohn, warteten, bis er betrunken war, schickten eine von Meyer Lanskys Huren zu ihm, die ihn in eine Absteige schleifte, wo sie es im Laufe der Nacht schaffte, seine Unterschrift auf das Eintrittsformular in die Navy zu bekommen.

Als Michael eingeschlafen war, gab uns die Hure vom Fenster aus ein Zeichen. Wir trugen ihn aus dem Zimmer, *fuhren zum Hafen, wo ein mit Sullivan befreundeter Kapitän uns die Alkoholleiche abnahm. Zwei Stunden nachdem wir meinen Sohn abgeliefert hatten, stach der Kreuzer in Richtung Pazifik in See. Ich hatte Gewissenbisse, aber Marie versicherte mir, dass ich das Richtige getan hätte.*

Als Michael nach Kriegsende, Gott sei gedankt, heil und unversehrt zurückkam, trug er verschiedene Tapferkeitsauszeichnungen an der Brust. Sie sollten der Grundstein für seine politische Laufbahn werden. Kriegshelden waren und sind die Lieblinge der Wähler. Aber Michael zeigte keine Dankbarkeit für mein Handeln. Er warf mir vor, ich hätte ihn in die Hölle geschickt. Schon vor dem Krieg war unser Verhältnis angespannt gewesen. Jetzt war es von Michaels Seite in Hass umgeschlagen. Eine schwere Bürde für einen Vater, der nur das Beste für seinen Sohn gewollt hatte.

15.

Es muss im Juni oder Juli 1945 gewesen sein, da erreichte mich ein Brief von Günther Billigmeier. Ich war überrascht. Seit seiner Flucht mit dem U-Boot hatte ich nicht an den deutschen Spion gedacht. Den Brief brachte ein befreundeter Colonel der Army vorbei, der im besiegten Deutschland mit der Entnazifizierung beschäftigt war. Dass er den Postboten spielte, bewies, dass hinter der Angelegenheit mehr steckte. Als ich den Brief in der Hand hielt, bemerkte ich, dass er geöffnet worden war. Im Umschlag befand sich ein Blatt. Günther Billigmeier bat mich in dem Schreiben um Hilfe. Er saß im amerikanischen Sektor im Gefängnis.

Ich fragte meinen Freund, was an Billigmeier so wichtig wäre, dass er ihn persönlich vorbeibrächte. Der Colonel gab mir eine umfangreiche Akte über den Bayern. 1921 wurde er Mitglied der Abwehr im neu gegründeten Reichswehrministerium, hatte – nach dem Aufenthalt in den USA – bis zum deutschen Angriff auf die Sowjetunion als Agent in Moskau gearbeitet und war danach in verschiedenen osteuropäischen Ländern tätig. Hauptsächlich war er mit der Jagd auf Partisanen und politische Gegner des Deutschen Reiches beschäftigt gewesen, die er entweder umbrachte oder ins Lager schickte. Vor zwei Wochen war es ihm gelungen, aus dem sowjetischen in den amerikanischen Sektor zu fliehen. Eine MP-Patrouille erwischte ihn, als er versuchte, auf einen Frachter Richtung New York zu gelangen.

Keine Frage, Günther Billigmeier war ein Kriegsverbrecher und überzeugter Nazi. Laut der Akte war der Bayer der NSDAP 1928, kurz vor den Reichstagswahlen, beigetreten. Die Unterlagen belegten, dass er an der Durchführung der Operation Reinhard, der Verfolgung und Ermordung der Juden und Roma in Polen und der Ukraine, beteiligt gewesen war. Nicht in leitender Funktion, außerdem schien es, dass er überwiegend politische Feinde des Reiches und Agenten der Alliierten gejagt hatte. Aber bei Völkermord gibt es keine Abstufungen. Man beteiligt sich nicht ein bisschen an einem Holocaust. *Keine Frage, Billigmeier gehörte an den Galgen.*

Der Colonel fragte mich, ob ich verstünde, welche Rolle Billigmeier spielen könnte. Sicher tat ich es. Der nächste Krieg stand vor der Tür. Mit den Kommunisten aus Moskau. Stalin war gefährlich wie Hitler. Nach anfänglicher Unterstützung des Morgenthau-Plans war ich umgeschwenkt. Wichtiger als die Bestrafung Deutschlands war es, das Land zum Bollwerk gegen die Kommunisten aufzubauen. In Bezug auf Billigmeier bedeutete dies: In Zeiten des Krieges nimmt man jede Hilfe an, die man bekommen kann. Der Bayer war vier Jahre als Agent der Abwehr in Moskau gewesen und kannte die Satellitenstaaten. Er besaß wertvolles Wissen für unseren Geheimdienst. Mein Verstand sagte mir, er könne eine nützliche Waffe im Kampf gegen Stalin sein. Mein Gefühl schrie: Einem Nazi hilft man nicht.

Das State Department beschloss, Billigmeier in die USA zu holen. Ich flog nach Deutschland. War ich beunruhigt,

Billigmeier zu treffen? Ja. Er kannte meine Herkunft. Bisher hatte niemand die Frage gestellt, woher ich einen deutschen Spion der Abwehr kannte. Die Huerta-Affäre war längst vergessen. Während der frühen 40er- Jahre hatte ich falsche Stammbäume der Kettles in Umlauf gebracht, die meine Familie als Iren auswiesen. Die Geschichte von Roisin Cochran und John Kettle wurde Legende. Ein Ire, der in den USA erfolgreich geworden war, personifizierte den amerikanischen Traum. Außerdem waren in den vergangenen Jahrzehnten Emigranten aus anderen europäischen Ländern in die USA eingewandert. Iren standen nicht mehr am Ende der Nahrungskette.

Ich flog mit einem Militärflieger nach Berlin. Es war nicht mehr die Stadt, die ich kannte. Unsere Jungs hatten ganze Arbeit geleistet. Hitlers Hauptstadt hatte unseren Bomben nicht standgehalten. Die wenigen Deutschen, denen ich begegnete, waren unterwürfig und folgsam. Der Kampfeswille der Nazis war gebrochen. Wie beim Kriegsende überkam mich ein Gefühl des Stolzes, dass wir für die Demokratie gekämpft und gesiegt hatten. Ich verabscheute das Deutschland und seine Bewohner. Sie hatten einen Wahnsinnigen an die Macht kommen lassen, waren für ihn in den Weltkrieg gezogen und hatten pflichtbewusst den befohlenen Völkermord durchgeführt.

Ich flog offiziell, im Auftrag des State Departments, nach Deutschland. Allerdings war auf dem Papier meine Aufgabe eine ganz andere. Umerziehung sollte durch Unterhaltung stattfinden. In meinem Koffer befanden sich amerikanische Filmklassiker, die aus Nazis nicht Demokraten, sondern Antikommunisten machen sollten. Ich gab die Filme beim zuständigen Offizier ab, erklärte ihm den Wert der Filme und ließ mich zum Gefängnis fahren.

Billigmeier war nach wie vor ein vitaler, massiger Kerl. Ein wenig an Fett hatte er verloren und der rote Backen- und Schnauzbart war grau geworden. Er begrüßte mich mit einem kräftigen Handschlag. Ich bat die amerikanische Wache, die Zelle zu verlassen. Als der

Mann hinter sich die Tür schloss, fragte ich Billigmeier, warum er sich an mich gewandt hätte. Ich sprach auf Deutsch. Seit 1939 hatte ich die Sprache höchstens benutzt, um in Propaganda-Filmen Dialoge zwischen Nazis zu schreiben, die üblicherweise nicht über »Stirb, du Schwein« hinausgingen. Billigmeier erklärte unumwunden, dass er erwarte, dass ich ihn raushole. Ich fragte den Nazi-Agenten, warum ich das tun sollte.

Billigmeier nannte es einen Geschäftsvorschlag. Ich würde ihm helfen, er würde über meine deutsche Herkunft schweigen. Der deutsche Spion grinste. Er wusste, dass ich nicht extra nach Berlin geflogen war, nur um mit ihm zu plaudern. Er wusste, ich würde ihn rausholen. Weil ich keine andere Wahl hatte. Billigmeiers Selbstsicherheit ekelte mich an. Und er irrte: Ich hatte eine Wahl. Ich hatte Onkel Joes Bowie-Messer mitgenommen. Ich dachte an Aaron, an die gefallenen US-Soldaten, sagte mir, dass er ein Nazispion und Kriegsverbrecher wäre, dessen Kehle eine knappe Armlänge entfernt war. Wenn ich ihn umbrächte, würde es einige Aufregung geben. Aber keiner würde einen bekannten und einflussreichen Amerikaner verurteilen, der einen Nazi gekillt hatte. Ich griff zum Messer, das hinten im Hosenbund steckte.

Billigmeier merkte, dass sich etwas verändert hatte. Das Grinsen verschwand. Ich kann im Kampf gegen die kommunistischen Schweine helfen, sagte er. Meine Hand blieb am Messerknauf. Ich sagte nichts. Die USA würden ohne die Hilfe dieses einen Nazis die kommunistische Flut eindämmen müssen. Er war nichts wert.

Billigmeier wurde unsicher, begann zu schwitzen. Er besäße umfangreiche Kenntnisse über die politische Situation in Moskau, hätte die Namen von Antikommunisten im sowjetisch besetzten Teil Deutschlands und in den Gebieten, wie Polen, der Ukraine, Ungarn, Bulgarien, Jugoslawien und Rumänien, die im Einflussgebiet der UdSSR lägen und bald machtlose, kommunistische Vasallenstaaten Stalins sein würden. Meine Mordstimmung flaute ab. Das Schwein besaß einen Wert.

Ich ließ Billigmeier schwitzen, saß schweigend da und sagte kein Wort. Mit jeder verstrichenen Sekunde wurde er ängstlicher. Am Ende warf er sich auf den Boden und bat um Gnade. Er schwor bei allem, was ihm heilig war, dass er mein Geheimnis wahren würde. Ich rief die Wache und ließ mich aus der Zelle führen. Billigmeier blickte mir verzweifelt hinterher.

Ich fuhr in meine Unterkunft. Eine unzerstörte Villa einer Nazi-Größe am Stadtrand, in der amerikanische Offiziere untergebracht waren. Ich wurde von Ron Hayes erwartet, einem Agenten des CIC, der über mein Kommen und den Grund dafür informiert war. Ich berichtete von meinem Besuch bei Billigmeier und erläuterte seinen Wert für die nationale Sicherheit. Hayes teilte meine Einschätzung, dass er nach Washington gebracht werden sollte. Das Problem war, dass es unmöglich war, einen Nazi einfach in die USA ausreisen zu lassen. Der Kalte Krieg war nicht erklärt. Bei Billigmeier gab es außerdem eine Komplikation. Die Russen hatten einen Antrag auf Auslieferung gestellt.

Wie kriegen wir ihn raus aus Deutschland, fragte ich. Hayes erklärte, er arbeite mit einem österreichischen Bischof zusammen, der als Beichtvater deutsche Kriegsgefangene besuchen dürfe. Ich fragte den amerikanischen Agenten, warum ein Katholik Nazis helfe, und erfuhr, dass der Bischof früher ein Sympathisant des Nationalsozialismus gewesen wäre und nun gegen den atheistischen Kommunismus kämpfe.

Hayes fuhr mich am kommenden Tag zu einem Landgasthof bei Potsdam. In einem separaten Zimmer erwartete uns Bischof Gustav Stangl, ein gut genährter Mittfünfziger mit kurzem, stahlgrauem Haar, blauen Augen und rotgeäderten Wangen. Ich mochte ihn nicht. Er erinnerte mich an die Nazi-Schurken aus den Propagandafilmen, die ich produziert hatte.

Eine Kellnerin servierte Rouladen, Kartoffeln und einen Krug Bier. Gustav Stangl bestritt den Großteil der Unterhaltung. Der Bischof sprach ein grammatikalisch armes, aber vokabelreiches Englisch mit starkem Akzent. Er träumte von einer katholischen Mauer des Glaubens, die die Ausbreitung des Kommunismus stoppen sollte. Ich fragte nicht, wie er es rechtfertigen konnte, Kriegsverbrechern in die Freiheit zu verhelfen. Es wäre scheinheilig gewesen. Stattdessen fragte ich, wie er Billigmeier aus Deutschland bekommen wolle. Er sagte, er würde bei der Flüchtlingsorganisation des Vatikans Papiere beschaffen, die ausreichten, um beim Roten Kreuz als Flüchtling anerkannt zu werden. Damit konnte Billigmeier nach Argentinien reisen, wo Diktator Peron Flüchtlinge aus Deutschland willkommen hieß. Einmal in Argentinien, konnte Billigmeier sich frei bewegen. Der Vatikan, das Rote Kreuz und ein Diktator, was für eine Kombination.

Nach dem Essen fuhr Hayes mich zu Billigmeier ins Gefängnis. Ich informierte ihn über die geplanten

Schritte. Ich machte deutlich, dass wir uns nach seiner Ankunft in den USA nie wieder sehen würden und dass es keine deutsche Herkunft der Familie Kettle gäbe. Billigmeier versprach, sich daran zu halten. Und um es vorwegzunehmen: Er tat es.

Ich flog zurück nach Washington. Eine Woche später hatte Stangl die nötigen Papiere. Billigmeier flog nach Argentinien. Zwei Wochen später reiste er über Mexiko in die USA ein. Ich holte ihn an der Grenze ab. Wir flogen nach Washington, wo ich ihn beim State Department ablieferte. Danach rief ich Karl an. Ich erzählte, was ich getan hatte und warum. Er verstand, obwohl er ein überzeugter Antifaschist war.

Als Billigmeier verstarb, war ich erleichtert. Ich öffnete eine Flasche Whiskey. Die Affäre Billigmeier war das letzte Mal, dass ich mit meinem deutschen Erbe konfrontiert wurde. Keiner meiner lebenden Feinde wusste von meiner wahren Herkunft. Bei meinen Freunden war das Geheimnis sicher. Ich war William A.

Kettle, Amerikaner mit irischen Wurzeln. Gott schütze Amerika. Lebewohl Deutschland.